KB115260

봄에는 와카를
가을에는 하이쿠를 기억하다

키워드로 읽는

日本 문학 3

고전·근현대
문학

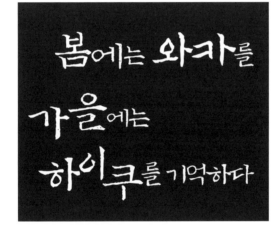

봄에는 와카를
가을에는
하이쿠를 기억하다

【 한국일어일문학회 지음 】

글로세움

일본문화총서 속편 발간에 즈음하여

학문이 생명력을 유지해 나가기 위해서는 끊임없는 수정과 보완이 이뤄져야 한다. 옛것을 우려내 새것을 창조하는, 곧 시대변화에 맞게 변형시키고 발전시켜 가는 이노베이션의 '법고창신'(法古創新) 이야말로 우리 학자들이 간직해야 할 소중한 정신이라고 생각한다.

한국의 일본 관련 대표적 학술연구단체인 한국일어일문학회는 선배 연구자들이 쌓아 올린 학술적 업적이 없었더라면 오늘날의 전통과 명성을 온전히 이어오지 못했을 것이다. 이에 우리 후학들은 선배들의 학문적 업적에 새로운 기운을 불어넣어 책임감을 가지고 학회를 한층 더 발전시켜야 할 시기를 맞이하고 있다.

이 점을 감안하여 지난 2003년에 학회 구성원 모두가 힘을 한데 모아 일본문화총서 6권을 출간한 지 거의 20년 가까운 세월이 흐른 오늘, 본 학회는 그동안 크게 변화된 연구 환경과 사회 흐름 등 시대상을 반영하여 속편으로 어학, 문학, 문화 각 한 권씩 출판하게 되었다.

한편 이 연구 결과물이 토대가 되어 이후 연구자들에게 또다시 '법고창신'(法古創新)의 학문적 징검다리가 되고 자양분이 되어 주기를 기대한다.

이번 일본문화총서(속편) 집필 작업에는 한국일어일문학회 회원 103명이 참여하였으며, 2003년의 360개 테마에 더해 일본을 이해하는데 가장 중요하다고 생각되는 114개의 주제를 선정하여 일반인들도 쉽게 이해할 수 있도록 보완하였다. 학회의 책무는 연구 외에도 사회 기여가 필요하다고 판단되기 때문이다.

전체의 구성은, 문화 『식기는 요리의 기모노』, 문학 『봄에는 와카를, 가을에는 하이쿠를 기억하다』, 어학 『일본인의 언어유희』로 이루어져 있다. 본 기획도서를 통해 일본에 대해 편견없이 정확하게 이해하여 미래 지향적인 한일관계에 일조할 수 있기를 바라는 바이다.

이번 일본문화총서(속편)가 발간되기까지 어려운 여건 속에서도 많은 분들의 참여와 노고가 깃들어 있음을 말씀드리며, 이분들에게 진심으로 감사의 뜻을 표한다. 특히 글로세움 출판사 관계자 여러분들과 집필에 참여해 주신 103명의 회원분들, 원고 정리 및 자료 수집을 위해 애써주신 기획위원님들께 거듭 감사의 뜻을 전하고 싶다.

2021년 3월

한국일어일문학회 회장

윤호숙

목 차

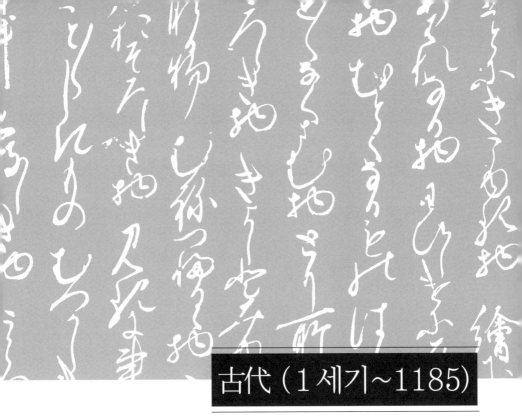

古代 (1 세기~1185)

01. 고대 일본의 민간요법

오쿠니누시와 흰 토끼 설화『고지키』

【홍성목】

고대 공동체 사회의 수장(首長)은 주술 및 종교적 직능(職能)을 가지고 통치 능력을 보완하였다. 사람들의 협력에 의해 이루어진 생산력이 낮은 고대 사회에서, 질병은 개인의 생명에 위협이 될 뿐만 아니라 노동력 저하로 인한 사회의 존속에도 중대한 영향을 미쳤다. 따라서 수장은 항상 질병에 대응하는 능력, 즉 주술과 의료 능력이 요구되었다.

그런데 수장이 가진 주술과 의료 능력은 그 주력(呪力)에 대한 공동체 구성원의 신뢰에 기인한 것이므로, 치료의 실패는 수장의 주력에 대한 신뢰를 상실케 하여 지배기반을 근본적으로 뒤흔드는 큰 문제가 될 수 있었다. 따라서 수장은 실패의 책임을 질 수 있는 주술과 의료적 직능을 분리하여 치료를 전업으로 하는 수장보좌집단을 창출함으로써 권력의 확립을 모색하게 된다. 우네메노무라지(采部連), 간나기베노무라지(巫部連), 스사노무리지(須佐連), 후루노스쿠네(布留宿禰)라는 씨족들은 지방의 수장들 아래에서 의료를 담당했던 전업(專業)집단이었고 후에 야마토 정권이 성립된 이후 중앙권력에 편입되게 된다.

• • •

이처럼 고대에는 제사와 의료가 불가분의 관계였다. 고대인에게 있어서 질병은 신이 내린 재앙이라고 믿었다. 그렇기 때문에 제사를 통하여 이를 진정시킴과 동시에, 병으로 인한 불안한 마음에 편안함을 얻기 위해 신에게 기도하는 것은 중요한 의료 수단이었다. 그런데 생명에 지장이 없는 간단한 상처, 예를 들면 타박상이나 화상, 피부병 등에도 신에게 기도를 올림으로써 치료를 기대했다고는 생각하기 어렵다. 상처나 질병에는 약초나 주위에서 손쉽게 구할 수 있는 것을 사용하는 이른바 경험의술, 즉 민간요법도 이미 존재하고 있었다는 것은 『고지키』(古事記)나 『니혼쇼키』(日本書紀), 『후도키』(風土記) 등에서 확인할 수 있다. 치료를 전업으로 하는 전문 집단은 제사에 관련된 주술적 직능과 함께, 약초 등을 이용하는 민간요법도 가지고 갖추고 있어 그와 관련된 전승이 신화와 설화 속에서 전해지고 있다.

부들꽃의 꽃가루 포황(蒲黃)

고대 일본의 민간요법에 관하여 기록으로 남아있는 가장 오래된 문헌은 『고지키』에 전하는 신화시대의 것이다. 이 중 가장 유명한 것이 『고지키』의 오쿠니누시(大国主神)의 신화에 등장하는 이나바(因幡)의 흰 토끼(白兎) 이야기이다. 오쿠니누시는 형들인 야소가미(八十神)와 함께 이나바의 야카미히메(八上比売)라는 여성에게 청혼을 하러 가게 된다. 먼저 길을 떠난 야소가미들은 도중의 기다(気多) 곶에서 상어를 속여 바다를 건너려고 하다가 들통이 나 가죽이 벗겨져 신음하고 있는 토끼와 만나게 된다.

야소가미는 토끼에게 "바닷물을 뒤집어쓰고 바람이 잘 통하는 곳에 누워 있어라."고 가르쳐 주었다. 토끼가 시키는 대로 하니 피부가 갈라지고 고통이 심하여 울고 있었다. 뒤이어 도착한 오쿠니누시는 토끼에게 먼저 깨끗한 물로 몸을 씻고, 염증을 억제하는 효과가 있다는 부들의 꽃가루(포황)를 바르는 치료법을 가르쳐 주어, 토끼를 낫게 해 주었다. 그러자 토끼는 오쿠니누시과 야카미히메와의 결혼을 예언하게 된다.

> 오쿠니누시가 그 토끼에게 가르쳐 주기를 "지금 서둘러 강 하구로 가서 담수로 너의 몸을 씻고, 즉시 하구의 부들꽃(포황)을 따서 바닥에 깔아 그 위에 누워서 뒹굴면 너의 신체는 틀림없이 원래 피부처럼 반드시 나을 것이다."라고 말씀하셨다. 그래서 가르침대로 따랐더니 토끼의 몸은 원래대로 나았다.
>
> −『고지키』 이나바의 흰 토끼

이처럼 오쿠니누시는 의료와 함께 병과 재해를 막아주는 기능을 가진 신으로, 이즈모(出雲) 지방을 중심으로 활동한 의료집단에 의해 모셔진 이른바 '의료'의 원조신으로 숭상을 받았다. 이 전승에서 토끼를 치료한 포황은 부들꽃의 노란 꽃가루를 말하며 고대에는 지혈과 진통에 효과가 있는 약초로 사용되었다. 오쿠니누시는 민간의료의 신으로 신앙의 대상이었기 때문에, 흰 토끼 이야기는 오쿠니누시를 등장시킨 것이다. 고대사회에서 의료 능력이 있는 사람은 사람들에게 특히 존경을 받았다. 주술과 의료에 능한 사람이 수장이 되고, 또한 왕이 되는 것은 고대사회에서 드물지 않았다.

오쿠니누시와 이나바의 흰 토끼 신화에는 포황이 약초로 등장하므로 일본에서 약을 최초로 기록한 문헌으로 보는 견해도 있다. 918년에 편찬된 일본에서 가장 오래된 의약서인 『본초화명』(本草和名)에 의하면 포황은 줄기 끝에 원기둥꼴 꽃이 피며, 꽃가루는 옛부터 약용으로 사용하였다고 한다. 또한 후대의 여러 의서에도 포황은 외상(外傷)이나 화상(火傷)을 입은 피부에 바르는 약으로 사용하는 한약으로 주로 포황의 꽃가루를 건조시켜 분말 형태로 사용한다고 한다.

한국에서도 포황은 한방약으로서 이뇨제, 지혈제, 진통제, 염증치료제로 사용한다. 특히 여성의 산후 복통과 폐경기에 배가 더부룩할 때 효과가 있다고 한다. 민간요법에서는 잎을 달여 당뇨병에 사용하고, 방부제와 염증치료제로도 쓰인다. 특히 상처가 곪았을 때 포황을 바르면 상처가 빨리 치유되는 것으로 알려져 있다.

모유(母乳)

다음 소개할 민간요법은 독자 여러분들은 의외라고 생각할지 모르겠으나 이 역시 오쿠니누시 신화 속에 보이는 소생(蘇生)의 약인 '모유'이다. 오쿠니누시와 야소가미는 모두 이나바의 야카미히메에게 청혼하였으나 야카미히메는 야소가미의 청혼을 거절하고 오쿠니누시와 결혼하겠다고 대답한다. 이에 화가 난 야소가미는 동생인 오쿠니누시를 불에 태워 죽이게 된다. 그러자 오쿠니누시의 어머니가 천신인 카미무스비(神産巣日神)에게 이를 하소연하자 카미무스비는 우무가이히메(蛤貝比売), 기사가이히메(蠚貝比売)라는 두 여신을 파견하여 오쿠니누시를 소생시킨다.

> 그러자 어머니 신이 슬피 울며 하늘로 올라가 카미무스비에게 말씀드렸더니 즉시 기사가이히메와 우무가이히메를 보내 치료하여 되살리게 하였다. 그래서 기사가이히메가 오쿠니누시의 신체를 모으고 우무가이히메가 받아서 모유를 바르니 훌륭한 청년으로 되살아났다.
>
> ─『고지키』야소가미의 박해

여기에서 오쿠니누시를 되살리기 위해 여신들이 사용한 약을 '모유'라 표현한 점이 특이하다. 기사가이히메는 피조개, 우무가이히메는 대합을 의인화한 여신이다. 피조개나 대합을 끓이면 나오는 유백색 물은 그 모양이 모유와 유사하기 때문에 나온 표현으로 조개를 모아 갈아서 낸 가루를 조개국물(모유)에 풀어 상처에 바른 것이며, 이는 화상에 잘 듣는 고대 민간요법의 하나로 보인다. 하지만 실제로 '모유'를 화상에 바르는 민간요법이 존재했을 가능성도 있다.

신(神)도 소생시킨 약을 왜 '모유'라 표현한 것일까. 이는 고대 일본인들은 모유 즉 여성의 젖에는 화상과 같은 상처의 치료와 죽음에서의 소생과 같은 신비한 힘이 깃들어 있다고 믿었던 것에 기인한다. 『니혼료이키』(日本靈異記)에도 모유에 관한 설화가 전해진다. 중권(中卷) 두 번째 이야기인 「까마귀의 음란함을 보고 세상을 싫어하여 불법을 수행한 이야기」에는 이즈미(和泉)지방 이즈미군(泉郡)의 야마토마로(倭麻呂)라는 사람이 암컷 까마귀가 바람이 났기 때문에 수컷 까마귀가 새끼를 품은 채로 죽어가는 것을 보고 출가하여 교기(行基) 스님의 제자가 된다. 그리고 야마토마로의 아내도 남편에 이어 출가하지만 아이가 중병에 걸린다. 아이는 죽음에 직면했을 때 "어머니의 젖을 마시면 내 목숨은 길어질 텐데"라며 모유를 바랬다는 이야기가 전해진다.

신곤(信嚴) 선사(禪師)는 이즈미 지방(和泉国) 이즈미군(泉郡)의 다이료(大領)였던 지누노아카타누시나마토마로(血沼県主倭麻呂)로 쇼무(聖武) 천황 시대의 사람이다. 이 다이료의 집 문쪽에 큰 나무가 있었는데 이 나무에 까마귀가 둥지를 틀고는 알을 낳아서 따뜻하게 품고 있었다. 수컷 까마귀는 여기저기 날아다니며 먹이를 구해 와서 새끼를 낳아 품고 있는 암컷 까마귀에게 먹였다. 그런데 수컷 까마귀가 먹이를 구하러 간 사이에 다른 까마귀가 와서는 암컷 까마귀와 교미하였다. 암컷 까마귀는 새 수컷 까마귀와 정을 통하고는 마음에 들었는지 함께 하늘로 날아오르더니 북쪽을 향해 날아가 버리고 새끼를 버려두고 돌보지 않았다. 이때 남편 수컷 까마귀가 먹이를 물고 돌아오니 암컷 까마귀가 보이지 않았다. 수컷 까마귀는 새끼를 품고는 그대로 먹이도 구하지 않은 채 며칠을 보냈다. 다이료가 이것을 보고 사람을 시켜 나무에 올라가서 둥지를 살펴보게 하니 수컷 까마귀는 새끼를 품은 채 죽어 있었다. 이를 본 다이료는 몹시 슬퍼하며 가엾이 여기고 암컷 까마귀의 음란함을 보고는 세상이 싫어져 출가를 하였다. 처자식을 떠나 벼슬을 버리고 교기(行基) 대덕(大德)을 따라 불도 수행을 하여 법명을 신곤(信嚴)이라 하였다. 신곤은 스승에게 진심으로 말하기를 "대덕과 함께 죽고자 합니다. 그러면 반드시 대덕과 함께 서방정토에 왕생하겠지요." 다이료의 아내 또한 지누노아가타누시 일족이었다. 다이료가 자신을 버리고 출가했지만 재혼을 하지 않고 끝까지 정절을 지켰다. 그때 아들이 있었는데 병을 얻어 죽게 되어 모친에게 말하였다. "어머니의 젖을 마시면 내 목숨이 길어질텐데." 모친은 아들의 말대로 병든 자식에게 젖을 먹였다. 아들은 젖을 먹고는 한탄하여 말하기를 "아아, 어머니의 달콤한 젖을 두고 나는 이제 죽는구나." 그리고는 그대로 숨을 거두었다.

– 『니혼료이키』 중권 두 번째 이야기

죽음에 임박한 아이가 왜 모유를 바랜 것일까. 죽어가던 아이가 "어머니의 젖을 마시면 내 목숨이 길어질 텐데"라고 한 말에는 아이의 응석을 넘어선 모유가 가지고 있는 신비함에 대한 바람이 실제로 있었던 것을 알 수 있다. 태어난 아이는 모유만 먹고 성장한다. 그래서 모유는 생명력의 근원이라고 할 만한 힘이 잠재되어 있다고 믿었다. 죽어가는 아이가 모유를 바란 것은 황천으로 떠나야 하는 순간에 마음의 안정과 함께 어머니의 젖이 생명의 근원이라고 생각한 것이다.

도쿄대학(東京大学) 다다 가즈오미(多田一臣) 교수는 "모유를 눈약으로 사용한 실례가 있고, 나 자신 또한 집안의 어르신으로부터 직접 들은 바가 있다."며 모유와 관련된 민간요법이 현재까지 존재하고 있음을 설명하였다.

『고지키』이야기로 되돌아가서 오쿠니누시를 소생시킨 약을 '모유'라고 표현한 것은 『일본영이기』이야기에서 알 수 있듯이, 고대 일본인들에게 있어서 '모유'는 화상을 치료하는 약이며, 신이라도 소생시킬 수 있는 신비한 힘을 지닌 생명력의 근원으로 인식된 것에 기인한 것으로 보인다. 이처럼 우리는 이나바의 흰 토끼에 대한 치료와 오쿠니누시를 소생시킨 치료 방법에서 당시 일본의 민간요법을 엿볼 수 있는 것이다.

02. 왜 결혼이란 것을 꼭 해야 하죠?

새로운 여성상 제시 『다케토리 이야기』

【민병훈】

　대나무 통 안에서 발견되어 3개월 만에 어른만큼 성장한 가구야히메는 성인식을 치르고 작명가를 불러 이름을 짓는다. 그러자 신분 고하를 막론하고 수많은 남자로부터 구혼이 쇄도한다. 여자의 성인식은 남자를 맞을 준비가 끝났다는 것을 의미한다. 하지만 가구야히메는 결혼에 뜻이 없다. 그러자 다케토리 노인이 히메에게 결혼을 종용한다.

　"이 세상 사람은 누구나 남자는 여자를 만나고, 여자는 남자를 만나게 되어 있습니다. 그렇게 해서 가문이 번영하는 것입니다."

　이에 대한 히메의 답변은 이렇다.

　"왜 결혼이란 것을 꼭 해야 하죠?"

　노인의 말은, 성인이 된 여자의 결혼은 인간 세상의 도리이며 상식이라는 것이다. 그러나 가구야히메의 의지는 확고하다.

　이처럼 이야기의 작자는 사회의 규범에 순응하지 않는 여자 주인공을 등장시켰다. 사실상 성인식을 올렸다고는 하나 가구야히메는 달 세계에서 온 일종의 신적 존재로 보통 여자와는 다르다. 작자는 초인적

21

이고 사회 규범에 불응하는 전혀 새로운 주인공을 창출하고 있다.

　이렇게 모노가타리의 조상이라 일컬어지는 『다케토리 이야기』(竹取物語)는 『고지키』(古事記) 등의 문헌에 보이는 신화 속 결혼 양상과 배치되는 이야기 구조를 띠고 있으며, 새로운 여성상이 제시되고 있다. 신화에서 남자를 만나는 여자는 반드시 결혼하는 존재로 등장하며, 후세의 출산이라고 하는 피할 수 없는 속성과 의무를 안고 있다. 신화 상에서 여자는 남자에게 선택당하여 아이를 낳는 존재, 특히 사내아이를 낳는 존재로 묘사되고 있다. 스사노오가 이즈모로 추방되어 내려와 만나는 것은 노부부와 딸 구시나다히메다. 이 이야기에서는 주로 야마타노오로치라는 거대한 이무기 퇴치담이 조명을 받아왔지만, 스사노오가 구시나다히메를 아내로 맞아 궁을 조영했다고 하는 신화의 전형적 구조는 간과할 수 없는 부분이다. 스사노오는 자신을 천상을 다스리는 아마테라스의 동생이라 소개하고, 두 노인에게 딸을 요구한다. 천상신의 혈육이라는 점을 부각하여 딸을 얻게 된다. 그런데 여기에 노부부의 딸 구시나다히메의 의지는 일절 반영되어 있지 않다.

　남자가 여자를 자신의 아내로 맞이하기 위해 위에서 아래로 내려오는 신화와 달리 『다케토리 이야기』에서는 위에서 아래로 내려오는 것은 여자이며, 결혼으로 연결되지 않는 것도 극명한 차이점이다. 노부부가 등장하는 점은 스사노오의 이즈모 신화와 서로 유사하나 등장인물의 관계에는 차이가 있다. 모노가타리에서 노부부는 여자의 친부모가 아니며, 가구야히메가 달세계로 돌아갈 때까지 몸을 의지할 양부모(養父母)인 셈이다.

신화 속 여자에게 있어서 부모의 역할은 명료하다. 남자의 구혼을 허락하는 존재다. 스사노오가 구시나다히메를 아내로 얻기 위해서는 그녀의 노부인 아시나즈치의 허락이 절대적이다. 쓰쿠시로 강림한 천손 니니기가 사쿠야비메를 아내로 맞을 때도 마찬가지다. 사쿠야비메는 니니기가 구혼해 오자 아버지 오오야마쓰미에게 허락받을 것을 요구한다. 구혼자가 설령 천손이라 해도 여자는 스스로 결혼 상대를 정할 수 없다는 규범이 신화 세계에 엄연히 내재하고 있는 것을 알 수 있다. 다시 말해서 지상신의 딸인 사쿠야비메는 강림한 니니기와 결혼하기 위해 등장한다고 해도 과언이 아니다.

"니니기노미코토는 가사사 곶에서 아름다운 여자를 만나셨다. (중략) 니니기는 '나는 그대와 결혼하고 싶은데 어떤가?' 하고 물으셨다. 그러자 '저는 답변을 드리기 어렵습니다. 저의 아버지인 오오야마쓰미 신이 답변 드리겠지요.' 하고 아뢰었다."

천손 니니기는 지상의 통치 권한을 부여받아 강림하지만, 자신이 원하는 여자와 혼인하기 위해서는 여전히 여자 아버지의 허락이 필요하다는 이야기다. 남자 주인공과 만나는 신화 속 여자는 이렇게 결혼하는 존재로 그려지고 있으며, 그 부모는 결혼시키는 역할을 가진다. 「다케토리 이야기」 안에도 가구야히메를 결혼시키려 하는 노부부가 등장하지만, 당사자의 강한 거부에 막혀 끝내 누구와도 결혼은 성사되지 않는다. 이것은 신화와 구별되는 『다케토리 모노가타리』의 특징이라 할 수 있다.

결혼하는 여자의 모습은 니니기와 사쿠야비메의 사이에서 태어난 호오리의 '해신의 궁 방문'에서도 여실히 드러난다. 호오리는 바닷가를 거닐다가 해신의 궁으로 가게 되는데 거기서 해신의 딸 도요타마비메를 만나 결혼을 한다. 호오리는 도요타마비메의 시녀에 의해 처음 발견되어 도요타마비메와 대면하게 되고, 이어 해신이 마중을 나오는 형태로 이야기가 전개된다. 해신은 곧바로 호오리가 천손의 아들임을 알아차리고 궁 안으로 맞아들인다. 이것은 결국 혼인을 위해 짜인 각본과도 같다.

"'우리 집 문 앞에 아름답고 훌륭한 분이 계십니다.' 하고 아뢴다. 해신은 직접 문밖으로 나가 보고는 '이분은 천신의 자손이시다.' 하고 말하며 곧장 궁전 안으로 안내해서 (중략) 잔치를 베풀고 마침내 딸 도요타마비메와 결혼시켜 드렸다."

해신의 궁으로 온 호오리는 해신의 정치적 의도에 따라 도요타마비메와 결혼하게 된다. 구혼의 형태에는 다소 차이가 있지만, 역시 여자 아버지의 적극적인 의사에 의해 혼인이 성사되는 이야기 구조는 매우 흡사하다.

한편 『다케토리 이야기』에서도 신화 이야기처럼 신의 강림을 연상시키는 구조를 채용하고 있다. 그런데 모노가타리에서 강림한 쪽은 남자가 아니며, 또한 구혼해 오는 남자가 제아무리 귀공자, 더 나아가 천황이라 해도 가구야히메는 구혼을 받아들이지 않는다. 노부부 역시 자신들의 의지대로 가구야히메를 시집보내지 못한다.

신화에서는 위에서부터 아래로 내려온 남자를 혼인 상대자인 여자가 부모에 앞서 먼저 만나게 되는 구조가 많으며, 이것은 결국 두 사람의 혼인을 암시하는 전개 방식이지만, 천상에서 지상으로 내려온 가구야히메를 유아의 모습으로 그리고, 발견하는 존재가 혼인 가능 연령대의 남자가 아니라 이미 노쇠한 노부로 등장시킴으로써 처음 만난 사람과 결혼한다는 신화의 법칙을 깨트리고 새로운 이야기 패턴을 개척하고 있다. 즉 결혼하는 신화 속 여인들과는 달리 결혼하지 않는 여자를 만들어 내고

가구야히메를 양육하는 노인 부부.
17세기 말(에도시대 후기), 메트로폴리탄미술관 소장

있는 것이다. 정치적 색채가 짙은 신화에서의 결혼을 모노가타리 작자는 마치 조소하듯 결혼하지 않는 이야기로 바꾸고 있다. 그것은 신화와 차별화한 새로운 장르의 탄생을 의미한다.

위로부터 내려온 신화의 남자들은 여자를 만나 결혼을 하고, 여자는 결혼을 통해서 아이를 낳는다. 특히 남아를 출산한다. 그러나 『다케토리 이야기』의 가구야히메는 결혼을 하지 않기 때문에 아이도 낳지 않는다. 모노가타리 작자는 아이를 낳는 신화 속 여자의 전형을 가구야히메를 통해 깨뜨리고 있다. 이는 아이를 낳는 존재라는 통념을 거스르는 발상이라고 볼 수 있다. 게다가 일명 '날개옷 설화'에서의 선녀는 남자 또는 노인이 옷을 감추어 승천할 수 없게 되고, 남자의 강요 등으로 혼

인하고 아이를 낳는 처지가 되지만, 가구야히메의 발견과 승천에 이르는 전 과정에 노부모나 귀공자, 천황 할 것 없이 타인의 강요로 좌우되는 것은 하나도 없다.

신화 속 여자는 반드시 남자와 만나 출산에 이른다. 구시나다히메의 출산 장면은 상세하게 그려지지는 않지만, 스사노오가 스가(須賀)에 궁을 조영하고 그 땅 위로 피어오르는 뭉게구름을 보고 지은 노래의 문구를 통해 출산을 추측해 볼 수 있다. '아내 숨기려'(妻籠みに)라는 표현에 아이를 낳으려는 의지가 확인된다. 이 부분은 아이를 낳기 위한 행위로, 아래로 내려와 여자를 취한 남자의 의도는 후세를 낳는 일이다. 사쿠야비메는 강림한 천손 니니기와 결혼하여 하룻밤의 관계로 임신을 하고 세 명의 아이를 낳는다. 스사노오가 구시나다히메를 여덟 겹 울타리 안의 궁에 들인 것처럼, 사쿠야비메 역시 산실 안에 칩거하여 아이를 출산한다. 해신의 딸 도요타마비메도 호오리와의 사이에서 우가야후키아에즈를 낳는다.

신화에 보이는 소위 귀종유리담이라는 설화 유형을 『다케토리 이야기』의 가구야히메에게도 적용하는 연구가 많지만, 간과해서는 안 될 것이 있다. 실제로 신화 속에서 유리하는 쪽은 남자라는 사실이다. 여자는 결혼하여 아이를 낳는 역할이 신화의 전형이다. 아메노이와야에 칩거하는 아마테라스, 여덟 겹 울타리 안에 칩거하는 구시나다히메, 밀폐된 산실 안의 사쿠야비메, 해변에 지은 산실 안 도요타마비메 등 여자의 시련은 유리가 아니라 칩거다.

그러나 이야기의 작자는 남자가 아닌 가구야히메를 높은 곳에서 낮은 곳으로 임하는 존재로 묘사하고, 죄과가 소멸하여 다시 돌아가는 이야기로 구도를 바꿨다. 남자의 유리와 여자의 칩거로 상징되는 신화의 전형을 거슬러, 유리하는 여자를 그리고 있는 것이다.

가구야히메와 천황은 와카를 매개로 서로의 안부를 물으며 심적 교류를 이어가지만, 결국 두 사람도 다른 귀공자들과 마찬가지로 끝내 맺어지지 않

달세계에서 온 사신들과 승천하는 가구야히메. 月岡芳年

는다. 그리고 가구야히메는 자신을 맞으러 온 사신들과 함께 달세계로 돌아간다. 신화에는 여신이 강림한 사례가 없지만, 이야기 작자는 가구야히메를 높은 곳에서 낮은 곳으로 내려오는 존재로 등장시켜 신화에서는 상상도 못할 이야기를 창작했다.

한편 '날개옷 전설'과 관련한 『단고노쿠니 후도키 이쓰분』(丹後国風土記逸文) 안에도 노부부에 의해 선녀가 지상에 머물게 되는 이야기가 확인되는데, 설화에서는 노부부에 의해 이용당하다가 쫓겨나 다른 고장에서 살게 된다는 전혀 주체적이지 않은 여성의 모습이다. 그와 비교하면 가구야히메는 노부부에 의해 양육은 되지만, 자신의 강한 의지와

가치관에 따라 지상에서의 삶을 영위한다. 노부부에게 이용당하거나 좌지우지되는 모습은 어디에서도 찾아볼 수 없다.

이상에서 살펴본 바와 같이 대다수의 신화 속 여신은 결혼하여 출산하는 속성을 가진다. 그러나 가구야히메는 출산은 물론이고, 결혼조차 하지 않는다. 이것은 출산하는 여자가 지닌 '부녀'(婦女)라는 보편적 이미지를 뒤엎는 이야기 형태다. 사회의 규범과 통념에 역행하는 부분에 『다케토리 이야기』의 현실 참여적인 성격을 발견할 수 있으며, 선행하는 문예와 차별되는 구조를 창출했다는 점에서 새로운 문학의 탄생을 엿볼 수 있는 것이다. 『다케토리 이야기』 이후의 모노가타리와 일기는 여자를 단순히 남자를 만나 아이를 낳는 존재로만 묘사하지 않는다. 이야기의 중심에 여자를 두거나 여성의 시각으로 이야기를 전개해 나가는 구조다. 이 같은 구조를 거슬러 올라가면 원류가 된 『다케토리 이야기』의 다음 문구를 만날 수 있다.

"제가 결혼을 거부하는 이유는, 그다지 훌륭한 외모도 아닌데 상대의 속도 모르고 결혼했다가 나중에 상대방의 마음이 변하면 후회할 것이 틀림없기 때문입니다. 아무리 더할 나위 없이 훌륭한 사람이라도 그 속마음을 모르면 결혼할 수 없다고 생각합니다."

03. 일본판 '선녀의 날개옷 전설'

『다케토리 이야기』 가구야 아가씨

【류정선】

고대 일본의 신선사상은 중국의 영향을 받은 문인들의 이국(異国) 적 취미였고, 그 가운데 문학창작의 중심이 된 선녀담은 신선사상에 대한 문인들의 인식을 파악할 수 있는 모티브라 할 수 있다. 일반적으로 신선사상이 투영된 작품은 불로불사(不老不死)의 욕망과 선경에 대한 동경, 그리고 선계에서 아름다운 선녀와의 사랑을 꿈꾸는 환상적인 이야기로 구성되어 있다. 이러한 구성은 고대인들의 득선(得仙)에 대한 욕망과 선녀와 같은 초월적 여성과의 사랑에 대한 욕망이 고전 서사에 투영된 것이라 할 수 있다. 즉, 선녀와의 사랑을 꿈꾼 고대 남성들의 환상적 상상력은 다양한 유형의 선녀담을 생성시켰으며, 이것은 고대 문인들에게 있어 문학적 욕망의 표출 방법이었다. 그렇다면 고대 일본의 선녀담의 양상은 어떠한가.

고대 일본의 선녀담

일본의 대표적인 선녀담이라고 한다면 우리나라의 '선녀와 나뭇꾼'

이야기와 같은 다양한 '천인녀방(天人女房)유형', 즉 선녀를 아내로 맞이하는 날개옷 전설을 연상할 수 있다. 다만 우리나라의 전승과 차이점이 있다면 선녀를 발견하여 부부의 연을 맺는 상대가 주로 어부라는 점이다. 이러한 날개옷 전설의 유형은 8C 초 나라(奈良)시대 작품인 『후도키』(風土記)에 기록된 오미 지방(近江国)의 '이카고에(伊香小江)전설'과 단고 지방(丹後国)의 '나구샤(奈具社) 전설' 등에서 그 기원을 살펴볼 수 있다.

먼저 '이카고에 전설'은 여덟 명의 선녀가 백조의 모습으로 변신하여 내려온 백조전설(白鳥伝説)과 연관된 구성이다. 어느 날 오미 지방 이카고 강에서 여덟 명의 선녀가 백조의 모습으로 하늘에서 내려와 목욕을 하자, 이카토미(伊香刀美)가 흰 개를 보내어 선녀 옷을 훔치게 한다. 이에 날개옷을 잃어버린 한 선녀는 천승하지 못하고, 이카토미와 결혼해 아들과 딸을 낳고 살게 된다. 그러던 어느 날 날개옷을 되찾은 선녀가 다시 천승함에 따라 결국 홀로 남겨진 이카토미는 선녀를 그리워하며 여생을 보냈다는 이야기다.

여기서 여덟 명의 선녀가 하늘에서 내려와 목욕하던 중, 날개옷을 잃어버린 선녀가 지상에 남게 되는 구성은 또 다른 선녀담의 유형인 단고 지방의 '나구샤 전설'과도 동일하다. 단지 '나구샤 전설'에서는 날개옷을 훔친 주체가 젊은 남성이 아닌 노부부로 설정되어 있고, 선녀는 노부부의 양녀로 지상에 머물게 된다. 헌데 선녀의 날개옷을 훔친 노부부는 선녀가 만든 만병통치의 술로 큰 부자가 되지만, 더 이상 선녀의 능력이 필요 없게 되자 선녀를 매몰차게 내쫓는다. 가엽게도 홀로 남겨진 선녀는 날개옷을 되찾았어도 오랫동안 지상에 머물렀기에 더 이상 하늘로 날아 갈 수 없는 몸이 되고, 결국 정처 없이 떠돌다가 어느 신사에 받들어진다.

이렇듯 고대 날개옷 전설은 주로 젊은 남자가 날개옷의 획득을 통해 선녀와 결혼하는 유형으로 설정되어 있거나, 선녀를 양녀로 삼고 큰 부자가 된다는 구성으로 이루어져 있다. 그리고 이러한 날개옷 전설은 이후 현존하는 일본 최초 고대 소설인『다케토리 이야기』(竹取物語, 9C 말~10C초 성립)로 전승된다.

『다케토리 이야기』의 가구야 아가씨 전승

고대 전승의 여과 과정을 통해 탄생한『다케토리 이야기』는『후도키』의 날개옷 전설과『만요슈』(万葉集) '다케토리노 오키나'(竹取翁, 16권, 3791번)전승을 토대로 구성되었다고 할 수 있다. 여기서『만요슈』의 '다케토리노 오키나' 전승은 대나무를 캐는 할아버지가 우연히 아홉 선녀를 만나 서로 와카를 주고받는 내용을 담은 이야기로『다케토리 이야기』에서 '다케토리노 오키나'의 등장과 선녀와의 조우(遭遇)라는 점은 공통적이다. 하지만『다케토리 이야기』에서 '다케토리노 오키나'가 선녀를 양녀로 삼고, 선녀를 혼인시키기 위해 구혼자를 찾는 설정은 또 다른 날개옷 전설의 변용을 생성한다. 그 대략적인 줄거리를 살펴보자.

옛날 옛날 대나무를 채집해서 생계를 이어가던 할아버지 '다케토리노 오키나'가 어느 날 대나무 속에서 밝게 빛나는 자그마한 여자아이를 발견하고 집으로 데리고 와 할머니와 함께 소중히 키운다. 할아버지는

그 이후, 대나무에서 금을 계속 발견하여 큰 부자가 되고. 그 여자아이
는 3개월 만에 아름답게 성장한다. 성인이 된 그 아이의 이름은 가구야
아가씨, 그녀의 빼어난 미모는 방방곡곡 소문이나 많은 귀공자들로부
터 구혼을 받게 된다.

가구야 아가씨는 선발된 다섯 명의 구혼자들의 마음을 확인하기
위해 각각 부처의 돌 사발, 봉래산의 신비한 나뭇가지, 불 쥐의 가죽
옷, 용의 목에 걸린 오색구슬, 제비가 가진 안산조개 등을 구해오라고
하는 난제(難題)를 제시한다. 구혼자들은 가구야 아가씨와 혼인하기 위
해 갖가지 술책을 써보지만 모두 실패하고 만다. 그리고 이 소문을 들
은 천황 또한 가구야 아가씨에게 구혼하지만 이마저도 거절한다.

한편 가구야 아가씨는 달을 우러러볼 때마다 시름에 잠기곤 하는
일이 많아진다. 이에 노부부가 그 이유를 묻자, 원래 자신은 달나라
사람으로 죄가 있어 지상에 내려왔고, 이제 속죄가 끝나 보름달이 뜨
는 날 다시 천상으로 돌아가야만 한다는 사연을 털어놓는다. 이 사실
에 놀란 할아버지는 가구야
아가씨의 천승을 막고자 천황
에게 알린다. 천황은 무사를
동원해 가구야 아가씨를 데리
러 오는 달나라의 사신들을
막으려 하지만, 결국 실패하
여 가구야 아가씨는 천승하고
만다.

『다케토리 모노가타리』 가구야 아가씨의 천승

가구야 아가씨의 천승 후, 슬픔에 젖은 할아버지는 그녀가 남긴 불사약을 거부하고, 천황 또한 많은 무사들에게 가구야 아가씨가 남긴 불사약과 편지를 하늘과 가장 가까운 산에 가서 태우도록 명한다. 그때 많은 무사들(富士)이 그 산에 올랐다고 하여 후지산(富士山)이라고 이름이 붙여졌고, 후지산에서 타오르는 연기는 불사(不死)약을 태운 연기로 연상되어 일본인들에게 전해졌다. 이것은 가구야 아가씨 전승과 후지산의 지명 기원 설화로 정착된다.

선녀의 상징 '날개옷'

날개옷은 선녀를 상징하는 중요한 요소이다. 날개옷 전설의 공통적인 것은 날개옷의 발견과 약탈이다. 앞서 언급한 『후도키』에서 오우미 지방의 '이카고에 전설'과 단고지방 '나구샤 전설'에서도 이러한 날개옷의 발견과 약탈이 설정되어 있다.

하지만 선녀담의 고전승에 있어 그 주축을 이루고 있는 『다케토리 이야기』의 가구야 아가씨 전승에서는 날개옷의 발견과 약탈은 없다. 또한 가구야 아가씨의 '천상의 날개옷'(天の羽衣)은 일반적인 날개옷 전설에서 보이는 '변신과 비상'(飛翔)의 기능도 없다. 단지 날개옷은 선녀의 상징이자 지상과의 단절을 의미하는 매개체였으며, 비상에 있어서는 무용화(無用化)된 그리고 하늘을 나는 비상의 기능은 '비차'(飛車)가 담당하고 있을 뿐이다.

이러한 『다케토리 이야기』의 가구야 아가씨 전승은 이후, 『곤자쿠 이야기집』(今昔物語集)의 「다케토리 오키나가 여자아이를 발견해서 키

우는 이야기」(竹取翁見付女兒養語, 권31, 제33화)와 『가이도키』(海道記)에서 「후지산 전설-가구야 아가씨 이야기」(富士山伝説-かぐや姫の物語)로 이어진다. 이 두 작품은 『다케토리 이야기』의 내용과 구성에 있어 변용, 생략, 증보가 융합되어 새롭게 생성된 가구야 아가씨 전승을 전파, 정착해 갔다. 이 두 작품에서도 날개옷은 선녀를 상징하고 있을 뿐 비상의 기능은 무용화되고, 가구야 아가씨는 각각 '하늘을 나는 수레'(空飛ぶ輿)와 '비차'로 승천한다.

특히 『가이도키』에서는 '휘파람새 알'(鶯の 卵)에서 태어난 가구야 아가씨는 '우구이스 히메'(鶯姫), 즉 '휘파람새 아가씨'라는 호칭으로도 병용되고 있다. 이처럼 난생설화(卵生説話)를 배경으로 한 가구야 아가씨의 탄생은 백조의 모습으로 지상에 내려온 오미 지방의 '이카고에 전설'의 선녀처럼, 소위 조류가 선녀로 변용된 유형을 살펴볼 수 있다. 『가이도키』에서는 가구야 아가씨 전승을 '후지산 전설'로 일체화하여 기술하고 있는데, 이것은 날개옷 전설과 후지산과의 깊은 관련성을 시사하고 있다.

날개옷 전설과 후지산

후지산은 일본의 사상과 문화를 반영하는 한 요소라 할 수 있다. 2013년 세계 문화유산으로 선정되고, 그 지역을 대표하는 전승이라면 스루가 지방(駿河国)의 '미호노 마쓰바라'(三保松原) 전설, 즉 소나무 숲의 날개옷 전설이라고 할 수 있다. 현재 시즈오카(静岡)시 시미즈(清水)구 해안가에 위치한 '미호노 마쓰바라'에는 선녀의 날개옷이 걸렸던 소

나무 '하고로모노 마쓰'(羽衣の松)가 서 있다고 하여 지금도 후지산을 찾는 많은 사람들이 방문하는 관광명소이다.

또 '미호노 마쓰바라'는 일본의 와카(和歌), 그리고 풍속화나 회화에서 표현된 것처럼 신앙의 대상이자 예술의 원천인 후지산과도 깊은 관계가 있는 경승지이다. 이렇듯 쭉 펼쳐지는 소나무 숲과 웅대한 후지산의 풍경을 배경으로 한 '미호노 마쓰바라'의 날개옷 전설은 후지산의 선경적 이미지에 있어 불가결한 요소로 자리매김하고 있다. 그럼 '미호노 마쓰바라'의 날개옷 전설을 살펴보자.

옛날 백량(伯梁)이라는 한 어부가 살고 있었다. 어느 봄날 어부는 한가로이 배를 저어 바닷가 소나무 숲 경치를 바라보고 있을 때, 한 소나무 가지에 지금까지 본 적 없는 아름다운 옷이 걸려있는 것을 발견한다. 가까이 다가가서 보니 주위에 인적조차 없어 어부는 누군가가 잃어버린 옷가지라고 생각하고 집으로 가져가려 한다.

그때 갑자기 선녀가 나타나 "그것은 제 날개옷입니다. 제발 돌려주세요"라고 애원한다. 하지만 어부는 날개옷이라면 진귀한 보물이 될 거 같아 오히려 돌려주려 하지 않자, 선녀는 "날개옷이 없으면 저는 하늘로 날아 돌아갈 수 없습니다"라고 애타게 울기 시작한다. 이에 측은한 마음이 든 어부는 "천상의 춤을 보여주면 날개옷을 돌려주겠다"고 제안을 한다. 그러자 선녀는 선뜻 승낙하며, 천상의 춤을 추기 위해서는 날개옷이 필요하니 먼저 돌려달라고 한다. 이에 어부는 혹시 선녀가 자기를 속여 천상의 춤도 보여주지 않고, 날개옷만 돌려받아 날아가지 않을까 의심스러워 내키지 않았지만, 어쩔 수 없이 먼저 날개옷을 내어 주고 만다. 그러자 날개옷을 돌려받은 선녀는 천상의 아름다운 춤을 추 며 후지산 하늘로 높이 훨훨 날아 올라가 버렸다.

후지산의 「미호노 마쓰바라」 날개옷 전설

이와 같은 내용의 '미 호노 마쓰바라' 날개옷 전 설은 날개옷이 걸려 있는 소나무의 존재가 설정되어 있는 반면, 선녀가 아내로 그리고 양녀로 등장하지도 않고, 약탈한 날개옷 또한 너무 쉽게 돌려주며, 선녀 또한 천상의 춤만을 추고 사라진다는 어찌 보면 밋밋한 구성으로 다른 날개옷 전설과는 다소 다른 양상이다.

하지만 '미호노 마쓰바라' 날개옷 전설에서 전해진 선녀의 아름다 운 춤은 스루가 춤(駿河舞)의 기원이 되었고, 선녀가 천승하면서 남긴 날개옷 조각은 근처에 있는 미호 신사(御穗神社)에 보전되었다고 전해 져, 지금도 매년 10월 선녀의 날개옷이 걸렸다는 소나무, '하고로모 마 쓰' 앞에서 '하고로모' 축제가 열리고 있다.

뿐만 아니라 '미호노 마쓰바라' 날개옷 전설과 스루가 춤은 무로마 치(室町)시대 일본을 대표하는 극작가 제아미(世阿弥)가 노(能)의 요교 쿠(謠曲)의 소재로 삼아 '하고로모'(羽衣)라는 작품으로 상연하여 대중 화된다. 그리고 '하고로모'는 근대화 이후 창가(唱歌)나 국정교과서에서 도 채택됨에 따라 좀 더 넓게 일본인들의 의식 속에 자리 잡게 된다.

여기서 '미호노 마쓰바라' 날개옷 전설의 배경이자 소나무 숲 풍경과 함께 연출된 선녀가 춤추며 올라가는 후지산의 이미지는 이상향인 도코요(常世)로서 신앙적인 요소가 부여되었다고 할 수 있다.

이러한 선경 세계로서의 후지산의 이미지 구축은 『다케토리 이야기』에서도 동일하다. 『다케토리 이야기』에서도 가구야 아가씨의 불사약과 편지를 태우는 장소 역시 '스루가 지방 하늘에서 가장 가까운 산', 즉 후지산으로 설정되어 있다. 앞서 기술했듯이 『다케토리 이야기』의 후지산 지명 유래는 많은 무사들을 의미하는 '후지'(富士)를 표면적으로 나타내고 있지만, 중층적으로 불사를 의미하는 '후시(不死)의 산'이라는 소위, 죽지 않은 영원성을 상징하는 선경 세계의 이미지를 투영시키고 있다.

이렇게 친근한 날개옷 전설을 통해 구축된 후지산의 선경적 이미지는 일본인들에게 무의식적으로 공유되었고, 후지산을 이상향의 풍경으로 관념화시킨 매개체는 날개옷 전설이었다. 다시 말해 선경으로서 후지산의 도코요의 이미지 구축은 날개옷 전설이라고 하는 문학적·문화적 기억이 중층적으로 작용했다고 할 수 있다. 그리고 후지산과 일체화된 가구야 아가씨 전승과 '미호노 마쓰바라' 날개옷 전설은 일본인들의 의식 속에 깊이 자리 잡게 되었으며, 지금도 소나무 숲의 아름다운 풍경과 고전적인 전승을 가미시킨 후지산은 일본인들이 동경하고 일본의 아름다운 풍경으로 상징화되고 있다.

04. 여성의 불안을 가나 문자로 적은 일기

미치쓰나의 어머니 『가게로 일기』

【권도영】

이렇게 세월은 흘러가는데도 생각대로 되지 않는 이내 신세를 한탄하고만 있는지라 새해가 밝아도 기쁘지 않고 변함없이 허무함을 느끼고 있으니, 있는지 없는지도 모를 아지랑이처럼 허무한 여자의 처지를 기록한 일기라고 할 수 있겠다.

－번역본『아지랑이 같은 내 인생 가게로 일기』 2011, 이미숙, 한길사

위 인용은 『가게로 일기』(蜻蛉日記)라는 일본 고전 작품의 상권 말미에 있는 발문(跋文)으로, '아지랑이'나 '하루살이' 등을 뜻하는 '가게로'처럼 삶이 허망하다는 의미를 담은 제목은 이 발문에서 유래한다. 이 일기는 상 · 중 · 하권으로 구성되며, 작자와 후지와라노 가네이에(藤原兼家)의 관계를 중심 내용으로 한다. 일기의 작자는 후지와라노 도모야스(藤原倫寧)의 딸로 와카(和歌)에 재능이 있었으며 남편 가네이에와의 사이에 미치쓰나(道綱)라는 이름의 아들을 하나 두었다. 이름이 알려지지 않은 관계로 미치쓰나의 어머니라는 호칭으로 불리는 경우가 많다.

『가게로 일기』는 일본 고유의 문자인 가나(仮名)를 사용한 여성 일기 중 현존하는 가장 오래된 작품이다. 물론, 이 작품 이전에도 신변의 일을 적은 일기는 존재했다. 하지만, 그 대부분은 남성 관료에 의해 한문으로 적혔으며, 내용 또한 궁중에서 행해지는 행사나 의례가 중심을 차지하고, 자손들에게 행사나 의례의 작법을 전달한다는 목적의식 아래서 집필된 기록의 성격을 갖는다는 점에서 문학작품과는 차별된다.

『가게로 일기』 이전에 남성이 가나문자를 사용하여 적은 일기 또한 있다. 와카(和歌)의 명수(名手)인 기노 쓰라유키(紀貫之)가 현재의 고치현(高知県)에 해당하는 도사(土佐)지방에서 행정관 임기를 마치고 교토(京都)로 돌아온 여정(旅程)을 바탕으로 적은 『도사 일기』(土佐日記)가 그것이다. 이 가나문자로 적힌 현존하는 가장 오래된 일기는 "남자도 쓴다고 하는 일기라는 것을 여자도 써보고자 하여 적는 것이다."라는 서문에서 알 수 있듯이, 남성인 기노 쓰라유키가 자신을 여성으로 가탁(假託)하여 적은 것이다. 가나문자의 사용과 와카 및 사적(私的)인 내용의 기록 등을 위한 가탁으로, 이에서 당시 가나문자의 지위를 엿볼 수 있다.

'남자 글'(男文字)로 불린 한자에 대해 '여자 글'(女手)로 불린 가나문자-특히 히라가나(平仮名)-는 헤이안 시대 초기에 만들어졌다. 이후에 최초의 칙찬와카집(勅撰和歌集)인 『고킨와카슈』(古今和歌集, 905)의 편찬에 사용됨으로써 조정의 공인을 받았지만, 관료사회 속에 있는 남성들에게 있어서 문자는 한자가 중심이었으며 가나문자는 보조적인 것이었다. 이런 남성들의 사정에 반해 헤이안 시대를 살았던 대부분의 여성들에게는 가나문자가 감정 표현과 교류를 위한 주요 수단이었다.

물론, 헤이안 시대의 여성들 중에서도 『마쿠라노소시』(枕草子)를 쓴 세이쇼나곤(淸少納言)이나 『겐지 이야기』(源氏物語)의 작자 무라사키시키부(紫式部)와 같이 한자와 한문에 능숙한 인물은 있었고, 미치쓰나 어머니 또한 한시문에 관한 소양을 『가게로 일기』를 통해 드러냈다.

그러나 헤이안 시대 대부분의 여성들에게는 한문에 관한 소양이 불필요한 것으로 여겨졌다. 이런 인식은 무라사키시키부가 쓴 『무라사키시키부 일기』(紫式部日記)의 "마님은 이러시기 때문에 복이 조금밖에 없는 것입니다. 어떤 여자가 한자 책을 읽습니까? 옛날에는 불경을 읽는 것조차 제지했습니다."라는 부분에서 단적으로 드러난다. 남편이 일찍 죽어 과부가 된 무라사키시키부 불행의 원인을 한문과 관련지어 생각한 이 발언에서는 여성의 삶을 규정짓는 당시의 인식을 살필 수 있다.

헤이안 시대를 살았던 여성들의 삶을 규정하는 인식은 허구의 작품인 『겐지 이야기』에까지 투영되었다. 『겐지 이야기』에는 주인공 히카루겐지(光源氏)가 가장 사랑한 여인인 무라사키노우에(紫の上)가 "여성만큼 처신이 곤란하고 애달픈 것은 없다. 마음 깊이 느끼는 감정도, 계절의 정취도 모르는 척 숨겨두고 틀어박혀 지내면 무엇으로 세상을 사는 기쁨을 느끼고 무상한 세상의 무료함도 달랜단 말인가? 세상의 도리도 모르고 쓸모없는 사람이 되는 것 역시 길러준 부모도 대단히 안타까워 할 일이 아닌가?"라는 생각을 하는 부분이 있다. 이 생각은 남편을 잃은 감정 표현이 다른 남성의 마음을 자극한다는 비난과 남성에 의지해서 살 수밖에 없는 삶 사이에 놓인 여성의 비극적인 운명에 대한

깨달음을 드러낸다. 억압된 여성의 비극은 『가게로 일기』에서도 드러나는데, 이런 내용이 '여자 글'로 쓰였다는 사실은 시사적이다.

참고로 현재 전해지는 『가게로 일기』의 전본(傳本)으로는 궁내청 서능부장 계궁본(宮内庁書陵部蔵桂宮本)부터 아파국문고 구장본(阿波国文庫旧蔵本), 신궁징고관본(神宮徴古館本), 국회도서관본(国会図書館本) 등이 있다. 하지만, 가장 원본에 가깝다고 여겨지는 궁내청 서능부장 계궁본을 비롯한 모든 전본들은 본문에 의미 불명의 말들이 섞여 있는 등 상태가 고르지 못하다. 전사(傳写)를 거듭하는 과정에서 생긴 오류를 보정하여 『가게로 일기』를 읽을 수 있게 된 것은 1950년대 중반부터 10여 년에 걸쳐 있었던 활발한 본문의 연구 성과이다. 어찌 되었건, 그 연구자들의 노력 덕분에 다음과 같은 『가게로 일기』의 서문을 접할 수 있게 되었다.

이렇게 내 반평생의 세월은 흘러가고, 세상에 참으로 의지할 데 없이 이도 저도 아닌 상태로 세월을 보내고 있는 사람이 있었다. …(중략)…보통 사람과는 다른 내 살아온 평범치 않은 삶이라도 일기로 써 풀어내면, 좀체 접할 수 없는 색다른 것으로 여겨질런가, 천하에 더할 나위 없이 신분이 높은 사람들의 결혼 생활은 어떠한가라고 묻는 사람이 있다면, 그에 대한 대답의 한 예로라도 삼았으면 하고 생각도 해보지만, 지나간 세월 동안의 일들이 어렴풋하게밖에 기억나지 않아, 뭐 이 정도면 되겠지라고 적당히 쓰다가 놔두는 일도 많아져 버렸다.

이 서문에서는 세상에 대한 미치쓰나 어머니의 감회, 일기를 적은 목적과 방법 그리고 이 일기가 독자를 상정하고 있다는 사실 등, 일기 문학의 특징을 살필 수 있다. 신변의 일과 그 일에 대한 감회를 적는다는 점에서 현대의 일기와 공통되지만, 독자에게 읽힐 것을 상정한다는 점과 과거의 일을 회상하여 적었다는 점에서는 현대의 일기와는 차이가 난다. 이하에서는 미치쓰나의 어머니가 독자를 상정했다는 점을 염두에 두고『가게로 일기』의 내용을 간략하게 살펴보기로 한다.

『가게로 일기』의 독자로 추정되는 인물로는 미치쓰나의 어머니가 맞아들인 양녀가 있다. 양녀입양은 하권의 덴로쿠(天禄 3년,972)에 일어난 일로 미치쓰나의 어머니는 후지와라노 가네이에와 미나모토노 가네타다(源兼忠)의 딸 사이에서 태어난 여자아이를 입양했다. 양녀입양에 관한 미치쓰나 어머니의 결심은 아래 부분에서 확인할 수 있다.

이렇게 지내고 있는데, 남편과의 관계가 지금처럼 소원해서는 앞날조차 불안하기만 한데다 그나마 아들만 하나 있다. 그래서 이제까지 늘 이곳저곳으로 참배를 하러 갈 적마다 자식을 더 점지해주십사 하고 있는 정성을 다해 빌어보았지만, 이젠 더 이상 아이를 가지기 어려운 나이가 되어버렸다. 바라는 것은 어떻게 연이 닿아 미천하지 않은 사람의 여식 하나를 양녀로 맞아 뒷바라지를 했으면, 하나 있는 아들과도 사이좋게 지내게 해 내 늘그막과 임종이라도 지켜보게 했으면 하는 마음이 요 근래에는 부쩍 더 든다.

이 일기의 상권과 중권에는 미치쓰나 어머니가 신사나 절로 가서 참배와 불공을 드리는 내용이 때때로 보인다. 상권과 중권에서 밝혀지지 않았던 참배와 불공의 내역이 위의 부분에서 처음으로 밝혀졌다. 오랫동안 딸아이를 점지해주십사 바라왔던 미치쓰나 어머니는 추정 연령 37세의 나이로 출산을 포기하고 양녀를 들이고자 결심했다.

미치쓰나 어머니가 양녀를 들일 결심을 한 이유에 관한 주장으로는 소원해진 가네이에와의 관계회복, 아들 미치쓰나의 출세, 노년을 포함한 앞날에 대한 불안 해소 등이 있다.

우선 이 글에서는 양녀입양의 원인이 미치쓰나 어머니의 불안 해소와 관련이 있다고 여긴다는 것을 밝혀둔다. 그리고 이 생각에 도달한 이유를 위 주장들을 살펴보며 밝히고자 한다. 위 주장을 이해하기 위해서는 당시의 섭관가에 있어서 딸아이가 갖는 의미를 생각할 필요가 있다. 섭관은 어리거나 병약한 천황을 대신해서 정무를 보던 섭정(攝政)과 장성한 천황의 고문을 담당하던 관백(關白)의 머리글자를 합친 말로, 보통 천황의 외척이 그 자리를 차지했다. 따라서 섭관가가 천황가와의 인척관계를 유지하기 위해서는 딸아이가 필요했다. 실제로 가네이에의 경우 또 다른 부인인 후지와라노 도키히메(藤原時姬)와의 사이에서 낳은 두 명의 딸을 레이제이 천황(冷泉天皇)과 엔유 천황(円融天皇)의 후궁으로 들여보냈고, 이들로부터 산조 천황(三条天皇)과 이치조 천황(一条天皇)이 태어났다. 이런 섭관가의 사정을 배경으로 미치쓰나의 어머니가 양녀를 들임으로써 권력을 꿈꾸는 가네이에의 관심을 끌고자 의도했으며, 후일 아들 미치쓰나의 출세에 도움이 되리라는 생각 또한 있었다는 주장들이 제시된 것이다. 그러나 덴로쿠 3년의 "지금은

43

그 사람의 발길이 멀어져 자주 찾아오지 않아도 그다지 마음에 담아두지 않게 되었기에, 오히려 무척이나 마음이 편하다"와 같이 가네이에가 자신을 찾지 않는 것을 마음에 담아두지 않는 모습을 생각하면, 미치쓰나 어머니가 양녀를 입양한 주된 이유가 가네이에와의 관계 회복에 있었는지 의문스럽다.

아들 미치쓰나의 출세를 바라는 마음은 양녀입양을 결심하는 내용의 바로 앞에 있는 부분에서 확인할 수 있다. 아들의 출세를 바라는 어머니의 애틋한 마음은 양녀입양에 관한 내용 직전에 있는, 아들 미치쓰나의 출세를 암시하는 꿈에서도 살필 수 있다. 해당 부분의 인용은 생략하지만, 다음 인용에서 드러나는 이 모자 간의 애틋함을 생각하면 아들의 출세를 위한 양녀입양이라는 견해는 꽤 설득력이 있는 듯 보인다.

"어떻게 하면 좋을까. 비구니라도 되어 이 세상 번뇌를 떨쳐낼 수 있을지 시도해볼까 하는구나"라고 말을 꺼내니, 아직 어려서 분별이 있는 것도 아니고 깊은 속사정을 알 리도 없는데도 무척이나 엉엉 흐느껴 운다. "어머니가 그리 되시면, 저 또한 법사가 되어 살겠습니다. 무엇을 하려고 세상 사람들과 섞여 살겠습니까"라며, 그치지 않고 계속 큰 소리로 통곡을 하니, 나 또한 솟구치는 눈물을 주체하기 어렵지만, 아이가 너무 슬퍼하기에 농담으로 돌리려고 이렇게 말했다.
"그런데 스님이 되면 매 사냥 때 쓰려고 키우고 있는 매는 어떻게 하실 참인고" 하고 물으니, 천천히 일어나 매 있는 데로 달려가서는 묶어둔 매를 주먹에 올려서는 날려 보냈다. 옆에서 보고 있던 시녀들도 눈물을 참기가 어려운데 하물며 나는 더 말할 나위가 없어, 고통스럽게 하루를 보냈다.

양녀를 들이기 두 해 전에 있었던 일로, 가네이에와의 관계가 마음 같지 않았던 미치쓰나 어머니는 죽기를 소원하지만 남겨질 아들을 생각하면 차마 죽을 수는 없었다. 대신 출가를 결심한 미치쓰나 어머니가 그 생각을 밝히자 아들 미치쓰나는 자신 또한 어머니를 따라 출가하겠노라고 이야기하며 매사냥을 위해 소중히 기르던 매를 날려 보냈다. 어머니의 출가를 막기 위한 행동으로도 해석할 수 있지만, 이 미치쓰나의 행동에는 주변을 눈물로 적신 어머니를 향한 애틋함이 녹아 있다. 이런 애틋한 모자관계에서 아들의 출세를 바라는 어머니의 마음은 어찌 보면 당연하다. 하지만 출세를 바라는 아들 미치쓰나에게서는 때로 어머니의 마음을 거스르는 모습이 보인다.

양녀입양을 결심하기 한 해 전인 덴로쿠 2년(971), 미치쓰나 어머니는 가네이에의 매정함을 참지 못하고 나루타키(鳴瀧)라는 곳에 있는 절에서 칩거한다. 이 칩거는 가네이에가 미치쓰나를 종용하여 끝을 맺는데, 여기에서 미치쓰나는 귀가를 바라지 않는 어머니를 거스른다. 미치쓰나 어머니는 자신의 짐을 꾸리는 아들을 보며 "기가 막혀 정신줄을 놓고 앉아 있"었고, 어쩔 수 없이 귀갓길에 오르는 마음은 "제 정신도 아닌 듯하다." 이 나루타키 칩거 부분에서 미치쓰나가 아버지 가네이에를 따른 이유는 가네이에의 대납언(大納言) 승진에 관한 내용에서 추측할 수 있다. 축하인사를 기뻐할 수 없는 어머니와 달리 미치쓰나는 마음속으로 기뻐했다. 승진과 더불어 바빠진 가네이에가 더욱 자신을 찾지 않을 것이기에 기뻐할 수 없는 어머니와 달리 미치쓰나는 자신의 앞날을 이끌어 줄 아버지의 승진이 기뻤고, 자신의 출세와 직접 관련되기 때문에 아버지를 거스를 수 없었다. 미치쓰나의 출세를 둘러싼 모자 간의 감정 단절을 살필 수 있는데, 이 감정의 단절에서 미치쓰나 어머니가 딸아이를 원한 이유와 일기를 적으며 상정한 독자를 추측할 수 있다. 남편이나 아들과는 공유할 수 없었던, 헤이안 시대를 살았던 여성에게 짐 지워진 불안. 미치쓰나 어머니는 이 불안에 대한 공감을 바라는 마음을 양녀입양과 일기의 집필을 통해 드러내고 있다.

마지막으로 미치쓰나 어머니와 가네이에의 사이가 좋았던 시기의 내용을 덧붙이고자 한다. 『가게로 일기』의 상권에 있는 친정어머니의 사십구재 부분으로 여기에서는 가네이에의 모습이 다음과 같이 적혀 있다. 친정어머니의 사십구재 이후 뿔뿔이 흩어지는 친척들의 모습을 본 미치쓰나 어머니는 의지할 데 없는 불안을 느끼고 마음이 약해진다. 이런 심경을 헤아려 살뜰히 챙긴 가네이에는 미치쓰나 어머니의 불안을 이해했던 남편으로 그려진다.

사십구재는 아무도 빠지는 사람 없이 집에서 올린다. 내 아는 그 사람이 필요한 일들 대부분을 도맡아 처리했기 때문인지, 많은 사람들이 조문하러 왔다. 내 마음을 나타내기 위해 불상을 그리게 했다. 그 날이 지나자 모두 제각각 자기 집으로 흩어져 갔다. 이전보다 내 마음은 더욱더 약해져만 가니, 어떻게 해볼 수도 없다. 그 사람은 약해진 내 마음을 생각해 전보다 더욱 자주 찾아온다.

05. 애정과 증오의 끝에서

남성의 영원한 마돈나 오노노 고마치

【허영은】

꽃도 용모도 / 속절없이 시드네 / 허무하게도

내가 시름에 잠겨 / 지내는 그 사이에

이 노래는 일본의 대표적인 가집『고킨슈』(古今集)와『햐쿠닌잇슈』
(百人一首)에 실려 있는 것으로 9세기경 오노노 고마치라는 여류 가인
이 부른 노래이다. 자신의 아름다운 용모를 꽃에 빗대어 세월의 무상
함을 읊은 고마치의 대표작으로, 오랜 장맛비에 갇혀 지내는 사이에
꽃도 자신의 아름다운 용모도 시들어간다는 내용이다.

이 노래 이외에도 고마치는 애절한 사랑 노래를 다수 읊었는데,
이런 요염한 노래들로 인해 고마치는 일본을 대표하는 미인으로 자리
매김하게 된다. 심지어 일본인들은 고마치를 클레오파트라, 양귀비와
함께 세계 3대 미녀로 꼽고 있다. 하지만 그녀의 삶에 대한 기록이 거
의 남아 있는 것이 없어 베일에 싸여 있는 부분이 많고, 그래서 과연
그녀가 정말 대단한 미녀였을까 의심하는 사람들도 적지 않다. 그럼

일본을 대표하는 미인 오노노 고마치

에도 불구하고 그녀가 남긴 아름다운 사랑 노래들로 인해 일본 사람들은 고마치가 대단한 미인이었을 것이라 굳게 믿고 있고, 그녀에 대한 애정은 남녀노소, 지역을 막론하고 전 국민적 수준에 이른다.

일본 전국 각지에는 100여 개 이상의 고마치와 관련한 유적이 존재하고, 그녀의 이름을 딴 다양한 상품들이 출시되고 있다. 쌀을 비롯, 화장수, 술, 상점가, 심지어 댐까지 있을 정도로 고마치의 인기는 단연 일본 최고라 할 수 있다. 그런데 최고의 미인이자 아름다운 노래를 짓는 당대 최고의 가인이었던 고마치가 말년에는 거지꼴을 하고 전국을 유랑하며 죽어서는 들판에 해골로 나뒹구는 신세가 된다. 고마치와 관련된 여러 전설 중 가장 가혹한 것은 후카쿠사 소장의 사랑을 거절한 벌로 죽어서도 억새에 눈을 찔려 고통을 당한다는 '아나메 전설'이다.

이렇게 일본인의 고마치에 대한 마음은 애정과 증오의 양 극단을 달리는 것 같다. 이런 낙차가 생긴 이유는 무엇일까? 일본인들의 고마치에 대한 애증의 역사를 추적해 보도록 하자.

고마치는 그녀가 활약한 고킨슈 시대에 여섯 명의 가선(六歌仙)에 들 정도의 뛰어난 노래 솜씨를 가지고 있었다. 『고킨슈』 서문을 쓴 기노 쓰라유키는 고마치에 대해 다음과 같이 평하고 있다.

오노노 고마치는 옛날 소토오리히메의 계승자이다. 가슴 깊은 울림을 가지고 있지만 강하지 않고, 말하자면 지체가 높은 여성이 아픈 것과 비슷하다. 강하지 않은 것은 여성의 노래이기 때문일 것이다.

─『고킨슈』서문

쓰라유키는 고마치의 노래가 고대 가요집 『만요슈』(万葉集)에 등장하는 소토오리히메의 가풍과 비슷하다는 지적을 하고 있다. 소토오리히메는 고대 가집인 『만요슈』 시대 가인으로, 아름다운 광채가 옷을 뚫고 바깥으로 나올 정도로 미모가 뛰어난 미인이었다고 전해지는 인물이다. 여기에서 또 한 가지 주목할 것은 소토오리히메나 고마치의 노래가 '강하지 않은' 노래임을 강조하는 부분이다. 또한 이 두 여성 노래의 공통점은 사랑 노래가 많고 이들 노래가 대부분 그리운 임을 기다리는 내용이라는 점이다.

그대 올 듯한 / 저녁 무렵이로다 / 거미를 보니
움직임만 보아도 / 미리 알 수 있구나
─소토오리히메가 잉교천황을 그리며 부른 노래, 『만요슈』

그대 그리며 / 잠드니 그대 모습 / 보이는구나
꿈인 줄 알았다면 / 눈을 뜨지 말 것을
─고마치 노래, 『고킨슈』

소토오리히메의 노래는 거미의 미세한 움직임에 그리운 임이 찾아와 주기를 바라는 간절한 마음을 담고 있고, 고마치 역시 오지 않는 님을 그리며 잠드는 '기다리는 여심'을 노래하고 있다. 남자가 여자 집을 방문하는 형태의 일부다처제가 행해졌던 고대 일본에 있어 바람직한 여성상은 이 두 사람처럼 '강하지 않은', '기다리는 여성'이었던 것이다.

그런데 『고킨슈』에서 노래를 잘 짓고 소토오리히메를 잇는 미인으로 추앙받던 고마치는 시대가 내려오면서 차츰 비난의 대상이 되기 시작한다. 그 시작은 『이세 이야기』(伊勢物語) 25단에서부터이다.

옛날에 한 남자가 있었다. 만나주겠다고도 만나지 않겠다고도 확실히 하지 않다가, 막상 남자가 만나자고 하면 만나주지 않는 여자에게 노래를 보냈다.

가을 들판에 / 대숲 이슬에 젖은 / 그 날보다도
만나지 못해 우는 / 소매가 더 적셔오네

'이로고노미'인 이 여자가 보내기를

마음이 없는 / 사람인 줄 모르고 / 오시는군요
마음 없는 나에게 / 이렇게 열심히도

남녀가 주고받는 이 노래는 『고킨슈』에 아리와라노 나리히라와 고

마치의 노래로 나란히 실려 있다. 특별한 관련이 없던 이 두 노래를 『이세 이야기』에서는 두 남녀의 밀고 당기는 사랑의 증답가로 바꿔놓고 있다. 여기에서 여성을 '이로고노미'(色好み)로 표현하고 있는데, 『이세 이야기』에 등장하는 여성에 대한 '이로고노미'의 예는 여덟 개 모두 고마치를 가리킨다. 헤이안시대 '이로고노미'는 '아름다운 것을 사랑하고 남녀 간의 정을 아는 풍류'라는 좋은 의미로 사용되고 있었으나 이것은 어디까지나 남성에 국한되는 것이고, 위의 예에서 보듯이 여성의 경우 '이로고노미'는 '남녀 간의 정에 무른 사람', '주체적으로 남성을 고르는 존재'를 말한다. 『이세 이야기』의 이 증답가는 기존의 '기다리는 여성'이 아닌 '거절하는 여성'의 등장을 보여주는 중요한 예이고, 작자가 그러한 여성으로 고마치를 선정했다는 점에 주목해야 할 것이다. 그리고 이 기조는 이후 '모모요 가요이 전설'(百夜通い伝説)로 발전한다.

'모모요 가요이' 설화는 후지와라노 기요스케의 『오기쇼』를 시작으로 무로마치시대의 오토기조시인 『고마치소시』, 중세 연극 노의 각본인 요쿄쿠 『소토바고마치』, 『가요이고마치』 등 수많은 문학의 소재가 된 설화이다. 고마치가 자신을 흠모하는 후카쿠사 소장에게 백일 동안 자신을 찾아오면 만나주겠다는 약속을 하고, 소장은 99일 동안 비가 오나 눈이 오나 하루도 빠짐없이 매일 고마치를 찾아온다. 하지만 드디어 백일째 되는 날 소장은 급사를 하고 만다는 비극적 이야기이다. 이 이야기는 많은 파생문학을 낳으며 대중에게 확산되었고, 이 설화로 인해 고마치는 남자의 순수한 사랑을 받아들이지 않는 교만한 여

아나메 전설

성으로 자리매김하게 되었다. 이후 고마치는 『고콘초몬주』 등을 통해 당시 유행하던 『장쇠기』(壯衰記)의 주인공이 되어 젊은 시절 자신의 미모를 믿고 남자들을 업신여기다가 쇠락해져 결국에는 들판을 헤매는 존재로 묘사된다. 이 『장쇠기』는 이때부터 『다마즈쿠리 고마치 장쇠서』라는 이름으로 불리며 특별한 근거 없이 어느 사이엔가 고마치에 대한 이야기로 정착하게 되고, 근세 이후 몰락한 고마치 설화가 정형화하는 데 큰 영향을 미쳤다.

『고마치소시』 등에 등장하는 고마치 백골설화는 나이든 고마치가 도읍을 떠돌다 들판에서 죽게 되고, 그 후 백골이 된 고마치의 눈에 억새가 자라 바람이 불 때마다 "아, 눈이 아파, 눈이 아파!"(あな眼, あな眼)하면서 괴로워한다는 이야기이다. 그래서 이를 '아나메 전설'이라고도 한다.

이 설화는 여자가 남자를 거부하면 그 죄로 죽어서도 고통이 멈추지 않는다는 무시무시한 경고인 셈이다. 중세에 고마치를 일곱 가지 버전으로 그린 '나나 고마치'(七小町) 작품에도 고마치를 천 명이나 되는 남자를 만나는 호색한 유녀로 그리고 있기도 하다. 또한 근세에는 고마치가 호색한 생활을 한 결과 성적 불구가 되었다고 풍자하는 하이쿠가 등장하기도 한다.

이와 같이 고마치는 아마도 일본 문학사상 가장 오랜 세월 동안

봄에는 와카를 가을에는 하이쿠를 기억하다

다양한 버전으로 가장 많이 다뤄진 인물일 것이다. 그러나 그녀에 대한 이미지의 낙차가 너무 커서 과연 어느 것이 진짜 그녀의 모습인지 가늠하기 어려운 인물이기도 하다. 이 많은 고마치의 모습 중에 과연 진정한 그녀의 모습이 담겨 있기는 한지조차 의문이 든다. 고마치로 서는 상당히 억울한 측면이 있을 것이다. 결국 이들 고마치상은 실은 남성들이, 혹은 그 시대사상이 고마치에게 덧씌운 메타언어가 아닐까 생각된다. 고마치의 노래에 '기다리지 않는' 여성, '남성을 거부하는 여성'의 이미지를 덧씌워 그녀의 삶과 노래를 왜곡시키고 남성들의 이데올로기를 대입시키고자 했던 것, 그것이 시대에 따라 다양한 버전으로 전해지는 고마치 전설의 실체가 아닌가 생각된다.

『고킨슈』에서 여섯 가선 중 유일한 여성으로 활약한 고마치는 고대 전설적 미인으로 알려진 소토오리히메의 전통을 잇는 일본 최고의 미인으로 인식되었다. 하지만 혼잣말처럼 읊조렸던 자신의 용모에 빗댄 신세 한탄의 노래나 붕야노 야스히데와 나눈 가벼운 농담에서 남성들은 그녀를 오만한 여성으로 매도하고 결국에는 남성을 거절한 벌로 죽어서도 고통 받는 신세로 만든다.

그러나 근대가 되면서 이번에는 '고마치는 메이지 부인의 이상이고 사람들에게 축복을 가져다 주는 여신'(고마쓰 히로다케 『고마치 정숙 부인의 귀감』), '두 남자를 섬기지 않은 정숙한 여인의 귀감'(구로이와 루이코 『오노노고마치론』)처럼, 고마치는 갑자기 정숙하고 남성을 도와 집안을 지키는 새로운 근대 국가 건설을 위한 도덕률인 '현모양처'의 귀감으로 칭송되게 된다. 평생 남성을 거절했던 고마치의 곧은 정절이 근대 국가의 새로운 이데올로기인 현모양처의 모델이라는 것이다. 이 또한 근대가 만들어낸 웃지 못할 고마치상의 왜곡이 아니겠는가? 고마치가 봤다면 모두들 소설을 쓰고 있다고 코웃음 쳤을지도 모르겠다.

그런데 실제 근대 작가들은 여전히 고마치에 대한 다양한 소설을 썼다. 엔치 후미코의 『고마치 변주』를 비롯하여 아쿠타가와 류노스케의 『두사람의 고마치』, 미시마 유키오의 『소토바 고마치』 등의 작품들이 있다. 이들 작품에서 고마치는 시대를 초월해 변하지 않는 아름다움을 지닌 '영원한 여성성'을 지닌 인물로 묘사된다. 또 남성들은 여전히 이런 고마치를 목숨을 바쳐서 사랑하고 있다.

> 고마치 : "나를 아름답다고 한 남자들은 모두 죽었어요. 나를 아름답다고 한 남자들은 한 사람도 빠짐없이 다 죽었어요."
> 후카쿠사 소장 : "뭔가가 아름다우면 아름답다고 이야기할 거야. 설령 죽는다 해도."
> (미시마 유키오의 『소토바 고마치』 중에서)

결국 시대에 따라 추락하는 고마치의 모습은 아름다운 여성을 얻을 수 없는 남성들이 만들어낸 허상에 지나지 않는 것이 아닐까? 한 가지 분명한 것은 어느 시대건 남성들은 아름다운 여성을 얻기 위해 목숨까지 내걸 수 있는 무모한 열정가임에 틀림없는 것 같다.

06. 질병이 사랑의 도구라고?

이야기 문학과 치유의 논리

【김종덕】

2019년 중국 우한에서 처음 발생한 코로나19 바이러스는 세계적인 대유행으로 확산되면서, 현재 국내의 확진자가 8만 3천여 명, 세계적으로는 1억 853만 명을 넘었다고 한다. 이와 같은 전염병은 옛날에도 있었지만, 과학적 지식이 없었던 시대라 대개 질병의 원인을 역신이나 귀신이 병을 퍼뜨린다고 생각했다. 신라시대 헌강왕(875~886) 때의 처용(處容) 설화는 바로 이러한 전염병을 막는 민간요법의 하나로 전승되었다. 용왕의 아들 처용이 밤늦게 집에 돌아와 미모의 부인이 역신(疫神)과 밀통을 한 것을 알게 된다. 그러나 처용은 화를 내기는커녕 노래를 부르고 춤을 추며 역신을 너그럽게 용서한다. 이에 감동한 역신은 이후 대문에 그려 붙인 처용의 그림만 보아도 근접하지 않았다는 것이다.

『고지키』 스진(崇神) 천황 대의 미와야마(三輪山) 전설은 역병이 돌았을 때 신탁을 통해 치유한다는 이야기이다. 스진 천황은 오모노누시(大物主) 신으로부터 자신의 아들인 오호타타네코로 하여금 제사를 지내면 역병이 진정될 것이라는 신탁을 받는다. 이에 스진 천황이 오호타

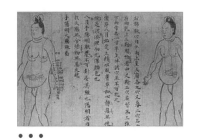

「医心方」22권 태교편의 삽화

타네코를 찾아 제사를 지내게 하자, '가미노케'(神の気, 역병)가 진정되고 나라도 평안해졌다는 것이다. 즉 상대의 한국과 일본에서 전염병의 치료는 과학적인 약물보다 민간요법이나 신탁의 계시에 따라 치유했다는 것을 알 수 있다.

일본의 『대보율령』(701년) 권제9의 「의질령 제24」에는 사람이 질병에 걸리면 중국과 한반도에서 전래한 의술이나 의약으로 치유한다고 되어 있다. 헤이안(平安) 시대 일본 최고의 의학서 『의심방』(984년)에는 여러 질병과 그 치료 방법을 기술하고 있다. 그리고 근세의 제8대 도쿠가와 요시무네 장군 때에는 허준의 『동의보감』이 출판되어 당대 최고의 의학서이며 비보(秘宝)로 인정받았다. 이후 일본 의학의 중심은 난학(蘭学)으로 옮겨가는데, 특히 네델란드어로 번역된 독일의 의학서인 『해체신서』(1774)를 통해 서양의학의 치료법이 획기적으로 발전한다.

헤이안 시대의 『마쿠라노소시』(枕草子) 181단에서 '질병에는 속병, 모노노케(物の怪), 각기병, 그리고 왠지 식욕이 없는 기분' 그리고 치통 등을 지적하고 있다. 그리고 별본 23단에는 모노노케로 인하여 고통을 받고 있는 사람과 모노노케의 집념이 강해서 승려가 아무리 기도를 해도 좀처럼 굴복되지 않는다는 이야기를 소개하고 있다. 가마쿠라(鎌倉) 시대의 『고콘초몬주』(古今著聞集) 권17에는 도바(鳥羽, 1107~1123) 천황의 다섯째 딸이 손을 씻고 있을 때, 아귀가 나타나 세상의 질병은 모두 자신이 일으키는 것이라고 한다. 그리고 『슈가이쇼』(拾芥抄, 13세기)

팔괘부 제34에는 사람의 나이가 13, 25, 37, 49, 61, 73, 85, 99세가 되었을 때를 액년이라 하고, 질병과 재난을 당하기 쉽다고 기술하고 있다.

헤이안 시대의 모노가타리(物語,이야기) 문학에서는 등장인물의 질병과 죽음을 사랑의 인간관계를 이어주는 도구, 즉 주제와 작의(作意)로서 묘사하는 경우가 많았다. 여기서는『겐지 이야기』에서 히카루겐지(光源氏)와 오보로즈키요(朧月夜)에게 나타나는 학질, 아오이노우에(葵上)와 무라사키노우에(紫上), 온나산노미야(女三宮)를 괴롭히는 모노노케 등을 중심으로 질병의 묘사가 사랑의 방편이 되는 과정을 살펴본다. 그리하여 이들의 인간관계에 나타난 질병과 치유의 논리가 이야기의 주제에서 어떠한 기능을 하는가를 알아보고자 한다.

학질에 걸린 히카루겐지와 오보로즈키요

겐지와 오보로즈키요는 학질에 걸리는 것을 계기로 새로운 만남이 시작된다. 우선 와카무라사키 권의 서두에서 18세의 겐지는 학질을 앓게 되어 갖가지 치료를 받았지만 효험이 없자, 어떤 사람으로부터 기타야마에 훌륭한 수행자가 있다는 소문을 듣고 찾아간다.

겐지는 바로 사람을 보내 모셔오려고 했으나 고승이 나이가 많아 절 밖으로 나올 수 없다고 하자, 이른 새벽에 4, 5명의 부하만 데리고 직접 기타야마의 절로 찾아간다. 고승은 '높은 산 바위 속에서' 수행을 하고 있었다. 즉 이러한 고승은 종교적인 지도만이 아니라 중생들의 질병까지도 치유하는 능력을 소지하고 있었던 것이다. 고승은 세상과의 인연을 끊고 질병을 치료하는 방법 등도 잊었다고 겸손해 했지만, 대단히 높은 덕을 쌓은 사람이었고, 적절히 호부를 만들어 마시게 하고 가지(加持) 기도를 하여 겐지를 치료한다.

겐지가 걸린 학질은 이틀에 한 번 오한과 발작을 수반하는 오늘날의 말라리아와 같은 병으로 추정된다. 고승은 부처의 덕이나 이름 등을 범자(梵字)로 쓴 호부(護符)를 겐지에게 먹이거나, 가지를 하는 등 갖가지 방법으로 치료한다. 겐지는 하루 종일 치료를 받아 저녁 무렵이 되자 발작도 줄고 많이 좋아졌지만, 고승은 아직도 모노노케가 붙어 있으니 좀 더 가지를 받아야 된다고 한다. 즉 겐지는 약물 등의 의학적인 방법이 아니라 가지기도와 같은 정신적인 치료로 완쾌된다는 점에 주목할 필요가 있다.

3월 말이지만 기타야마의 산 벚꽃은 아직 한창이라, 겐지는 밖으로 나와 주변을 살펴보다가 어떤 승도가 산다고 하는 제법 세련된 울타리로 꾸민 승방을 내려다보게 된다. 그리고 다음 날 저녁 무렵에 다시 우아한 울타리의 승방을 내려다보다가 승도의 여동생과 후지쓰보의 조카인 와카무라사키(若紫)를 보게 된다. 이와 같이 겐지의 질병은 와카무라사키와의 만남을 위한 복선으로 설정된 것임을 확인할 수 있다. 즉 겐지가 기타야마에 간 것은 신병 치료가 첫 번째 목적이었으나, 이향방문담의 화형으로 와카무라사키를 만나게 되는 것이다.

비쭈기나무 권에서는 학질에 걸린 나이시노카미(오보로즈키요)가 친정인 우대신 저택에서 겐지와의 밀회를 거듭한다. 오보로즈키요도 학질을 의학적인 처방이 아닌 주술적인 가지기도를 통해 치료한다. 겐지는 우대신의 딸로 동궁에 입궐 예정이었던 오보로즈키요와 우연히 궁중의 벚꽃놀이에서 만난 이후 밀회를 거듭하고 있었다. 이후 오보로즈키요는 나이시노카미(尚侍)로 입궐하지만, 학질로 인해 친정으로 나온 후에도 매일 밤 겐지를 끌어 들였다. 그런데 어느 폭풍우가 몰아친 다음날 아침, 두 사람은 아버지 우대신에게 발각되고, 이 사건은 겐지가 스스로 스마(須磨)로 퇴거하는 계기가 된다. 즉 겐지는 학질이라는 질병으로 인해 와카무라사키를 만나게 되고, 오보로즈키요의 학질이 동인이 되어 겐지가 스마·아카시(明石)로 이동하게 됨으로써 아카시노키미(明石君)를 만나 딸을 얻고, 그 딸로 인해 섭정의 지위를 누리게 되는 복선으로 작용한다는 것을 알 수 있다.

아오이노우에와 무라사키노우에를 괴롭히는 모노노케

모노노케(物の怪)는 원래 원시적인 정령이나 원령이 천변지이와 질병을 일으켜 사람의 목숨을 앗아가는 악령으로 묘사되는 경우가 많다. 모노노케의 종류로는 생령(生靈)과 사령(死靈), 원령(怨靈), 어령(御靈), 사기(邪氣) 등이 있는데, 모두 사람을 괴롭히는 질병의 원인이 된다고 보았다. 헤이안 시대에 후지와라(藤原) 씨의 참소로 규슈 다자이후(大宰府)로 좌천되어 죽은 학자 스가와라 미치자네(菅原道真, 845~903)는 천변지이를 일으키는 대표적인 어령(御靈)이 된다. 이에 후지와라 씨는 그의 원혼을 달래기 위해 규슈에 다자이텐만구(太宰天滿宮), 교토에 기타노텐만구(北野天滿宮)를 지어 그를 학문의 신으로 모시게 된다.

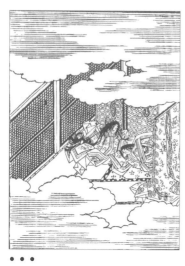

아오이노우에를 괴롭히는 로쿠조미야스도코로의
모노노케 『絵本源氏物語』

헤이안 시대에는 산모의 입덧, 후산이 잘 안되거나, 감기 등 모든 질환을 일단 모노노케의 탓으로 생각했다. 그리고 모노노케는 승려나 수험자(修験者), 음양사 등이 밀교의 수법(修法)인 인계(印契)를 맺거나 주문을 외고 부처의 가호를 빌어 퇴치하는 것이 일반적이었다. 특히 질병의 모노노케는 가지기도를 통해 우선 환자에 붙은 모노노케를 영매인 요리마시(憑坐)에게 옮겨 붙게 하고, 이를 다시 조복(調伏)시킴으로써 완전히 치유된다고 생각했다.

『겐지 이야기』에는 유가오(夕顔)가 방치되었던 겐지의 별장에서 지내다가, 갑자기 나타난 모노노케에 의해 죽임을 당하는 것으로 묘사된다. 그리고 후지쓰보(藤壷)의 출산이 예정보다 늦어지자 사람들은 모노노케의 탓일 것으로 추정한다. 특히 아오이 권에서 좌대신의 딸로서 겐지의 정처가 된 아오이노우에(葵上)는 회임한 후, 수많은 모노노케로 인해 고통을 겪는다.

이 대목에서 겐지를 비롯한 좌대신가의 사람들은 모노노케를 우차소동(車争い)에서 아오이노우에의 가신들로부터 심한 모욕을 당한 겐지의 애인 로쿠조미야스도코로(六条御息所)라고 생각한다. 그리고 로쿠조미야스도코로도 어찌할 수 없는 질투심으로 인해 자신의 혼이 유리되어 생령이 빠져나간다고 자각한다. 즉 로쿠조미야스도코로의 모노노케

가 발현하게 되는 동기는 아오이노우에에 대해, 겐지를 사랑하는 여성으로서 질투와 자존심의 상처로 인한 것임을 알 수 있다. 아오이노우에는 남자 아이를 출산하자 모두가 축하하고, 가지기도를 하던 승려들도 사찰로 돌아간 후, 다시 모노노케의 발작이 일어나 겐지에게 알릴 사이도 없이 숨이 끊어진다. 모노노케로 인해 아오이노우에가 죽은 후, 겐지와 무라사키노우에(紫上)의 결혼이 이루어진다는 점에서 이야기의 작의가 된다는 것을 알 수 있다.

봄나물 하권(若菜下卷)에서 육조원 여성들의 화려한 음악회(女楽)가 끝나자, 겐지는 자신의 여성관계를 술회한다. 이후 무라사키노우에가 갑자기 발병하자 겐지는 이를 '모노노케의 소행일 것이다'라고 하며 영험 있는 수험자들을 불러 모아 머리에서 연기가 나도록 가지기도를 시킨다. 그리고 나타난 로쿠조미야스도코로의 모노노케는 "정말로 원망스럽군요, 원망스러워"라고 하며 겐지를 책망한다. 로쿠조미야스도코로의 사령은 겐지에게 자신의 딸 아키코노무(秋好) 중궁의 후견을 맡아준 점에 대해서는 고맙게 생각하지만, 자신을 좋지 않게 이야기하는 것은 참을 수 없다고 한다. 그러나 겐지는 신불의 가호가 깊어서 붙을 수가 없어 하는 수 없이 무라사키노우에에게 나타난 것이라고 고백한다.

가시와기 권(柏木卷)에는 겐지가 가시와기와 온나산노미야의 밀통을 알게 된 후, 세 사람은 제각기 고뇌하는 가운데 온나산노미야는 가시와기의 아들 가오루(薫)를 출산한 후 출가할 결심을 밝힌다. 아버지 스자쿠원(朱雀院)의 도움으로 온나산노미야가 출가한 후, 또 다시 나타난 로쿠조미야스도코로의 모노노케는 자신이 온나산노미야의 출가에도 관여했다는 것을 밝힌다. 즉 로쿠조미야스도코로의 모노노케는 겐지의 정처인 아오이노우에를 죽이고, 정처격인 무라사키노우에를 발병하게 하고, 온나산노미야를 출가하게 한 것이다. 로쿠조미야스도코로의 모노노케는 질투심에서 발현되어 아오이노우에와 무라사키노우에, 온나산노미야를 파멸시키고, 겐지의 왕권과 영화의 상징인 육조원을 파괴하고 상대화(相対化)시키는 도구가 되는 셈이다.

헤이안 시대의 질병과 『겐지 이야기』의 등장인물을 중심으로 질병과 치유의 논리를 살펴보았다. 특히 이야기의 장편 주제와 깊은 관련이 있는 겐지와 오보로즈키요의 학질, 아오이노우에와 무라사키노우에, 온나산노미야의 모노노케로 인한 질병을 중심으로 살펴보았다. 헤이안 도읍의 귀족들은 질병의 원인이 대부분 모노노케라고 생각했으며, 승려나 수험자들을 불러 가지기도로 치유를 받았다.

그런데 『겐지 이야기』에 묘사된 질병은 단순히 발병하고 치유되는 것이 아니라, 발병이 계기가 되어 사랑의 인간관계와 장편 주제의 도구로서 복선이 된다는 것을 알 수 있었다. 즉 겐지와 오보로즈키요의 학질은 와카무라사키 이야기와 스마 퇴거의 논리를, 아오이노우에와 무라사키노우에, 온나산노미야를 괴롭히는 모노노케는 사랑의 인간관계를 묘사함으로써, 겐지의 영화와 왕권달성의 복선으로 설정되었다는 것을 확인할 수 있다.

07. 왕조 모노가타리의 빛나는 주인공

가구야히메에서 히카루겐지까지

【김태영】

모노가타리의 주인공이 우리에게 말을 건다. 모노가타리의 주인공은 우리에게 무엇을 이야기하고 있을까. 길게는 천 년이 넘는 시공을 뛰어 넘어, 현재까지도 수많은 독자를 사로잡는 모노가타리의 매력, 그 흡인력에는 모노가타리 작품에서 활약을 펼치는 주인공의 모습에 기인하는 부분이 크지 않을까?

근대 작가 아쿠타가와 류노스케(芥川龍之介, 1892~1927)는 그의 작품 『호색』(好色)에서 헤이안 시대 가인(歌人)이자 귀족으로 천하의 플레이보이로 알려진 일명 헤이추(平中), 다이라노 사다부미(平貞文, ~923)의 모습을 생생하게 그려내고 있다. 헤이안 시대 모노가타리 장면을 그린 그림 두루마기(絵巻) 속에서 튀어나온 듯한 그 인물은, 화려한 궁중 행사에 참여하며 권문세가 출신으로 장래를 촉망받는 젊은 귀공자로, 우연한 기회에 덩굴풀 우거진 황폐한 저택에서 아름다운 아가씨를 발견하고 사랑에 빠지기도 할 것이다. 그리고 사랑에 울고 웃는 그들의 인간적인 모습은 오늘날을 살아가는 우리들의 마음을 움직인다. 지금부터 이렇게 매력 넘치는 '빛나는' 주인공들의 모습을 살짝 엿보기로 하자.

주인공이라는 말은 간단히 정의를 내리기가 용이하지 않다. 이 글에서 말하는 주인공은 모노가타리의 주제성과 깊은 관련을 가지는 인물, 혹은 모노가타리 전개의 중심이 되는 인물을 의미한다. 고대 모노가타리에서는 왕통(王統)을 잇는 귀종(貴種) 즉 귀한 혈통의 인물을 주인공으로 한다는 원칙이 있다.

뛰어난 작품성을 지녀 일본 고전문학의 대표작으로 일컬어지는 『겐지 이야기』(源氏物語)의 경우를 살펴보자. 이 작품은 천황의 아들로 초월적 미질을 가지고 태어났지만 후견(後見)의 부재로 정치 현실에서 소외될 것을 염려한 천황의 배려로 신하의 지위로 내려간 주인공이 여성들과의 사랑, 스마(須磨)로의 후퇴라는 경험을 쌓은 끝에 준태상천황(准太上天皇)의 지위에 오른다고 하는 기둥 줄거리를 가진다.

이 작품의 형성 배경에는 탁월한 자질을 지니면서도 정치 현실에서 배제되었던 미나모토노 다카아키라(源高明, 914~982) 등 실존했던 많은 황자(皇子)들의 이미지가 주인공 조형에 영향을 준 것으로 알려진다. 뿐만 아니라 『겐지 이야기』는 『이세 이야기』(伊勢物語) 『우쓰호 이야기』(うつほ物語) 등의 선행 작품에서 영향을 받아 주제나 문체, 인물조형, 구성 등의 여러 측면에서 독창적인 성취를 이루었으며, 『사고로모 이야기』(狹衣物語) 등 후속 작품의 표현 및 구조에 많은 영향을 끼친 것으로 평가된다.

이 글에서는 이와 같이 모노가타리에 나타난 주인공의 계보를 중심으로 '빛나는' 주인공들의 생의 모습을 살펴보면서 모노가타리 작품의 매력에 한 걸음 다가가 보기로 한다.

처음에 빛이 있었다. 『겐지 이야기』에 의해서 '이야기의 조상'(物語の出来はじめの祖)이라고 칭해진 일본 최고(最古)의 모노가타리인 『다케토리 이야기』(竹取物語)는 가구야히메(かぐや姫)라고 하는 빛나는 여주인공 없이는 성립할 수 없었다. 일본의 왕조 모노가타리의 역사는 '빛나는' 주인공을 중심으로 이야기가 시작된 것이다.

빛(光)이라는 글자는 불 화(火)자와 사람 인(人)자의 회의문자로 불의 빛(火)으로부터 생겨난 글자이다. 또한 일본어의 어원으로 보았을 때 '히카리'(光, 빛)라는 말은 번개를 형용하는 말에서 나왔으며, 신의 빛(光)을 나타내는 말이기도 하였다. 사람의 눈이 빛(light)의 밝기와 색깔을 인식하는 것은 여러 가지 작용을 거친다고 알려진다. 우리가 번개를 떠올리면 알 수 있듯이, 이렇게 몇 번이나 중층되는 작용을 한순간에 수행할 수 있는 빛의 작용을 보고 인간은 빛을 이용한 비유표현을 만들었고, 이 표현은 신과 연결되는 표현적 특질을 가지게 되었다.

『고지키』(古事記)에 나타난 '히카리'(光)의 용례를 보면, 아마테라스오미카미(天照大神), 야마토타케루(倭建命), 유랴쿠 천황(雄略天皇)이 스스로 빛을 발하는 인물, 즉 발광체(発光体)로서 표현되어 있다. 사람을 특징짓는 중요한 요소 중 하나로 용모를 들 수 있는데, 고대 신화에서는 아름다운 것, 미질을 가지는 것은 선(善)을 갖추고 있다고 하는 사상이 있다. 고노하나사쿠야히메(木花之左久夜毘売)와 소토오리히메(衣通姫)는 아름답기 때문에 사랑받았으며, 그들의 이야기에서는 아름다움은 곧 완전성이라고 하는 사상이 엿보인다. 즉 '히카리'(光)는 신성한

것, 신격(神格)으로서 적합한 것을 의미하는 것이다. 신의 신격성(神格性)을 나타내는 표현은 여러 가지가 있으나, 그 모두가 보통 사람과는 다른 비범한 것과 관련이 깊다. 그러한 신들의 형용 중 하나가 '빛나는'(光る) 것이다.

『니혼쇼키』(日本書紀)에서도 아마테라스오미카미, 쓰쿠요미노미코토(月夜見尊), 진무 천황(神武天皇), 스진 천황(崇神天皇), 유랴쿠 천황 등이 '빛나고' 아름다운 존재였던 것을 이야기하고 있으며, 보통 사람과 다른 존재였다는 것이 강조된다. 즉 '빛'을 발하는 듯한 아름다움을 가지고 용모에 관한 최상의 아름다움을 표현한 것으로서, 이것은 신격을 표현하는 데 있어서 일본의 전통을 이루어 왔다고 생각된다. 상대 문헌에서는 그 밖에 『가이후소』(懐風藻) 『만요슈』(万葉集)에서 태양의 빛과 천황의 황명(皇明)을 '히카리'(光)로 연결시킨 표현을 볼 수 있다.

헤이안 시대가 되면 '히카루(光る)·히카리(光)' 표현은 상대 왕권신화에서 볼 수 있었던 신성함과 정통성의 증거로서 모노가타리 문학에 계승되어 간다. 『다케토리 이야기』에서 '히카루(光る)·히카리(光)' 표현은 가구야히메를 형용하는 데 주로 사용되고 있다. 가구야히메는 "이 아이의 뛰어난 용모는 세상에 유례가 없을 정도이며, 빛나는 듯이 아름다워서 집 안은 어두운 곳 없이 빛으로 가득했다"(この児のかたちの顕証なること世になく、屋の内は暗き所なく光満ちたり)라고 표현될 정도로 '빛나는' 아름다움을 지니고 있으며, 달이라고 하는 이계(異界)에서 온 존재이기 때문에 '빛'을 발하며 초월적인 존재로 그려진다. 지상의 최고 권력자인 천황이 그녀를 방문하는 대목에서도 가구야히메는 '빛나는'

모습을 하고 있다. 이 빛은 최상의 아름다움이며, 이처럼 빛과 뗄 수 없는 존재로 그려지는 가구야 히메는 상대의 신들과도 같은 빛의 발광체이자 빛이 인격화된 존재나 다름없다.

히카루 겐지

　　그런데 가구야히메의 '빛'은 성성(聖性)을 보증하는 메타포인 동시에 폭력성을 가지고 지상을 위압하기도 하는, 양의적(兩義的)인 것으로 표현되기도 한다. 즉 가구야히메의 '빛'은 인력(人力)으로는 어찌할 수 없는 천계에 속하는 힘이며, 가구야히메가 구혼자들에 대해서 난제(難題)로 고른 것은 모두 '빛나는' 물건이었고 그러한 '빛'을 가진 물건을 획득하지 못한 구혼자들은 가구야히메를 손에 넣을 수 없었던 것이다.

　　신격화된 모노가타리의 주인공에게 이어져 내려가면서 그 주인공을 주인공답게 하는 탁월함을 표현하는 '빛' 표현은 『우쓰호 이야기』로 이어진다. 『우쓰호 이야기』에 나타나는 '빛'은 중심인물에 대해서 혈연을 통해 이어지며 금(琴)의 전수와 함께 전해진다. 도시카게(俊蔭) 일족은 모두가 '빛'을 지닌 인물이며, 그 인물의 남편과 아내가 되는 인물도 '빛'을 가지고 있는 것으로 그려진다. 『우쓰호 이야기』의 '빛'은 『다케토리 이야기』에서 볼 수 있었던 천상의 '빛'을 계승하는 빛이며, 도시카게 일족이 소지하는 '빛'으로 볼 수 있다. 또한 『우쓰호 이야기』의 '빛나는' 일족은 하늘로 승천한 『다케토리 이야기』의 가구야히메와 달리 지상에 계속 머물면서 황권(皇權)보다도 우위에 있는 존재성을 유지하고 있다. 그리고 이와 같은 '빛'의 표현성은 『겐지 이야기』에 이르러 모노가타리의 내부 구조와 더욱 복잡하게 공명하면서 심화된다고 볼 수 있다.

　『겐지 이야기』에서 '히카루(光る)·히카리(光)' 표현이 가장 많이 사용되는 인물은 히카루겐지(光源氏)이며, 자연현상과 경물에 사용되는 용례 이외에, 인물로서는 겐지의 아들인 레이제이 천황(冷泉帝)이 그 뒤를 잇고 있다. 물론 모노가타리에 등장하는 천황 모두를 '빛난다'고 표현하고 있는 것은 아니다. 혈연인 자가 '빛'을 이어받는다는 관념을 활용하면서 인물이 놓인 위상을 나타내고, 때로는 다의적인 의미 내용을 포함하기도 한다는 점에서 전보다 심화된 표현 양상을 보이고 있다. 또한 「히카리카가야쿠」(光り輝く) 「다마히카루」(玉光る) 등의 장식적 표현에서 단순히 '히카루'(光る)라는 표현이 많아졌다는 점에서는 발광체로서의 존재 그 자체보다 '빛나는 듯하다'라고 비유되는 미질의 표현에 중점을 두고, 이계성이 강한 비일상의 존재인 이른바 '헨게노모노'(変化のもの)에 대해서는 이질감이 생겨나기 시작한 것으로 파악할 수 있다.

　위와 같은 배경에서 헤이안 후기에 『사고로모 이야기』가 성립된다. 이 모노가타리에서 '빛난다'는 말은 사고로모(狹衣大将)라는 주인공의 형용으로서 사용된다. 처음 등장하자마자 '빛나는' 존재로 형용되는 사고로모는 재능이나 미질의 면에서 지상의 사람으로는 생각되지 않는 인물이다. 그의 아버지 호리카와 대신(堀川大臣)은 사고로모가 달의 '빛'

에 노출되는 것도 불안하고 불길하다고 생각할 정도이다. 이처럼 찬미의 대상이면서 동시에 불안과 두려움의 대상이기도 한 사고로모는 비일상적인 힘을 가지고 모노가타리 세계를 이끌어 간다. 또한 『사고로모 이야기』에서는 모노가타리가 정체 상태에 빠졌을 때 그것을 타개하기 위한 방법으로서 '빛'이 이용된다고 일컬어질 정도로, '빛'이 주인공의 초월

 히카루 겐지

적 속성의 상징이면서 동시에 작품 전개의 방법으로서 중층적으로 사용되고 있기도 하다.

　『겐지 이야기』의 주인공 히카루 겐지의 조형에는 『이세 이야기』에 나타난 무카시오토코(昔男)의 주인공상(主人公像)이 크게 영향을 주었다고 알려진다. 하지만 『이세 모노가타리』의 무카시오토코의 연애는 반사회적이라고 할 수 있지만, 히카루 겐지의 경우는 그 사랑이 세속적인 권세와 유기적으로 연결되어 있다. 전자가 짧은 이야기 여러 편으로 이루어진 우타모노가타리(歌物語)인데 반해, 후자는 장편 모노가타리라는 점도 큰 차이점이다. 『겐지 이야기』는 『이세 이야기』의 주인공 조형뿐만 아니라 『우쓰호 이야기』에서 장편성(長編性)이라는 측면을 이어받

 왕조 모노가타리의 빛나는 주인공

69

아 성립된 것으로 생각된다. 『겐지 이야기』의 주인공 히카루 겐지, 그는 『우쓰호 이야기』의 주인공 나카타다(仲忠) 등 한 사람의 여성을 사랑한다고 하는 '마메'(まめ)의 성질을 이어받으면서, 한편으로 이상의 여성 후지쓰보의 모습을 찾으려 하는 이른바 '무라사키의 편린'(紫のゆかり)을 추구한다고 하는 호색 즉 '스키'(好き)의 소유자였다. 히카루 겐지는 모노가타리의 현실 세계 속에서 운명과 싸우며 고난을 이겨내는 사랑의 영웅으로서 마치 작은 거인처럼 작품 안에 우뚝 서 있다. 히카루 겐지와 같은 모노가타리의 주인공에게 매력을 느끼고, 그에 대한 애착을 현대 일본 문화 속에서 찾아가는 일은 아직 유효하다.

08. 일본 문학 속 고양이 이야기

사랑의 전령에서 괴담의 주인공으로

【이용미】

여러 문물이 그러하듯 고양이 역시 중국대륙에서 일본으로 전래되었다. 일본 최초로 고양이의 모습을 기록으로 남긴 이는 59대 우다 천황(宇多天皇, 재위:887~897)으로 그는 일기에 자신의 고양이에 대하여 다음과 같이 밝힌다.

조금 여유가 생겼기에 내 고양이에 대하여 적는다. 다자이후(太宰府)의 차관인 미나모토 구와시(源精)가 선제께 고양이 한 마리를 헌상하였다. 선제께서는 아름답기 그지없는 귀한 털을 지닌 이 고양이를 사랑하셨다. (중략) 잘 때는 동그란 모양이 되어 발이나 꼬리가 보이지 않는다. 걸을 때면 전혀 발소리를 내지 않으니 마치 구름 위의 흑룡과도 같다. (중략) 선제께서는 며칠 이 고양이를 곁에 두신 후, 내게 하사하셨다. 어느덧 총애한지 5년이 지났다. 매일 우유죽을 먹인다.

－『간표고키』(寬平御記) 889.2.6

이 기록에 등장하는 고양이를 둘러싸고, 다음과 같이 추측해 볼 수 있을 것이다. 우선 지방 관리가 천황에게 헌상할 정도라면 무척 귀한 품종일 것이라는 점. 실제로 이 고양이는 당시 '중국 고양이'(唐猫)로 불린 중국산 고급 수입 고양이였다. 그렇기에 선왕의 하사품이 되었고 황실에서도 귀하기 그지없는 우유죽만을 먹이며 애지중지한 것이리라. 당시 중국 고양이는 천황가나 귀족조차 좀처럼 손에 넣기 힘든 귀한 동물이었다. 그렇기에 가잔 천황(花山天皇, 재위: 984~986) 역시 중국 고양이를 소원하는 어머니인 황태후에게 '일본에는 없는 중국 고양이, 임을 위해서라면 백방으로 구해보리'라는 시를 보냈을 정도이다. 이처럼 극진한 대접을 받는 중국 고양이의 생김새는 어떠했을까? 당시 수필문학인『마쿠라노소시』(枕草子)의 다음 문장에 그 단서가 보인다.

> 고양이는 몸 전체가 검은색이고 배 부분만 하얀 것이 으뜸이다.
>
> -『마쿠라노소시』49단

문학적 재능을 겸비한 고위 상궁으로 당시 상류층 여성의 트렌드를 이끌었던 지은이 세이쇼나곤(清少納言)이 이같이 예찬하는 것에서도 짐작할 수 있듯이 중국 고양이는 검은 고양이, 혹은 검은 점박이 고양이였다. 윤기 흐르는 새까만 털을 지닌 중국 고양이 목에 붉은 비단 줄을 묶어 곁에 두며 우아한 자태로 회랑을 걸어 다니는 것, 이야말로 당시 귀족 여성들의 로망이었던 것이다.

사랑의 전령이 되어

문학에 등장하는 고양이 가운데 가장 유명한 녀석을 꼽으라면, 단연 고전 문학의 진수인『겐지 이야기』(源氏物語, 1005년 무렵) 속, 젊은 귀공자와

황녀의 사랑 이야기에 등장하는 저 어린 고양이가 될 것이다. 벚꽃이 흐드러진 삼월의 어느 해 질 녘, 겐지 저택의 아름다운 뜰에서는 겐지의 아들 유기리(夕霧)를 비롯하여 젊은 귀공자들의 축국이 한창이었다. 집안 여인네들은 아련한 봄기운 속에서 남녀 간의 엄격한 내외의 법도도 잊고, 주렴 가까이 옹기종기 모여들어서는 귀공자들의 늠름한 모습에 온통 마음을 빼앗겼다. 그런데 귀공자 중 한 명인 가시와기(柏木)만은 이 저택 어딘가에 있을 온나산노미야(女三宮)에 대한 상념으로 축국에 전념하지 못했다.

“꽃이 하염없이 지는군요. 바람도 꽃만큼은 비껴가면 좋으련만” 이렇게 말하며 가시와기는 온나산노미야의 처소 쪽을 곁눈질했다. (중략) 휘장은 모두 한쪽으로 밀어놓고 발 근처에 모여 있는 시녀들의 조심성 없는 기척이 느껴졌다. 마침 그때 조그맣고 귀여운 중국 고양이 한 마리가 저보다 덩치가 큰 고양이에게 쫓겨 갑자기 주렴 끝에서 달려 나왔다. 놀라 허둥대는 시녀들의 모습이나 옷자락 스치는 소리가 제법 크게 들렸다. 도망치려고 버

둥거리는 고양이 목줄에 주렴 자락이 덩달아 걸려 올라가자, 그 틈사이로 여인들이 있던 안쪽이 훤히 들어났다. (중략) 소례복 차림의 여인 하나가 서 있었다. (중략) 가시와기는 울어대는 고양이를 뒤돌아보는 천진난만한 표정 과 귀여운 모습에 직감적으로 그녀가 온나산노미야라는 것을 알아 차렸다.

－『겐지 이야기』「와카나상」(若菜上)

당시 귀족의 연애가 그렇듯, 일찍이 가시와기는 바람결에 천황의 셋째 딸인 온나산노미야의 이야기를 전해 듣고 연모의 마음이 일어 청 혼한 적이 있었다. 그러나 결국 그녀는 당대의 권력자인 겐지의 정처가 되고 말아 가시와기의 간절한 바람은 한낱 물거품이 되고 말았다.

하지만 꽃잎 휘날리는 이 날, 뜻밖에 안채에서 일어난 고양이들의 추격전이 계기가 되어 가시와기는 또다시 온나산노미야를 향한 연정을 불태우게 된다. 하지만 비밀스러운 만남도 잠시, 끝내 두 사람의 사랑 은 죽음과 출가라는 파국으로 끝맺음하고 만다. 비련도 사랑이라 부를 수 있다면, 거침없이 주렴 밖으로 뛰쳐나와 가시와기의 간절한 욕망의 물꼬를 터준 이 아기 고양이 역시 사랑의 전령이라 할 수 있지 않을까.

괴담의 여주인공

17세기, 도시 발달에 힘입어 성장을 거듭한 또 하나의 고양이, 바 로 네코마타(猫又)이다. 이 시기 고양이는 갖가지 둔갑과 묘술로 사람 을 홀리는 요괴의 이미지를 갖는데 이러한 네코마타의 활약상을 감상 해보자.

네코마타 『百怪図巻』(1737)

금슬 좋은 부부가 있었다. 어느 날, 병이 도
져 부인이 세상을 떠나자, 남편 겐로쿠는 식
음을 전폐하고 슬픔에 잠겨 살았다. 겐로쿠
를 위로하기 위해 들른 친구 요헤에게 겐로
쿠의 부모는 밤마다 그의 방에서 두런두런
남녀의 이야기 소리가 들린다고 알렸다. 심
상치 않은 사태임을 직감한 요헤는 적당히
둘러대어 겐로쿠를 방에서 나가게 한 후, 겐

로쿠인 것처럼 이불을 뒤집어 쓰고 누워 있었다. 이윽고 한 여인이 다가와
"오늘은 왜 아무 말씀이 없으세요? 사정이 있어 조금 늦었습니다. 늦어서
화 나셨어요?"라며 살갑게 말을 붙이고는 이불 안으로 들어오려고 하였다.
요헤가 곁눈질로 살펴보니 입은 귀까지 찢어지고, 이마에 뿔이 돋은 모양
은 귀신이었으나, 짙은 눈썹과 붉은 입술, 하얀 분칠에 앞머리 모양이나 옷
매무새로 보아 여인은 영락없는 겐로쿠의 죽은 부인이었다. 요헤는 재빨리
숨겨온 칼을 들어 사정없이 여인을 내리쳤다. 죽은 여인의 모습을 자세히
살펴보니 겐로쿠네 집에서 오랫동안 기르던 늙은 고양이였다.

－『제국백가지이야기』(諸国百物語) 권4의 15

늙은 고양이가 여인으로 둔갑하여 남자를 홀리는 것은 네코마타
의 전형적인 수법이다. 또한 네코마타는 대개 꼬리가 둘, 혹은 셋으로
갈라져 있다. 한국에 구미호가 있다면 일본에는 네코마타가 있는 셈
이다.

그런데 왜 유독 근세 시대에 네코마타가 유행하였을까. 이는 앞서도 언급한 도시 문화의 발달과 관련이 깊다. 에도(江戸)-지금의 도쿄-등 도시를 중심으로 괴담이 선풍적인 인기를 끌고, 이와 더불어 다양한 요괴나 유령이 생겨나 바야흐로 요괴의 춘추전국시대를 맞이한다.

이처럼 괴담이나 요괴가 유행하게 된 원인은 역설적이게도 사람들이 더 이상 이들의 존재를 믿지 않게 되었기 때문이라고 할 수 있다. 달리 말하면 비현실적이고 초자연적 감성보다는 합리적인 이성이 우위에 선 도시 문화 안에서 괴담이나 요괴는 일종의 판타지 내지 놀이에 지나지 않게 된 것이다. 이는 마치 오늘날 사람들이 놀이공원에서 일부러 '도깨비 집'을 찾아 공포를 즐기는 것과 같은 이치이다. 그만큼 괴기로 인한 공포의 요소가 일상에서 멀어지고 낯선 감각이 되었기 때문인데, 네코마타가 근세에 접어들어 다양한 버전과 모습으로 확대, 재생산되는 이유도 바로 여기에 있다.

나는 고양이로소이다

근대에 접어들어 또 한 마리의 멋진 고양이가 탄생하니, 바로 『나는 고양이로소이다』(我輩は猫である, 1905)의 고양이이다. 이 작품은 근대 문학의 거장으로 한때 천 엔 지폐의 모델이기도 한 나쓰메 소세키(夏目漱石, 1867~1916)의 데뷔작이다. 주인공인 고양이는 제 주인이나 주변 인간들에 대하여 신랄한 평가를 서슴지 않는 까칠한, 그러나 허술한 구석도 많은 귀여운 독설가이다.

이렇게 더워서는 고양이라도 살 수가 없다. 살가죽을 벗어던지고 살집도 벗어버리고 뼈만 있는 상태로 시원한 바람을 쐬고 싶다고, 영국의 시드니 스미스라나 뭐라나 하는 사람이 힘들어 했다는 이야기도 있지만, 뼈만이 아니라도 좋으니 하다못해 이 연회색의 점박이 털옷만이라도 좀 빨아 널기라도 하든지, 아니면 당분간 전당포에라도 잡혀 두었으면 하는 마음이 굴뚝같다. (중략) 생각해보면 인간은 사치스럽기 이를 데 없다. 날로 먹어도 될 것을 일부러 삶기도 하고 구워도 보고 식초절임도 해보다가 된장도 발라보고, 애써 쓸 데 없는 수고를 해가며 서로들 희희낙락한다. (중략) 무엇보다 네 발이 있는데도 두 발만 쓰는 것부터가 사치이다. 네 발을 쓰면 그만큼 빠를 텐데, 굳이 두 발만 쓰고 나머지 두 발은 선물로 들어온 말린 대구포처럼 하릴없이 늘어뜨리고 다니니, 멍청하기 이를 데 없다.

이쯤 되면 고양이 눈으로 본 '인간 생태 관찰기'라고 해도 무방할 것 같다. 작품은 고금동서의 해박한 지식과 철학적 사색을 겸비한 고양이 입을 빌려, 당시 일본 지식인의 허위와 이중적인 모습을 풍자하고 있다. '나는 고양이로소이다, 아직 이름은 없다'라는 첫 구절에서부터 고양이의 위풍당당한 자존감이 엿보인다. 이웃집 여자 고양이인 미케코(三毛子)를 짝사랑하여 가슴앓이를 하고, 고양이답게 살 권리를 부르짖으며 비분강개도 하지만, 결국 사람들이 남긴 맥주를 마시고는 취해서 물 항아리에 빠져 생을 마감한 고양이, 가히 고양이 세계의 '모던보이'라 할 수 있지 않을까?

나쓰메 소세키는 어느 날, 홀연히 자신의 집에 들어와 눌러 살기 시작한 검은 고양이를 모델로 이 소설을 썼다고 한다. 그는 이 고양이를 무척 사랑했던 듯, 고양이가 죽었을 때는 가까운 지인들에게 고양이의 부음을 알리고, 해마다 고양이의 기일도 챙겼다. 이쯤 되면 고양이가 나쓰메 소세키를 택한 것이라 볼 수도 있으리라.

09. 젊은 승려에 홀려 뱀이 된 과부

한 편의 설화가 수백 년을 살아남아

【이예안】

『곤자쿠 이야기집』(今昔物語集)에는 다양한 내용이 실려 있는 만큼 각양각색의 인간상이 그려져 있다. 권14 제3화에는 사랑이야말로 여자의 생명처럼 생각하는 여성이 등장한다. 이는 『다이니혼코쿠홋케겐키』(大日本国法華験記) 권하 129화 「기이노쿠니무로 마을의 악녀」(紀伊国牟婁郡の悪しき女)를 출전으로 하고 있으며, 기이노쿠니의 도조지(道成寺) 승려가 법화경을 서사(書写)하여 뱀으로 환생한 두 남녀를 구제하는 이야기(紀伊国道成寺僧写法花救蛇語)이다.

권14 제3화는 사랑을 갈구하는 한 여성이 등장하면서 시작된다. 여성은 젊은 과부로 구마노(能野)에 참배하러 가는 빼어난 용모의 젊은 승려에게 깊은 애욕의 마음을 일으킨다. 과부는 승려가 자신의 구애를 받아들이지 않고 참배 후 다시 만나러 오겠다는 약속을 지키지 않은 것에 원한을 품고 죽어 큰 뱀으로 다시 태어난다. 이 뱀이 도조지의 커다란 종 안에 숨어 있던 승려에게 독열(毒熱)을 내뿜어 불타 죽게 만든다는 내용이 이야기의 중심을 이룬다.

애욕과 집착 또한 사랑의 왜곡된 표현이라 할 수 있는데, 넘보아서는 안 될 대상을 향한 왜곡된 사랑이 비극을 초래하고 그 비극이 수좌 스님의 법화경 서사를 통해 구원받는 일련의 과정이 생동감 넘치게 전개된다.

비극은 과부가 승려를 연모하는 데에서 일어난다. 과부는 노승과 함께 자신의 집에서 하룻밤을 묵게 된 젊은 승려를 보고 애욕을 품고 승려가 자는 방에 들어가 옆에 누워

"저는 지금까지 그 누구도 집에 묵게 한 적이 없습니다. 오늘 밤 당신을 묵게 한 것은 낮에 당신을 처음 뵈었을 때부터 당신을 나의 남편으로 삼겠다고 굳게 마음먹었기 때문입니다. 저는 남편이 없는 과부 신세입니다. 부디 저를 가엽게 여겨주세요"

라고 말한다. 이 말을 들은 승려는 매우 놀랍고 두려워서 일어나 앉아 과부에게

"저는 숙원을 이루고자 지금은 심신을 갈고 닦으며 먼 길을 걸어 구마노곤겐(熊野権現, 구마노삼산에 모셔진 신) 참배를 하러 가는 중입니다. 여기서 갑자기 그 숙원을 저버린다면 우리 모두 죄를 짓게 됩니다. 그러므로 당신의 그런 마음을 버려주십시오"

라고 말하며 열심히 과부를 설득한다. 그러나 과부는 승려가 거절

하면 할수록 원망을 내비치며 밤새 승려를 껴안고 비비고 몸을 강요하며 구애(求愛)한다. 승려는 어쩔 수 없이

"당신 말씀을 거절하려는 것이 아닙니다. 그러므로 구마노에 참배하고 2, 3일 안에 신불에 등불을 올리고 고헤이(御幣, 대꼬챙이에 흰 종이를 끼워서 만든 제구의 일종)를 바치고 돌아오는 길에 당신 말씀에 따르겠습니다."

라고 약속을 했다. 과부는 그 약속을 믿고 자신의 침소로 돌아간다. 날이 밝자 승려는 집을 나와 구마노로 향했다. 승려는 어쩔 수 없이 구마노 참배에서 돌아오는 길에 과부의 말에 따르겠다고 약속했으나 그 약속을 어기고 돌아가 버린다. 이 사실을 알게 된 과부는 집에 틀어박혀 지내다가 죽어서 뱀이 되어 승려의 뒤를 쫓아가 도조지의 커다란 종 안에 숨은 승려를 발견하고

본당(本堂) 주위를 한두 번 돌더니 종을 치는 종당 입구에 가서 꼬리로 백번 정도 문을 두드렸다. 뱀은 문을 부수고 안으로 들어갔다. 그러고 나서 종을 휘감고 꼬리로 종을 매단 용뉴(龍鈕)를 두세 시간 동안 계속 두드렸다. 사찰 승려들은 크게 놀랐으나 너무나도 기이한 광경이라 사찰 문을 모두 열고 모여들어 구경하였는데 뱀은 양쪽 눈에서 피눈물을 흘리면서 대가리를 치켜들고 혀를 날름거리며 왔던 길로 되돌아갔다. 사찰 승려들이 살펴보니 커다란 종이 뱀의 독열로 훨훨 타오르고 있었다. 도저히 다가갈 수 없었다. 종에 물을 끼얹어 식힌 다음 떼어 내서 보니 안에는 승려의 뼈 한

점조차 남아 있지 않고 재만 조금 남아 있을 뿐이었다.

뱀이 되어 승려를 불로 공격한다

과부가 승려에게 사랑을 고백할 때 대담한 행동을 취했던 것처럼 죽어서 뱀이 된 이후의 승려에 대한 원한의 표현 또한 과격하다. 과부는 뱀으로 환생하고 나서도 애욕과 집착을 버리지 못하는데, 꼬리로 문을 백 번 정도 두드린다거나 용뉴를 두세 시간 동안 두드린다는 표현 등에서 여성의 애욕이 얼마나 집요하고 강렬한지 알 수 있다. 또한 뱀이 흘린 피눈물은 이루지 못한 사랑에 대한 원한을 형상화한 것이라 짐작할 수 있다. 이렇듯 권14 제3화의 전반부는 애욕에 굶주려 있는 과부가 남성에게 배신당한 후 뱀으로 환생하여 취한 행동을 적나라하게 담고 있다.

한편 후반부는 뱀으로 태어난 과부와 뱀의 독열로 불에 타 죽은 승려가 도조지 수좌 스님의 꿈에 나타나 구원을 요청하는 모습이 그려져 있다. 승려가 수좌 스님의 꿈에 나타나 자신의 처지를 설명하는 장면에서 뱀의 몸을 버리고 고통에서 벗어나고자 하는 승려의 절실함을 엿볼수 있다.

"저는 종 안에 숨어 있던 승려입니다. 악녀가 독사가 되어 저를 지배하였고 끝내 저를 남편으로 삼았습니다. 저는 불결한 몸이 되어 이루 말할 수 없는 고통을 받고 있습니다. 고통에서 벗어나고 싶지만, 스스로의 힘으로는 어쩔 도리가 없습니다. 저는 생전에 『법화경』을 깊이 공경했습니다. 성인(聖人)의 광대한 은덕을 입어 고통에서 벗어나고 싶습니다. 특별히 광대무변한 대자비의 마음을 일으켜 심신을 청결히 하여 『법화경』여래수량품(如來壽量品)을 서사하시어 저희 두 마리 뱀을 고통에서 벗어날 수 있도록 해주십시오."

라고 말하고 사라졌다. 수좌 스님은 즉시 불심을 일으켜 직접 여래수량품을 서사하고 사재를 털어 많은 승려를 초청한 뒤 하루 동안 법회를 열어 두 마리 뱀이 고통에서 벗어날 수 있도록 공양을 했다. 그러자 얼마 후 수좌 스님의 꿈에 한 명의 승려와 한 명의 여성이 나타나 함께 웃으며 기쁜 얼굴로 도조지에 찾아와 수좌 스님에게 절을 하고,

"당신께서 베푸신 청정한 선근공덕(善根功德)으로 우리 두 사람은 뱀의 몸을 버리고 극락에 태어날 수 있었습니다. 여성은 도리천(忉利天)에, 저는 도솔천(都率天)에 태어났습니다."

라는 말을 남기고 두 사람은 각자 하늘로 올라갔다. 고대인들은 꿈을 신이나 부처 또는 망자(亡者)로부터의 계시라고 여겼으며 꿈속에서의 일은 현실로 믿어졌다. 그러므로 승려와 과부가 뱀의 몸을 버리고 다시 새롭게 태어났다는 꿈은 하나의 사실로 받아들여진 것이다.

『곤자쿠 이야기집』의 편자(編者)는 권14 제3화에 다음과 같이 평어를 덧붙이고 있다.

수좌 스님은 몹시 기쁘고 감격스러워 이후『법화경』의 위력을 더욱 깊이 믿게 되었다. 이루 헤아릴 수 없을 정도로『법화경』의 영험은 뚜렷하다. 두 사람이 뱀의 몸에서 벗어나 천상으로 올라갈 수 있었던 것은 오로지『법화경』의 힘이다. 이를 보고 들은 사람들은 모두『법화경』을 믿고 공경하여 서사하거나 독경했다. 또한 수좌 스님도 보기 드물 만큼 훌륭하다. 아마도 전세(前世)에서 두 남녀와 불연(仏緣)이 있었으리라. 이렇게 보면 악녀가 승려에게 애욕을 일으킨 것도 모두 전세의 인연에 의한 것이다. 어쨌든 여성의 악심이 강한 것은 이와 같다. 그러므로 여성을 가까이하는 것을 부처는 강하게 금하고 있다. 이를 알아 여성을 가까이하는 것을 피해야 한다고 전해지고 있다.

권14 제3화에서 편자는 두 가지 시각으로 이 설화를 바라보고 있다. '이루 헤아릴 수 없을 정도로『법화경』의 영험은 뚜렷하다'라는 평(評)과 함께 '어쨌든 여성의 악심이 강한 것은 이와 같다. 그러므로 여성에게 가까이 가는 것을 부처는 강하게 금하고 있다'며 여성을 경계하는 평도 함께 실려 있다.

승려는 과부와의 약속을 어긴 죄로 죽어서 뱀으로 환생한 과부에 의해 죽게 된다. 승려가 과부에게 한 약속은 불교에서 말하는 십악(十惡)에 해당한다. 과부가 승려에게 한 행위 또한 불교에서 말하는 십악에 해당한다. 따라서 승려와 과부는 죽어서 뱀으로 태어나는, 다시 말하면 축생도(畜生道)에 떨어지는 벌을 받고 있다. 축생도에 떨어진 이들을 구제하는 역할은 도조지의 수좌 스님이 하고 있다. 승려가 생전에

『법화경』을 깊이 공경한 것과 도조지 수좌 스님의 『법화경』 서사와 공양으로 과부는 도리천에, 승려는 도솔천에 태어난다. 이로 미루어 볼 때 권14 제3화는 『법화경』 염험담이라고 할 수 있다.

두 승려가 구마노 참배에 나선 것은 깨달음의 여정길에 오름을 의미하는 것이라 해석할 수 있다. 그 여정길에서 과부의 집에 묵게 되는데 거기서 과부는 깨달음의 여정에 가로놓인 커다란 장애물로 등장하고 있다. 장애물로 등장하는 과부의 내면을 상세히 묘사하고, 그런 여성을 가까이하게 될 경우 치르게 될 참혹한 대가를 상세히 그려내고 있다. 이런 묘사를 통해 깨달음의 길에 들어선 젊은 승려들에게 경각심을 불러 일으키려는 『곤자쿠 이야기집』의 편자의 의도를 엿볼 수 있다.

한편 권14 제3화는 노가쿠(能楽)·조루리(浄瑠璃)·나가우타(長唄)·무용(舞踊)으로까지 발전하여 오늘날까지도 공연이 활발하게 이루어지고 있다. 하나의 설화가 각종 문학예술에 흡수되어 수백 년 동안 이어져 올 수 있었던 것은 많은 독자층이 있었기에 가능한 일이다. 그렇다면 권14 제3화가 수백 년 동안 독자층을 형성할 수 있었던 배경은 무엇일까? 시대를 불문하고 남녀 간의 금기된 사랑은 사람들의 호기심을 자극한다. 권14 제3화에도 젊은 과부와 용모가 빼어난 젊은 승려의 금기된 사랑의 종말이 잘 그려져 있는데, 이는 독자층을 매혹하기에 충분한 소재이다.

또한 시대가 변하면서 '과부'에 맞추어졌던 초점이 '여성'으로 옮겨 갔다는 점도 주목할 만하다. 권14 제3화에 등장하는 과부는 그 당시 일반적인 일본 여성상과는 대조적인 이미지로 등장하는데, 그러한 생소함이 사람들의 관심을 끌었을 것이다. 당시 일본 여성들은 결혼에 관해서도 부모의 뜻에 따르거나 남성이 먼저 구애하면 응하는 형태가 대부분이었다. 과부가 승려가 자는 방에 들어가 옆에 눕는 행위는 당시 남성이 여성에게 구애할 때 하는 행위로 과부가 남성, 그것도 승려에게 구애를 한다는 것은 비난받아 마땅한 일이었을 것이다. 하지만 그럼에도 불구하고 과부의 솔직한 내면 표출과 그 내면을 행동으로 이행하는 과정에서 나타나는 여성으로서의 정체성과 강한 자아가 남녀 불문하고 독자층의 마음을 사로잡았을 것이다.

그러한 독자들의 공감대로 인해 과부를 한 명의 여성으로 바라보게 되는 토대가 점차적으로 마련되었을지도 모른다. 과부가 애욕을 느낀 승려에게 자신의 감정을 솔직하게 고백하고 행동으로 직접 옮긴 용기는 선(善)과 악(惡)의 기준과 시대를 초월하여 독자층을 매료하기에 충분하지 않았을까?

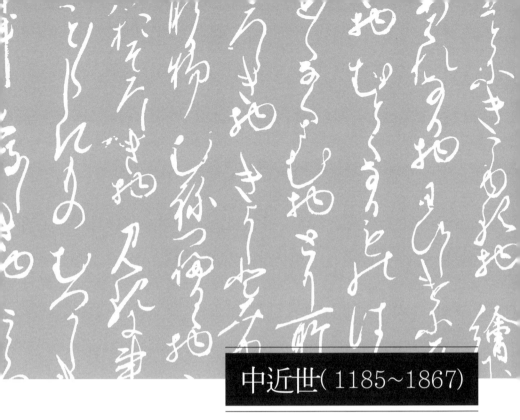

中近世(1185~1867)

10. 노래를 통해 보는 일본 중세 유녀의 문화사

【구혜경】

일본 헤이안시대부터 널리 유행하던 가요 이마요우(今様)를 집대성한 가요집 『료진히쇼』(梁塵秘抄)에 유녀가 불렀을 것으로 추정하는 유명한 노래가 있다.

> 遊びをせんとや生まれけむ、戯れせんとや生まれけん、
> 遊ぶ子どもの声聞けば、我が身さえこそ揺がるれ
> 놀이를 하려고 이 세상에 태어난 것일까?
> 유희를 하려고 이 세상에 태어난 것일까?
> 놀고 있는 아이들의 장난치는 소리를 무심히 듣고 있으면
> 내 몸까지 저절로 들썩이누나!

고문헌을 통해 살펴보면 유녀에게는 '우카레메'(浮かれ女), '아소비'(遊び), '아소비메'(遊び女), '유녀'(遊女), '유군'(遊君) 등의 명칭이 있었던 것으로 추측된다. '아소비'는 '가미아소비'(神遊び)에서 온 말로 신

에게 노래를 올리는 것에서 유래하고 있었으며, 유녀는 단순한 매소부(賣笑婦)가 아니라 신에게 노래와 춤을 바치는 기녀였다. 시간이 흘러서 노래와 미소를 파는 행위를 업으로 했으므로 '아소비'가 '유녀'라는 말로 사용되었다. 『만요슈』(万葉集)에 나오는 유행여부(遊行女婦)를 '우카레메'(うかれめ)라고 읽었는데 유행여부가 유녀였을 것으로 추측된다. 내용인즉슨, 『만요슈』에는 가인 오토모노 다비토가 다자이후에서 사또로 있다가 서울로 영전하게 되었을 때 배웅하던 남성들 사이에 사랑했던 유행여부 고지마가 떠나가는 지아비를 그리워하는 노래가 담겨져 있다. 당시 관리가 떠날 때는 남성 관리들만 배웅을 했는데 거기에 딱 한 명의 여성이 포함되어 있던 사실은 유행여부가 그냥 일반적인 여성이 아니었다는 사실이다.

헤이안시대의 한학자인 오에노 마사후사(大江匡房)는 『유녀기』(遊女記) 속에 '到摂津国。有神崎蟹島等地。比門連戸。人家無絶。倡女成群。棹扁舟看着旅舶。以薦枕席。声過渇渓雲。韻飄水風。経廻之人。莫不忘家。' 에구치(江口), 간자키(神崎), 가시마(鹿島) 주변(현재 고베 주변)에는 유녀들이 밀집해서 살고 있었다. 『유녀기』의 기술에 따르면 편주에 노를 저으며 기다리고 있다가 항구에 배가 도착하면 다가가서 노래와 춤을 피로한 후에 손님들과 동침을 하고 단수(団手)라 불리는 화대를 받아 생활했다. '성갈계운'(声渇渓雲)에서도 알 수 있듯이 유녀의 아름다운 노랫소리와 '아소비'라는 명명은 관계가 깊다. 유녀들의 배에는 나이 어린 처녀들과 나이 든 여자 사공이 탑승하여 배가 항구에 들어오면 다가가서 매춘을 했다. 이와 같은 정경은 당시의 가요인 이마요우를 수록한『료진히쇼』(梁塵秘抄)에도 실렸다. '유녀가 좋아하는 것, 예능, 장구, 작은 배, 큰 우산, 깃털양산, 여자뱃사공, 남정네의 사랑을 비는 햐쿠다유신령님' 당시의 풍속을 엿볼 수 있는 대목이다.

헤이안시대『사라시나 일기』(更科日記)의 작가인 스가와라노 다카스에의 딸(菅原孝標女)이 유녀를 만난 기록이 나온다. 그녀들 일행이 만난 유녀 3인은 '긴 머리, 흰 피부, 예뻤다'고 전했다. 또한 '어느 양반집 아낙 같은 모습'이며, 노래하는 목소리가 천상에 비할 것이 없다고 회상하고 있다. 이 유녀는 '옛날 고하타라고 하는 유녀의 손녀'라고도 전했다. 즉, 유녀들 사이에서도 제대로 된 계보가 있었다는 사실을 말해 주고 있다.

실제로『료진히쇼』구전집에는 유녀에게도 '今樣之濫觴'라는 계보가 있었다고 전한다. 그것에 따르면 고시라카와 천황의 이마요우의 스승인 아오하카(青墓)의 구구쓰메(傀儡女)인 오토마에(乙前)의 스승은 메이(目井)였으며, 메이의 스승은 시산(四三)이다. 또 거슬러 올라가면 미야히메(宮姫)가 원류였다고 하는 면면히 이어온 장인정신이 있었다.

유녀와 비슷한 일을 하던 여성 중에 구구쓰메(傀儡女)가 있었다. 구구쓰는 나무인형 또는 그것을 조종하는 부족인데, 유랑민이나 예능인 중 수렵과 인형을 사용한 예능을 생업으로 한 집단을 말하며, 그 집단의 여성을 구구쓰메라 일컬었다. 오에 마사후사의『구구쓰키』(傀儡子記) 이외에는 자료가 별로 없지만, 설화나 모노가타리 속에서 약간 찾아볼 수 있다.『료진히쇼』구전집에는 '에구치, 간자키에 있는 유녀, 각 지역의 구구쓰메'라는 표현이 나오는 것을 보면 유녀와 구별할 경우에는 '구구쓰' 혹은 '구구쓰메'라고 불렸던 것 같다. 오에 마사후사의 『구구쓰기』에는 그들의 풍속을 '옛날에는 율령제를 따르는 백성도 아니었고, 수초(水草)를 쫓아 이동하며 흉노인들이 사는 천막과 양탄자를 두른 '궁루전장'(穹廬氈帳)에 살며 북방의 미개민족인 '북적'(北狄)과 비슷한 생활을 영위하였고, 남자는 궁마를 사용하여 수렵을 일삼는 한편, 쌍검을 던지는 곡예를 하며 7개의 공을 차는 유희를 하였고, 나무인형을 조종하였다 한다. 여성은 예쁘게 화장을 하고 이마요우 등을 노래하였고, 여행객들을 이끌고 하룻밤의 환락을 즐기게 하는 사람들이라고 전한다.

당시 교토를 중심으로 활동하던 구구쓰메들이 교토와 가마쿠라 간 교통 발달로 인해 활발하게 움직이게 되었다. 헤이안시대부터 가마쿠라시대에 걸쳐서 유녀와 구구쓰메는 구별되었으나 무로마치시대가 되면 혼동되어 거의 같은 의미로 쓰이게 되었다. 유녀도 구구쓰메도 마주치는 뭇 남성들과 잠자리를 같이 하며 이마요우라는 예능을 주업으로 하며 포주의 관리하에 놓여 있었다.

또 하나 당시의 예능인으로 유녀와 구구쓰메와 같은 부류의 여성집단인 시라뵤시(白拍子)가 있었다. 원래 시라뵤시는 헤이안시대에 유행했던 가무의 일종으로 그 가무를 하는 예능인을 가리키는 용어였다. 남녀 불문하고 춤을 추며 노래를 불렀는데 주로 여성, 아이들이 춤을 추는 일이 많았다. 시라뵤시를 춤추는 여성들은 유녀들과 같이 귀족들의 저택에 드나들며 공연을 하며 밤에는 남성들의 잠자리의 상대까지 하였기 때문에 지식이 많은 사람도 많았다. 유명한 다이라노 기요모리(平淸盛)의 애첩이 된 기오(祇王)와 호토케고젠(仏御前), 미나모토노 요시쓰네(源義経)의 애첩인 시즈카고젠(静御前), 고토바 상황(後鳥羽上皇)의 애첩인 가메기쿠(亀菊) 등은 유명한 시라뵤시다.

유녀, 구구쓰메, 시라뵤시는 모두 당시 귀족들의 유희이며 공연이었던 이마요우, 로에이(朗詠), 춤 등의 예능을 주업으로 하며 예능에 대한 대가를 받아 생활하였고 그 노래와 춤은 귀족들에게 매우 인기가 있었다.

다시 처음의 노래로 되돌아가보자. 당시 예능인인 구구쓰메, 시라뵤시들, 관객으로서 즐겼던 귀족들까지도 노래를 불렀기 때문에 연회의 흥을 돋우기 위함이라면 가벼운 터치의 의미로 해석할 수 있다. 그러나 '아소비'(遊び)-좋아하는 것을 하며 즐긴다, '다와부레'(戯れ)-놀며 즐긴다는 1차적인 의미 속에는 2차적인 의미 '음란한 행위를 하다'라는 뉘앙스가 당시에는 있었던 모양이다.

『루이주묘기쇼』(類聚名義抄)라는 13세기 무렵의 한자사전을 살펴보면, '음'(淫)에는 '아소부'(アソブ)라는 훈이 있었으며, '음'(婬)에 '아소부'(アソブ), '우카레메'(ウカレメ), '다와부루'(タハブル) 등의 훈이 달려 있었다. 즉 '아소비'와 '다와부레'에는 음란한 행위를 한다는 의미가 있었던 것이다.

『고슈이와카슈』(後拾遺和歌集)에 수록된 1197번 노래에도 비슷한

ー 노래를 통해 보는 일본 중세 유녀의 문화사 ー

내용이 있다. 죠쿠 대사가 사람들을 불도에 귀의하게 하고 불경을 공양한다는 소문을 듣고 사람들이 많은 보시를 대사에게 보냈다. 유녀 미야기도 보시를 보내려고 했지만, 가진 것이 없어서였던지 와카를 한 수 보냈다. "이 세상에서 불법이 아닌 것은 하나도 없겠지요. 저는 유녀이고 하는 일은 '아소비 다와부레' 밖에 없답니다. 법화경에 따르면 '아소비 다와부레'도 불법이 된다고 들었습니다. 그러니까 저의 '아소비 다와부레' 보시도 받아 주소서"라는 노래는 유명하다.

위와 같은 사항을 통해서 보면 이 노래는 그녀들이 자신을 되돌아보면서 부른 한탄의 노래라 할 수 있을 것이다. 유녀들이 천진난만하게 놀고 있는 아이들의 소리를 듣고 '아소비를 하려고 이 세상에 태어난 것일까? 다와부레를 하려고 이 세상에 태어난 것일까?'라는 한탄의 노래를 자기 자신에게 불렀던 것으로 추측해 볼 수 있다.

당시는 불교가 온 세상을 지배하던 시절이었기에 여성은 여성이 가진 죄의식에 사로잡혀 있었다. 법화경은 여인에게는 '오장'이 있어서 성불의 방해가 된다고 전하고 있다. 여인오장사상에 의해 초래된 불안은 당시 여성들에게 있어서 공통하던 불안이었다. 유녀들은 오장의 죄에 또 이 세상을 살아가기 위한 수단으로 영위하던 미소팔이, 몸팔이로 세상 남자들을 현혹시킨 죄, 즉 이중삼중의 죄를 거듭하고 있다고 하는 죄의식에 고통 받았다. 이마요우에는 이와 같은 죄에 의해 죽은 후에도 구천을 계속 헤매야 하는 후세 불안감에 대한 유녀들의 탄식이 절실하게 표현되었고 그 노래가 바로 '遊びをせんとや生まれけむ'일 것이리라.

11. 되풀이 되는 몸바꿈 이야기

세월을 거슬러 사랑받는 글의 소재

【이신혜】

2016년에 개봉한 극장판 애니메이션 영화 「너의 이름은.」은 일본에서는 물론이거니와 해외에서도 「센과 치히로의 행방불명」에 이어 역대 흥행수입 2위를 기록할 정도로 히트를 친 작품이다. 신카이 마코토 감독이 인터뷰에서 기획서의 제목이 '꿈인 줄 알았다면 남녀 도리카에바야 이야기'(夢と知りせば男女とりかへばや物語)였다고 밝히면서 새삼 헤이안(平安)시대 말기의 모노가타리인 「도리카에바야」(とりかへばや)가 주목을 받게 되었다. 즉 일본에서는 840년이나 이전에 남녀의 몸이 바뀌는 이야기가 만들어졌고, 지금도 이 소재가 꾸준히 사랑을 받고 있다는 것인데, 이 글에서는 몸바꿈 이야기의 원조 「도리카에바야」와 영화 「전학생」, 그리고 「너의 이름은.」의 세 작품의 몸바꿈 요소를 주인공의 성역할을 중심으로 살펴보고자 한다.

도리카에바야(1180년 이전)

아버지 좌대신에게는 이복남매지만 얼굴이 꼭 닮은 아들과 딸이

「도리카에바야」 원본

있었는데, 아들은 내성적이고 조용한데 반해, 딸은 쾌활하고 외향적이라서 두 아이를 서로 '바꾸고 싶다'(とりかへばや)고 생각했다.

아들로 말하자면 낯을 많이 가려 평소에 자주 보는 시녀 외에는 얼굴을 안보이려고 숨어버리고, 힘들게 학문과 남자로서의 교양을 가르쳐도 흥미를 보이지 않고 그저 수줍어하기만 하며, 발 안으로 들어가서 그림 그리기, 인형놀이, 조개껍질 맞추기만 즐겨 해서 아버지가 잔소리를 하면 바로 눈물을 흘리곤 한다. 그에 비해 딸은 개구쟁이에 가만히 방 안에 앉아있지를 못하고 젊은 사내들이나 시종들과 함께 제기차기, 화살쏘기를 즐겨하고, 손님들이 모여서 시를 짓거나 피리를 불거나 창가를 부를 때에도 달려나와서 누가 가르쳐준 적도 없는 거문고나 피리를 잘 연주했다. 그리고 신분이 높은 집안의 자녀들을 몰고 다니면서 바둑, 장기를 두고 깔깔거리며 바깥 활동을 즐겼고, 용모가 멋지고 학식이 풍부하고 악기소리가 천지를 감동시켰다.

외모면에서 아들의 머리카락은 그 당시 여성미의 기준에 맞게 키보다 길고, 억새꽃 같은 가을을 연상시키는 용모에다 친근하고 훌륭한 점에서는 '가구야공주'보다 나았고, 민얼굴인데도 화장을 한 것 같이 뽀얀 얼굴이었으며, 딸 역시 수려한 용모를 자랑했다. 이러한 모습을 보고 아버지는 자연스럽게 아들은 딸로, 딸은 아들로 살게 하고, 성인식도 치르고 딸은 우대신의 딸과 혼인도 시켰다.

위 남매의 반대성향이 바로 당시에 요구되는 남녀의 모습이라고 할 수 있겠다. 이후에 딸은 관직에 올라 세간의 주목을 받다가 절친인 재상중장(宰相中将)에게 여자임이 발각되고 그의 아이를 임신하게 된다. 아들도 궁중에서 여자동궁(女東宮)을 보좌하는 역할을 맡았다가, 서로 마음이 통해 여자동궁이 임신하게 된다. 이 남매가 본능이나 성격에 따라 행동한 것은 어릴 때뿐이었고, 성장하면서는 신체와 다른 성역할을 감당하고 있는 자신의 비밀이 탄로 나지 않을까 항상 불안해하며 현세도피와 출가염원을 하다가, 결국 각각 이성을 통해 성적인 자각을 하고나서 본모습으로 돌아가게 된다. 그 후 아들은 이전과 달리 늠름해져서 세상 남자들의 행실을 따랐고, 딸은 천황의 총애를 받아 중전이 되는데도 행복해 하기보다 현재의 생활을 답답해하고, 예전 남성으로 즐겁게 살았던 일들을 떠올리며 자유분방했던 시절을 그리워한다. 남녀의 양쪽 삶을 경험한 딸의 마지막 한탄이 제한된 삶을 살았던 그 당시 여성의 삶의 한 단면을 보여주는 것이라고 생각한다.

결국 「도리카에바야」는 외모가 똑같은 남매가 성별을 바꾼 채 생활하다가 각각 이성과의 만남을 통해 자신의 정체성을 찾아가는 이야기로서, 당시의 남성상과 여성상을 살펴볼 수 있다.

전학생(1982년)

우리나라 영화 「체인지」(1997)로 리메이크되기도 한 「전학생」은 1979~80년에 출간된 아동소설 『내가 쟤, 쟤가 나』(おれがあいつで、あい

つがおれで)가 원작인 사이토 가즈오와 사이토 가즈미라는 남녀 중학생의 몸이 서로 바뀌는 이야기이다.

소꿉친구였던 가즈오와 가즈미는 신사의 계단에서 굴러 서로 몸이 바뀌게 된다. 원래 공부를 못하는 개구쟁이였는데 여자가 된 가즈오는 부끄러움이 많고 예민한 성격으로 변하고, 엄마와 자기 집을 계속 그리워하면서 몸이 바뀐 생활을 힘들어하다가 결국에는 죽고 싶어 한다. 가즈오가 이전과 달리 공부도 잘 하고 감수성이 풍부해지고 조용해지자 주변에서는 무슨 일이 있냐고 궁금해하고 행동거지나 말투가 "나약하다, 여자같다"는 말도 많이 듣게 된다. 그리고 가즈오가 앉아서 용변을 보거나 여리여리하게 걷는 모습을 보고 친구들은 성적학대를 하기에 이르는데, 남성 간에 젠더 범주에서 벗어난 남자를 배척하는 장면을 보면 남녀의 성역할과 행동이 명확히 구분되어 있음을 알 수 있다.

한편, 털털해진 가즈미는 엄마, 선생님, 오빠로부터 여자로서의 행실에 대해 "밥을 예쁘게 먹어라", "누워 있는 자세를 똑바로 해라", "여자는 SF를 모른다", "밥 차리는 것을 도와라", "말을 예쁘게 해라" 등의 잔소리를 듣게 된다. 가즈미는 "여자라는 것은 굉장히 불편하다. 항상 몸을 청결히 해야 하고, 속옷만 입고 누워 있을 수도 없고, 한 달에 한 번씩 얌전히 있어야 하고, 자주 빗질도 해야 하고, 주방 일을 계속 도와야 한다. 애교를 떨라는 이야기도 듣고 정신을 차려보면 항상 남자들이 힐끗힐끗 쳐다본다."는 말을 통해 당시의 여성에게 씌워진 굴레를 알 수 있다.

아쉬운 부분은 가즈미는 원래 발랄하고 적극적이고 시원시원한 성격이었는데 몸이 바뀌자 가즈오가 너무나 소극적이고 겁이 많은 여학생으로 변했다는 점이다. 즉 영화 속의 활달했던 가즈미로 바뀐 것이 아니라 사회통념 속의 수동적인 여성으로 바뀐 것이다. 그리고 가즈오의 나긋나긋한 말투와 표정, 걸음걸이, 포즈 등이 웃음 유발 포인트로 작용하는데, 이는 남성을 여성보다 우위에 두고서, 남성이 여성화된 모습을 우스꽝스럽게 여기는 남성우위의식에서 비롯된 것이다. 몸이 바뀐 후 주변인들은 두사람에게 남녀의 차이를 확연하게 구분짓고 강요하는데 특히 남성은 거칠고, 여성은 부드러운 말투를 강요당하는 부분에서 남성어와 여성어도 인식할 수 있었다.

「전학생」에서 몸바뀜은 사춘기 학생들의 미지의 성에 대한 호기심을 충족시켜주는 기능을 하며, 몸바뀜이라는 비밀을 간직한 남녀학생이 서로의 힘든 부분을 이해하고 격려하는 점에서 궁극적으로는 상호 이해와 화합을 도모한다고 볼 수 있다.

「너의 이름은.」(2016년)

도쿄의 남학생 다키와 시골 여학생 미쓰하가 꿈에서 서로 몸이 바뀌어 생활하면서 서로의 존재를 알게 되고, 미쓰하의 시골마을에 혜성이 떨어져서 모든 주민이 죽을 위기에 처했을 때 둘이서 힘을 합해 주민들을 구하고 몇 년이 지난 후에 우연히 재회한다는 이야기이다.

여기서는 시공간을 뛰어넘어 남녀주인공을 만나게 하기 위한 장치로서 몸바뀜 소재가 사용되었다. 시골생활에 이골이 난 미쓰하는 도쿄의 멋진 남학생으로 태어나고 싶어했는데, 바람이 이루어져서 둘 다 영문도 모른 체 몸이 바뀌어 서로의 삶을 살게 된다. 현대사회에서도 여전히 성차별이 있고, 남녀에게 기대하는 역할이 있기는 하지만 그래도 요즘은 페미니즘 운동 등으로 여권이 신장되어 신체적인 차이 외에는 남녀의 경계가 상당히 애매해졌다. 때문에 몸바꿈을 통해서 사회적 성차를 언급하는 것은 진부해졌고, 흔히 말하는 남자같은 여자도 여자같은 남자도 더 이상 이상하게 여기지 않게 되었다. 신카이 감독도 "성차에 의한 고뇌나 비장감은 완전히 배제된 당사자가 적극적으로 몸바꿈을 즐기는 코믹하고 매끄러운 묘사를 하고 싶었다"고 얘기했다. 다키가 미쓰하 몸으로 바뀌었을 때 가슴을 만지거나 몸매를 클로즈업한 장면은 요즘의 성인지 감수성과 동떨어져서 많은 비판을 받았지만, 그 외의 장면에서는 남녀의 성역할이 그리 도드라지지는 않았다.

미쓰하가 다키가 되어 알바를 할 때 여자선배의 옷이 찢어지자 예쁘게 수를 놓아주는데, 남자가 바느질하는 모습이 어색하지 않고 아주 자연스럽게 묘사되어 선배는 "오늘의 네가 더 좋다"고 했고, 그 후에도 "(몸이 바뀐) 요즘의 네 모습이 좋다"며 호감을 보인다. 반대로 다키가 미쓰하가 되었을 때 반친구가 아버지에 대해 험담을 하자 책상을 걷어차 상대를 꼼짝 못하게 해서 친구로부터 "너 아주 멋있었어. 다시 봤어"라는 칭찬을 들었고, 그밖에도 이전과는 달리 거칠게 느껴지기도 했지만 활기찬 모습으로 인해 여러 친구들의 관심을 받게 되는 장면도 재미있게 그려진다. 다만 다키와 미쓰하는 사용하는 언어 즉 남성어와 여성어에 의해 명확히 성차가 구별되고 있음은 부인할 수 없었다.

「너의 이름은.」에서는 이전에 나온 몸바꿈 이야기와는 달리 현대적인 남녀관을 반영하고 있다. 성역할보다는 상대를 위해 배려하는 마음, 새로움을 즐기려는 마음을 볼 수 있다. 몸바꿈으로 인해 약간의 불편함은 있지만 어쨌든 간에 그것을 즐기는 감각으로 타인이 되어 열심히 생활하고, 몸바꿈으로 인해 괴로워하거나 힘들어하기 보다는 몸바꿈 이후에 더 매력적으로 변해가는 모습이 그려진다.

12. 억세게, 뻔뻔하게

교겐, 쎈 언니들의 실력

【김난주】

한 아낙이 낫이 꽂힌 긴 몽둥이를 휘두르며 남성의 뒤를 쫓는다. 살려달라고 애걸하며 도망치는 남자는 그녀의 남편. 여인은 그런 남편을 당장 요절내지 않으면 도무지 분이 풀리지 않을 기세다. 교겐(狂言) 「할복은 못하고」(鎌腹)에 등장하는 아내와 남편의 모습이다.

중세시대 성립하여 600년 넘게 가까이 일본인들의 사랑을 받아 온 고전극 교겐에는 여성을 주요 등장인물로 다룬 작품군이 있다. 이름하여 온나교겐(女狂言)이라 분류되는 이들 곡목은 현전하는 250여 개의 교겐 작품 중 서른 곡이 넘는다.

교겐에 등장하는 여인들은 전대(前代)의 기품 있고 가녀리며 사랑에 전 생애를 거는 왕조 문예의 여성들과는 전혀 다른 캐릭터들이다. 또한 전 시대 설화에 등장하는 여성들이 인과응보와 권선징악, 불교 교리에 의해 주박당하고 재단당할 수밖에 없었다면, 교겐의 여성들은 좀 더 자유롭고 활력에 차 있으며 평범한 일상에 밀착해 있다. 그리고 대부분 남성을 쥐고 흔들지 않으면 성에 차지 않는 억센 여성들로 그려진다. 이러한 여성의 성격을 한마디로 표현한 것이 바로 '와와시 온나'이다. 이 단어는 원래 '가볍고 경망스럽다'는 의미로 쓰였던 듯한데, 교겐에서는 이것이 '잔소리가 심하고 드센 여자'라는 의미로 재생산되고 있다. 이런 '와와시 온나'의 진면목이 십분 발휘되는 장르는 온나교겐 중에서도 가장 많은 작품 수를 차지하는 부부물(夫婦物)이다.

교겐에 등장하는 아내들의 일 년 열두 달은 잠시도 쉴 틈이 없다. 봄에는 들판에 나가 고사리를 꺾고, 여름철 모내기에 가을 추수, 겨울이 되면 문창호지를 새로 바르고 베를 짜고 무명옷을 기운다-「애들 엄마」(法師が母). 이에 반해 남편들은 대개가 무능하고 무심하며 생업은 뒷전인 채 걸핏하면 외박을 일삼는다. 그런 남편을 보며 아내들의 신세타령과 울화는 쌓여만 간다. "저 인간은 세상천지를 제 집으로 알고 밤낮 분간 없이 외박을 하는 데다, 지붕에 비새는 것까지 나를 시킵니다요."-「할복은 못하고」(『狂言集』하, 日本古典文学大系)

이렇게 아내들이 가사와 생계를 위한 일상의 갖가지 노동에 눈코 뜰 새 없이 바쁠 때 어떤 남편은 저 혼자의 취미생활에 빠져 살기도 한다. 「키를 뒤집어쓰고」(箕被)에는 렌가(連歌)에 미쳐 집안을 돌보지 않던 남편이 어느 날 갑자기 렌가 모임의 주최자가 되었다며 아내에게 이런저런 주문을 한다.

아내: 조석으로 끼니도 잇지 못하는 처지에 렌가가 다 뭐예요?
남편: 도를 즐기는 일에 빈부가 따로 있나? 정 안되거든 살림살이나 아니면 당신 옷가지라도 내다 팔아 돈을 대는 게 좋겠소.

아내: 그렇다면 꼭 모임을 열어야겠다는 말씀인데, 우리 집에는 아무것도 없어요. 친정에 소금이며 된장, 땔나무까지 얻어 쓰며 근근이 살아 왔다구요.

남편: 여자란 그저 눈앞의 일만 신경을 쓰고 앞날을 생각 못한다니까. …… 좋은 시구를 얻는 것이 벼슬을 얻는 것보다 나은 것이오. 조정의 요리히로(賴寬) 대감은 명구(名句)를 얻은 기쁨이 관직에 오르는 것보다 낫다며 스미요시(住吉)신께 빌어 5년의 명줄과 바꿔 수구(秀句) 하나를 얻었다지 않소. 부귀와도 목숨과도 바꾸는 게 이 길이오.

–『교겐삼백번집』(狂言三百番集) 하, 富山房

가난한 살림에 당장 입에 풀칠할 일을 걱정해야 하는 아내와, 먹고 사는 문제보다 예술의 길이 중요하다고 논박하는 남편의 입장은 좀처럼 그 간극을 메울 길이 없어 보인다. 결국 이혼을 결심한 아내는 키를 뒤집어쓰고 집을 나서게 되는 것이다.

한편, 「렌가 십덕」(連歌十德)에서는 도박으로 가산을 탕진한 남편 때문에 절망한 아내가 등장한다.

여자 : 정말이지 내가 시집 올 때는 사시사철 철철이 입을 옷가지에, 열두 가지 살림살이, 베틀까지 가져왔다구. 언제부턴가 주위 난봉꾼들과 어울려 손장난을 하는데. 사람 됨됨이도 나빠진 데다 …… 산이며 전답이며 살림살이며, 한 점 남김없이 들어먹고 풍비박산이 났으니. 조석으로 밥 짓는 연기마저 가물가물. 그러고도 버릇을 못 고치고 늦

잠을 자 …… 살려 두니 이 사달이다. …… 널 죽이고 나도 죽자.

남편 : 그럼 자네도 안 살겠다는 거야.

여자 : 뭐 보자고 살겠냐?

남편 : 그러면 아무래도 죽을 목숨이니, 우선 날 죽일 게 아니라 너만 먼저

죽어 주라.

—『교겐삼백번집』(狂言三百番集) 하

술과 노름과 취미생활에 빠져 가정을 돌보지 않는 인정머리 없는 남편들과 살아가야 하는 아내들은 자연히 억세고 드세질 수밖에 없다. "살려 두니 이 사달이다. 널 죽이고 나도 죽겠다"며 악을 쓰고, 또「할복은 못하고」에서 보듯 남편을 때려잡겠다고 낫이며 몽둥이를 휘두르게 되는 것이다.

이렇게 부부싸움이 끊이질 않는 가운데 재미있는 것은 교겐의 아내들이 무능한데다 폭력적이기까지 한 남편을 응징하기 위해 주변 여성들과 함께 연대한다는 점이다. 교겐「수염 대사수」(髭櫓)에는 쇠갈퀴며 낫, 도끼 같은 온갖 무기를 든 여성들이 떼로 등장하여 마을을 훑고 지나간다. 그녀들이 향한 곳은 한 털보 남성의 앞이다. 전운의 발단은 다음과 같다.

천황의 대상제(大嘗会)-천황 즉위 후 처음으로 지내는 추수감사제-에 긴 수염을 가진 남성이 창을 드는 관습에 따라 교토에 사는 한 남자가 선발되었다. 남자는 아내를 불러다 놓고 의식 때 입을 옷가지를 마련하라는 둥 수염 손질을 해 달라는 둥 위세를 떤다. 아내가 집안 형편은 아

—억세게 뻔뻔하게—

교겐 「수염 대사수」의 한 장면
「狂言 · 能楽の歴史 文化デジタルライブラリー」에서 인용

랑곳 않는 남편에게 자신은 모르는 일이라고 맞서자 남편의 손지검이 시작된다. 아내 왈 "아이고, 아야. 또 매질이냐. 내가 여자라고 지금까지 참아 왔지만 이젠 안 참는다." 후회하지 말라는 말을 남기고 뛰쳐나간 아내. 잠시 후, 동네 여자들을 떼로 이끌고 돌아온다. 온 동네 여자들이 기다란 막대에 쇠갈퀴와 낫, 도끼, 창을 동여매고 몰려와 털보의 수염을 자르려 덤벼들고 남자는 수염 주변에 미니 야구라(櫓)-성벽이나 성문 위에 세우는 누각, 혹은 전망대-를 두르고 철통같은 방어 태세를 갖춘다. 서로 밀고 밀리는 난리 소동이 벌어진 끝에 결국 "그 많은 여자들이 떼로 몰려와 커다란 족집게로 쑤욱 뽑으니 자랑스런 수염이 뿌리째 뽑히고" 만다. 수염 지키기에 사활을 건 남자의 조잔한 모습과 낫과 도끼를 든 여인들의 당찬 모습, 그리고 수염 주변에 둘러진 미니 망루와 아내의 손에 쥐어진 거대한 족집게가 대비를 이루는 가운데 이 우스꽝스런 소동극은 여성 연합군의 승리로 막을 내린다.

교겐에 그려지는 강인한 여성상, 특히나 낫과 쇠갈퀴, 몽둥이를 손에 들고 남편들을 응징하는 여인들의 모습은 희극 교겐의 강력한 웃음 장치로 기능한다. 하지만 이는 단순히 웃음을 위해 과장된 허구가 아니다. 그것은 중세라는 시대가 배태한 풍경이기도 하였다. 동란이 끊이질 않던 중세 사회는 여성들도 때에 따라 군역의 의무를 지고 남성과 함께 칼과 창을 들기도 했다. 특히 중세는 잇키(一揆)라는 민중 봉기가 만연한 시기였다. 교겐의 여성들이 남성들을 응징하기 위해 창과 칼, 낫 등을 들고 출현하는 것은 동란과 민중 무장봉기가 빈발했던 중세의 시대상이 반영된 것이라 할 수 있겠다.

한편, 교겐의 젠더 갈등은 가정 안에서뿐만 아니라 시정의 저잣거리에서도 이어진다. 교겐 「등짐장수」(連尺)에서는 시장에서 자리다툼을 벌이는 두 남녀의 이야기가 펼쳐진다. 새로 생긴 시장터 맨 앞 목 좋은 자리는 누구든 제일 먼저 차지하는 사람에게 주어지고 시장의 대표직도 맡기겠다는 방이 붙는다. 방을 본 여인이 새벽같이 달려가 맨 먼저 자리를 잡고 잠이 든 사이, 한 남성 등짐장수가 슬쩍 새치기를 하니 결국 남자와 여자 사이에 자리다툼이 벌어진다. 급기야 중재인을 사이에 두고 두 사람이 시합을 벌여 자리 임자를 가리게 되는데, 그 내기 종목이란 것이 팔씨름과 씨름이었다. 이는 남성 상인에게만 유리한 편파적인 중재안이 아닐 수 없다. 하지만 여자는 그 제안을 순순히 받아들인다. "나를 여자라고 얕보고 …… 뭐든지 해 주마." 그리고 결국 여자는 팔씨름과 씨름에서 보기 좋게 남자를 쓰러뜨리고 '으샤~~' 승리의 함성을 내지른다.

또 「마른 소나무」(瘦松)에서는 친정 나들이 길에 나선 아낙이 도중에 만난 산적을 보기 좋게 물리친다. 여인에게 자신이 애지중지하던 검마저 빼앗기고 울며불며 산을 내려가는 산적의 모습이 웃음을 자아낸다. 그런데 여기서 산적이 여자에게 당한 것은 그가 못나서만은 아닌 것 같다. "여자라 해도 나는 보통 여자와는 좀 다르거든." 자신을 얕잡아보던 산적에게 여성이 내뱉은 대사다. 이 여주인공은 자신의 능력에 자신이 있었던 것이다. 앞의 「등짐장수」에서 여성 상인이 "뭐든 상대해 주마"라고 큰소리친 것 역시 자신이 가진 능력에 대한 자신감을 암시한 다. 즉 이 여성들은 남성을 힘으로 제압할 수 있는 특별한 능력의 소유 자, 말하자면 여성 장사였던 셈이다. 그렇기 때문에 '남성들을 때려눕 히고' 당당히 승리의 함성을 올릴 수 있었던 것이다. 5, 600년 전의 연 극 교겐은 이렇게 여성이 젠더적 부조리를 극복할 수 있는 것은 스스로 의 힘과 실력에 의해서만 가능하다고 말해 주고 있다.

한편, 교겐에는 가족의 생계를 위해 억척스럽게 일하고 당당하게 자신의 주장을 펼치는 여성, 못난 남편을 사랑으로 감싸 안으며 가정을 위해 헌신하는 양처만 존재하는 것은 아니다. 그녀들은 때론 뻔뻔함을 무기 삼아 어려운 세파를 헤쳐 나가기도 한다.

「이나바도」(因幡堂)에는 게으르기 짝이 없어 집안일은 뒷전인데다 술고래에 주정까지 심한 여자가 나온다. 그런 아내에게 정나미가 떨어 진 남편은 아내가 처가에 다니러 간 사이 몰래 이혼장을 보낸다. 하지 만 분기탱천한 아내에게 쫓겨 도망가기 바쁠 뿐이다. 또 「칠쟁이 헤로 쿠」(塗師平六)에서는 갑자기 찾아온 남편의 스승이 부담스러운 아내가 남편이 죽었다며 거짓말을 하고 남편을 유령으로 분장시켜 스승과 대 면시킨다. 이 작품은 정과 의리를 소중하게 생각하는 순수한 남성들과 눈앞의 이익에 거짓말을 하고 또 자신의 체면을 위해 유령 소동까지 벌 이는 여자의 뻔뻔함이 대비되며 웃음을 자아낸다.

하지만 교겐은 여인들의 이런 뻔뻔함도 한바탕 웃음으로 치환시킨다. 「이나바도」에서 술고래에 게으르기 짝이 없는 아내에게 이혼장을 던지고 새 아내를 찾으러 나간 남편은 아내에게 붙잡혀 싹싹 빌며 해로를 약속한다. 또 「칠쟁이 헤로쿠」의 아내 역시 어떤 추궁이나 단죄를 받지 않는다. 이렇게 교겐은 인간의 욕망과 그 욕망을 채우기 위한 현실적 타협, 그 뻔뻔함을 너그러운 시선으로 감싸 안는다.

교겐은 일본 문예사에서 본격적 희극의 세계를 연 최초의 문예물이다. 희극의 주인공들은 고귀한 혈통의 인간이 개인의 힘으로 어쩔 수 없는 운명과 싸우다 장렬한 최후를 맞이하는 비극의 주인공들과는 다르다. 그들은 도덕적 순결함과는 거리가 멀고, 대부분 경제적으로 궁지에 몰려 있으며, 일상의 사소한 욕망 앞에 시비 붙는 나약한 존재들이다. 교겐은 남성의 빈자리에서 억척스럽게 일하고 가정을 지킨 아내들을 주목하고 그들을 '와와시 온나'로 형상화하였다. 그리고 현대의 우리는, 그 억척스러움과 뻔뻔함으로 고달픈 현실을 울고 웃으며 살아 낸 쎈 언니들의 면면, 일본 서민여성들의 진면목을 교겐을 통해서 보게 되는 것이다.

※이 글은 김난주, 「교겐(狂言) 와와시 온나의 원상(原像) -주로 〈日本靈異記〉와 〈今昔物語集〉과의 비교 분석을 통해)」(동아시아고대학13, 2013)를 수정하여 다시 실은 것이다.

13. 봄에는 와카를, 가을에는 하이쿠를 기억하다

【고선윤】

봄이 오기가 이리도 힘든가-와카

4월 하늘에 계절을 거부하는 눈이 내렸다. 이것도 '지구온난화'가 원인이란다. 북극의 기온이 올라가면서 제트기류가 약해져 차가운 공기가 밑으로 내려왔기 때문이라는 게 전문가의 말이다. 제트기류란 지상 약 10㎞(대류권 상부 또는 성층권의 하부)에서 수평으로 부는 강한 편서풍으로 찬 공기를 극지에 가둬놓는 역할을 하는데, 이것이 제 역할을 못하고 있는 모양이다.

우리나라는 사계가 있는 나라라 아무리 춥고 시린 겨울이라도 어김없이 찾아오는 봄을 기다렸고, 이것은 또 하나의 시작을 의미하기도 했다. 얼어붙은 냇가의 물이 다시 흐르고, 싹이 트고 꽃이 피는 봄은 세상 만물에 생명이 깃드는 시간이다. 이것은 우리나라와 같은 중위도(中緯度) 상에 위치한 일본도 마찬가지다. 그러니 사계에 대한 정서적 동질감이 분명 있을 것이다.

교토를 중심으로 화려하게 펼쳐지는 헤이안 시대(794~1192) 초

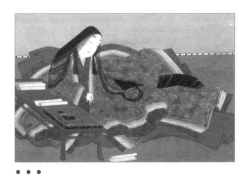

교토를 중심으로 화려하게 펼쳐지는 헤이안 시대, 일본 고유의 시가 '와카'가 크게 발달

기는 당나라의 영향으로 한시가 유행했다. 5·7·5·7·7 음률을 가지는 일본 고유의 시가 와카(和歌)는 남녀가 사적으로 읊는 것으로 공적으로는 쓰이지 않았다. 그런데 9세기 후반 가나문자가 발달하고 일본 고유의 것에 관심을 가지면서, 또한 귀족들 사이에 노래 경합이 유행하면서 와카가 크게 발달했다.

905년 다이고 천황(醍醐天皇)의 칙령으로 기노 쓰라유키(紀貫之), 기노 도모노리(紀友則), 오시코우치노 미쓰네(凡河内躬恒), 미부노 다다미네(壬生忠岑) 4명의 편자는 8세기에 편찬된 『만요슈』(萬葉集)에 수록되지 못한 것에서부터 그 시대의 와카까지 약 천백 수를 모아 『고킨와카슈』(古今和歌集)를 완성했다. 이른바 국가 차원에서 가집이 편찬된 셈이다. 이로 말미암아 와카는 공적인 성격을 갖게 되고, 훗날 일본문학에 커다란 영향을 미쳤다.

『고킨와카슈』의 문학사적 가치는 이루 말할 수 없다. 권두를 장식한 '가나서문'(仮名序)은 최초의 문학론으로 주목받고 있으며, 20권으로 나눈 부다테(部立, 가집의 분류)는 이후 편찬되는 가집의 기준이 되었다. 천백 수나 되는 와카를 모아서 나열할 때는 확고한 기준이 필요했을 것이다. 어떤 기준으로 어떻게 맛깔나게 나열하고 편집하는가가 편자의 능력이다. 가나다순, 작가의 연대순 등 여러 방법을 생각할 수

『고킨와카슈

있다.

　『고킨와카슈』의 제1권에서 제6권은 '사계의 노래'로 엮어져 있고, 이하 '축하의 노래', '이별의 노래', '여행의 노래', '사랑의 노래', '죽은 자를 위한 노래', '잡가'(雜歌) 등으로 분류된다. 제1권 '봄노래 상', 제2권 '봄노래 하'는 봄의 노래를 나열하고 있는데, 그 순서가 기가 막히다.

　2 소매 적시며/떠서 마시던 샘물이/얼어 있는데/

　　입춘 날 부는/이 바람이/녹여 주려나

　　袖ひちて　むすびし水の　こほれるを　春立つけふの　風やとくらむ

　6 봄이라/꽃이라고 생각하는 모양이네/

　　흰 눈 내린 나뭇가지에/꾀꼬리가 울고 있구려

　　春たてば　花とや見らむ　白雪の　かかれる枝に　鶯のなく

　9 봄 안개 일고/새싹 트는 봄날에/눈이 내리니/

　　꽃 없는 마을에도/눈꽃이 흩날리네

　　霞たち　木の芽の春の　雪ふれば　花なき里も　花ぞちりける

12 계곡에 부는 바람/얼음을 녹이고/

　그 사이로 흘러나오는 물보라는/이 봄에/처음 핀 꽃이라 하겠노라

　谷風に　とくる氷の　ひまごとに　打いづる波や　春のはつ花

25 내님의 옷/널어서 말리던 들판에/봄비가 내리네/

　내리면 내릴수록/들판은/더욱 푸르름을 더하구려

　わがせこが　衣春雨　ふるごとに　野辺のみどりぞ　色まさりける

26 버드나무/실을 꼬아놓은 것처럼/휘날리는 봄날/

　꽃망울 터지듯/피어나네

　青柳の　いとよりかくる　春しもぞ　みだれて花の　ほころびにける

　입춘이라면 2월, 아직 추운 날임에도 봄을 기다리는 사람의 마음이 간절하다. 그리고 조금씩 조금씩 시간은 봄으로 다가가는데, 봄이 오기가 이리도 힘든가. 때 아닌 눈이 내리고, 조바심 가득한 사람은 이것을 꽃이라 우긴다. 드디어 봄비가 내리니 들판은 푸르게 변하고, 버드나무 가지가 바람에 휘날리며 꽃망울이 터진다.

　이렇게 와카는 시간의 흐름에 따라 나열되어 있다. 노래의 내용을 보면 그 노래는 어디쯤 위치하는 노래인지 감을 잡을 수 있을 것이다. 봄이 어디쯤 와 있는지 그 시간의 자리가 확실하게 보인다. 제2권 '봄노래 하' 끝자락에서는 그리도 더디게 온 봄을 보내야 하는 아쉬운 마음이 가득하다.

129 꽃잎 떨어진 물길/따라 올라와 봤지만/산에도/봄은/이미 가버렸네

　花散れる　水のまにまに　尋めくれば　山には春も　なくなりにけり

133 비를 맞으면서도/꽃을 꺾는다/봄도/얼마 남지 않았다고/생각하기에

　ぬれつつぞ　強ぅておりつる　年のうちに　春は幾日も　あらじと思えば

일본의 봄

봄을 기다리는 우리의 마음은 천 년 전 그 옛 시간에도 이렇게 안달했다. 봄이 오기가 이리도 힘든가.

짧음의 미학―하이쿠

비가 촉촉이 내리는 가을, 세종로를 지나다 교보빌딩에 걸린 커다란 글자가 눈에 들어왔다. '낙엽이 지거든 물어보십시오/사랑은 왜 낮은 곳에 있는지를' 이 짧은 글귀가 내 걸음을 잡았다. 오후 내내 내 곁에서 떠나지 않는다.

스무 자 남짓한 글귀가 나를 가을에 흠뻑 빠지게 했다. 누가 이런 글을? 누가 이런 글을 만들어 가슴 깊은 곳을 꼭 집는 것일까? 궁금해서 뒤졌더니 안도현 시인의 「가을엽서」마지막 구절이었다.

나는 이 시를 알고 있었다. '한 잎 두 잎 나뭇잎이/낮은 곳으로/자

꾸 내려앉습니다'로 시작하는 이 시를 나는
알고 있었다. 11줄에 걸친 활자를 보았을
때 분명 나는 그 뜻을 음미했고 가슴에 살짝
담았다. 그런데 광화문에서 이 시의 한 구절
을 만나자 나는 전혀 기억하지 못했다.

더 크게, 더 강하게, 더 요란하게 내 마
음을 흔드는 광화문 글판의 글은 「가을엽서」
와는 다른 존재감을 가지고 있었다. 아마도
'짧음' 때문일 것이다. 큰 것보다 작은 것이,

많은 것보다 적은 것이 더 큰 감동을 전하는 것은 그것이 가지는 여백
의 의미를 우리는 알고 있기 때문이 아닐까 생각한다.

일본에는 세계에서 가장 짧은 시, 일명 '하이쿠'(俳句)라는 것이 있
다. 5·7·5의 3구 17음에 마음을 담아야 하니 난해하다. 난해하기
때문에 읽을 수 있는 세상은 무궁하다.

15세기 말 중세 일본에서는 와카(和歌)의 음률을 5·7·5와 7·7
로 나누어서 여러 사람이 번갈아 읊는 장시(長詩)가 유행했다. 긴 것으
로는 100구까지도 이어졌다. 이것을 렌가(連歌)라고 하는데. 이중 서
민생활을 주제로 익살과 해학을 담은 렌가를 특별히 하이카이-렌가
(俳諧連歌, 줄여서 하이카이)라 한다.

17세기 마쓰오 바쇼(松尾芭蕉, 1644~1694)는 하이카이의 첫 번째
구인 홋쿠(發句, 5·7·5의 17자)를 중요시하면서 단독으로 감상할 수
있는 글, 홋쿠를 수없이 읊었다. 이로 말미암아 크게 유행했으며 또한

115

「오쿠노 호소미치」 에마키

예술성을 높였다. 홋쿠만을 모은 홋쿠집(發句集)이 만들어지고, 에도 중기 이후에는 홋쿠의 비중이 커졌다. 이것이 훗날 하이쿠(俳句)의 시작이다.

'하이쿠'는 원래 존재했던 용어가 아니다. 메이지시대(1868~1912)의 시인 마사오카 시키(正岡子規, 1867~1902)가 에도 말기의 렌가가 진부하다는 이유로 문예적 가치를 인정하지 않고, 홋쿠만 독립시켜서 '하이쿠'라 명명했다. 그는 근대문예로서 개인의 창작성을 중시했다. 이후 해학적이고 응축된 어휘로 세상을 재치 있게 표현하는 하이쿠는 일본 시가문학의 한 장르로 자리매김했다.

하이쿠는 5·7·5 운율의 정형시이어야 하고, 계절을 상징하는 단어 계어(季語)를 담아야 하는 등 까다로운 조건을 가지고 있다고 하나, 지금은 50여 나라에서 이를 즐기고 있다고 할 정도로 많은 사람들의 사랑을 받고 있다. 교과서에 담고 있는 나라도 있고, 학교에서 가르치는 나라도 있다. 뉴욕타임스에서는 하이쿠 공모도 한다.

바쇼의 하이쿠는 우크라이나 중학교 교과서에도 실려 있다고 한다. 이 짧은 글 속의 여운을 언어도 문화도 얼굴도 다른 사람들이 어떻게 기억하려나. 사무라이의 길을 접고 방랑시인으로 살아온 그를 어찌 이해하려나. 짧은 글 속에 담긴 짜릿한 충격은, 그리고 긴 이야기는 모두 각자의 몫일 것이니 내가 염려할 바는 아니다. 그래서 설레고 또 설레는가 보다. 류시화의 책 제목처럼 하이쿠는 '한 줄도 너무 길다.'

첫눈 내리네/수선화 잎사귀가/휘어질 만큼
初雪や 水仙のはの たはむまで

축복받는 사람/거기에 끼고 싶다/늙은이의 세모
めでたき人の かずにも入む 老いの暮れ

추워도 둘이서 자는 밤은 기댈만하다
寒けれど 二人寐る夜ぞ 頼もしき

14. 흔들리는 인생관, 우키요

도쿠가와 시대의 문예풍

【황소연】

도쿠가와 시대를 대표할 수 있는 단어로는 어떤 것이 적합할까. 일반적으로 의리(義理), 인정(人情)을 떠올리는 사람이 많겠지만 개인적으로 우키요(浮世)라는 단어에 더 매력을 느낀다. 현재 우키요는 우키요조시(浮世草子), 우키요에(浮世絵)에 그 모습을 전하는 정도로 도쿠가와 시대의 특성을 반영한 문예에 제한적으로 사용되고 있는데, 지칭하는 대상 그 자체보다는 그 대상을 어떻게 바라봐야 하는가의 태도의 문제를 내포하고 있어 다양한 해석이 가능한 어휘이다.

근세 이전에 세상을 우울하게(憂世) 바라보던 사람들이 다수를 이루다가 그 이후에 인생을 즐기자(浮世)는 인식이 확산됐다고 설명하는 경우가 일반적이다. 두 우키요(憂世·浮世) 모두 인간이 사는 세상을 자기류로 인식하는 말이다. 우키요(憂世)가 세상과 거리를 두고자 하는 태도를 개념화한 것이라면 우키요(浮世)는 세상 속에서 유한한 생을 탐닉하자는 적극적인 자세를 의미한다.

에바라 다이조 씨는 우키요(浮世)의 특성에는 기존의 불안정한 세

상을 가리키는 전통적인 의미
와 함께 '호색', '현대풍'의 의미
가 들어있다고 언급했다. 에바
라 씨의 의견을 참고하면서 겐
로쿠 시대에 활동한 바쇼(芭
蕉：1644~1694), 사이카쿠(西
鶴：1642~1693)와 도쿠가와 후기
의 바킨(馬琴：1767~1848)을 중심
으로 우키요의 의미를 비교해보
겠다.

• • •

요노스케의 출항

바쇼(芭蕉)의 아버지

중국 문학 연구자인 요시카와 고지로(吉川幸次郎)는 두보의 시의 결
론으로 '세상을 사는 이치는 알기 쉽다(易識浮生理)'를 들으면서 '그 무엇
도 자신의 자리를 벗어나서는 살기 어렵다(難敎違一物)'라고 한 것도 함
께 언급했는데, 두보가 세상을 유동적인 공간으로 인식하기 보다는 이
미 존재하는 하나의 틀로 바라보고 있었음을 시사하는 내용이다. 요시
카와는 이러한 두보를 바쇼의 아버지라고 지칭했다. 바쇼의 하이쿠의
세계가 두보의 문학과 연결되고 있음을 비유적으로 표현한 것으로 흥
미로운 지적이다.

바쇼는 자신의 기행문인 『오쿠노호소미치』의 모두부에서 '인생은
꿈만 같으니(而浮生若夢)' '어찌 즐기지 않겠는가(爲歡樂幾何)'라는 이백

119

의 시를 인용하고 있는데, 여행하는 인생의 태도를 강조하면서도 삶을 즐기자는 원시의 주장은 외면하고 있다. 전통적인 가치 체계를 존중하면서 인생의 가치를 모색하는 바쇼의 인생관이 엿보이는 부분으로 이백보다는 두보의 진지함에 가깝다는 것을 알 수 있다. 바쇼가 언급한 우키요의 내용을 살펴보면,

　㉠ 부처의 마음으로/ 중생의 우키요를 바라보는 것도/ 이러한 것이리라
　　(仏の御心に衆生のうき世を見給ふもかかる事にやと)

　㉡ 우키요 끝은/ 모두 / 고마치라네
　　(うき世の果は皆こまち也)

인생을 향유하고자 하는 열정보다 구도적인 자세가 강하게 느껴지는 구(句)와 글이다. 부유하는 삶을 지칭하는 우키요의 개념을 공유하면서도 유한성을 인정하고 즐거움을 추구하려는 의지는 느껴지지 않는다. 에바라 씨가 지적한 '호색'과 '현대풍'을 지칭하는 우키요의 의미보다는 전통적인 세계를 가리키는 어휘 구사에 머무르고 있다.

바쇼는 동시대 작가인 사이카쿠의 활동을 보면서 '인정을 그린다고 해도, 요사이 집요하게 구석구석까지 파헤치는 모습이 추하다'라고 비판적인 논평을 남기고 있다. 단린파 하이쿠를 함께 학습했던 두 사람이었지만 우키요를 인지하고 살아가는 방법을 모색하는데 있어서는 차이가 있었다. 우키요를 바라보는 시선에 있어서 바쇼는 새로움의 추구보

다는 전통적인 세계의 재구축을 지향하는 모습으로, 에바라 씨가 지적한 '호색'과 '현대풍'의 우키요와는 그다지 인연이 없다고 하겠다.

마음(心)의 해방자 사이카쿠

우리는 사이카쿠의 실제 삶에 대해서 자세히 알지 못한다. 그에 관한 평전으로는 이토 바이우(伊藤梅宇)가 남긴 기록이 신뢰를 받고 있다. 사이카쿠는 유복한 상인의 아들로 태어나 일찍 상처하고 시각 장애를 지닌 딸을 하나 두었는데 이도 먼저 세상을 떠났다고 한다. 한편 사이카쿠는 여행을 즐기면서 세태와 인정을 잘 표현했는데 노장의 삶도 아니고 특이한 삶을 보냈다고 한다. 특정할 수 없는 인생관을 지녔다는 사이카쿠가 언급한 우키요의 용례를 보면 '현대풍'의 의미와 함께 '호색'의 뜻으로도 사용되고 있다.

㉠ 사사로쿠라는 사람(중략)갑자기 우키요도 그만두기 어렵고

　(篠六と云人 (中略) 俄かに浮世もやめがたく)

㉡ 우키요 놀이는 젊었을 때의 일로

　(うき世ぐるひは若ひ時の物にて)

연구자들이 사이카쿠의 작품이 '호색'에서 '우키요 인식'으로 변화했다고 기술하는 경우가 많은데 사이카쿠가 사용한 우키요에 이미 호색의 이미지가 들어있는 만큼 전향을 설명하는 어휘로는 적절하지 않

다. 연구자가 우키요를 탈호색화된 개념으로 사용하고 있는 예라고 할 수 있다. 사이카쿠는 평생 하이쿠를 업으로 삼았음에도 불구하고 그의 이미지가 '호색'과 분리되지 않는 것은 그의 소설의 특질을 대변하는 것이기도 하다. 사이카쿠와 같은 지식인이 호색의 사회적 의미에 대해서 인지하지 못했을 가능성은 없을 것이다. 윤리적인 사람들에게 비천한 세계로 인지되던 유곽과 유녀에게 특별한 가치를 부여해 작품화한 것이다. 그의 소설에 등장하는 인물들은 고상한 세계가 아닌 곳에서 욕망으로 무장해 외부 시선이나 가치판단에 자신의 태도를 굽히질 않았다. 당대의 이질적인 주인공의 모습과 사이카쿠의 삶을 독자가 일체화시키면서 사이카쿠에게 호색가의 이미지가 형성된 것이다. 사이카쿠가 묘사한 유곽은 격리된 공간이었지만 세상의 축소판이라고 할 수 있다. 그 세계에서 명멸하는 군상들은 일반인들이 점유한 윤리적인 세계로 이전이 불가능한 인물들로 체계화된 봉건 세계에 있어서 심리적 부적응자이자 대결자들이었다.

사이카쿠는 작품에서 세상의 시선과 인간의 마음을 구별해 자유롭게 세상의 이야기를 전하는 형식을 취하는 경우가 많은데, '풍속 하이쿠를 왜 고집하느냐'는 자신을 향한 질문에 대해서 세상의 시선은 잘못됐고 자신만이 옳다는 주장을 하는 것을 보면, 기본적으로 타인의 시선에 무감각한 성격의 소유자였을 가능성이 크다. 유녀의 구(句)를 자신의 책에 넣으면서 '시심은 인간 모두에게 같다'라며 변호를 했는데, 봉건 사회에서 평등한 마음을 추구하고자 하는 진취적인 태도가 느껴진다. 특히 삶을 정리하는 그의 사세구(辭世句)에서는 생을 만족스럽게 관철했다는 의지가 느껴진다.

우키요의 꿈/ 보고 지낸 세월이/ 이년 넘었네

(浮世の月見過しにけり末二年)

고삐 찾은 현실, 우키요

겐로쿠 시대의 사람들은 사이카쿠를 '호색가'라고 불렀으며 일부는 '오란다 사이카쿠'라고도 했다. 그의 작품이 사회 주류의 가치관을 형성하기 어려웠다는 것을 반증하는 호칭들이다. 그런데 도쿠가와 후기에 활동한 바킨(馬琴:1767~1848)은『근세 모노노혼 에도 작가 부류(近世物之本 江戸作者部類)』에서 사이카쿠의 작품을 '모노노혼(物之本)'으로 분류해 에도 지역의 속문학(俗文學)인 '구사조시(草双紙)'와는 대조적으로 높게 자리매김하고 있다. 사이카쿠의 작품이 동시대의 사람들이 가볍게 여기던 호색물의 이미지에서 도쿠가와 후기에는 바킨과 같은 독자들에게 인정을 받는 작품으로 변화하고 있었던 것을 의미한다.

그리고 바킨은 사이카쿠와 함께 기잔(箕山:1626~1704)의『색도대경(色道大鏡)』을 언급하고 있는데 도쿠가와 초기 문학의 전개에 관한 그의 식견을 반영한 날카로운 지적이다.『색도대경』은 기잔의 경험과 유녀평판기, 유곽 관련 서적을 참조해 저술한 책으로 체계적이고 종합적인 내용을 담고 있다. 우키요에 관해서도, '우키요는 바람 앞의 등불이고 인간의 생명은 물 위의 거품이다(浮世風前之灯也、人命水上之泡也)'라는 말로 불안정한 삶과 세상을 표현하고 있는데 유곽의 내용을 다룬 서적인 만큼 바쇼가 사용한 전통적인 우키요 개념보다는 특정한 의미를 부여해 활용한 사이카쿠의 우키요에 가깝다고 하겠다.

기잔은 『색도대경』의 서문에서 『맹자』의 '호색'에 관한 언급을 인용하고 있다. 양 혜왕이 자신은 호색(好色)이라는 병(疾)이 있다고 하자 맹자가 안팎의 원한을 사지 않고 함께 하는 것이라면 문제가 되지 않는다고 답한 내용이다. 또한 '색을 좋아하되 음란하지 말아야 한다(好色而不淫)'라는 말도 함께 인용하고 있다. 맹자 시대의 논의를 종합 유곽 안내서인 『색도대경』의 서문에서 인용한 것이다. 기잔은 '호색'을 긍정적으로 다루는 서적을 저술하는데 있어서 권위있는 가치관의 도움을 기대했을 것이다. 자신이 다루고 있는 세계가 비록 '호색'의 세계이지만 유곽은 공인된 공간으로 음란하지는 않다는 자위의식이 있었을 것이다. 또한 '호색'의 가치는 일본인의 전통적인 미의식과도 접점을 이루고 있다고도 의식했을 것이다. 사이카쿠가 자신의 작품에서 왕조시대의 귀족문학을 원용하고 당대의 유곽을 국가 사절인 조선통신사에게도 보여주고 싶다고 언급할 정도로 유곽에 대한 자부심을 표현했는데, 아마도 기잔과 사이카쿠에게 유곽은 공적인 영역이라는 의식이 작용하고 있었을 가능성이 크다. 당대의 일본인들이 유곽을 가리켜 '구가이(公界)'라 칭하면서 사회적 이미지를 정상화하려고 노력한 행동과도 맥을 같이한다. 도쿠가와 사회에서 유곽 문화가 활성화된 것은 막부의 공인과 함께 다수의 사람들이 이 공간을 통해 자아를 분출하려는 욕구가 강하게 작용했기 때문일 것이다.

일본의 우키요(浮世)는 중국의 부생(浮生)처럼 삶의 불안정성을 상징하는 어휘였지만 도쿠가와 시대의 소비문화를 배경으로 그 의미 영역이 확장되면서 일본의 우키요와 전통적인 중국의 부생 사이에서 의미의 차이가 발생하기 시작한 것이다. 가미가타(上方) 지역에서 전통적인 우키요에 '호색'과 '현대풍'의 의미가 더해져서 유통되다가 에도 지역에서 새로운 호색의 문예가 등장하면서 '우키요'의 의미가 '호색'의 의미보다는 점차 '현대풍'을 의미하는 어휘로 수렴된 것은 아닌가 추정해 본다. 사이카쿠의 작품이 '모노노혼'으로 평가되고 에도 지역의 문예가 '구사조시'로 분화되는 것도 도쿠가와 시대의 문학 작품 간에 '호색'을 둘러싼 새로운 층위의 생성을 의미하는 하나의 예가 될 수 있을 것이다.

도쿠가와 시대에 우키요의 의미가 불안정한 삶에서 호색으로, 호색보다는 현대풍을 가리키는 어휘로 점차 변화하는 일련의 과정은 사이카쿠의 작품을 평가하는 시선의 변화를 의미하는 것으로 우키요조시(浮世草子)가 후기 유사 작품들의 모태가 되면서 차별화되는 문예로 평가받는 이유가 된다고 하겠다.

15. 세계문학사에 유일무이한 장르

샤레본과 구사조시

【강지현】

방대함이라는 측면에서 '에도희작'군은 타의 추종을 불허하는 일본 특유의 문학그룹을 형성한다. 그중에도 세계문학사에서 유일무이한 볼륨을 자랑하는 두 가지 장르가 있다. 첫째 샤레본(洒落本:화류소설), 둘째 구사조시(草双紙:그림소설. 특히 황표지(黄表紙)와 합권(合巻)}이다.

먼저 샤레본의 방대함을 단적으로 말해주는 전집이 있다. 전 30권 시리즈 『샤레본대성』(洒落本大成)이다. 여기에 번각·소개된 작품수를 세어보니 1728년부터 1867년까지 간행된 660편이었다. 대부분의 샤레본은 다음과 같은 공통점을 지닌다.

공간적·시간적 배경은 유곽 성매매업소에서의 1박 2일. 구성법은 지인과의 합류→유흥지까지의 여행→술자리→잠자리→다음날 아침이별. 등장인물은 달인형·호남형·촌뜨기, 또는 어르신·풋내기·익살꾼의 손님과, 상대유녀·포주·종업원. 내용은 그들의 밀당과 유곽의 풍속. 문체는 대화체. 추구하는 미학은 이키(粋:세련됨)를 기반으로 하는 골계미이다.

이러한 편향된 무대, 전형적 구성과 인물유형, 상투적 내용임에도 불구하고 양산된 배경을 생각해보면, 한마디로 독자들의 독서 목적에 부합되었기 때문이 아닐까. 이른바 유흥지침서라는 실용성에 덧붙여, 읽는 재미를 주었기 때문이라고 생각된다. 즉 무대·구성·인물이 유형적이라고 해서 스토리까지 천편일률적인 것은 아니었다. 140여 년간 지속적으로 간행되면서 전형성을 벗어나는 시도를 한 작품들도 꽤 있었다. 무대 또한 공창가인 에도 요시와라로부터, 사창가인 에도 후카가와, 시나가와, 지방 사창가까지 확장된다.

예를 들어 『성유곽』(聖遊郭, 1757)에서는 공자와 노자와 석가모니 세 성인성자가 이태백(李白)이 경영하는 업소에 가는데, 석가가 유녀를 데리고 사랑의 도피를 하는 골계스런 상황이 묘사된다. 『유자방언』(遊子方言, 1770)에서는 달인인 척하는 남자가 풋내기 도련님을 데리고 요시와라에 가는데, 이 전개가 인기를 얻으면서 이후 샤레본의 모델이 된다. 한편, 화류계의 풍속을 세세한 부분까지 천착·묘사함으로써, 풍기문란을 이유로 정치적 탄압을 받게 되는 장르이기도 했다. 그래서 에도희작 그룹 중에서도 작자, 출판사, 간행연도 등의 서지정보가 불명확한 경우가 많다. 관정개혁 하에 1791년 희작자 산토 교덴(山東京伝)과 출판사 쓰타야 주자부로(蔦屋重三郎)가 받은 집필 금지형과 벌금형을 계기로, 이후 좀 더 대중적인 후기 샤레본이 짓펜샤 잇쿠(十返舍一九) 등에 의해 전개된다. 잇쿠의 『유곽의 의리』(廓意気地, 1802)는 '빈곤한 유녀의 친정집→요시와라 유곽에서의 첫 만남→유녀와의 사랑→비탄에 잠긴 유객의 집→자매의 한 남자'라는 구성으로, 유녀의 친정집과 유객의 가정으로까지 무대를 확장하고, 스토리의 기승전결을 명확히 하는 등, 연애소설로서의 면을 부각시켜 대중성을 확보하게 되는 것이다.

그러나 위정자의 검열 속에서도 줄기차게 작품이 간행된 데는, 공창가인 요시와라를 중심으로 하는 유흥 문화의 남다른 발달이라는 특수한 시대적 배경이 뒷받침되었기 때문이다. 에도라는 도시 자체가 지방에서 올라온 무사 및 노동자들의 이입으로 인해 남초 현상이 두드러진, 성비 불균형이라는 태생적 한계가 있는 도시였다. 당시 런던 70만, 파리 50만, 북경 70만 인구인 가운데 100만 명이라는 세계 제1의 대도시 에도가 지닌 불가피한 밤 문화였다. 나가야(長屋)라는 원룸형 공동주택이 대표하듯이 인구밀도 또한 세계 1위였다.

이러한 환경이기 때문에 상품화된 유녀에 대한 정보를 담은 가이드북『요시와라 사이켄』(吉原細見) 또한 매년 한두 권씩, 약 160년간에 걸쳐 정기 간행되고 있었던 것이다. 각 유흥업소별 유녀의 명단 · 지위 · 화대, 중개찻집, 흥을 돋우는 남녀연예인 명단 등, 그야말로 유곽 안내 책자를 매년 신규 발행하고 있었다. 샤레본은 이러한 실용서만으로는 충족되지 못하는 소설로서의 재미를 주었고, 유흥지에 갈 형편이 안 되는 독자들에게도 흥미로운 장르였기에 애독자 층이 형성되었다고 생각한다.

샤레본이 140여 년간 660작품 이상 간행되었다면, 1662년 무렵 발생하여 19세기말까지 230여 년간 간행되어, 약 5,000작품 이상이 현존하는 장르가 구사조시(그림소설:赤本 · 黒本 · 青本 · 黄表紙 ·

合卷)이다. 모든 페이지에 그림이 들어가고, 그 그림 여백에 문장이 들어가는데, 인물 옆에는 말풍선처럼 대사가 따라 붙는다. 지금의 만화와 유사한 표현기법·형식이라는 점이 가장 특징적인 장르이다. 5장 즉 10페이지를 1권으로 간주해서, 한 작품당 2권~3권 즉 20~30페이지의 단편 분량이 '황표지'라면, 점점 장편화되어 몇 권씩 합철되면서 '합권'이라는 명칭으로 불리게 된다. 초기 합권은 아직 단편이었으나, 19세기 중엽 이후가 되면서 연작 소설화 현상이 벌어져, 100권 이상의 시리즈로 이어지기도 하였다. 『지라이야 호걸담』(児雷也豪傑譚, 43편 172권,1838~1868), 『시라누이 이야기』(白縫譚, 90편 360권, 1849~1885)라는 판타지 소설이 대표적인 장편 합권이다.

특히 구사조시의 초창기 형태인 '적본'은 아동용 그림책이라는 이미지가 강하다. 반면 그 후의 '황표지'는 언어유희와 유행어를 다용한 황당무계한 스토리로 성인용 블랙 코미디적 요소를 선보인다. 그러나 전체 구사조시의 독자층을 정의하자면 남녀노소라고 해야 할 것이다. 그만큼 다른 여러 장르에 비하여 압도적으로 대중화된 작품세계를 펼치는 장르라고 할 수 있다. 가령 다른 에도희작 독자층의 경우 '샤레본'은 성인남성과 유녀, '골계본'은 성인, '독본'은 성인남성, '인정본'은 성인여성처럼 편중이 보인다면, '구사조시'는 남녀노소라고 할 수 있기 때문이다.

그러나 구사조시의 언어유희, 황당무계하거나 파란만장한 스토리, 기발한 착상의 삽화는 다른 에도희작 그룹에서도 찾아볼 수 있다. 그럼 구사조시만의 특별한 점은 무엇일까. 바로 모든 페이지에 그림이 들어가며, 인물 옆에 대사가 대부분 곁들여진다는 점이다. 만화가 일본을 대표하는 서브컬쳐가 될 수 있었던 뿌리는 에도시대 230년간 구사조시를 읽으며 즐겨왔던 민족성에서 배양된 것이 아닐까.

이와 같이 구사조시가 선풍적 인기를 끌 수 있었던 이유를 실감하려면, 작품을 직접 그림과 함께 읽어봐야 한다. 몇 가지 작품을 예로 들기 전에, 이러한 구사조시를 비롯한 에도희작 열풍 현상을 뒷받침했던, 즉 가능하게 했던 사회적 배경을 먼저 살펴봐야 할 것이다.

19세기 중엽에는 에도에 책대여점(貸本屋)이 800채 이상 있었고, 편집·제작·판매라는 지금의 출판사+서점 영업형태인 공인출판업자(書物問屋·地本問屋)가 125채 있었다고 한다. 오사카·교토·나고야는 물론, 지방 소도시까지 이러한 민간출판업자가 있었는데, 사설 초등교육기관인 데라코야(寺子屋)가 전국에 약 15,000군데 설립되어, 문맹률이 세계사적으로 낮았다는 사회적 배경 없이는 설명 불가능한 출판 전성기였던 것이다. 에도희작과 같은 대중오락소설뿐만 아니라 실용서(수학·농업·작문 교과서, 백과사전, 의학서적, 요리책, 지리안내서, 예능안내서, 무사인명록, 유녀인명록)가 베스트셀러로 등극하였고, 지금도 일본 전국 헌책방에서 팔린다. 그만큼 에도시대에 양산되어 현존함을 의미한다. 그러나 '경축 천권 판매달성'(千部振舞)이라는 당시 용어로 추측하건데, 서민들은 부담되는 가격의 책을 구매·소장하기보다는 위 대여점에서 렌탈 형식으로 독서를 즐겼다고 생각된다. 출판시장이 공유경제를 출현시킨 것이다.

에도시대 3대 베스트셀러 중 하나로 꼽히는 골계본『동해도 도보

여행기』(東海道中膝栗毛)의 작가 잇쿠는 구사조시 또한 많이 남기고 있다. 그중 합권『미남 대할인 판매』(色男大安売, 1820)는 일본 제일의 꽃미남 엔지로에게 벌어지는 지나친 인기로 인한 황당 스토리를 기상천외한 그림으로 그려낸 단편소설로, 앞서 서술한 샤레본, 골계본과 더불어 필자가 번역 소개한 바 있다.

　그럼 구사조시 중에 비일상적이고 기발한 세계관이 가히 충격적인 황표지들을 몇가지 엿보자. 앞서 샤레본의 유명 작가이기도 했던 교덴의 황표지『에도태생 바람기의 자작나무 장어구이』(江戸生艶気樺焼 · 교덴作画, 1785)이다. 여자들의 인기를 얻고 싶은 못생긴 금수저 도련님의 황당 분투기라고 할까. '유행가에 나오는 인기폭발남이 되어 세상에 명성을 떨친다면 죽어도 좋아'라고 망상하는 엔지로. 그래서 인기남이라면 누구나 새긴다는 어드바이스를 듣고, 가공의 애인 이름을 팔뚝에 문신한다. 인기남에게는 극성팬이 있기 마련이라는 말에, 게이샤에게 오천만 원을 주고 자택에 쳐들어와서 결혼시켜 달라, 하다못해 하녀라도 시켜달라고 조르게 한다. 인기남에게는 질투하는 여자가 있어야 한다고 해서, 2억 원을 주고 첩으로 삼아 질투하는 흉내를 내게 한다. 동반자살이야말로 인기남의 증명이라는 말에, 유녀를 낙적해서 그녀와 동반자살연극을 펼친다.

　이와 같이 차고 넘치는 돈을 이용하여 인기를 얻으려고 시도하는 각종 시행착오의 온 퍼레이드가 펼쳐진다. 그런데도 밉상 캐릭터가 아니다. 그 순진무구함이 오히려 귀염 캐릭터로 다가와서 독자들의 무한 사랑을 받게 되는 것이다. 그 결과, 인기 없는 추남이 인기를 얻기 위해 자작극을 연출한다는 스토리를, 역발상으로 이용하는 상기 합권『미남 대할인 판매』까지 등장하기에 이른 것이다. 꽃미남 엔지로의 지나친 인기가 불러일으키는 사건들(쌓여가는 러브레터를 폐품수집상에게 팔아서 용돈을 벌고, 답장을 혼자 쓰기에는 역부족이라 고스트 라이터와 인쇄공을 고용해서 목판으로 답장을 찍어내는 등)이라는, 동명 주인공을 등장시키면서도 전복된 세계관을 전개한다.

그리하여 교덴이 창작한 엔지로 캐릭터는 긍정적 의미로 '자뻑남'의 대명사가 된다. 지금이라면 부정적 의미로 근거 없는 나르시스트, 자기애성 인격 장애인이라고 함직한데, 스무 살 엔지로의 세상물정 모르는 순수함이, 오히려 애교스럽게 다가온다.

다음 황표지 또한 기발한 발상이 돋보인다. 이른바 천수관음보살이 자신의 손을 대여하는 사업을 개시한다는『대비천록본』(大悲千禄本, 시바 젠코作, 교덴画, 1785)이다. 천개의 손으로 중생을 구제하는 천수관음조차 기부를 받지 못할 정도로 불경기인 세상이 왔다. 관음의 손(千手)을 빌리러 온 고객의 면면을 보면, 손님을 매료시키는 테크닉(수=手)이 없는 유녀, 글자(필적=手跡)를 못 쓰는 사람, 인형조종사, 한 팔만 있는 무사의 영혼, 한 팔이 잘려나간 전설 속의 귀신 등 각양각색이다. 그중 글자를 모르는 사람이 빌려간 손은 불경의 산스크리트어만 적을 수 있었으므로 실생활에 도움이 되지 않자, 손톱에 불을 붙여 양초 대신 사용한다. 그 그림【1】이 참 신묘하다. 이는 '초 대신 손톱에 불을 붙일 만큼 아주 인색하다'는 속담을, 글자 곧이곧대로 이용한 언어 유희적 장면이다. 그 손의 대사는 "뜨거워~ 뜨거워~".

마치 오늘날의 우리를 예언한 듯한 세계관이 펼쳐지는 공상과학영화·SF 같은 황표지도 있다. 『무익왜기』(無

【1】『대비천록본』의 부분그림【2】『무익왜기』

益委記, 恋川春町作画, 1781)이다. 새로운 것을 추구하는 사람들이 많은 세상이다. 이 세상에서는 제철음식이 따로 없어서 사시사철 먹을 수 있다. 유흥지에 놀러가는 청년들은 낚싯대처럼 가늘고 긴 상투, 허벅지까지 가릴 정도로 넓은 허리띠, 땅에 끌릴 정도로 긴 기모노 등 개성적 패션을 한다. 남녀 역전현상도 벌어진다. 여성은 보이 패션을 하고, 남성은 여장을 해서 유녀가 되고(그림【2】), 여성은 남자를 돈으로 산다. 고령화 사회가 되어 유곽에는 노인 손님이 오고, 노파와 노인이 연예인이 되어 술자리 흥을 돋우고 있다. 당시는 웃긴 내용에 웃긴 그림이겠지만, 어찌 200년 후를 예상했을까 싶을 만큼 지금 보면 시리어스하고 리얼한 내용이다.

　이처럼 비일상적 세계관을 그린 것처럼 보이는 황표지들이지만, 뒤집어보면 이러한 작품에서야 말로 현실이 역반사되어 보인다. 이후 합권으로 변모하면서 한 면에 새겨지는 글자 수도 몇 배로 빽빽해진다. 그리하여 파란만장한 복수담을 기본으로, 초자연적인 판타지소설에 요괴와 초능력자가 등장하는 관능적·엽기적·잔혹·그로테스크한 세기말적 세계관의 장편그림소설로 변질되어 정치적 탄압을 종종 받게 되는 것이다.

16. 류큐 정쟁(政争)에 뛰어든 활의 명수

교쿠테이 바킨 『진세쓰 유미하리즈키』

【홍성준】

　　류큐 제도(琉球諸島)는 일본 열도의 남서부에 위치하고 있으며 현재 오키나와 본도(沖縄本島), 미야코지마(宮古島), 이시가키지마(石垣島) 등 크고 작은 수많은 섬들로 이루어져 있다. 이 지역에서는 12세기경에 농경사회가 성립되었고, 1429년에 쇼하시(尚巴志)가 오키나와 본도를 평정하여 통일국가인 류큐 왕국(琉球王国)이 탄생하였다. 류큐 왕국은 일본과 중국의 영향을 받으며 독자적인 문화를 형성해 나갔으며, 1879년의 류큐 처분이 있기까지 일본이 아닌 별개의 국가로써 존재하였다.

　　우리가 잘 알고 있는 이 류큐 왕국이 성립되기 이전에 이 지역을 다스리던 왕통(王統)이 있었는데, 이를 순텐 왕통(舜天王統)이라고 한다. 이 왕통의 시조인 순텐(舜天, 1166~1237)은 류큐의 정사(正史)에 초대 국왕으로 이름을 올리고 있으나 실존인물이 아닌 전설상의 인물이라는 설도 있다. 류큐 왕국의 첫 번째 정사인 『주잔세이칸』(中山世鑑, 1650년 성립)이나 류큐의 역대 국왕을 정리해 놓은 『주잔세이후』(中

山世譜, 1701년 성립)와 같은 역사서에서 순텐이라는 이름을 확인할 수 있다. 또한『주잔세이칸』을 참조하여 집필된 중국의 지지(地誌)『중산전신록』(中山伝信録, 1721년 성립)와 역사서『원사류편』(元史類編, 청대 성립)에서도 역시 순텐에 관한 기술을 찾아볼 수 있다.

> 순텐은 일본 천황의 후예로 오사토노 안즈(大里按司, 관직명) 조공(朝公)의
> 아들이다. ―『중산전신록』
> 순텐 왕위에 오르다. 순텐은 다메토모공의 아들이다. ―『원사류편』

여기에서 주목할 점은 순텐이 '일본 천황의 후예'이자 '다메토모공의 아들'이라고 기술되어 있는 점이다. 위 중국 문헌은 류큐의 정사를 참조하였으니 순텐에 관한 이 기술은 역사적 사실로 받아들일 수 있는 부분이다.

그렇다면 순텐의 아버지로 지목된 다메토모공은 누구일까? 그 대답을 에도시대 후기의 대표적인 요미혼(読本) 작가인 교쿠테이 바킨(曲亭馬琴, 1767~1848)의 사전물(史伝物) 요미혼 작품 중 하나인『진세쓰유미하리즈키』(椿説弓張月, 1807~1811년 간행)에서 찾아보고자 한다.

『진세쓰 유미하리즈키』는 전편・후편・속편・습유편・잔편의 다섯 편으로 구성된다. 제목 앞에「鎭西八郎為朝外伝」이라고 쓰여 있어 이 작품의 주인공이 헤이안시대(平安時代) 말기의 무장인 미나모토노 다메토모(源為朝, 1139~1170)라는 사실을 알 수 있다. 다메토모는 세이와 천황(淸和天皇)의 혈통을 이어받은 세이와 겐지(淸和源氏)의 자손으

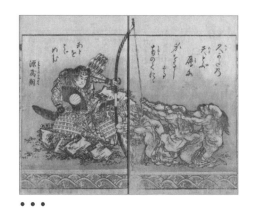

로 신장이 2m가 넘는 거구에 화통한 성격을 지닌 무장이다. 그는 활의 명수로 이름을 날렸는데 활을 쥐는 왼팔의 길이가 활시위를 당기는 오른팔의 길이보다 12cm 정도 길었다고 한다. 그가 활의 명수라는 사실은 『진세쓰 유미하리즈키』 전편 제1회에서부터 자세히 그려져 있다. 다메토모가 신제이(信西)와 활의 명인(名人)에 대해 논쟁하는 장면에서 그의 활 실력이 드러난다. 이를 계기로 신제이의 미움을 사게 된 다메토모는 도망다니는 신세가 되고 결국엔 일본 본토를 떠나 류큐로 건너가게 된다.

『진세쓰 유미하리즈키』는 바킨의 사전물 요미혼의 대표작 중 하나인데, 사전물 요미혼이란 현재의 역사소설에 해당하는 소설 장르를 가리킨다. 바킨의 사전물 요미혼은 특히 역사의 큰 흐름에는 영향을 주지 않는다는 것이 가장 두드러진 특징이다. 불행한 최후를 맞이한 역사상의 인물을 주인공으로 하여 역사의 이면(裏面)에서 벌어지는 사건, 사고를 그린 작품이기에 역사 그 자체에 변화를 줄 필요는 없었다.

일본에는 예로부터 전해 내려오는 2대 영웅전설이 있는데, 그것은 바로 요시쓰네 전설(義経伝説)과 다메토모 전설(為朝伝説)이다. 북방으로 건너간 요시쓰네의 전설은 '요시쓰네 북방 전설'(義経北方伝説), 남방으로 건너간 다메토모의 전설은 '미나모토노 다메토모 류큐 도래 전설'(源為朝琉球渡来伝説)이라고 불린다. 두 전설 모두 영웅이 위기로부터 살아남아 활약을 이어갔다는 것이 주된 내용이며, 사람들이 오랫동안 관심을 가진 두 전설을 다룬 작품이 여럿 등장하였다. 그 중에서 에도시대의 작품 중 가장 널리 알려진 것은 다메토모 전설을 모티프로 한 『진세쓰 유미하리즈키』이다. 다메토모 전설에서는 다메토모가 류큐의 왕이 되었다는 중산왕 시조설(中山王始祖說)이 일반적이지만, 『진세쓰 유미하리즈키』에서는 다메토모의 아들이 시조가 되었다고 하는 역사서의 기술을 따르고 있다.

『진세쓰 유미하리즈키』의 줄거리를 간략하게 말하자면, 다메토모가 신제이의 미움을 사 규슈(九州)로 유배를 가게 되고 거기에서 만난 기헤이지(紀平治)와 함께 류큐로 건너가 그곳의 왕위 계승 문제를 비롯한 정치 권력 싸움에 관여하게 되는 이야기이다. 이와 같은 이야기의 큰 틀 속에는 다메토모가 일본 본토와 류큐를 오가는 도중에 시코쿠(四國), 교토(京都), 이즈 제도(伊豆諸島) 등을 돌며 펼치는 무용담이 포함되어 있다.

『진세쓰 유미하리즈키』는 다메토모의 활약상을 바탕으로 류큐 왕국이 성립되기 이전에 이 지역을 다스린 왕조의 시조인 순텐 왕(舜天王)이 왕위에 오르게 되는 과정을 그리고 있다. 다시 말해 류큐 왕의 권력을 손에 넣기 위한 정치 싸움이 빈번하던 불안정한 사회에 뛰어든 다메토모를 그린 작품이라고도 할 수 있다. 바킨은 역사적 자료를 근거로 이 작품을 창작하였으며, 류큐의 정쟁(政爭)을 그리기 위하여 그가 참고한 서적은 앞서 언급한 일본과 중국의 서적인 『주잔세이칸』, 『주잔세이후』, 『중산전신록』, 『원사류편』 등이다.

이 작품 속에서 다메토모가 류큐로 건너갔을 때 그곳에서는 왕위 계승을 둘러싼 정치적 갈등이 고조되어 있었다. 주후기미(中婦君), 리유(利勇), 구마기미(阿公)가 공모하여 요승(妖僧) 모운(曚雲)의 힘을 빌려 정권을 차지하기 위한 정쟁을 벌이고 있었던 것이다. 이는 역사적 사실에 입각한 구상이며, 바킨은 작품 곳곳에 참고문헌의 인용을 언급하며 역사 고증을 충실히 마쳤음을 기술하였다. 즉, 역사 속에 주인공을 투입시켜 역사의 이면을 그려내고는 있지만 역사의 큰 틀에는 변화를 주지 않는 창작 수법을 사용한 것이다. 류큐 정쟁에 뛰어든 다메토모이지만 역사의 큰 틀까지 변화시키지는 않는 것이 바킨의 사전물 요미혼의 특징이라 할 수 있다.

다시 작품의 이야기로 돌아가서, 다메토모는 시라누이(白縫)라는 아내를 얻고 스테마루(舜天丸)라는 아이를 낳았는데 류큐 정쟁에 뛰어들 때 기헤이지와 함께 스테마루도 동행하게 된다. 이 아이가 바로 슌텐 왕(舜天王)이다. 류큐 천손씨(天孫氏) 25대 국왕인 쇼네이 왕(尚寧王)의 왕녀인 네이 왕녀(寧王女)는 다메토모를 만나서 왕위 계승을 상징하는 구슬을 다시 손에 넣지만 모운의 끈질긴 추적으로 인하여 목숨을 잃을 위기를 수 차례 맞는다. 그리고 다메토모가 류큐 정쟁에 뛰어든 후 네이 왕녀에게 시라누이가 빙의하게 되고, 류큐 내에서 다메토모와 행동을 같이 한다. 다메토모는 위기에 처한 네이 왕녀를 뛰어난 활 솜씨로 구해내는데, 그 대목은 다음과 같이 기술되어 있다.

물가의 갈대숲에서 메뚜기가 뛰듯 화살이 날아와 화살 하나당 2, 3명씩 맞추더니 순식간에 적군 18, 19명이 눈 앞에서 픽픽 쓰러졌다. …(중략)… 마른 갈대숲 사이에서 물가로 배를 타고 등장한 사람은 키가 7척이고 승냥이와 같은 눈에 원숭이 팔꿈치를 지닌 위풍당당한 37, 38세 정도의 남자였다.

– 『진세쓰 유미하리즈키』 속편 권6 제45회

다메토모의 활 솜씨가 화살 하나에 두세 명이 쓰러질 정도로 대단한 것으로 묘사되어 있다. 이와 같이 『진세쓰 유미하리즈키』에서는 활과 관련된 일화를 통하여 다메토모의 활 솜씨를 부각시키고 있다.

『진세쓰 유미하리즈키』 속편 권6
뛰어난 활 솜씨로 네이 왕녀를 구하는 다메토모

류큐의 정쟁은 매우 복잡하면서 비도덕적으로 벌어진다. 왕권의 중심에 있는 쇼네이 왕과 네이 왕녀, 충신(忠臣) 모코쿠테이(毛国鼎)로부터 왕위를 빼앗으려는 주후기미, 리유, 구마기미, 모운 일당의 대립 구도 속에 다메토모, 기헤이지, 스테마루 일행이 뛰어들어 이야기가 전개된다. 이러한 대립이 주가 되어 벌어지는 정쟁은 왕위에 앉힐 아이를 차지하기 위하여 임산부의 뱃속에서 태아를 훔치거나 다메토모에게 암살을 시도하는 등의 극적인 장면으로 이어지며 다소 잔인한 장면이 포함된 삽화로 표현되기도 하였다.

다메토모가 류큐의 정쟁에 관여하여 결국 그의 아들 스테마루를 왕위에 앉히는 일에 성공하는데, 이는 다메토모의 아들이 류큐의 초대 국왕이 되었다는 정사 기록에 부합되고 있다. 이렇듯 역사의 큰 틀은 그대로 두고 그 이면에 펼쳐지는 여러 가지 일화들을 모순되지 않게 구성하는 점이 바킨의 요미혼 창작 방법이라 할 수 있다.

『진세쓰 유미하리즈키』는 간행되고 난 이후에 큰 인기를 끌었으며 가부키(歌舞伎), 조루리(浄瑠璃)를 비롯한 전통 예능뿐만 아니라 우키요에(浮世絵)나 고칸(合巻), 요미혼(読本) 등의 후속 작품이 줄줄이 등장하였다. 일본의 2대 영웅 전설 중 하나인 다메토모 전설을 모티프로 한 교쿠테이 바킨의 『진세쓰 유미하리즈키』는 류큐의 왕위를 둘러싼 정쟁을 상세하게 그려내고 활의 명수로서의 다메토모를 가장 잘 나타낸 작품으로 평가받고 있다.

17. 삽화소설로 되살아난 가부키(歌舞伎)

류테이 다네히코 『쇼혼지타테』

【김미진】

　가부키(歌舞伎)는 노래(歌), 무용(舞), 연기(伎)가 결합된 종합 전통 예술이다. 가부키의 시작은 17세기 초로 거슬러 올라간다. 이즈모 신사(出雲神社)의 무녀(巫女) 오쿠니(阿国)가 교토(京都)에서 이상한 옷차림을 하고, 당시의 유행가에 맞춰 특이한 춤을 추고 연기를 하던 것에서 출발한다. 이러한 오쿠니의 색다른 춤과 연기는 큰 인기를 얻게 되었고, 여자가 남장을 하고 연기를 하는 '여자 가부키'(女歌舞伎)가 탄생한다. 그러나 가부키 여자 배우들의 매춘 등 풍기문란 사건이 끊이지 않자 막부(幕府)는 1629년에 여자 가부키 금지령을 내리지만, 대중들의 가부키에 대한 관심이 끊이지 않자 미소년으로만 이루어진 '소년 가부키'(若衆歌舞伎)가 성립된다. 하지만 이 또한 같은 이유로 막부가 금지령을 내리게 된다. 그후 미소년이 아닌 성인 남자가 여장을 하고 연기를 하는 '성인 남자 가부키'(野郎歌舞伎)가 성립되고, 이는 현대 가부키의 원형이 된다.

　길거리 예능으로 시작한 가부키는 독자적인 양식을 구축하며 실내

무대 예술로 발전한다. 18세기가 되면 극에 새로운 재미를 더해 줄 하나미치(花道), 슷폰(すっぽん), 세리(セリ), 회전무대(回り舞台)등과 같은 무대장치가 만들어지게 된다. 하나미치는 객석을 가로지르는 무대로 주연 배우의 등장, 별세계로 가는 이동 통로와 같은 역할을 한다. 슷폰과 세리는 하나미치와 본 무대에 있는 승강 장치로 전자는 요괴나 유령의 등장에, 후자는 새로운 무대장치의 등장에 사용된다. 회전무대는 본 무대 가운데 동그랗게 잘려 있는 무대장치로, 무대를 180도 회전시켜 장면을 빠르게 전환하는데 이용된다. 이와 같은 무대 장치는 가부키 극장에 가야지 볼 수 있었지만, 출판기술의 발달과 함께 서적이 대중화되면서 삽화 소설을 통해서도 감상할 수 있게 된다.

가부키가 성립하고 발전한 근세시대(1603~1868)는 출판기술의 발달과 함께 다양한 장르의 서적이 간행되었다. 이 시대의 출판물은 활자 인쇄가 아닌, 한 장의 나무판에 한 페이지 분량의 내용을 새겨서 이를 찍어내는 인쇄 방식이 주로 사용되었다. 이와 같은 인쇄 방식은 한 페이지에 글과 그림이 공존하는 서적의 형태인 고칸(合卷)이라는 장르에 사용되었다.

고칸을 대표하는 작자인 류테이 다네히코(柳亭種彦)는 가부키의 열렬한 팬으로 가부키 무대를 작품의 삽화 속에 활용하는 창작기법을 사용하였다. 『쇼혼지타테』(正本製) 전12편(1815~1831년 간행)은 가부키 무대를 지면(紙面)에 옮기는 새로운 창작기법으로 큰 인기를 얻은 다네히코의 대표작이다. 가부키의 무대 장치를 이야기의 전개에 활용했는지 구체적인 예시를 들어 설명하면 다음과 같다.

[그림1]과 [그림2]는『쇼혼지타테』5편의 두 장면이다. [그림1]의 사각형으로 표시한 곳의 동그란 부분이 바로 회전무대이며, 이야기 속 기초(吉蝶)라는 인물이 주군의 원수를 갚는 모습을 그린 것이다. 『쇼혼지타테』에서 회전무대는 하나의 에피소드가 완결되는 지점에서 사용하고 있으며, 이를 통해 다음 페이지부터는 다른 장면의 이야기가 전개될 것임을 암시하고 있는 것이다. 그리고 이 장면에는 가부키에서 장면 전환시 사용하는 효시기(拍子木)라는

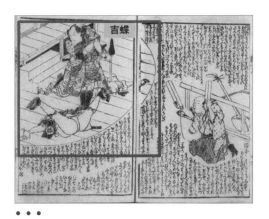

[그림1]『쇼혼지타테』5편에 그려진 가부키의 회전무대

[그림2]『쇼혼지타테』5편에 그려진 가부키의 승강장치

音향효과를 위한 도구도 그려 넣고 있다. [그림1]의 오른쪽에 앉아 있는 사람이 양 손에 들고 있는 것이 효시기이다. 가부키 무대의 가장자리에 앉아서 장면이 전환될 때, 혹은 칼싸움이나 다급하게 뛰어가는 소리를 연출할 때, 효시기로 音향을 연출한다. 삽화 소설에 효시기를 들고 있는 사람을 그려 넣음으로써 곧 장면이 전환될 것임을 표현하고 있는 것이다. [그림2]는 오센(お扇), 구로조(苦郎三), 고기쿠(小

菊)라는 인물이 2층으로 올라가는 장면을 본 무대에 있는 승강장치인 세리로 연출한 것이다. 2층으로 올라가고 있음을 나타내기 위해 세리가 반쯤 올라와 있는 상태로 그리고 있다.

이와 같이 가부키의 무대 장치인 회전무대와 세리를 삽화소설에 삽입하여 작품을 움직임이 있는 공간으로 연출하고 있다. 그리고 효시기라는 가부키의 음향 장치를 작품 속에 그려 넣어 지면(紙面)에 청각적인 요소와 장면의 전환을 암시하는 역할을 가미했다고 볼 수 있다.

다네히코는 당시의 가부키 무대를 작품 속에 그려 넣는 창작기법뿐만 아니라, 그가 활약한 1800년대로부터 약 100년 전의 가부키를 고증하여 이를 작품 속에 그려 넣는 방식으로 작품을 집필하기도 했다. 그 대표적인 작품이 『소가 다유조메』(曽我太夫染, 1817)이다. 본 작품은 간행된 시점으로부터 약 120년 전에 상영된 가부키를 고증하여 이것을 소재로 삽화소설로 간행한 것이다. 본 작품의 서문에는 작자의 창작의도가 다음과 같이 기술되어 있다.

- 지카마쓰 몬자에몬(近松門左衛門)은 본래 가부키 교겐(歌舞伎狂言)의 작자였다. 그 당시(근세 초기)의 가부키 대본 『소가 다유조메』(曽我多遊婦染)를 친구에게 빌려 등불 아래에서 낭송했더니 마치 백여 년 전의 옛 교겐을 보는 것 같은 기분이 들었다. 그 때문에 고풍(古風)을 그대로 전달하고 싶어 수법은 원본 그대로 하고, 표현만을 지금의 것으로 바꾸었다. 제목도 그대로 『소가 무카시교겐』(曽我昔狂言)이라 하였다.
- 원본에 간행년도가 없지만, 겐로쿠(元禄) 6~7년경(1693~1694년)의 것이

라고 판단할 수 있는 부분이 작품 속에 있다.

위 인용문에서도 언급하고 있듯이 본 작품은 다네히코가 1693~1694년경에 간행된 작품 속의 가부키 모습을 1800년대의 독자들에게 전달하기 위해 집필한 것이다. 고풍을 당시의 독자들에게 전달하기 위해 원작의 내용과 수법을 그대로 하고, 표현만을 당시의 것으로 바꾸었다고 기술하고 있다. 이와 같이 예스러움을 고스란히 담으면서 당시 독자들의 흥미를 끌 수 있는 방법으로 다네히코는 주석(注釋)을 활용하였다. 예를 들어 [그림3]의 오니오

[그림3] 『소가 다유조메』 2丁裏·3丁表

(鬼王)와 도자부로(団三郎) 형제가 삼나무 숲에서 다른 일행을 만나는 장면을 살펴보겠다. 해당 장면의 사각형 부분에는 가발 그림과 함께 다음과 같은 주석이 달려 있다.

　㉠ 오니오(鬼王)는 와카슈(若衆) 역할이다. 긴오(金王)·기쿠오(菊王) 등의 이
　　름도 있지만, 오니오를 와카슈 역할의 이름으로 한 것에도 이유가 있는 것이
　　다.
　㉡ 원본에는 가발이 오른쪽 그림처럼 그려져 있다. (『曽我太

夫染』2丁裏・3丁表)

위 인용문의 밑줄 ㉠은 삽화의 오니오(鬼王)의 모습을 젊은 남자 역할인 와카슈(若衆)로 그린 이유에 대해서 언급한 것이다. 1600년대 후반에는 오니오라는 역할을 젊은 미소년이 담당하였는데, 1800년대에 이르러서는 참고 인내하는 신보타치야쿠(辛抱立役) 역할이 담당하였다. 다네히코는 이러한 예스러움을 주석을 통하여 독자에게 상세히 설명하고 있는 것이다.

그리고 밑줄 ㉡에서는 오니오의 가부키 가발에 대해 언급하고 있다. 이는 [그림3] 삽화의 오니오의 가발을 근세 후기의 와카슈의 가부키용 가발인 '히키차센'(弾き茶筅)으로 그렸기 때문에 고풍의 가발이 주석에 그려진 것과 같음을 독자에게 전달하고 있는 것이다. 이와 같이 다네히코는 본 작품의 삽화와 주석을 통해서 당시 독자들이 볼 수 없는 100여 년 전의 가부키를 되살리고 있는 것이다.

18. 역병과 가짜 뉴스로 본
일본 사회 서벌턴

【금영진】

　인류 역사를 돌이켜보면, 재난이 발생하거나 역병이 유행하게 되면 '꼭'이라고 해도 좋을 만치 각종 미신과 유언비어가 늘 횡행하였다. 그리고 그러한 과정에서는 대개 그 사회의 약자들, 즉 서벌턴(Subaltan)-여성이나 노동자, 이주민과 같이 권력의 중심에서 배제되고 억압을 당하는 사람, 또는 그런 무리-을 공격과 혐오의 대상으로 삼는 경우가 많았는데, 2020년 코로나 사태에서도 역시 예외는 아니었다. 아날로그 시대의 유언비어는 가짜 뉴스라는 디지털 시대의 새로운 옷으로 갈아 입고서 SNS를 통하여 사람과 사람 사이를 단 몇 초 만에 오가며 공포와 혐오의 감정을 빠른 속도로 전파한 것이다.

　코로나바이러스는 사람과 사람 사이의 물리적 거리를 2m 남짓 떨어뜨려 놓았지만, 함께 유포 확산한 가짜 뉴스는 사람과 사람 사이의 마음의 거리를 그 이상으로 띄워 놓았다. 2020년 코로나 사태 당시 한국의 경우, 중국인이나 신천지 신자, 또는 성 소수자 그룹에 대한 혐오가 이들 가짜 뉴스에 의해 더욱 증폭된 것 또한 부인할 수 없는 사실이다.

과거 일본에서 관동대지진이 발생하였을 때 유포 확산한 조선인에 대한 혐오를 조장하는 유언비어가 어떤 결과를 초래했는지를 돌이켜본다면, 이러한 가짜 뉴스에 더욱 주의할 필요가 있을 것이다. 그리고 여기에서 이번 코로나 사태와 관련하여, 우리 이웃인 일본 사회 공동체에서는 과거와 현재의 역병 유행 시기에 어떤 일들이 벌어졌는지 살펴보고 이를 통하여 냉철하게 우리 자신을 돌이켜 볼 필요가 있을 것이다.

역병과 유언비어, 그리고 가짜 뉴스

역병이 유행하게 되면 바늘 가는 데 실 가듯 자연스럽게 유언비어가 유포되게 된다. 한 예로 1878년, 일본에서는 콜레라를 퍼뜨린 것이 구로후네(黑船, 미국 함선)의 흑인이라는 소문이 요코하마에 퍼졌다. "배에 타고 있던 흑인이 해안에서 빨래할 때 하얀 거품(비누)을 바다로 흘려보내 물고기가 이를 삼켰고 이를 먹은 사람이 콜레라에 걸렸다"라고 하는 이 유언비어를 당시 일본인들은 곧이 믿었다.

무지와 오해, 그리고 막연한 공포로 인해 발생한 이 같은 역병 관련 유언비어들은 때로는 타인에 대한 구체적인 공격행위를 유발하기도 하였다. 지바현(千葉縣) 가모가와(鴨川)에서 콜레라 방역을 하던 의사 누마노겐쇼(沼野玄昌, 1836~1877)가 어민들에게 맞아 죽은 예가 그러하다. "우물에 넣은 소독약은 독약이다" 또는 "소독한다고 간을 떼어간다"라고 하는 허무맹랑한 유언비어가 나돌았던 것이다.

인간이 정복한 몇 안 되는 역병 중 하나인 천연두가 우두(종두)로 퇴치될 수 있다는 사실이 완전한 신뢰를 얻기 전인 초창기만 하더라도 이러한 유언비어로 인해 우두 접종은 쉽지 않았다. 오가타고안(緒方洪庵)이 1849년에 오사카에 우두를 놓는 접종소인 '제두관'(除痘館)을 개설했을 때 "종두를 맞으면 소가 된다"라고 하는 황당한 유언비어가 나돌았고, 오가타고안은 사람들을 설득하느라 애를 먹었다.

그리고 이러한 모습은 21세기를 사는 우리에게서도 여전히 나타나는 현재 진행형의 문제이기도 하다. 당장 2000년 초만 하더라도, "홍역백신이 자폐증을 유발한다"라고 하는 가짜 뉴스가 서구권 국가와 미국 등을 중심으로 크게 유포된 적이 있었다. 이 홍역백신 괴담은 1998년에 영국에서 발표된 한 조작 논문에서 비롯되었는데 많은 부모가 이를 사실로 믿었고 자녀들의 백신 접종을 거부하였다. 그리고 그 결과가 근년 서구권에서의 홍역 발생 폭증 사태이다.

유언비어와 가짜 뉴스의 개념 정의는 나라마다 학문영역마다 조금씩 다른데, 유언비어가 주로 무지와 오해, 공포와 두려움에 의해 발생하는 측면이 강한 반면, 가짜 뉴스는 애초부터 의도적으로 속이려는 악의에서 비롯되는 측면이 강하다는 차이가 있다. 물론 내용 구성의 형식과 전파 방식에서도 가짜 뉴스는 종래의 유언비어와는 차이점을 보인다.

유언비어가 주로 입에서 입으로 말의 형태로 퍼지는 데 반해, 가짜 뉴스는 주로 뉴스 문장 형식을 취한 글의 형태로 SNS를 통해 퍼진다. 그리고 유언비어는 전하는 사람이 친한 사람일수록 믿는 경향이 있지만, 가짜 뉴스는 유명한 사람이 한 말이라거나 뉴스의 형식을 취하면 아무래도 사람들이 더 잘 믿는 경향이 있다.

Search Twitter
吉村洋文（大阪府知事）
@hiroyoshimura
この情報はデマです。
〉中国から関西空港へ入国した中国人観光客、肺炎症状出るも検査前に逃走との情報出回る...
Terminal 1
T1
第1ターミナル
Terminal 1
T2
第2ターミナル
Terminal 2
中国から関西空港へ入国した中国人観光客、肺炎症状出るも検査前に逃走と...
崎野夏さんのツイート 今日中国から関西空港へ入国した中国武漢人観光客から咳と熱を検知し、病院へ搬送したものの検査前に逃げた。理由はUSJと京都...
snjpn.net
2:01 PM · Jan 24, 2020 · Twitter for iPhone

• • •

간사이 공항 중국인 관련 소식이 가짜 뉴스임을 알리는
오사카후(大阪府) 지사의 트위터 내용

그래서 가짜 뉴스는 글의 신빙성을 높이기 위해 사회적으로 신뢰할만한 인물의 실명을 거론하며 마치 해당 인물이 그 사실을 언급한 것처럼 조작하는 방식을 흔히 쓴다. 코로나 관련 가짜 뉴스가 기승을 부렸던 2020년 봄 당시, 일본의 노벨의학생리학상 수상자인 혼조다스쿠(本庶佑) 교토대학 교수는 교토대학 홈페이지에 자신의 실명을 거론한 가짜 뉴스에 속지 말 것을 당부하는 공개 성명 글을 올리기도 했다. 혼조 교수가 중국 우한의 연구소에서 4년간 일했으며 코로나바이러스는 박쥐가 아닌 중국이 제조한 것이라 발언했다고 소개한 가짜 뉴스가 SNS상에서 급속도로 유포 확산됐기 때문이다.

한편, 2020년 코로나 대유행 당시 일본에서 유포된 가짜 뉴스의 경우 특히 외국인을 겨냥한 내용이 많았다. "간사이(関西) 공항에서 중국인 관광객이 병원으로 후송되었으나 검사 전에 도망쳤다.(2020년 1월 24일 유포)"거나 "중국 우한에서 온 중국인 관광객 십여 명이 발열 증상을 보여 의료기관으로 보내졌다.(1월 31일경 유포)" 또는, "일본 국내 코로나 양성 확진자의 3분의 1이 외국인이다.(3월 31일 유포)"라고 하는 가짜 뉴스가 그렇다.

이러한 가짜 뉴스에 편승한, 중국인을 비롯한 외국인에 대한 혐오가 일본 국내에서 차츰 구체화하기 시작하였다. 요코하마 중국인 거리의 몇몇 가게에 중국인에 대한 혐오와 차별을 담은 낙서 편지가 배달된 것이 그 좋은 예이다. 해당 편지에는 "중국인은 쓰레기다! 세균이다! 악마다! 민폐다! 어서 일본에서 나가라!"와 같은 차별적인 혐오 표현이 빨간 글자로 인쇄되어 있었다. 일본에서 중국인에 대한 차별을 조장하는 가짜 뉴스가 횡행하게 된 가장 큰 이유는 물론 전염병의 최초 발원지로 지목되고 있는 중국에 대한 책임론이다. 그리고 거기에 기름을 붓는 사건이 일어났다. 일본국민의 사랑을 받았던 인기 연예인 시무라 겐(志村けん)씨가 3월 29일 코로나로 사망한 것이다. 이 일은 일본인들에게 큰 충격이었으며, 이는 중국인에 대한 차별과 혐오를 조장하는 가짜 뉴스가 더욱 확산할 수 있는 환경이 조성되었음을 의미한다.

한편, 재일동포에 대한 차별 행위는 이번에도 역시 발생하였다. 사이타마시(埼玉市)가 관내 유치원 및 어린이집에 약 9만 장의 마스크를 배부할 때, 조선학교 부설 유치원만 제외한 것이다. 시 관계자는 마스크를 몰래 되팔지도 모르기에 관리 감독이 안 되는 조선학교는 제외하였다는 다소 궁색한 변명을 내놓았는데 이것이 문제가 되자 3월 13일, 마스크를 배부하기로 방침을 바꾸었다. 하지만 정작 문제는 그다음이었다. 조선학교 교무실로 매일 같이 수십 통의 해코지 전화가 걸려온 것이다. 마스크를 받으면 가만두지 않겠다거나 일본에서 떠나라는 식의 내용이었다.

하지만 한국인 역시 혐오를 조장하는 가짜 뉴스와 코로나 차별로부터 자유롭지는 못했다. 국가인권위원회와 한국인사이트연구소의 2020년 9월 22일 발표에 의하면 지난 1~5월 트위터, 페이스북 등 소셜네트워크서비스(SNS)와 블로그, 카페, 커뮤니티 글에서는 중국인과 신천지, 그리고 성 소수자를 겨냥한 혐오 발언이 한 달 전 대비 평균 3배 이상 늘었던 것으로 나온다. 1월 말에는 주로 중국인에 대한 차별 발언(총 184만 6249건)이, 2월 말에는 신천지 혐오 발언(8만 6451건)이, 그리고 5월 초에는 이태원 클럽발 재확산과 관련하여 성 소수자에 대한 혐오 발언(43만 1437건)이 각각 크게 늘었던 것이다.

가짜뉴스로 사회적 약자 희생양

2020년 봄 코로나 대유행 당시, 의도적이고도 악의적인 가짜 뉴스는 비단 일본과 한국뿐만이 아닌 전 세계에서 홍수처럼 유포 확산하였다. 소위 가짜 뉴스가 넘쳐나는 인포데믹 현상이 발생한 것이다. 그리고 무엇보다 흥미로운 사실은 혐오와 공포를 조장하는 악의적인 가짜 뉴스일수록 믿는 사람이 더 많았다는 사실이다. 뜨거운 물을 마시면 코로나 예방에 좋다는 가짜 뉴스를 사실로 믿은 일본인이 약 8%였던데 반해, 코로나 균이 중국의 생화학 무기 연구소에서 유출된 것이라는 가짜 뉴스를 믿은 사람이 21%였나는 사실은 과연 무엇을 의미하는 것일까?

2020년 봄 코로나 사태를 계기로, 다른 인종이나 민족, 국가에 대한 혐오는 가짜 뉴스라는 위장복으로 갈아입고 많은 사람을 감염시켰다. 급기야는 지구상의 3분의 1의 인류가 나머지 3분의 1의 인류를 차별하는 인종 차별 양상으로까지 발전되고 만 것이다. 그리고 이러한 차별은 해당 사회에서의 사회적 약자인 서벌턴에 대한 혐오와 공격으로 표출되었다. 역병이 유행하면 늘 그 사회의 약자가 가장 먼저 희생이 된다. 이는 다른 재난이나 전쟁 상황에서도 마찬가지이다. 그리고 이를 더 심각하게 만드는 휘발유 역할을 하는 것이 바로 가짜 뉴스이다.

우리는 언제 이 가짜 뉴스로부터 자유로워질 수 있을까? 끊임없이 가짜 뉴스를 만들어 내는 사람들 가슴 속의 혐오와 미움은 기회만 생기면 밖으로 분출된다. 결국 이러한 가짜 뉴스에 현혹되지 않는 마음의 백신을 미리 맞는 수밖에 없다.

※이 글은 『일어일문학연구』 제115집(한국일어일문학회, 2020.11)에 게재된 졸고 「일본 고전 속의 역병과 미신, 그리고 가짜 뉴스-질병과 공동체로 본 일본사회 서벌턴」를 발췌, 수정 가필한 것임을 밝혀 둔다.

近現代(1868~2020)

19. 나쓰메 소세키의
질병 체험을 통한 글쓰기 의미

【신윤주】

　　2016년 12월 9일, 나쓰메 소세키(夏目漱石,1867~1916,이하 소세키라함) '사후 100년'이라는 특별한 시간적 의미에 대해 일본 전국에서 추모하는 행사를 열었고, '나쓰메 소세키 국제 심포지엄'에서는 소세키 안드로이드(인간형 로봇)을 공개했다. 뿐만 아니라 공영방송 NHK는 2016년 12월 10일 소세키의 삶과 죽음을 다룬 드라마를 방송하는 등 회고 열풍을 만들었다. 이처럼 일본국민작가라는 타이틀을 가진 소세키에게 질병은 그의 삶과 죽음에 상당한 영향을 끼친 만큼 병상에서 쓴 일련의 수필과 일기를 통해 소세키만의 사유를 어느 정도 가늠할 수 있다.

　　인간 존재의 운명은 생로병사(生老病死)라는 표현 안에 압축되어 태어나서부터 병들어 죽음으로 가는 과정, 이것이 보편적인 인간 존재론이다. 2020년 1월 20일 한국에서 최초로 코로나19 확진자가 나타났고, 이번 재난으로 우리 삶의 대부분의 영역에서 많은 변화를 초래했다. 사람들의 질병에 대한 관심은 불안으로 자리 잡았고, 코로나19 확진자 발생 이후 각종 미디어와 출판업계에서는 질병이라는 키워드를

축으로 다양한 정보와 단행본들이 줄지어 출판되었다. 하지만 코로나 19 사태가 발생하기 이전부터 문학과 질병이라는 주제는 연구자들에 의해 다양한 관점에서 진행되었기 때문에 새삼스러운 일은 아니다.

2019년 6월 15일 부산대학교에서 '한국문학과 삶의 양식(4):한국문학과 질병'이라는 기획 주제로 한국문학회 상반기 학술대회와 2019년 7월 24일 서울시50플러스 중부캠퍼스에서 '의학과 문학 접경:문학 속 질병, 질병학 속 문학'이라는 주제로 의학과 문학접경연구소 세미나가 개최된 바 있다. 진교훈은 "인간의 병은 중요한 것만 골라서 헤아린다고 하더라도 3,000가지나 된다고 할 수 있다. 병의 증후(증상)란 단지 하나의 부수적 현상에 불과하며 그때그때의 인간의 개별성과 또 그의 특수한 삶의 운명에 의거하고 있다는 것을 인식할 수 있다."고 한다. 작가가 직·간접적으로 질병 체험을 문학으로 형상화 한 목적은 인간의 정신과 육체의 고통을 위로하고 치유하고자 한 데서 비롯된다. 개인의 질병체험 서사 속에는 죽음에 대한 불안과 두려움이 삶을 다양한 관점에서 발견할 수 있는 만큼 작가의 질병 체험에 대한 글쓰기 작업을 살펴보는 일은 삶에 대한 가치관을 알 수 있게 해준다는 의미에서 중요하다.

소세키를 죽음으로까지 몰고 간 것은 위궤양이다. 위궤양은 '과다 신경성 및 스트레스와 밀접한 연관'이 있는데 소세키 생애를 통해 살펴보면 소세키 죽음의 원인인 위궤양은 예견되어 있었는지도 모른다. 즉 소세키의 생애가 낳은 병으로 보일 수밖에 없다. 그것은 수양아들과 양자 체험, 소세키가 만주와 한국 여행을 떠나고 싶은 동기를 만들게 했

봄에는 와카를 가을에는 하이쿠를 기억하다

던 양부 시오바라 마사노스케(塩原昌之助)의 염치없는 금전 요구에 시달렸던 일, 그리고 위궤양에 걸렸던 가장 큰 이유가 되었던 약 2년간의 영국 유학시절이다. 당시 외국인으로서의 연구에 대한 한계, 부족한 유학비, 『문학론』집필에 대한 스트레스, 불규칙한 식

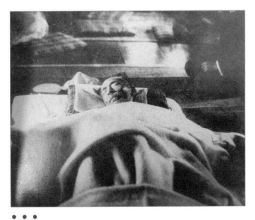

사로 인한 소화불량은 위(胃)가 쇠약해지는 원인을 충분히 제공했을 것이다.

소세키는 전기 3부작의 세 번째 작품인 『문』을 집필하던 1910년 6월, 위궤양으로 입원, 8월에 이즈(伊豆) 슈젠지 온천(修善寺温泉)에서 요양생활을 하던 중, 800그램의 피를 토하고 생사의 기로를 헤매는 슈젠지의 대환(修善寺の大患)을 겪는다. 의사의 기록을 보면 약 30분간 죽은 상태였다고 한다. 1910년 소세키의 위의 상태는 더욱 악화 되어 위장약을 먹고도 배변활동에 상당히 고통스러움을 느끼는 시기로 기록되어 있다. 무엇보다 변에 출혈이 보였던 시기로 위궤양 진단을 받고 입원과 퇴원을 반복했던 시기이기도 하다. 이처럼 삶과 죽음을 넘나들 정도의 경험은 입원과 수술, 병원생활과 요양생활, 그리고 육체의 고통에 대한 기분을 담담하게 수필과 일기에 고스란히 담아내게 했다. 소세키에게 병은 단순히 '아프다, 괴롭다, 힘들다, 죽고 싶다'라는 회피적인

159

태도라기보다는 삶을 다양하게 바라보는 계기였다. 1910년 6월 6일부터 1910년 8월 23일 소세키는 일기 뒤에 그날 그날 메모를 했는데 "1910년 8월 23일 트림 비린내, 여전히 출혈이 있는 것으로 보인다. 변은 비길 데 없는 혈색", 소세키 아내 교코의 기록에서도 "1910년 8월 24일 진찰 후 저녁 8시에 갑자기 토혈. 5백 그램이라 함. 뇌빈혈을 일으켜 인사불성. 캠플 주사15, 식염주사로 약간 생기가 돎. 다들 아침까지도 버티지 못할 거라고 생각함"이라는 기록을 통해 소세키의 고통이 어떠했을지 가늠할 수 있다.

소세키의 작품을 살펴보면 신경쇠약증 혹은 질병을 앓거나 죽는 인물들이 빈번하게 등장한다. 소세키를 죽음으로까지 몰고 간 위궤양과 관련한 일상이 여실히 잘 드러나 있는 작품, 무엇보다 직접 체험에 의한 경험, 수필에 가까운 작품을 추려보면 그중에서도 경미했던 위궤양이 집중적으로 발작되는 시기로 추정할 수 있는 『만한 이곳저곳』(満韓ところどころ, 1909), 병원에서의 일상이 잘 담긴 『생각나는 일들』(思ひ出す事など, 1910), 삶과 죽음에 대한 인식이 담긴 『유리문 안에서』(硝子戸の中, 1915)가 있다. 『소세키 일기』(漱石日記)는 영국 런던 유학생활의 일상이 담긴 「ロンドン留学日記」를 시작으로 「'それから'日記」, 「満韓 紀行日記」, 「修善寺大患日記」, 「明治終焉日記」, 「大正三年日記」, 「大正五年最終日記」로 되어 있다. 『소세키 일기』를 통해 소세키가 병으로 인해 일상을 어떻게 마주했는지, 자신이 앓고 있는 병에 대한 수용 자세가 잘 드러나 있다.

『만한 이곳저곳』(1909)을 통해 직접, 간접적으로나마 출발 당시 소세키의 상태를 알 수 있다. 소세키의 만주와 한국여행은 대학예비교 시절 친구이자 1896년에 설립한 일본의 반관반민의 국책회사로 중요 거점이 되었던 남만주 철도주식회사(南滿洲鐵道株式会社)의 총재였던 나카무라 제코(中村是公)의 초대로 이루어진 여행이었다. 1909년 8월 중순쯤 소세키는 나카무라 제코로부터 배편으로 시모노세키를 출발할 예정이니 괜찮겠느냐는 편지를 받고 승낙을 한 후 얼마 지나지 않아 갑자기 급성 위장병에 걸렸다. 약속을 무엇보다 중시했던 소세키 입장에서는 출발 날짜까지 몸이 완쾌될 수 있을지 보증할 수 없었다. 소세키의 위는 가스로 가득 차기 시작했고, 밥그릇이 부딪치는 소리에도 화가 치밀 정도로 신경이 예민해지기 시작했다. 따라서 소세키는 복통과 설사, 치질의 한 가지인 치루(痔漏) 등의 지병을 갖고 여행길에 올랐기 때문에 유쾌한 여행이었다고는 볼 수 없음을 알 수 있다. 42일간의 긴 여행이었다. 소세키는 이 여행을 『만한 이곳저곳』이라 하여 1909년 10월 21일부터 12월 30일까지 51회에 걸쳐 『아사히신문』에 연재했다. 스스로 '빨리 죽는 편이 낫겠다'라고 표현하기도 하는데 실제로 죽음 자체를 긍정적으로 수용했다기보다 건강이 따라주지 못해 만주여행에 오롯이 집중하지 못한 점 때문에 강한 아쉬운 마음과 허탈함을 드러낸 것이 아닐까.

　『생각나는 일들』(1910)의 주요 공간은 병원이다. 소세키의 말년, 그에게 있어 병원은 곧 집이 되어 버렸다. 작품 1장 끝말에 슈젠지에서 의식을 잃고 도쿄의 집에도 들리지 않고 바로 병원으로 간만큼 "그날 밤부터 나는 병원을 제2의 집으로 삼게 되었다"라고 표현하고 있다. 병원에서의 구체적인 생활을 『생각나는 일들』을 통해 간접적으로나마 읽어낼 수 있는데 무엇보다 소세키의 병실 생활의 단면과 더불어 삶과 죽음을 넘나들면서 살아 있다는 것에 대한 기쁨과 불안, 죽음을 받아들여야 하는 마음을 소세키는 담담히 담아내고 있는 작품이다. 그만큼 소세키 스스로도 언제 죽을지 알 수 없으나 병으로 인해 육체적 정신적 고통을 견뎌내는 일을 병원에서의 하루하루를 보낸 고된 일상이 고스란히 담겨있다. 소세키는 "인간이 육체적 고통이 한계점에 도달할 즈음 표현할 수 있는 문구란 신체의 일부를 잘라 개에게라도 주고 싶은 생각"이라든지, "오직 고통 없을 수 있는 것만이 관심사"라고 표현하면서 육체적 고통으로 인해 숨 쉬고 살아있다는 것이 얼마나 고통스러운지를 느끼게 한다. 에세이 형식으로 쓴 작품『생각나는 일들』은 작품 제목처럼 삶과 죽음 앞에서 떠오른 생각들을 형식에 구애 받지 않고 써두었다는 함축적 의미가 담긴 것은 아닐까. 그래서일까. 소세키의 그 어느 작품에서보다 병이라는 단어가 빈번히 등장한다.

『유리문 안에서』(1915)를 집필했던 해인 1915년 1월 1일 데라다 도라히코(寺田寅彦) 앞으로 보낸 신년 연하장을 통해서 "올해는 내게도 상당한 변화가 있어 죽을지도 모른다"고 밝히면서 소세키는 자신의 죽음을 예견하고 있는 듯하다. 『유리문 안에서』는 1914년 연말에 오사카 아사히신문사 측으로부터 신년을 맞이하여 집필을 권유받고 1915년 1월 13일부터 2월 23일까지 39회에 걸쳐 게재되있으며, 이렇게 연재한 산문을 모아 탄생된 작품이다. 특히 만년 소세키의 인간관과 인생관을 읽어낼 수 있다는 의미에서 중요한 작품이다. 소세키 산방(漱石山房)이라고 불리던 자신의 집 안 서재의 유리문을 자신의 내면과 바깥

세계를 경계 짓는 은유로 불안했던 어린 시절 영국 유학으로 인해 발병된 신경쇠약증, 위궤양과 같은 병에 시달려야 했던 괴로움, 사람들과의 교류하면서 발견한 다양한 인간이 갖고 있는 모습들을 차근히 풀어내고 있다.

소세키는 일생에 두 번 해외로 나갈 기회가 있었다. 첫 번째는 1900년 9월 8일부터 1903년 1월까지의 영국 유학, 두 번째는 1909년 만주와 한국여행을 위해서였다.『소세키 일기』1900년 9월 8일부터의 일기가 영국 유학을 출발할 때의 소세키의 몸 상태가 어떠하였는지 대략 알 수 있는 지점이다. 이 시기만 해도 소세키의 병세는 크게 나쁘지 않았던 시기이며, 영국까지 42일 동안 가는 배 안에서의 고단함이 위(胃)와 장(腸)의 상태를 자극하여 그 기분을 그대로 일기에 쓴 흔적들을 확인할 수 있다. 더불어『만한 여행일기』(滿韓 紀行日記)는 실제로 작품『만한 이곳저곳』(1909)의 내용에서 중복적으로 읽히는 지점이 제법 있다.

『런던 유학일기』(ロンドン留学日記)를 살펴보면 소세키 생애 중 가장 여유로운 일상의 기록을 확인할 수 있다. 1910년 8월 6일 슈젠지로 와서 변을 제대로 보지 못한 기록은 유난히 자주 반복적으로 드러나는 것으로 보아 위의 통증이 심각해지고 있어 식사를 제대로 하지 못하고 있었음을 알 수 있다. 8월 21일(일)에는 '19일 피를 토한 후 자양관장'이라고 기술한 것으로 결국 변을 제대로 보지 못해 자양관장을 처치한 것으로 보인다. 그 이후로 '병세 양호, 병세에 특별한 이상 없음. 상태 좋아 이 상태라면 걱정 없다. 병세 같음. 이상 없다. 병세 점점 좋아

지다'와 같은 문구들로 일정 기간 의료진처럼 일기에 자신의 건강상태를 체크한다.

죽음이라는 단어에 나를 대입시켜 생각해 보는 일은 극히 드물며, 죽음은 자신이 직면하기 전에는 남의 일인 것이다. 그러하기에 소세키는 질병으로 인해 자신의 삶에서 화장실을 가거나 먹고 잠자는 등 지극히 기본적인 일상생활은 물론이거니와 책을 읽거나 글을 쓰는 것 역시 자기 뜻대로 쉽게 허락되지 않는 시간들을 부정하고 싶었을 것이다. 소세키는 『소세키 일기』를 통해 유난히 건강상태, 날씨, 기분에 대해 세세하게 열거하면서 '책을 읽어야 겠다', '글이라도 써야 겠다'는 등 작가 소세키만의 병을 수용하는 의식적 사유가 그대로 읽히는 지점이다.

질병으로 인해 부자유스러운 몸과 불쾌한 마음으로 드러나는 다양한 증상이 사람의 행동이나 생각을 수시로 변하게 하지만, 의식하지 못하는 목적이 생길 때 삶을 향해 살아가게 하는 원동력이 되어준다. 소세키가 육체적 고통을 온 몸으로 수용하면서 작품과 일기를 멈추지 않고 마지막까지 쓴 것처럼.

20. 무사시노를 걷다

구니키다 돗보의 『무사시노』

【고선윤】

방학이라 도쿄에서 머물고 있는데, 친구가 온단다. 딱히 나를 보러 오는 건 아니지만 나랑 주말을 보낼 수 있을 거 같아서 설레었다. 같이 있어도 무겁지 않고 멀리 있어도 소홀하지 않는 사람이다. 조용한 삶을 좋아한다고 하지만 어떤 모임에서도 항상 중심에 있고, 그 가슴에는 주변을 다 녹일 그런 따뜻함이 있는 소중한 사람이다. 이 친구와 함께 할 수 있는 허락된 시간을 이리 쪼개고 저리 쪼개고, 이렇게 잇고 저렇게 이으면서 호작질을 하는데 욕심이 과하면 무엇 하나 얻을 수 없는 것을 잘 아는 나이인지라 과감하게 모든 것을 지우고 딱 한 곳을 선택했다. 그것이 '무사시노'다.

딸아이가 무사시노에 있는 대학을 다닌다. 합격 통지서를 받고 처음 찾아가는 날, 도쿄 어디쯤에 있는지 지도에서 찾는데도 시간이 걸렸다. 도쿄도 다음에 'ㅇㅇ구'로 이어지는 게 아니라 'ㅇㅇ시'라는 이상한 주소를 가진 이곳은 도쿄의 중심 신주쿠에서 전차로 1시간을 달리고, 내려서도 수야상천 걸어야 하는 그런 곳이었다.

무사시노 지역의 상수도변

큰 눈이 내린 다음날 이었다. 딸아이와 나는 깃발을 든 역장이 호루라기를 부는 그런 그림을 가진 작은 역에 내려서 학교까지 걷기 시작했다. 역에서 학교까지는 좁은 상수도변 길이 이어졌다. 눈 속으로 다리가 푹푹 빠졌고, 얼음이 깔린 곳에서는 미끄러졌다. 툭 부딪힌 나무에서 눈덩이가 한바구니 떨어져 눈사람이 되기도 했다. '수험생'이라는 그 무거운 단어를 가진 긴 터널을 통과해서 날개를 단 자에게 뭔들 즐겁지 않겠는가. 이래도 깔깔, 저래도 깔깔거리며 한참을 걸어서 학교에 도착했다. 두꺼운 코트 안에서는 땀이 촉촉하고 불쾌하지만은 않은 사람냄새가 폴폴했다.

나와 무사시노의 만남은 이것이 처음이다. 아니 직접 발을 디딘 것이 처음이라는 말이고, 사실 나는 구니키다 돗포(国木田独歩, 1871~1908)의 길지 않은 산문 『무사시노』(武蔵野, 1898년)를 통해서 알고 있었다. '돗포; 홀로 걷다', 그 필명부터 씩씩하지 않은가. 일본 근대문학에서 자연주의의 선구자이며, 일본에서 처음으로 풍경을 그대로 묘사해서 '내면' 이른바 '근대적 지이'의 발견을 한 작가로 평가를 받고 있다.

1901년 첫 작품집 『무사시노』를 간행했지만, 당시 문단에서는 평가받지 못했다. 도쿄의 무사시노를 배경으로 한 『무사시노』는 그 풍경과 시적인 정취를 그려낸 대표작으로, 문단에 지대한 영향을 미치며 지금도 걸작으로 손꼽히고 있다.

　우리나라 근대 작가들도 적지 않게 그를 알고 있었다. 시인 김억은 그의 간결한 작품이 마음을 끈다고 했고, 최서해는 돗포의 단편집을 애독했었다. 이광수는 잡지 『삼천리』 기자와의 대담 중 애독하는 작품으로 톨스토이와 푸시킨의 러시아 작품들을 들먹인 다음 "일본 작품 중에는 소세키와 돗포의 작품인데, 돗포의 예술만은 늘 보고 싶은 것이다"라고 했다.

　"무사시노를 산책하는 사람은 길을 헤매는 것을 걱정해서는 안 된다. 어디에서나 발길 닿는 대로 가면 반드시 거기에는 보고 듣고 느낄 수 있는 수확물이 있다"로 글이 시작된다. 그리고 나는 다음 글에서 잠시 눈을 멈춘다.

만약 자네가 길을 묻고 싶거든 밭에서 일을 하는 농부에게 물어라. 농부가 마흔 살 이상의 사람이라면 큰소리로 물어라. 놀라서 이쪽을 보고 큰소리로 대답해 줄 것이다. 만약 어린 처자라면 다가가서 살포시 물어라. 젊은 남자라면 모자를 벗고 예를 다해서 물어라. 대범하게 대답해줄 것이다. 화를 내서는 안 된다. 이것이 도쿄 근방에 사는 젊은이의 습관이다.
알려준 길을 가다 보면 길은 다시 두 갈래로 나뉜다. 알려준 쪽 길이 너무 좁아서 이상하다고 생각되어도 그대로 가라. 갑자기 농가의 마당이 나올 것이다. 역시 이상하다고 놀라서는 안 된다. 그때 농가에서 물어라. 문을 나가면 바로 큰길이라고 퉁명하게 대답할 것이다. 농가의 문밖으로 나와 보면, 이것은 본 적이 있는 길이다. "그래 이게 지름길이었구나!" 하고 자

· · ·
무사시노 들판에 숨은 두 사람, 이를 잡으려고 쫓아오는 사람들
『이세모노가타리』에마키

네는 미소를 띠고. 그리고 비로소 가르쳐 준 길의 고마움을 알 것이다.

『무사시노』에는 풍경만 그려져 있지 않다. 사람이 존재한다. 그렇다고 풍경이 사람들의 무대에 불과한 것 또한 아니다. "밭 있는 곳에 반드시 사람이 살고, 사람이 사는 곳에 반드시 연애가 있다"는 그의 『병상록』한 구절이 기억난다. 연애=사랑, 사랑이라면 희로애락이라는 말이 아니겠는가. 무사시노를 그리는 무덤덤한 글 속에 사람이 있다. 사람이 있으니 콩딱콩딱 설렘도 이별도 아픔도 다 녹아 있다. 그리고 글 마지막에

해가 진다. 들에는 바람이 불고 숲에서는 바람이 운다. 무사시노는 저물어 가고 있다. 추위가 몸에 스며든다. 이때는 길을 서둘러라. 되돌아 뜻하지 않게 초승달이 마른 나뭇가지 끝에서 차가운 빛을 발하고 있는 것을 본다. 바람이 불어 지금이라도 달을 떨어뜨릴 것 같다. 다시 들판으로 나온다. 그때
"산은 어두워지고 들판은 온통 황혼의 참억새로구나!"
(山は暮れ野は黄昏の薄かな)

명시를 떠올릴 것이다.

명시는 에도시대의 하
이쿠 시인 요사 부손(与謝
蕪村, 1716~1784)의 글이
다. 그는 화가이기도 했다.
그래서일까. 세상에서 가
장 짧은 시, 5·7·5 음수

. . .
무사시노 들판에 숨은 사람을 찾으려고 들판에 불을 놓으려 한다
『이세모노가타리』 에마키

율의 하이쿠 속에 커다란 그림이 하나 들어 있다. 이 그림 하나가 무사시노
에 대한 더 이상의 설명을 필요로 하지 않는다.

일본 식자들의 머릿속에는 '시가'가 가득한 게 분명하다. 감정 표출
의 하이라이트에서 이렇게 하나의 시를 던지는 것으로 최고조를 찍는다.
글을 쓰다 보면 감정이 폭발해서 더 이상 이어나가지 못할 때가 있다. 우
왕~하고 큰소리로 울어버리고 싶을 때, 내 마음을 꼭 집어서 표현할 수
있는 시가를 하나 찾으면 거기에 모든 것을 담을 수 있다. 깊은 울음도
큰 웃음도 여기서 하이라이트를 찍는다.

천년 전 여자의 울음 『이세 이야기』

돗포는 첫 부인 노부코와 헤어지고 무사시노에서 시간을 보냈다고
들었다. 노부코는 전근대적 남성 중심의 윤리에서 벗어나 자신을 삶을
찾는 근대적 여성으로, 돗포의 작품 속 여기저기에서 그녀의 흔적을 찾
을 수 있다. 『무사시노』 작품에는 여인의 향이 어디 하나 없는데, 나는 왜

자꾸 노부코를 찾고 사랑을 이야기하고 싶어 할까. "원래 내가 좀 그런 사람이야"라고 말하기 쑥스러우니 천년 전 헤이안의 '호색'을 공부하는 사람이라서 그렇다고 그럴싸하게 포장하겠다.

무사시노 들녘을 오늘은 태우지 마시오. 푸릇푸릇한 젊은 남자도 나도 숨어 있으니

武蔵野は今日はな燒きそ若草のつまもこもれりわれもこもれり

이 시가는 일본 정통적인 5·7·5·7·7 음률의 정형시 '와카'(和歌)인데, 헤이안 시대(794~1192) 전기의 와카 모음집인 『고킨와카슈』(古今和歌集)에 수록된 작가 미상의 글이다. 그런데 이 와카는 같은 헤이안 시대의 대표적 '이야기집'이라고 할 수 있는 『이세 이야기』에도 등장한다. 『이세 이야기』는 자유분방한 생명력을 지닌 한 남자의 희로애락을 담은 125개의 짧은 이야기로 이루어져 있다.

여기서 '무사시노~' 와카는 하나의 시가를 초월해서 스토리를 만들고 있다. 이야기는 이렇다. 옛날에 한 남자가 남의 귀한 집 딸을 훔쳐서 무사시노 들판으로 도망을 갔는데, 이를 잡으려고 사람들이 쫓아온다. 급기야 남자는 여자를 풀숲에 숨기고 혼자서 도망을 가고 여자만 홀로 그 들판에 남겨진다. 이때 들녘을 헤매던 사람들이 "도둑을 잡아야 한다"면서 소리치고 불을 놓으려 하니, 여자가 울면서 읊은 시가가 바로 이것이다.

이 이야기에서도 하이라이트는 이 시가다. '푸릇푸릇한 젊은 남자' 운운하면서 '태우지 마시오'라는 여자를 한 장의 그림 속에 담는다.

나는 이 이야기를 읽으면서, 사람의 키보다 더 큰 풀이 자라는 들녘에 홀로 남겨진 여자의 울음이 천년하고도 더 오랜 시간을 초월해서 두려움보다는 기다림으로, 서운함보다는 희망으로 들렸다. 이 정도는 돼야 '무사시노의 사랑'이라고 할 수 있지 않겠는가.

　헤이안 시대의 도읍은 교토 즉 '헤이안쿄'였다. 이것을 '미야코'(都)라고 하는데, '미야코'는 헤이안 시대 궁정풍의 우아하고 섬세한 풍류를 뜻하는 키워드 '미야비'의 어원이기도 하다. 그러므로 당시 도읍이란 천황이 거주하는 정치의 중심지 역할만 하는 것이 아니라 경제·문화·예술 등 모든 분야에서 중심이 되는 곳이었다. 귀족 중심의 화려한 헤이안 시대를 맞이해서 도읍은 그 어느 때보다 사람들의 가치관을 좌우하는 곳이었다.

　이에 비해 도읍지 교토에서 멀리 떨어진 동쪽나라 무사시노는, 귀족 중심의 화려한 헤이안 시대의 가치관에서는 소외되는 곳이었지만 그래서 더 풋풋하게 살아있는 그림을 그릴 수 있는 배경이기도 했다.

　무사시노가 어디에서 어디까지를 지칭하는지 명확하지는 않지만 대강 도쿄의 서쪽 대학가라고 생각할 수 있다. 이와이 슌지 감독의 「4월 이야기」는 무사시노의 따뜻함 그리고 한적함을 잘 담고 있다.

　여하튼 나는 소중한 친구의 도쿄방문을 환영하고, 함께 무사시노를 걸었다. 말없이 걸어도 심심하지 않는 사람이라서 해가 땅에 뚝 떨어질 때까지 걷고 또 걸었다. 꼭 그날 걸음 때문만은 아니지만 엄지발톱이 하나 빠졌다. 지금 반쯤 올라온 발톱을 만지작거리면서 무사시노를 기억한다. "죽는 그 순간 살아온 시간이 파노라마처럼 펼쳐진다는데, 오늘의 그림이 크게 남을 것 같다"는 말을 큰 선물로 받았다.

21. 언어 연금술사의 원더랜드

기타하라 하쿠슈

【안노 마사히데】

기타하라 하쿠슈(北原白秋:1885~1942)는 근대 일본을 대표하는 시인 중 한 사람이다. "레오나르도 다빈치가 되라면 어떻게라도 해서 흉내는 내질 것 같애. 하지만 기타하라 하쿠슈 노릇은 어림도 없어." 일본에 유학하여 하쿠슈의 영향을 받은 한국의 저명한 시인 정지용의 말이다. 시, 단가, 동요, 민요 등 폭넓은 운문의 영역에서 방대한 작품을 남긴 것을 평가하여, 그렇게 말했던 것일까.

하쿠슈의 작품은 초기, 중기, 후기로 나눌 수 있으나, 특히 평가받고 있는 초기를 중심으로 개관해 가고자 한다.

후쿠오카(福岡)의 수로(水路)가 종횡으로 오가는 오래되고 우아한 물의 도시, 야나가와(柳川)가 하쿠슈의 고향이고, 규슈(九州) 상가(商家)로 유명한 전통가문의 장남으로 태어났다. 아름다운 남국(南国)의 풍토와 귀하게 자란 성장과정은 시인의 삶과 작품에도 영향을 끼쳤다.

14세 때 문학에 뜻을 두었고, 15세부터 단가를 지었으며, 17세에 후쿠오카의 신문과 잡지에 단가를 투고하여 두각을 나타내기 시작했다.

기타하라 하쿠슈

　19세에 현지의 명문교를 졸업 직전에 중퇴하고, 아버지의 승낙 없이 무작정 상경하여 와세다대학 영문과에 입학했다.

　「와세다학보」(早稲田学報)의 현상공모에 그의 장편시가 1위로 당선되었으나 중퇴, 21세에 유명한 가인(歌人) 요사노 텟칸(与謝野鉄幹)의 신시사(新詩社)에 들어가 『명성』(明星)에 서정시를 발표, 신선한 로맨티시즘이 화제가 되었다.

　또 하쿠슈는 신시사의 동료들과 규슈 아마구사(天草) 등, 크리스찬 유적지를 다니며, 선교사의 세계를 상상력 풍부하게 시로 표현하고, 남만(南蛮) 크리스찬 문학에서 선구적인 작품을 남겼다. 나아가 나쓰메 소세키(夏目漱石)와 어깨를 겨주는 문호 모리 오가이(森鷗外)의 자택에서 정기적으로 개최하는 가회(歌会)에 매번 초대받으며 폭넓은 교류를 통해 문학적 소양을 깊게 해 간다.

　23세 때, 젊은 시인 및 화가들과 '판의 모임'(パンの会)을 만들어, 도쿄에서 청춘을 구가한다. 그 모임은 파리의 예술가들이 세느강변의 카페에서 살롱을 개최한 것을 모방해 스미다 강(隅田川) 강변의 서양 요리집에서 예술담론에 꽃을 피웠다. 거기서 술에 취해 기분이 고양된 젊은 예술가들이 자주 합창한 하쿠슈의 시가 있다.

　　하늘에 새빨간 구름 빛./유리에 새빨간 술 빛./
　　어찌하여 이 몸이 슬프리오./하늘에 새빨간 구름 빛.

이 시를 낭송하는 청년들은 기성의 문예에 만족하지 못하고 새로운 문예 창조를 향한 정열과 자부심을 품고 있었다. 그리고 때를 기다려 24세에 제1시집 『사교의 문』(邪宗門, 1909)을 발간한다.

시집에는 남만 취미 외에, 도회 취미 등, 이국정서(에키조티즘) 및 세기말적인 데카당스와 관능에 넘치는 감각시가 수록되어 있다. 유럽 문예의 영향을 받은 퇴폐미와 관능표현은 낡은 시의 양식을 파괴하고 새로운 표현으로 메워져, 구시대와 뚜렷하게 선을 긋는 참신함이 있었다. 뎃칸, 오가이, 판의 모임의 멤버 등 재능이 풍부한 작가들과의 교류도 젊은 하쿠슈의 감성에 촉발을 주었을 것이다.

그 무렵 발표한 시 「오카루 캄페이」(おかる勘平, 1910)는 일부 표현이 풍기문란에 해당되어, 게재지가 발행금지로 되었다. 국가권력의 언론 탄압이 심했던 1910년에 에도시대 남녀의 비련을 대담한 관능의 전율로 표현한 점에서, 당시의 권력에 반발하는 예술지상주의적 경향을 느낄 수 있다.

그리고 유소년기 고향에서의 추억을 시로 정리한 제2시집 『추억』(思ひ出, 1911)은 26세의 하쿠슈를 시단의 톱으로 끌어 올렸다. '야나가와'의 시공을 옛 가요의 전통과 유럽 세기말 예술의 요소를 가미하여 창작한 원더랜드(이상한 나라)였다. 시집의 서문 '나의 성장'은 시 이상의 명문으로 유명하다.

나의 고향 야나가와는 물의 도시이다. 그리고 조용한 폐시(廢市)의 하나이다. 자연의 풍물은 너무나 남국적이지만 야나가와의 거리를 관통하는 헤아릴 수 없는 배수로의 냄새에는 이미 나날이 쇠퇴해 가는 오래된 봉건시대의 흰 벽이 지금 다시 그리운 그림자를 비춘다. … 물의 도시 야나가와는 마치 물 위에 뜬 회색의 관(棺)이다.

시 속에는 유소년기에 공상했던 '생담취'(生胆取:나쁜 짓 하는 아이를 잡아가는 가공의 귀신), '카루타의 여왕', '거지 중' 등 가공의 존재가 나타난다. 예를 들면 현대의 미야자키 하야오의 애니메이션 『이웃집 도토로』에서 아이들에게만 보인다고 하는 빈집에 살고 있는 검은 도깨비 '스스와타리', 숲속의 거대한 녹나무 밑동의 움막에 살며 크고 둥근 몸에 털로 감싸인 도토로, 그리고 『센과 치히로의 행방불명』의 주인공 소녀가 길을 잃어 만난 이계(異界)의 주민과 팔백만의 신 등, 일본인의 심층에 스며들어 있는 '이계'와 이어져 있다.

당시 문학청년들이 애독했던 잡지사에서 메이지 10대 문호의 인기 투표를 공모했는데, 하쿠슈는 이 시집으로 1위가 되었다. 미야자키의 애니메이션 캐릭터처럼 토착적이며, 매력적인 가공의 존재를 능숙하게 시로 표현했다.

그러나 하쿠슈의 명성도 순식간에 땅에 떨어진다. 이웃집 유부녀 도시코(俊子)를 사랑하여 그녀와 함께 간통죄로 미결수감된다. 인기 시인의 스캔들은 신문 등에서 비난의 대상이 되고, 출옥 후에도 괴로움에 허덕이며 죽음을 생각하기도 했다.

28세에 도시코와 결혼한 후, 한때는 도쿄를 떠나 태양빛과 자연에 둘러싸여 태평양을 바라보는 미우라반도의 미사키(三崎), 오가사하라

섬(小笠原島) 등을 전전하면서 참회와 신생을 바라며 시작을 계속한다. 도시코와의 사랑은 『추억』과 제1가집(歌集) 『오동나무 꽃』(桐の花, 1913) 등에 영향을 남기고 있다. 도시코와의 사랑을 순화시켜 밀회의 두근거림과 남의 아내에 대한 아름다운 묘사, 그리고 이별의 공포와 죄를 범한 죄악감까지 시와 단가에서 표현했다.

『오동나무꽃』의 단가는 당시 하쿠슈의 시와 마찬가지로, 서양의 도회 취미와 토착적인 에도 취미의 소재를 취해 기존의 단가와는 명확히 다른 참신함을 발휘하면서 감상적인 청춘가집이 되었다.

나이프와 포크를 잡는 동안에 흐르는 감상적인 기분, 위스키의 감칠맛과 봄날의 해 저물 무렵에 다가오는 정서, 진을 마시면서 슬픔에 잠기는 모습, 트럼펫 소리와 연인과 산책한 추억 등 그때까지의 단가에 없었던 세련미를 조합한 노래를 볼 수 있다.

제3시집 『도쿄 경물시 그 외』(東京景物詩 及其他, 1913)에서는, 도회 취미 및 에도 취미의 소재와 전통 가요의 리듬 등도 도입하면서 도시의 풍경을 시로 묘사했다. 히비야(日比谷), 아사쿠사(浅草), 신바시(新橋), 긴자(銀座) 등 번화가와 공업지대를 최첨단 구역으로서 넣기도 하고, 어느 때는 퇴폐적이고 병적으로, 또 어느 때는 순수한 전통적 분위기의 원더랜드로서 표현했다.

도시코와의 결혼생활은 1년 남짓해서 파국하고, 세 번째 결혼 (1921)에서 안정된 생활에 들어간다. 이 무렵을 전후해, 동요작가로서 당대를 대표하는 작곡가 야마다 고사쿠(山田耕作)와 합작하여 현재까지 불리는 동요를 많이 탄생시켜 '국민시인'으로 칭해진다. 하쿠슈의 대표

작 「이 길」(この道, 1926)은 홋카이도에 들렀을 때의 감회를 창작한 시로
서 대부분의 일본인들이 어린 시절 불렀던 동요이다.

이 길은 언젠가 왔던 길,/ 아아, 그렇지./ 아카시아 꽃이 피어 있네.

저 언덕은 언젠가 봤던 언덕,/ 아아, 그렇지./ 저길 봐, 하얀 시계탑이야.

이 길은 언젠가 왔던 길,/ 아아, 그렇지./ 엄마와 마차로 갔었지.

저 구름은 언젠가 봤던 구름,/ 아아, 그렇지./ 산사나무 가지도 드리워져
있네.

하쿠슈의 창작은 혁신의 연속이며, '고생하지 않고 향상의 길은 없
다'는 철학을 품고 계속 나아갔다. 만년의 하쿠슈는 52세에 안압출혈
(眼底出血)을 일으켜 시력을 거의 잃었으나 그런 가운데에서도 새로운
시경(詩境)을 열어 간다. 57세로 생을 마감하지만, 죽음을 앞두고 젊은
날에 놓쳤던 자연의 미를 발견한 기쁨을 노래했다.

안타깝게도 하쿠슈는 중일 전쟁 때 전쟁을 선양하는 시를 써 군국
주의에 가담하여 오점을 남긴 것도 사실이다. 그러나 일면에서는 새로
운 시가의 원더랜드를 찾아서 겸허하게 노력을 계속해 죽음 직전까지
정진한 시인이기도 했다.

22. 이중적 성향이 천재를 낳다

일본의 국민시인 이시카와 다쿠보쿠

【윤재석】

　　이시카와 다쿠보쿠(石川啄木)는 1886년(메이지 19) 일본의 동북 지역인 이와테현(岩手県)에서, 승려의 아들로 태어나 귀여움을 받으며 자랐다-일본의 승려는 일반적으로 대처승으로 가족이 있다-. 모리오카(盛岡) 중학교 시절부터 문학적 재능을 보이며 시작(詩作) 활동을 활발히 했으며, 조숙하게도 후일 아내가 되는 세쓰코(節子)와 연애에 열중하기도 했다. 졸업을 반 년 앞두고 중학교를 중퇴해, 학력 사회가 되어 가는 근대 일본 사회에서 불리한 인생길을 걷게 된다. 중학교를 중퇴한 다쿠보쿠는 문학적 재능을 입신의 기회로 삼고자 시, 문학 서평 등을 분주히 발표한다.

　　그러나 다쿠보쿠의 아버지가 호토쿠사(宝徳寺) 주지직을 파면당하면서, 이후 그는 생활고와 씨우며 문학의 길을 걸어야 했다.

　　1905년 20세 때, 시집『동경』(あこがれ)를 발간하며 문단의 주목을 받기도 했으나, 그것이 생활에 보탬이 되지는 않았다. 당시는 글을 써서 생활할 수 있는 소위 프로 작가들이 탄생하기 전이었고, 그나마 신

문이나 상업 잡지 등에서 관심을 보인 것은 소설류였기 때문이다.

1907년 22세 때, 다쿠보쿠는 생활의 패턴을 바꾸어 보고자 홋카이도에 건너가 임시 교원, 신문 기자 등을 하며 생활인으로서 동분서주해 나름대로 안정을 찾는다. 그러나 생활인으로서의 안정은 곧바로 문학으로부터 동떨어져 있음을 자각시켰고, 약 1년여의 홋카이도 생활을 뒤로 한 채 다쿠보쿠는 상경길에 오른다. 마지막으로 문학적 인생을 추구하고자 한 것이다.

상경 후 다쿠보쿠는 생활비를 마련하고자 열심히 소설을 쓴다. 당시는 자연주의 문학이 성행하던 시기로 리얼리즘이 소설의 중요한 요소였는데, 다쿠보쿠의 소설은 그것과는 거리가 있는 낭만주의적 성향의 작품이 대부분이었다. 그 이유는 다쿠보쿠 자신의 생활이나 발상이 다분히 현실적이지 못하고 낭만적 성향이 강했기 때문이다.

그의 소설은 팔리지 않았고, 다쿠보쿠는 문학적 좌절과 생활고에 허덕여야 했다. 더욱이 상경할 때 친우에게 부탁한 어머니와 처자식은 하루빨리 상경하기를 원하고 있었다. 다쿠보쿠는 많은 수의 단가를 지으며 현실적 고뇌를 잊기 위해 몸부림쳤다. 이 무렵 쓴 단가들은 후일 그의 대표 가집인 『한 줌의 모래』(一握の砂)에 수록된다.

그러나 생활고에 허덕이면서도 절약하는 등의 성실성이 그에게는 없었다. 여전히 그는 문학적 낭만을 추구했고, 가족과 생활에 대한 고뇌는 말뿐이었다. 어쩌면 이러한 이중적 성향이 천재 시인 다쿠보쿠를 만든 잠재력이었는지도 모른다. 데카당스한 이중생활의 면면이 적나라하게 그려진 로마지 일기는 이 무렵 쓴 것이다.

1909년 3월 24세 때, 다쿠보쿠는 생활을 위해 고향 선배의 도움으로 도쿄 아사히신문사 교정 직원으로 취직하게 된다. 그리고 홋카이도의 가족을 맞이해 비로소 일가 단란의 기회를 얻게 된다.

그것도 잠시, 그해 가을 생활고와 고부 간의 갈등을 참지 못한 아내 세쓰코가 딸을 데리고 친정으로 가출하는 일이 벌어진다. 얼마 후 아내는 돌아오는데, 이 일을 계기로 대단한 충격을 받은 듯, 다쿠보쿠는 친우에게 보낸 편지에 '나의 사상은 급격히 변했다'(僕の思想は急激に変化した)라고 쓰고 있다. 이러한 변화는 그의 평론에 잘 나타나고 있다. 「생활의 시」(食ふべき詩)에서는 공상적 시인의 발상을 버리고 현실적 감각에 의한 문학 추구를 주장한다. 「가끔씩 떠오르는 느낌과 회상」(きれぎれに心に浮んだ感じと回想)에서는 국가 권력을 강권으로 이해한 면모가 드러나 있다. 당시 국가의 실체를 강권으로서 인식한 문학자는 매우 드물었다. 이러한 국가 인식은 다음 해에 쓴 「시대 폐쇄의 현상」(時代閉塞の現狀)의 하나의 기반이 된다.

25세 때인 1910년 초여름, 대역 사건이라 칭하는 사회주의자 탄압사건 일어나게 된다. 다쿠보쿠는 여기에 큰 관심을 보이며 사회주의 사상에 대해 공부를 하고 관심을 기울인다. 이러한 배경 아래 그해 8월, 「시대 폐쇄의 현상」을 집필하게 된다. 이것은 메이지 제국주의 사회 모순을 적나라하게 묘사한 당대 최고의 평론이라 할 수 있다.

그해 12월 다쿠보쿠는 일본 근대 문학사에 그의 이름을 각인한 단가집 『한 줌의 모래』(一握の砂)를 간행한다. 이 단가집에 담긴 대부분의 단가들은 1910년에 쓴 것으로, 도시 생활의 애환을 그린 것과 추억을

회상하는 내용으로 되어 있다. 후세의 문학 연구가들은 이 단가집의 단가를 평해서, 다쿠보쿠식 단가 또는 생활파 단가라 칭했다.

이듬해 다쿠보쿠는 점점 병약해져 대학 병원에 입원하기까지 했다. 그러는 가운데 문학적 의지를 보이며 시 노트 「호르라기와 휘파람」(呼子と口笛)을 작성한다. 혁명에 대한 동경과 생활인으로서의 꿈이 그려져 있어 분열된 인상을 주기도 한다. 이 시 노트는 시집 발간을 염두에 두고 만든 것이었으나 다쿠보쿠 생전에 빛을 보진 못했다. 다쿠보쿠의 병세는 더욱 악화해 더 이상 집필 활동을 할 수 없는 상태가 되었고, 마침내 1912년 4월 13일 27세의 젊은 나이에 폐결핵으로 사망했다.

젊은이들의 경제적 애환을 표현

일본은 1991년경부터 버블 경제의 붕괴에 의해 잃어버린 10년 또는 20년이라는 경제적 난항 속에 불안정 고용 문제가 사회적 이슈가 되었다. 한국에서는 현재 젊은이들의 취업 문제, 같은 일을 하고도 차별받는 비정규직 문제 등이 한국 사회의 어두운 그림자를 만들고 있다. 비정규직에 있는 젊은이는 '일해도 일을 해도 여전히' 생활이 나아지지 않는 것이다. 다음의 단가에는 한국과 일본 젊은이들의 마음이 잘 표현되어 있다.

일해도/ 일을 해도 여전히 내 생활 나아지지 않네/
물끄러미 손바닥 바라보네
はたらけど/ はたらけど猶わが生活楽にならざり/ ぢつと手を見る

이중적 성향이 천재를 낳다

친구여 그처럼/ 걸인의 초라한 모습을 싫어하지 마오/

배고플 때는 나도 그랬다네

友よさは/ 乞食の卑しさ厭ふなかれ/ 餓ゑたる時は我も爾りき

또는 아르바이트하며 학비를 벌어야 하지만 그래도 미래에 대한 희망을 꿈꾸는 가난한 대학생의 설움이 「비행기」라는 시에 잘 나타나 있다.

보라, 오늘도 저 푸른 하늘에/ 비행기 높이 나는 것을./

사환으로 일하는 소년이/ 가끔 쉬는 일요일,/

폐병 걸린 어머니와 단둘이 사는 집에서,/

홀로 열심히 책을 읽는 독학하는 눈의 피곤함⋯/

보라, 오늘도, 저 푸른 하늘에/ 비행기 높이 나는 것을.

무주택 도시민의 소박한 꿈을 표현

현재 한국의 도시 주택은 천정부지로 올라 도시 서민들의 경제력으로는 도저히 구매할 수 없는 상황에 이르러 있음은 잘 알려져 있다. 무주택 도시 서민의 집 소유에 대한 소박한 꿈이 다쿠보쿠의 「집」이라는 시에 잘 나타나 있다. '오늘 아침에도, 무심코, 눈을 떴을 때,/ 내 집이라 부를 만한 집을 갖고 싶어' 하는 100여 년 전의 다쿠보쿠의 소박한 꿈과 오늘날을 사는 도시 서민들의 꿈이 다르지 않을 것이다.

선구적 사상의 표현

다쿠보쿠의 시에서는 선구적 사상을 엿볼 수 있다. 이와키 유키노리(岩城之德)는 '사회주의 문학의 선구적 시인'이라는 문학사적인 평가를 하고 있다. 「호루라기와 휘파람」이란 제목하의 「끝없는 토론 후」부터 「낡은 가방을 열고」까지의 6편의 시군에는 암울한 폐쇄적인 시대를 살아가는 급진적 사고를 가진 지식인이 사회주의를 열망하며 느끼는 감정이 표현되어 있기 때문이다. 특히 1950년대 나카노 시게하루(中野重治)를 비롯한 일본의 사회주의 계열 문학자들은 다쿠보쿠의 이러한 시군에 자신들의 사상적 열정을 투영해, 다쿠보쿠의 사상성을 부각했다.

도시의 속성을 표현

다쿠보쿠의 여러 시 중에는 도시를 소재로 한 작품을 볼 수 있다. 도시는 현재 인간이 거주하는 가장 문명적이며 자본주의가 집적된 공간이라 할 수 있다. 그러나 실제 그 속을 들여다보면 비인간적 군상의 모습이 끊임없이 표출되는 곳이기도 하다. 다쿠보쿠는 현재의 도시 모습이 막 생성되려 할 즈음, 벌써부터 도시의 기능이나 역할을 부정적인 것으로 간파하고 있었던 것 같다. 시 「무제」에는 '시골뜨기'가 지붕으로 가득한 도시의 이질성에 놀라움을 감추지 못하는 불안과 희망의 이중적 정서가 잘 나타나 있으며, 시 「잠든 도시」에는 정체를 알 수 없는 도시의 속성이 어두운 이미지로 표현되어 있다.

시 「네거리」에는 '거만한 상인'과 '구걸하는 아이'의 대비, 즉 금수저와 흙수저의 표상이 적나라하게 드러나는 도시의 특성이 잘 나타나 있다.

현대인의 서정적 긴박감을 표현

다쿠보쿠의 시 「심상 연구」는 가난하고 평범한 생활 환경 속에서 인내하며 살아가는 생활인으로서의 감정들이 피로, 권태, 불안, 초조, 체념, 분노, 자탄 등으로 표현되어 있다. 또한 「시 6장」은 상실감, 피로감, 자기 연민 등이 시적 정서의 기조를 이루고 있다. 이러한 시적 정서는 다쿠보쿠 개인사적 측면에서 보면 문학적 생활적 패배감 속에서 만들어진 것이라 할 수 있지만, 오늘날 현대인들이 느끼는 일상적 정서이기도 하다. 100여 년 전의 서정적 긴박감이 오늘날에도 통용되고 있는 것이다. 시대를 아우르는 다쿠보쿠 시의 우월성이라고 평가할 수 있을 것이다.

일본의 과거사를 반성

다쿠보쿠는 1910년의 한일 합방을 부정적 시각으로 바라본 것으로 유명하다.

지도 위 조선 땅에 검게 먹칠하며 가을바람 소리 듣는다
地図の上朝鮮国にくろぐろと墨をぬりつつ秋風を聴く

이 단가는 '붉게 칠해져 일본 지도가 되어 버린 한반도에 검게 먹칠을 한다'라고 해석하는 것이 보통이다. 여기서 다쿠보쿠가 의미하는 '가을바람'은 시원한 가을바람의 이미지가 아니라, 곧 겨울이 닥쳐오는 황량한 이미지의 '가을바람'이다.

현재 일본은 과거사의 반성에 매우 부정적인 모습을 보이고 있는데, 100여 년 전의 다쿠보쿠의 이 단가는 그들에게 의미 있는 메시지를 전해 줄 수 있을 것이라고 생각한다.

이렇듯 다쿠보쿠의 시는 삶의 진솔함이 배어 있으면서 사상적으로도 선진적인 모습을 보여 준다.

23. 조선을 사랑하여 추방당한 시인

우치노 겐지 『흙담에 그리다』

【엄인경】

한일관계와 일본어 시문학을 논함에 있어서 우치노 겐지(内野健児, 1899~1944)는 단연코 가장 중요한 이름 중 하나라 해도 과언이 아니다. 우치노 겐지가 한국 근대시의 형성과 번역 수용 등에 다대한 영향을 끼쳤으리라는 중요성에도 불구하고 그의 이름이 낯선 까닭은 이미 잊혀진 존재가 되었거나, 아라이 데쓰(新井徹)라는 1930년대 이후의 필명으로 더 알려져 있어서일 수도 있다. 하지만 그가 쓴 조선에 관한 시와 더불어 1920년대에 한반도에서 영위한 삶을 생각해 보면, 우리가 잊을 수도 없고, 잊어서도 안 되는 시인이라는 것은 분명해진다.

우치노는 복잡다단한 질곡의 세월에 한반도와 일본 사이에 낀 운명을 상징이라도 하는 듯한 곳, 나가사키현(長崎県)에 속하지만 부산에 더 가까운 섬 쓰시마(対馬) 출신이다. 그는 문학청년답게 히로시마(広島)사범학교 재학생이던 열여덟 살 때부터 단카(短歌)를 발표했으며, 사범학교를 졸업하고 후쿠오카(福岡)의 어느 중학교에 첫 발령을 받았다. 그리고 1921년 스물 셋이라는 젊은 나이에 조선으로 건너와 대전에서 국어(일본어)와 한문 교사로 교단에 섰다. 그렇게 대전중학교에서 교편을 잡은 우치노는 1922년 1월 『경인』(耕人)이라는 잡지를 창간하게 되는데, 이 잡지는 한반도 최초의 일본어 시가 전문 잡지라는 중대한 의의를 갖는 것이었다. 꼬박 4년간 우치노가 주재한 『경인』은 창작시는 물론 단카, 시론, 외국시의 번역 소개 활

교사 시절의 우치노 겐지

동을 전개하면서, 1920년대 전반기에 수많은 재조일본인 시가인들과 조선인으로 일본어 시작(詩作)을 하는 이들의 발표 및 시가 교류의 장이 되었다.

문제의 제1시집 『흙담에 그리다』(土墻に描く)는 우치노가 한반도로 건너오고 나서 약 2년간 발표한 시작품을 스스로 묶어 1923년 10월 간행한 것이다. '조선 시집'이라는 말을 제목 앞에 사용하고 있을 뿐 아니라 조선 생활과 풍경, 사람을 소재로 한 시를 수록하고 있다. 이 시집은 전체적으로는 「조선시」와 「부속시 모음」으로 구성되어 있으며, 「조선시」에는 여름, 가을, 겨울, 봄의 순서로 조선의 계절별 특성에 따른 풍물과 생활상이 드러나는 시가 도합 약 30편 있고, 장편시이자 이 시집의 표제어가 된 「흙담에 그리다」라는 대표시가 포함되어 있다. 계절에 따른 시편들에서는 '온돌', '아이들'과 같은 조선어를 한국어 발음대로 표기한 것이나 그 뜻을 간단히 설명한 내용도 부기되어 있어 흥미로우며, 무엇보다 우치노가 한반도의 사람과 풍정을 따뜻한 시선으로 시

안에 담아내고 있는 것이 느껴진다.

그런데 「부속시 모음」 쪽에서는 야마토(大和)나 천황(天皇)을 언급하며 일본 자연의 아름다움과 가장 오래된 가집(歌集)인 『만요슈』(万葉集) 찬미까지 표현한 이 시집『흙담에 그리다』가, 조선총독부 당국으로부터 발매금지 및 압수 처분을 받게 되는 사건이 발생한다. 바로 이 시집의 압권이라고 할 수 있는 장편시 「흙담에 그리다」의 내용이 치안을 방해한다는 이유 때문이었다. 「흙담에 그리다」는 '서곡', '어둠의 곡', '꿈의 곡', '새벽의 곡'의 순서로 전개되는 장대한 음악적 서사를 표방하고 있다. 「흙담에 그리다」의 '서곡' 시작은 다음과 같다.

> 걸어가는 나의 발길 따라서
> 돌고 돌아 이어지는 흙담이여
> 밭이 솟아오른 두둑처럼
> 창백하고 울적한 피부에 말라붙은
> 지렁이 같은 냄새 끊임없이 사방으로 손을 뻗어나가듯
> 온돌 집을 휘감고 부락을 에둘러서
> 마침내 조선반도를 굽이치는
> 흙담은 나를 흐린 하늘의 환상 세계로 이끄는 수상한 안내자
> ……

이윽고 조선 시골의 흙담은 한반도 전체로 굽이치는 기나긴 두루마리 그림책으로 화(化)하게 되며, 이 흙담에 그려진 그림이란 식민지

'조선'에 가해진 온갖 저주와 고통을 태우는 불꽃이며, 학대에 저항하는 파괴와 폭탄과 유혈이며, 망상과 망령을 초월한 생명의 꽃이었으니, 이 시가 1920년대 전반기 식민지 현실에서 문제가 되었던 것은 어쩌면 당연했을지 모른다.

주지하듯 1919년의 3.1만세운동 이후 조선총독부는 무단정치에서 문화정책으로 통치 방침을 크게 바꾸었다. 문화정책의 초기에 이 시집에 발매금지와 압수라는 처분이 내려진 것을 통해 조선총독부 당국의 불안감이 문학과 검열에 어떻게 작용했는지 잘 보여주는 사건이라 하겠다. 이 처분에 우치노는 사랑하는 아이를 잃은 것과 마찬가지라는 처참한 심정을 토로하였는데, 백방의 노력으로 총독부 검열관과 이 건에 대해 면담을 할 수 있었고, '조선인들의 사상에 자극을 줄 것이 틀림없는' 일부 내용 말소를 조건으로 하여 차압된 시집은 이듬해 초 반환되었기에 시의 전체 내용을 알 수 있는 것은 참으로 다행이다.

'어둠의 곡'에서 비참한 운명의 우리를 옥죄는 저주와 고통을 노래하고, 기나긴 '꿈의 곡'에서는 증오와 학대에 폭탄과 총칼로 맞서고 연대하기를 벗에게 권유한다. 그리고 도합 8련으로 이루어진 '새벽의 곡'의 2, 3련에서는 이렇게 부르짖는다.

우리를 저지하고, 뜯어내고, 괴롭힌다고 사유하는 것
그것은, 저 물에 이는 거품처럼 덧없는 꿈
저 하늘에 솟아올라 새 그림자처럼 사라져 가는 허무한 구름
오장육부의 쇠퇴기 잉태하는 망령의 모습 아니겠는가

189

그저 눈에 보이는 것, 귀에 들리는 것, 손에 잡히는 것에

눈을 부라리고, 귀 아파하고, 손길 애먹는 자가 난무하는 모습이여

상대에 조종되는 꼭두각시 인형 우리라고 치면

악마의 갈채 소리를 듣는 것에 불과하리니

　이 시의 내용과 표현의 수위를 볼 때, 도한한 지 2년 남짓한 이 청
년 교사가 총독부로부터 비상한 관심을 끌게 되었을 것은 자명해 보인
다. 『흙담에 그리다』의 간행과 발매금지 및 압수, 반환 등의 자세한 경
위는 당시의 『경인』은 물론 총독부의 기관지였던 신문 『경성일보』(京城
日報)에도 기록되어 있는데, 후자마저 우치노의 입장에 동조하는 기사
를 낸 점이 주목된다. 이러한 일련의 사건 이후 우치노 겐지는 당시 한
반도 최대의 종합 잡지였던 『조선공론』(朝鮮公論)의 시단(詩壇)을 담당
하게 되었다. 그리고 일본의 다다이즘에서 가장 유명한 시인 다카하시
신키치(高橋信吉)도 부산을 통해 한반도로 들어와서는 대전에서 우치노
겐지를 만났다. 이러한 사실은 1924년 시점에 한반도의 일본어 시단
에서 우치노가 가장 중핵적 인물로 자리매김했다는 것을 단적으로 보
여주는 사례라 하겠다.

　이듬해 우치노는 시인 고토 이쿠코(後藤郁子)를 아내로 맞았고 경
성공립중학교로 전근함으로써 생활 터전을 성성으로 옮기게 되었으며,
1925년 말 『경인』을 종간하였다. 그러나 그의 시 활동은 더욱 왕성해
져 1926년 봄에는 '조선예술잡지' 『아침』(朝)의 창간을 주도하였고, 시
전문잡지 『아시아시맥』(亞細亞詩脈)를 다시 창간하는 등 이후 2, 3년 동

안 아내 이쿠코, 동생 우치노 소지(內野壯児)와 함께 경성시화회(京城詩畵会), 아시아시맥 협회 등의 문학 결사, 시 잡지 간행, 시 창작과 같은 활발한 활동을 계속해 나갔다. 이 사이 우치노는 조선 시단의 총아 안서 김억, 경성제국대학 영문과 교수 사토 기요시(佐藤清)와 같은 한반도의 대표적 시인들은 물론 재조일본인 예술 계통의 문화인들과 교류의 폭이 상당했다.

흙담에 그리다

『흙담에 그리다』 완역본

　『흙담에 그리다』로 대표되는 대전 시절의 우치노가 젊은 패기와 감수성, 불완전한 사상과 식민지관을 보였다면, 경성 시절의 우치노는 프롤레타리아 문학적 성향으로 확고하게 경도되어 갔던 듯하다. 1927년에 동생 소지의 작품이 치안방해에 걸리면서『아시아시맥』이 발매금지와 압수처분을 받았고, 우치노는 교사직 휴직을 강권당했으며『아시아시맥』도 이 해에 종간해 버렸다. 1928년 1월 아내 이쿠코와 공동 편집의 형태로 다시 시잡지『징』(鉦)을 창간하고 활동을 지속해 가려고 하지만 결국 1928년 여름, 그는 조선에서의 교사직을 파면당하고 만다. 그리고 총독부는 일체의 환송회마저 허락하지 않는 상태로 우치노 겐지에게 영구히 조선 추방을 선고한다. 서른 살의 시인 우치노는 그의 문필 활동이 이유가 되어 아내, 동생과 함께 도쿄로 쫓겨났다.

　그로부터 2년 후 출간한 그의 제2시집은『까치』(カチ)인데, 시집 제목 자체가 한국말 발음인 '까치'로 표기되어 있다. 뿐만 아니라 우치노 겐지가 청춘 시절의 조선 경험과 조선인 및 조선의 풍물과 문화에 품었던 애착과 함께 도쿄에서의 현재 삶까지 포함하는 6년 간의 세월과 심상을 시에 담아낸 것이다. 이 시집의 「조선이여(朝鮮よ)」라는 시는 다음과 같이 시작된다.

누구냐? 나를 쫓아낸 자

직무를 박탈당했다 빵을 빼앗겼다

나가라며 내쫓겼다

온돌이여 흙담이여 바가지여 물동이여

모두 이별이로다 흰옷입은 사람들

이군 김군 박군 주군

이름도 없는 거리의 전사 · 거지군

고역의 부평초 · 자유노동자 지게꾼

안녕 안녕

안녕 가난한 내 친구들

쳇!

쫓겨난들 그대들을 잊을쏘냐

......

조선 추방의 사건을 반추하는 내용의 우치노의 이 시에서는 본인의 심정뿐 아니라 나카노 시게하루(中野重治)의 유명한 시 「비 내리는 시나가와 역」(雨の降る品川駅)를 방불케 하는 표현들이 흥미롭다. 제2시

집인 『까치』를 끝으로 그는 우치노 겐지라는 이름을 버리고, 일본 근대 시사에서 프롤레타리아 시인으로 자리매김한 아라이 데쓰라는 이름으로 활동한다. 프롤레타리아 문학 관련 단체에 가입하여 시 창작과 평론 집필을 지속하였고 검거, 구류, 고문을 겪으면서도 『선언』(宣言), 『시정신』(詩精神), 『시인』(詩人) 등 시 잡지를 펴내며 문학의 끈을 놓지 않았다. 마흔 살 직전인 1937년에 발표한 그의 마지막 시집 『빈대』(南京虫) 또한 일부 삭제된 상태로 간행될 수밖에 없었으니, 제국주의 검열과의 싸움은 그의 시인 인생 전반에 걸쳐 드리워진 것이었다. 이후 본격적 전쟁기로 접어드는 시대가 되고, 이 시기 우치노 겐지는 결핵을 앓게 되는데 고문 후유증이 더하여 병세가 악화되다 패전을 한 해 앞둔 1944년, 결국 일본의 종전 선언이나 조선의 광복을 보지 못하고 마흔여섯의 나이로 영면에 든다.

조선을 수많은 시로 그려낸 시인 우치노 겐지. 그가 꼬박 7년이 넘도록 대전과 경성의 교육과 문학 현장에서 이루어낸 일들, 시 한 편 한 편, 시어들 하나하나, 한국과 일본에서 그의 교유권과 영향력이 어떠했는지 등 아직 돌아보아야 할 측면이 많이 남아 있다. 우치노 겐지는 우리가 잊어서는 안 될 이름이다.

24. 일본 페미니즘문학의 바이블

다무라 도시코 『그녀의 생활』

【권선영】

다무라 도시코(田村俊子, 1884~1945)는 일본 최초의 근대여성작가로 불린다. '제2의 히구치 이치요'(樋口一葉), '포스트 히구치 이치요' 또한 그녀를 설명하는 수식어이다. 일본문학계에 히구치 이치요가 불러일으킨 반향을 다무라 도시코가 그대로 이어나갈 것으로 희망했음을 알 수 있는 대목이다. 그만큼 일본 문단에서 다무라 도시코라고 하는 '여성' 작가에게 거는 기대가 지대했음을 알 수 있다.

다무라 도시코는 창작력이 고조되던 7~8년 사이에 대표작을 모두 창작했다고 해도 과언이 아니다. 유부남 기자를 쫓아 캐나다로 이주하기 이전까지 문단 활동을 활발히 한 것과 캐나다로 떠난 이후 이렇다 할 작품을 창작하지 못했다는 점이 이를 증명한다.

다무라 도시코의 대표자으로 출세작 『체념』(あきらめ, 1910)을 쏘함하여 『생혈』(生血), 『미라의 입술연지』(木乃伊の口紅), 『그녀의 생활』(彼女の生活), 『포락의 형벌』(炮烙の刑) 등이 언급되지만 그중에서도 『그녀의 생활』(1915)은 일본 '페미니즘문학의 바이블'이라고 일컬을 정도로 선

구적인 여성주의 감각이 드러난 작품이다.

『그녀의 생활』은 현대 젊은 여성인 '마사코'(優子)와 새로운 시대의 새로운 감각을 지닌 신인류로 표명되는 '닛타'(新田)가 결혼하는 과정, 결혼 이후의 가사와 육아 문제, 당시의 여성들이 감당해야 하는 현실 등을 상당히 섬세하고 빠른 호흡으로 전개하고 있다. 특히 당시 결혼한 여성들을 쇠사슬에 묶여 있는 존재라고 표현하고 외부적인 요인에 의해 여성들이 얼마나 억압받고 착취당하는지를 현실감 있게 전달한다. 마치 수레에 의해 뒤에서 밀리고 앞에서 끌려 유영하며 움직여 나아가는 축제 인형과도 같은 여성들의 모습을 극단적으로 묘사한다. 여성의 혼은 철저히 봉쇄당하여 하루하루를 맹목적으로 보낸다는 것이다.

가령 여성이 감당해야 하는 일로 규정지었던 가사에조차 여성들은 책임 같은 것을 느끼지 못하며, 여성의 가사는 앞뒤로 조여 오는 일에 무의식적으로 손을 대는 것에 지나지 않다고 말한다. 여성의 면전에는 매일같이 쌓여가는 빨래더미가 있을 뿐, 여성은 마치 자신이라는 존재를 상실한 망령과도 같다고 토로한다.

주인공 마사코는 기혼 여성이 받는 불합리한 대우를 보며 결혼을 기피하지만, 남성의 동권자(同權者)로서 여성을 인정하는 닛타의 생각에 감동하여 결혼하게 된다. 닛타의 주장대로라면 마사코는 결혼 이후에도 자신이 좋아하는 공부와 일을 지속적으로 할 수 있고, 남편과 동등한 입장에서 집안일뿐만 아니라 바깥일까지 할 수 있다. 동권자로서 여성을 생각하는 닛타는 단순히 결혼을 위해 결혼 상대자에게 사탕발림의 발언을 한 것이 아니라 '여성' 일반에 대한 자신의 신인류적 사상을 피력한 것이다. 이 점 때문에 마사코는 더욱 닛타에게 감동한다.

하지만 결혼의 현실은 그리 녹록한 것이 아니었다. 신혼생활을 하면서 몇 가지 문제가 발생하는데, 그 첫 번째가 집안일이다. 두 사람은 이 문제에 대해서 이미 계획을 세우고 있었다. 하녀, 즉 가사도우미를 들여서 이 문제를 손쉽게 해결하고자 했던 것이다. 그러나 그것이 파생할 문제에 대해서는 간과하고 있었다. 하녀를 교육하는 것이 가사를 직접 맡아서 하는 것보다 더 힘들 수 있다는 점은 미처 생각하지 못했던 복병이었기 때문이다. 하녀가 교체될 때마다 이 문제는 다시금 불거졌고, 그에 따른 마사코의 스트레스는 강도를 더해갔다. 마사코 스스로가 자신이 가사를 전담하겠다고 선언하기에까지 이르게 될 정도로 말이다.

부부가 모두 일과 공부로 바쁜 와중에 자신의 시간을 쪼개어 집안일을 한다는 것은 커다란 희생이 아닐 수 없다. 닛타는 그것을 알기에 마사코에게만 집안일을 하게 할 수는 없어 가사 분담에 적극적으로 나선다. 닛타는 신인류인 까닭에 여성의 동권자로서의 역할을 다하고자 했기 때문이다. 하지만 그 노력도 얼마 지나지 않아 허사가 되고 만다. 닛타는 자신이 하는 사회적인 활동이나 일은 매우 소중하게, 집안일은 하찮은 일로 분류해 버리고 말기 때문이다. 닛타가 이렇게 생각이 바뀌게 된 배경에는 가장의 역할이라는 것이 크게 작용했음은 부정할 수 없다. 그럼에도 불구하고 닛타가 결혼 초기에 가졌던 신인류적 감각은 결과적으로 퇴색된다.

마사코는 '결혼'에 대하여 누구보다도 정확하게 현실을 직시했던 여성이다. 하지만 닛타의 끊임없는 구애와 설득으로 자신의 결혼은 이 상적이라고 생각하며 결혼하게 된다. 나아가 결혼 후 발생하는 현실의 산을 하나씩 넘어서고자 분투한다. 마사코는 집안일과 공부를 분리하여 생각할 수 있도록 습관을 들여 가사 문제를 해결하지만 곧바로 또 다른 문제가 생긴다. 기혼 여성이라면 피해갈 수 없는 여러 문제 중 임신이라는 중차대한 문제에 직면하게 된 것이다. 임신은 여성의 신체를 변화시킬 뿐만 아니라 한 생명을 오롯이 감당해야 하는 정신적인 변화의 과정도 경험해야 하는 문제였다. 총명한 현대 여성인 마사코는 모성이 감당해야 하는 책임이 무엇인지 너무나 잘 알기에 자신의 임신을 인지하고 절망의 늪에 빠지고 말았던 것이다.

이와 반대로 닛타는 그들에게 아이가 생긴다는 것에 기뻐한다. 자신의 대를 이을 자녀가 출생한다는 기쁨에 마사코의 절망감은 보이지 않게 된 것이다. 그야말로 남성의 부차적인 존재로서 여성을 규정하는 모습을 무의식적으로 드러낸다. 사실 닛타는 그동안 마사코가 공부를 하거나 사회적인 활동을 할 때보다도 자신의 아내로서 존재할 때 더 사랑스럽다고 느꼈다. 그 생각이 잘못되었다는 것을 알면서도 어쩔 수 없는 자신의 이기심을 이기지는 못했던 것이다. 마사코의 사회 친구가 모두 남성이라는 것에도 닛타는 편안한 마음으로 바라볼 수 없었다. 아내에게 친구는 자신 한 사람이면 족하다는 말을 서슴없이 할 정도로 당시의 여느 남성과 다를 바 없었던 것이다.

닛타가 여성을 남성의 동권자로서 인정했기에 결혼을 결정한 마사코로서는 결혼 생활에 대한 회의가 물밀 듯 다가왔을 것이다. 독신 생활에 대한 그리움이 곳곳에서 묘사되고 있기 때문이다. 하지만 닛타와 다시 협력하여 결혼 생활에서 파생되는 많은 문제를 극복해 나간다. 예를 들어 이들의 아이가 태어나면 다른 곳으로 보내기로 협의하는 등의 해결 방식을 선택한다. 하지만 이 계획은 뜻대로 이루어지지 않는다. 마사코가 출산 직후부터 아이라는 존재가 너무나 소중하여 자신의 손에서 떼어놓지 않으려고 했기 때문이다.

출산의 문제가 '모성애'의 작용으로 자체적으로 해결되자 이제는 육아의 문제가 엄습한다. 이때 잠시 모친의 도움을 받자는 부부의 일치된 의견이 나온다. 결국 여성을 돕기 위하여 모친, 즉 또 다른 여성의 도움이 필요하다는 현실에 부딪힌다. 이렇게 가정 내에서의 여성 노동은 가정생활을 영위하는 데 있어 반드시 필요하지만, 그 필요만큼 가치를 인정받지 못한다는 것을 알 수 있다.

일본에서 여성의 노동 문제를 적극적으로 논쟁의 장으로 이끌어 낸 사람은 여성해방운동가 히라쓰카 라이초(平塚らいてう)이다. 히라쓰카 라이초는 일본 여성해방운동의 기원이 되었던 여성문예지 『세이토』(青鞜)를 1911년에 창간한 이후 여성문제와 관련한 각종 논쟁의 중심에 있던 인물이다. '모성보호논쟁', '『포라의 형벌』에 관한 논쟁' 등 여성문제에 있어서 누구보다도 적극적인 논객 활동을 펼쳤다. 히라쓰카 라이초는 여성의 가사 노동에 대해 경세적 가치를 부과해야 한다고 주장한 바 있다. "가정 밖에서 노동하는 것만이 훌륭한 노동이라고 생각되어 그것만 사회적인, 동시에 경제적인 가치를 인정하고", "출산과 육아에 대해서는 동일한 사회적 가치도 경제적 가치도 인정받을 수가 없기

때문에" 어머니의 일에 경제적 가치가 부과되어야 한다는 것이다. 이러한 주장은 후일 '모성보호논쟁'으로까지 이어지게 된다. 이 주장은 가정 안에서 이루어지는 여성의 일도 가정 밖의 일과 마찬가지로 사회적으로나 경제적으로도 가치를 보장받아야 한다는 것으로, 오늘날의 페미니즘 운동가들이 주장하는 바와 크게 다르지 않다.

히라쓰카 라이초의 남녀 노동 문제 관련 언급이 『부인공론』(婦人公論)에 발표된 것은 1918년이다. 다무라 도시코의 『그녀의 생활』이 발표된 이후의 일이었다. 일본 여성해방운동의 선봉장이었던 히라쓰카 라이초에 앞서 『그녀의 생활』에서 이러한 문제를 제기한 다무라 도시코의 선구적 감각은 타의 추종을 불허한 것임에 틀림없다. 근대화가 이루어졌다고는 해도 전근대적인 사회 분위기 속에서 여성문제를 소설화했다는 점에 이 작품의 문학사적 의의는 크다 하겠다.

『그녀의 생활』에서 히라쓰카 라이초가 주장했던 가정 내의 여성 노동의 이상적인 가치는 묘사되지 않는다. 주인공 마사코는 단지 "여성이 남성과 같은 보조로 사회에 진출하는 것은 분명히 여자가 남자보다 배로 일하는 셈"이고, "힘의 차이를 떠나 여자가 남자보다 훨씬 우월하다"는 자부심을 원동력 삼아 왕성한 활동을 이어나간다. 하지만 지속적으로 직면하는 문제들, 즉 사회적이지도 경제적이지도 않은 여성의 노동 현실만을 자각하게 될 뿐이다. 총명했던 현대 지식인이었던 마사코는 스스로가 '여자'임을 자각한다. 자아에 자각하고 남성과 동등하게 권위 있는 일을 하고자 했던 그녀가 '여자'의 한계를 벗어날 수 없는 가정에, 사회에 살고 있음을 깨닫는 '자각'이었던 것이다. 한 개인의 의지만으로는 거대한 사회적 통념의 틀을 깨부수기란 쉬운 일이 아니기 때문이다.

닛타 또한 한 가정의 가장이 가족의 생계를 책임져야 한다는 사회적 통념에 벗어날 수는 없었다. 늘어난 가족을 부양하기 위하여 이전보다도 더 많은 일을 해야 했기 때문이다. 그렇다고 마사코가 남편에 의지하여 남편에게만 생계를 책임지게 한 것은 아니다. 물질적인 면에서만이라도 남편을 도와야 한다고 생각했고, 그러기 위해서는 더더욱 자신은 육아와 분투해야만 했다. 자신의 시간이 얼마나 있을까를 고민하며 아기를 업고 독서를 하고 수유를 하면서도 글을 썼다. 이러한 모습은 마사코의 일상이 되고 그녀의 생활이 되었다. 마사코는 이제 집안일을 적당히 내버려둘 수 있었을 때와 마찬가지로 갓난아기에 대한 주의도 적당히 내버려둘 수 있을 만큼 육아에 완벽히 적응하였다.

마사코의 생활은 '불가사의한 생활의 힘'에 의해 구조화되었다. 시간을 쪼개고 일을 구분지으며 조정할 수 있게 된 것이다. 이때 내포작가가 슬쩍 등장한다. 마사코의 생활이 '비참한 생활'임을 직접적으로 전달하기 위하여 작가가 의도적으로 개입한 부분이다. 하지만 마사코는 자신의 생활이 비참하다고 생각하지 않았다. 더 많은 평론을 쓰거나 창작을 발표하여 여성의 운명을 거스르려고 발버둥치고 있었다. 그것이 자신의 노력만으로 기능하다고 생각했기 때문이다. 그것은 가속에 대한 '사랑', 일에 대한 '사랑'이 있었기에 가능한 일이었다고 생각했다. 마사코의 생활을 옆에서 바라보는 이는 그녀의 생활이 비참한 생활이라고 말하는 반면, 마사코 스스로는 그것이 사랑의 생활이라고 해석한 것이다. 사랑의 화신이 된 것처럼 기뻐하면서 말이다.

작가는 마사코의 사랑이 언제 끝날지 궁금해 한다. 여성이 자신의 일을 하면서 가사, 출산, 육아까지 도맡아 해내야 하는 생활이 반복되지 않고 끝이 날 문제인지를 묻는다. 마사코는 앞으로 두 번째 아이도 생길 것이고, 창작 또한 한계가 곧 도래할 것이기 때문이다. 이따금씩 분투해 왔던 현실의 문제는 더 큰 전투가 되어 다가올 것이라고 작가는 예언한다. 그리고 독자에게 질문을 던진다. 여자의 운명에 도저히 벗어나지 못함을 마사코가 다시금 '자각'하게 될 때 그녀는 무엇이라고 외칠까? 그녀의 생활이 과연 계속 '사랑의 생활'이 될 수 있을까?라고.

작가의 이 질문은 『그녀의 생활』이 발표된 지 100년도 더 지난 지금, 수많은 '그녀들'의 생활이 과연 어떻게 변했는지 생각해보게 만든다. 그것은 과거에만 적용되는 질문이 아니라 지금도 적용되는 현재진행형 물음이었던 것이다. 이러한 점에서 『그녀의 생활』은 다무라 도시코의 대표작일 뿐만 아니라 일본 페미니즘문학의 바이블이라는 평가에 이견이 있을 수 없을 것이다.

25. 동화로 읽는 인생의 이정표

미야자와 겐지, 어린이와 어른을 위한 동화

【박경연】

미야자와 겐지(宮沢賢治, 1896~1933)의 동화는 흥미롭다. 의식의 흐름과 시대적 상황, 그리고 환경에 따라 같은 동화를 다양하게 감상할 수 있다. 겐지 연구자로서 동화를 읽을 때마다 새롭게 느껴지는 여러 요소에서 불교적 요소를 찾고 분석하는데 그 즐거움을 만끽하고 있다.

그의 인생은 부유한 가정환경, 부자 간의 종교 갈등, 교사로서의 사명감, 농민을 향한 일편단심, 여동생 도시코의 단명, 당시 인정받지 못한 작품 활동 등 여러 측면에서 인생의 키워드를 갖고 있다. 겐지의 동화 속 키워드도 매우 다양하며 어린이, 백합, 눈, 빛, 시공간의 구분 등 다양한 인물, 사물, 상황의 상징, 은유, 암시를 통한 묘사의 전개가 매력적이다.

또한 겐지의 동화는 어린이를 위한 문학임과 동시에 어른에게도 다각도에서 문제를 제기하고 현대 사회의 주제를 내포하고 있다는 점도 매력적이다. 이러한 매력 덕분에 동화를 읽는 독자는 자신의 시각으로 다양한 의미와 감성을 느낄 수 있다. 작품 대다수가 종교 사상을 근저에 둔 불교의 윤리와 도덕적 의식, 범세계적인 우주관을 통찰해 내고 있다.

이러한 겐지의 동화 가운데 『빛의 맨발』은 현실 세계에서 출발하여 다른 세계, 즉 이세계(異世界)에 이르기까지 종교적 요소가 부각된 동화라고 할 수 있다. 이 작품의 주인공인 두 명의 형제, 이치로와 나라오는 산속에서 큰 눈을 만나 조난을 당하여 의식을 잃고 정신을 차려 보니 이세계에 들어가 있었다. 이러한 시공간의 이분화는 두 형제의 현실 상황, 사건 전개, 결말에 이르기까지 겐지의 의도를 보여준다. 이세계에서 가학적인 보행으로 고통 받는 아이들과 조우하는 경험, 어둠 속에서 도깨비의 명령에 아이들의 발은 더욱더 깊은 상처를 입으면서 끊임없이 걷고 있는 여정 속에서 우리의 인생을 엿볼 수 있다. 겐지 동화에서의 직접적인 불교 용어의 등장은 어렵지 않게 찾아볼 수 있다. 끊임없이 걷고 있는 여정 속에서 여래수량품(如來壽量品)이라는 경전 구절을 입속으로 되새기는 장면에서 이러한 상황에 처하면 경전의 한 구절을 떠올리고 읊조리라는 작가의 의식 세계가 표출된다.

이 작품은 현실 세계와 비현실의 세계, 즉 이세계(異世界), 생전과 사후의 세계를 설정하여 전개하고 있다. 주인공이 이세계에 다녀오는 생환의 체험을 통해 사람은 어떻게 살아야 하는지에 대한 삶의 근원적인 과제를 제시하고 있다. 작가는 빛나는 맨발의 존재로부터 사명을 받고 현실 세계로 돌아온 이치로가 덕을 쌓아 깨달음에 이르러 보다 나은 삶에 다가갈 수 있도록 인도하고 있다. 종교적인 관점에서는 일상에서 체험하지 못했던 것을 경험하게 하고, 현실 세계에서 느끼지 못했던 존재에 대한 확신을 통해 진정한 길을 찾아 나서는 주인공 이치로의 새롭고 올바른 인생에 대한 격려, 앞길에 대한 응원도 돋보인다. 삶의 긴 여정 속에서 우리는 어떤 모습으로 어떻게 살아가야 할지 생각하게 하는 이 작품은 내세와 현세는 다르지 않고 내세는 현세의 토대 위에 있다는 점을 시사하고 있다.

겐지의 동화『까마귀와 북두칠성』은 상상의 날개를 펼쳐 현실 세계를 상상의 세계로 초대한다. 이 작품은 시베리아 출병 시기에 쓴 작품으로 그 당시의 문학계는 엄격한 검열과 통제로 자유로운 집필활동이 용이하지 않았다. 당시 겐지의 내면세계가 대비와 은유 표현으로 점철되어 있다. 까마귀를 의인화하고 까마귀의 무리를 군인과 군함에 비유하여 전쟁에 대한 작가의 메시지를 전하는 이 작품은 하늘을 나는 까마귀가 바다의 군함을 조정하고 있는 무대배경과 까마귀의 활약은 독자에게 일체의 위화감을 느낄 수 없을 정도로 자연스럽고 감동적으로 구성되어 있다. 시대적 배경과는 달리 이 작품은 순결한 감각의 자연을 느낄 수 있도록 겨울 풍경이 아름답게 묘사되어 상념에 젖게 하고 순수한 감각을 소유한 어린이의 눈을 통하여 어른의 세계를 묘사하고 있다. 시대정신과 작가의 인생관이 자연과 조화를 이루고 있는 작품이다.

이 작품은 자연에 대한 묘사, 순수한 어린이의 눈을 통하여 전개되고 작품 구조는 6단계로 나누어 분석할 수 있다. 작품의 6단계는 도입부와 결말 부분, 그 사이에 기승전결로 구성되어 있다. 또한 작품과 그 시대 배경과의 연관성, 주인공의 직위 변화에 따른 연계성, 작품의 도입부와 결말 부분의 전개 등에 대하여 방법론으로써 대비와 은유 표현을 도입하고 있다. 이러한 작품 구조, 대비와 은유 표현을 통하여 작가가 독자에게 전하고자 했던 인생에 대한 진정한 메시지를 던지고 있다.

　적과의 공존, 자기희생의 미학을 중심으로 다양한 해석을 통하여 6단계로 구분하는 작품분석은 이 작품을 이해하는데 중요한 요소가 된다. 이 분석을 통하여 기승전결의 작품 구조, 최종 메시지를 전달하기 위한 도입 부분, 6단계 속의 기승전결이라는 이중구조를 형성하는 작품의 특이성을 도출할 수 있다. 이러한 이중구조와 대비, 은유 표현을 통하여 그 시대와 사회를 풍자하고 비판하였으며 행간 속 작가의 심경, 사상과 가치관, 인생관, 대비와 은유 표현은 신비의 세계를 형성하고, 문학적 효력이 자아내는 특별한 구조를 갖는데 주요 요소로 작용하였다.

　이러한 흐름은『눈길 건너기』의 작품 구조 분석을 통해서도 알 수 있다. 제목에서 보이는 바와 같이 눈은 작품을 이해하는데 주요한 요소이다. 작품에서 표현되고 있는 눈은 인간이 걷기 어려운 수수밭에 눈이 쌓이고 얼어서 인간이 걸어갈 수 있도록 하는 역할을 한다. 그러므로 눈은 인간이 삶의 역경을 헤쳐 나갈 수 있도록 하는 자연의 선물이며 종교의 가르침과도 연관성을 가지고 있다고 할 수 있다. 이 작품도『까마귀와 북두칠성』과 유사한 작품 구조를 볼 수 있으며 기승전결의 이중구조를 통하여 작가의 의도를 파악하고 독자에게 긴밀하게 접근하고 있다.

　겐지 동화의 작품 구조는 공간 구조와도 그 연관성을 갖는다.『가돌프의 백합』에서는 물리적 공간과 정신적 공간을 통하여 작가의 심상을 스케치하고 있다. 겐지의 동화는 겐지 자신의 심상을 표현하기 위해 자연을 도입하기도 하고, 자연 본연의 심상스케치를 위해 자연을 선택하기도 한다. 이 작품은 자연으로부터 자극받아 심상을 이미지화시키는 표현 형식을 도입하고 있고, 자연과 더불어 종교적 관념이 중첩된 종교의 입문서와 유사한 작품으로 접근할 수 있다. 작품의 주인공 가돌프와 애매한 개, 작품 속 상징인 백합, 가옥이라는 공간, 자연현상의 하나인 빛이라는 요소를 통하여 개인의 사랑이 승화되어 작가의 인격적 성장, 새로운 각오로 새로운 인생을 출발하는 종교적 성장 과정에 초점을 맞춘 심상세계를 차별화하여 조명하고 있다.

겐지는 가돌프와 애매한 개, 고결한 백합에 감정이입하여 자신을 냉철하고 객관적으로 대상화시키고 있다. 그 가운데 백합과 애매한 개는 대조적인 의미를 포함하고 있다. 공간은 물리적·정신적 공간으로 구분한다. 백합과 공간을 각 3단계로 구분하여 자기성찰과 종교생활의 성장과정을 단계별로 볼 수 있다. 또한 자연현상의 하나인 빛의 역할을 통하여 가돌프의 번뇌와 갈등을 종교적인 의식의 변화와 정신적으로 성장해 가는 과정에 주목한다. 겐지의 동화는 결말 부분에서 의미 깊은 여운을 남기면서 독자의 상상에 맡기고 희망과 함께 독자에게 문제 제기하는 경향이 강하다. 이 작품도 "백합이 이긴 것이다"라고 말하는 마지막 대사에서 앞으로의 밝은 인생의 희망을 느끼게 한다.

이 작품은 주인공 가돌프, 고귀하고 청렴한 백합의 변화, 작가의 내면세계의 변화에 주목한다. 여행하는 가돌프 앞에 나타나는 새까만 집은 물리적인 공간과 정신적인 공간으로 나눌 수 있으며, 공간의 구분은 건물의 외부, 내부, 앞으로 출발하는 세상으로 분리된다. 악천 후 속에 방황하는 어두운 인생행로를 상징하는 것과 같은 모습, 건물에 들어가는 것이 계기가 되어 자기 성찰의 단계에 들어간 후 성장한 모습으로 미래를 향해 다시 출발하는 정신적인 공간으로 구분할 수 있다. 심독(深讀)하면 자기 성찰의 단계에 들어가는 것은 종교 생활의 출발이며, 동화 전체가 종교 생활을 위한 수도자 입문 과정의 비유로 보인다. 어둠이 없는 빛의 가치가 나타나지 않는다. 빛의 묘사에 주목하고 빛의 존재가 의미하는 것은 단순히 자연 현상으로의 빛이 아니라 정신 세계의 빛이라는 것에 방점을 두었다. 빛이 불빛으로 발전하고 캄캄한 가운데 어둠과 빛이 반복됨으로써 백합은 그 존재를 드러낸다. 같은 장소에 피어 있는 백합의 무리를 보면서 주인공의 의식도 변화해 나간다. 그 변화가 종교 관념, 자기 성찰, 인격적 성장 과정, 인생 그 자체임을 완곡하게 표현하고 있다.

겐지는 불교 경전에 나타난 진리를 대중에게 알리고 깨닫게 하여 경전의 세계로 인도하기 위한 하나의 방편으로 동화라는 장르를 선택하였다고 생각한다. 불교의 교리를 공부하고 그 공부한 부분을 실천할 때 인생의 번뇌와 고통의 원인을 제거하여 더욱 편안한 생을 누릴 수 있으며, 베풀 수 있는 자비의 마음을 증강시켜 그것이 결국 자신의 행복으로 연결될 수 있다. 겐지의 동화는 다양한 해석이 가능하다는 특징이 있어 불교 사상과의 연계성을 찾아내어 독자로 하여금 더욱 윤택한 인생을 느낄 수 있도록 다면적인 인문학적 접근을 통하여 귀결점을 찾아보는 새로운 관점에서의 심도 있는 분석이 필요하다.

『조개불』,『펜넨넨넨넨네네무의 전기』,『은하철도의 밤』,『수선월의 나흘』,『도토리와 들고양이』,『주문이 많은 요리점』,『오츠벨과 코끼리』,『돌배』,『빙하쥐의 털가죽』,『구스코부도리의 전기』,『거미와 괄대충과 너구리』,『네 갈래의 백합』,『쌍둥이별』,『십력의 금강석』,『용과 시인』 등 겐지의 동화가 인생의 이정표가 되어 보다 윤택하고 풍요로운 인생을 살아가는데 그 역할을 다할 수 있기를 기대한다.

26. 죽음(死)과 시(詩)가 만나게 될 때

나카하라 주야 「뼈」

【박상도】

　　다이쇼를 대표하는 시인 다카무라 고타로(高村光太郎)의 저명한 작품 「레몬애가」(1939. 2)는 사랑했던 천상의 여인 치에코의 죽음을 아름답게 담아낸 것이다. 시인은 작품을 통해 '슬프고 희고 밝은 죽음의 침상'에서 레몬을 깨물고 '희미하게 웃는' 떠나가는 이의 모습을 친숙하게 그려내고 있다. '죽음'이라고 하는 현실이 인생에서 맛볼 수 있는 가장 가혹하고 처참한 것임에도 불구하고 이렇게 아름답게 그리고자 하는 것은 그만큼 죽음을 대하는 자신의 괴로움을 완화시켜 보고자 하는 심리가 작용한 것이라 여겨진다.

　　헤이안 시대에 성립된 고전 『이세모노가타리』(伊勢物語)에서는 죽음과 관련해서 "누구나가 죽는다고 하는 것은 익히 들어 알고 있었지만, 막상 오늘이 될지 몰랐네" 하는 노래가 있다. 다른 사람의 죽음인 3인칭 죽음에 대해서는 익숙하지만, 자신의 죽음인 1인칭 죽음에 대해서 진지하게 생각하는 이가 많지 않다는 사실을 알려주는 작품이다.

　　나카하라 주야(中原中也, 1907~1937)이라고 하는 시인은 8세 때 동생을 여의고, 죽음을 생각하고 시를 썼다고 한다. 이후 그는 여러 친족들의 죽음을 경험하게 된다. 할아버지, 할머니를 제외한다고 해도 아버지, 남동생 고조, 첫째아들 후미야의 죽음을 짧은 기간을 두고 연속적으로 겪게 되는데, 이러한 과정을 통해 시인의 잠재의식에는 죽음이라고 개념이 삶의 일부분으로 자리 잡게 된다. 이런 그가 만들어내는 작품은 왠지 모르게 죽음의 분위기가 묻어나고, 그의 작품을 읽는 이는 알게 모르게 그러한 죽음을 생각하게 된다. 시인은 "시는 영혼과 마음의 암시이다"(1927.10.31 일기)라고 했는데 이는 그만큼 그의 시가 고독, 상실감, 비애, 애정, 회한 등의 감정을 솔직하게 표현하고 있다는 것을 말하는 것이며, 다른 무엇보다 죽음에 대한 자신의 관념을 형상화시킨 것이 그의 시라고 볼 수 있다. 그는 만년에 죽음의 이미지를 다양하게 작품 속에 형상화시켜 놓았다.

> 살아있을 때의 고생으로 가득 찬 / 저 불결한 살을 뚫고 나와 /
>
> 허옇게 비에 씻기어 / 툭하고 튀어나온 뼈 끝
>
> ─「뼈」(1934.6)

죽은 자신이 생전의 자신의 몸을 보고 있다고 하는 설정 가운데 묘사된 이 작품은 죽음에 대한 깊은 고뇌와 나아가 친밀함까지 가지고 있었던 것으로 여겨진다. 산다고 하는 것이 마치 '고생으로 가득 찬' 것이고 '불결한' 자신의 자아로 인해 고통스러울 수밖에 없는 것으로 정의내리고, 또 이러한 인생의 한계로부터 해방시켜 주는 것이 죽음이 아니겠는가? 라고 말하는 듯하다. 인생이 이러한 한계와 불편함으로 점철되어 있지 않다고 누가 단언할 수 있을까? 이러한 점에서 주야는 살아가는 것의 본질을 누구보다도 잘 파악하고 있었던 시인이었다. 시의 나머지 부분을 조금 더 들여다보자.

> 봐봐 이것이 내 뼈 / 보고 있는 나? 이상한 일이야 /
>
> 영혼이 뒤에 남아서 / 그리고 뼈가 있는 곳에 와서 / 보고 있는 걸까?
>
> ―「뼈」(1934.6)

죽음을 논하는 많은 문학적 담론과 이론이 존재하지만, 죽음 이후에 자신의 영혼이 남게 된다고 하는 이 시각은 주야만의 독특한 것이다. 물론 그도 하나의 확고한 사생관의 형태로 죽음 이후에 영혼이 남는다고 하는 것을 확신한 것은 아니지만, 이러한 식의 사고를 할 수 있다는 것이 일본의 문학의 전통가운데서는 이례적이라 여겨진다. 굳이 말하자면 동양적 범신론이 아닌 서양의 기독교적 사생관의 영향을 받은 것이라고 말할 수 있다.

저명한 평론가 가토 슈이치는 일본인이 생각하는 전통적 죽음, 즉 사생관에 대해서 많은 고민을 하였다. 그는 전통적으로 일본인은 죽은 이후에 그 존재가 우주에 흡수된다든지 사라짐으로 우주의 질서를 이룬다고 말했다. "일반적으로 일본인의 죽음에 대한 태도는 감정적으로는 '우주'의 질서, 지적으로는 '자연'의 질서에 대해서 단념함으로써 받아들이는 것이다. 그 배경은 죽음과 일상생활과의 단절, 즉 죽음의 잔

혹하고 극적인 비일상성을 강조하지 않았던 문화이다"-『일본인의 사생
관 하』. 죽은 이후에 대해서는 자신의 존재에 대해서 생각할 수 없다고
하는 것이 전통적 일본인의 죽음에 대한 생각이다. 이렇게 보면 주야의
그것은 독특하다고 볼 수 있다.

주야의 아들 후미야는 1934년 10월 18일 태어나서 1936년 11월
10일에 소아결핵에 걸려 죽게 된다. 지금껏 혈족의 죽음으로 깊은 죽
음의 영향을 받고 있었던 시인에게 있어서 사랑하는 아들의 죽음은 시
인의 영혼에 결정적 타격을 주었다. 결국 시인은 1937년 1월 치바의
한 요양소에 입원하지 않으면 안 될 지경에 이르게 되지만, 다음 달 바
로 퇴원을 하는 의지를 보이고, 자신의 극한 내면의 슬픔을 표현한 작
품을 바로 발표한다. 죽은 아들 후미야를 노래한「다시 온 봄…」이라고
하는 작품은 다음과 같다.

다시 온 봄이라고 사람들은 말한다/ 하지만 나는 괴롭다/
봄이 온들 그것이 무엇이냐/ 그 애가 돌아오는 것도 아닌데
생각해보면 올해 5월에는/ 너를 안고 동물원/
코끼리를 보여줘도 고양이라 하고/ 새를 보여줘도 고양이라 했다
마지막으로 보여준 사슴만큼은/ 그 뿔이 어지간히 좋았는지/
아무 말두 하지 않고 바라만 보았다
정말로 너도 그때는/ 이 세상의 빛 한 가운데/
서서 바라보고 있었는데

후미야가 죽던 그해의 5월, 가족이 같이 동물원에 갔던 추억을 회상하며, 그날의 생생했던 기억을 나타내고 있다. 두 살도 채 되지 않은 아이에게 동물원의 모든 동물은 유일하게 알고 있었던 고양이로 비쳤을 것이다. 그리고 생전 처음 보는 사슴의 뿔을 바라보고 아무 말도 않고 바라만 보는 아기의 모습이 시인은 특히 뇌리에 남았나 보다. 그 사슴의 뿔을 가만히 바라보는 그 아이가, 빛 가운데서 그렇게 바라보고 있었다고 하는 부분에서 우리는 그 아이를 바라보았던 시인의 자애에 가득 찬 아비로서의 모습을 엿볼 수 있다. 그런데 그 아이가 '이 세상의 빛 한 가운데' 실존했던 그 아이가 이제는 더 이상 볼 수 없고 만질 수도 없는 존재가 된 것이다.

그리고 시인은 자신의 이러한 절망적인 심정을 조금 더 직접적으로 표현한다. 퇴원 후 한 달 정도 지난 시점에 발표한 「봄날의 광상」(1937.5)이라고 하는 작품을 통해서인데, 제목에서 알 수 있듯이 우리는 시인의 정신상태가 정상이 아니라 거의 착란의 상태에 도달해 있음을 짐작할 수 있다.

사랑하는 이가 죽었을 때에는/ 자살하지 않으면 안 됩니다.
사랑하는 이가 죽었을 때에는/ 이 외에 다른 수가 없습니다.
하지만 그렇다 하더라도 업보(?)가 너무 깊어서/ 계속 살게 된다면
봉사하는 마음으로 살아야 합니다. / 봉사하는 마음으로 살아야 합니다.

더 이상 살아있는 현실 가운데 의미를 느끼지 못하는 그의 심정이

충격적인 '자살'이라는 말로 나타나고 있다. 그의 마음 깊은 곳에 드리워진 죽음의 그림자에 침식당하는 영혼은 살아가는 의미를 '봉사'로 부여하는데, 이것은 막연하나마 자신의 이러한 슬픔이 동일한 슬픔을 겪는 이에게로 연결되기를 바라는 무의식적 염원이다. 비록 자신은 삶의 의미를 박탈당했지만, 자신의 슬픈 경험이 주변의 타자에게로 연대되어 그들에게 의미를 부여하는 작용이 되기를 시인의 영혼은 바라고 있다.

> 그러면 여러분/ 너무 기뻐하지 않고 너무 슬퍼하지도 말며/
> 템포에 맞추어 악수합시다
> 결국 우리들에게 결여된 것은/ 성실하고 바른 것이라고 주의하며
> 그래요 그럼 여러분 그래요 모두 함께-/
> 템포에 맞추어 악수를 합시다

시인의 첫째 아들 후미야가 죽게 되는 비극이 있은 지 몇 개월 후에 차남인 요시마사가 태어난다. 죽음의 깊은 계곡에서 또 다른 자신의 핏줄로 말미암은 생명의 탄생을 경험한 시인의 심정이 어땠을까? 깊은 슬픔과 침통의 순간에도 기쁨이 찾아온다고 하는 인생의 모순을 그는 경험했다. 실제로 친구에게 보낸 편지에서 시인은 이번에 태어난 아이는 건강하다고 히는 기쁨을 표시했다고 한다. 하지만 그가 누린 기쁨은 잠시의 기쁨에 지나지 않았다. 인간이라는 존재는 사랑하는 이를 상실하는 가장 극심한 슬픔과 절망의 순간에도 일상의 욕구를 충족시키고 기뻐하기도 한다. 처음에는 식음을 전폐하다가도 애도하는 기간이 길

어지는 와중에 밥을 먹고 잠을 자고 또 생리적인 욕구를 해결해가는 것이 인간이다. 충격적이고 절망적인 죽음의 골짜기를 지나면서도, 살아 있는 생물이기에 찾아오는 사사로운 생활의 기쁨을 외면하지는 못하는 것이 인간이다.

하지만 근원적인 죽음의 짙은 독향기는 인간의 영혼을 침식하고 좌절시킬 수밖에 없다. 죽음의 절대적인 권세와 영향력 앞에서 서양의 가장 권위적인 책을 쓴 한 사람은 "오 나는 비참한 사람이로다! 이 사망의 몸에서 누가 나를 건져내랴"-(로마서 8:24), "오 사망아 너의 쏘는 것이 어디 있느냐? 오, 무덤아 너의 승리가 어디 있느냐"-(고린도전서 15:55)라고 고백하고 절규하기도 했다.

시인에게 있어서 사망의 불화살을 맞고 살아가는 현실적 가치는 '템포에 맞추어 악수'를 하고 다른 이를 위해 '봉사'를 하는 강요된 행위에 지나지 않는 것이었다. 자신의 마음속에서 우러나오는 행위가 아니었다. 삶의 진정한 의미를 이해하고 삶을 구현하는 것이 아니었던 것이다. 그것은 마치 실존하는 현실이 자신 앞에 있지만, 손을 뻗어도 소유할 수 없는 환상 속의 누각과도 같은 현실이었다.

시인은 죽음을 온몸으로 체화하면서 죽음의 관념을 삶의 중심에 두고 산 사람이었다. 자신의 존재가 현실 가운데서 없어진다고 하는 절체절명의 문제 앞에서 어릴 적 할머니를 따라갔던 카톨릭의 종교적 영향력도 큰 힘을 발휘하지 못했다. 오히려 그는 죽기 직전에 불교적인 성향을 보였던 것으로 보여진다. '죽음을 기억하라'라고 하는 대명제는 서양에서든 일본에서든 전통적으로 이어져 내려온 것으로 보이는데,

215

앞에서 언급한 성경 저자의 고백이 시인에게는 미치지 못했던 모양이다. 다만 시인의 자질 중에서 죽음의 개념을 관념상의 영역에 두지 않고, 실재하는 자신의 삶의 영역에까지 끌어내려 그 고뇌를 일상화 시켰다는 점은 높이 살만하다. 죽음과 시를 연결하여 생생한 죽음의 모습을 보여준 것이다. "누구나가 죽는다고 하는 것은 익히 들어 알고 있었지만, 막상 오늘이 될지 몰랐네" 옛 시인이 노래한 이 노래를 실감나게 표현한 것이다.

27. 가와바타 야스나리의 『설국』

'설국'은 어디인가?

【정향재】

"현 경계의 긴 터널을 빠져나오자 설국이었다. 밤의 밑바닥이 하얘졌다. 신호소에 기차가 멈춰섰다."

– 『가와바타야스나리전집 제10권』, 신쵸사

이것는 일본에서 가장 잘 알려진 소설의 서두라 할 수 있는 가와바타 야스나리의 명작 『설국』의 첫 부분이다. 상당히 압축적이고 상징적인 문장으로 최근까지 여러 장면에서 패러디되어 사용되고 있다. 이미 『설국』과 관련된 여러 글들은 여기서의 긴 터널은 시미즈 터널이며, 신호소는 어디라고 밝혀내어, 이 작품에 현실감을 부여하고 있다. 그런데 여기에서 터널, 신호소보다 궁금해지는 것은 전체를 아우르고 있는 '설국'이라는 단어일 터이다.

현재, 일본에서뿐 아니라 한국에서도 '설국'은 눈이 많이 쌓인 상태, 눈이 많은 곳을 표현하는 일반명사처럼 사용되고 있다. 특정한 지명을 사용하는 것이 아니라 그저 눈이 많은 고장을 뜻하는 '설국'으로 표현한 것이다. 가와바타의 작품 창작의 성향이 지명을 밝히지 않은 것을 즐기는가 하면 반드시 그렇지는 않다.

예를 들어 1920년대에 거의 매년 시즈오카의 이즈(伊豆)에 찾아가 거주하다시피 하며 창작한『이즈의 무희』(伊豆の踊り子, 1926)를 비롯한 '이즈물'(伊豆物)은 지명을 그대로 사용하며 그 지역의 자연풍광, 풍습 묘사가 두드러진 경우이다.

또한 도쿄의 아사쿠사(浅草)지역에 대한 철저한 조사 끝에 쓰여진『아사쿠사홍단』(浅草紅団, 1929)을 비롯한 '아사쿠사물'(浅草物)는 아사쿠사가 주인공이라고 해도 좋을 정도로 지역과 그 안에서 생활하는 인물군상들을 그대로 그려내고 있다. 이러한 특정 지역을 중심으로 하는 소설은 여행지에 체제하며 창작을 즐겼던 성향에서 기인한다고 하겠다.

『설국』의 경우도 여행지에서 창작된 소설로 잘 알려져 있다. 가와바타는 1934년에 눈이 많은 지역인 니가타현(新潟県)의 온천지역인 에치고유자와(越後湯沢)를 방문한 이후, 1935년 9월까지 4회에 걸쳐 방문하며 작품을 집필하여 발표하였다. 여행지에서의 창작과 지명에 관하여는 아래와 같이 언급하고 있다.

『설국』은 여행에서 탄생한 소설이다. 여행이라고 해도 한 지역에서 지역으로 이동해 가는 식의 것이 아니라, 장소는 유자와 온천에만 머물러 있다. 『설국』에는 유자와라는 지명은 드러내지 않았다. 써 나가는 구상에서 지명을 밝히지 않았던 것이었다. 어디냐고 물어와도 나는 될 수 있으면 답하기가 싫었다.

－『설국』여행, 1959, 『전집』 33권

가와바타가 직접『설국』
을 창작한 곳은 유자와 온천
임을 밝히고 있는데, 에치고
유자와 온천은 창작지로서 의
미에 머물지 않는다. 유자와
에서 경험한 사건, 풍경, 사
람들이 작품에 그대로 그려
지기도 하기 때문이다. 주인

료칸 다카항(高半)의『설국』자료실

공에 해당하는 고마코(駒子)가 모델이 있다는 것과, 머물며 창작작업을
한 료칸인 다카항(高半), 산책한 마을 거리, 자연풍광, 풍속 등을 그대
로 그려내고 있다. 이러한 연유로 에치고유자와는『설국』의 문학여행지
로 명성을 떨치게 되어, 일본 국내는 물론이고 한국 등 해외에서도 발길
이 끊어지지 않는 문학의 성지가 되었다. 그 결과 '설국＝에치고유자와'
라는 등식이 성립되어 있는 것이 현실이다.

그런데 가와바타는 작품 안에서 굳이 지명을 숨기고 있다는 것에
주목할 필요가 있다. 『설국』이 처음 발표되었을 때에는 '설국'이라는 표
현은 어디에서도 찾을 수가 없었다. 단지 눈이 많은 곳의 '온천'이라고
만 그려지고 있었다. 그리고 잘 알려진 작품의 첫머리도 현재와는 다른
문장으로 표현되어 있었다.

작가 가와바타 야스니리

"젖은 머리를 손가락으로 만졌다. -- 그 감촉
을 무엇보다도 기억하고 있는 그 하나만이 생생
하게 떠오르자 시마무라는 여자에게 알려주고
싶어서 기차를 탄 것이었다."

- 「저녁풍경의 거울」 「전집 24권」

이른바 '손가락이 기억하는 감촉'을 맨 앞
에 가져오고, 현재의 서두를 연상하게 하는 부분은 그 다음 페이지에
"현 경계의 터널을 빠져나가자 창밖의 밤의 바닥이 하얘졌다. 신호소
에 기차가 멈추었다"로 표현되어 있다. 처음 발표 당시와 작품 완결시
에 표현과 구성에 차이가 있다는 것을 말해주는 것이다.

『설국』은 일본의 노벨문학상 수상자인 가와바타 야스나리
(1899~1972)가 1935년부터 발표한 작품이다. 1935년 1월부터 1937
년 5월에 거쳐 7편의 연작으로 각각의 제목을 붙여 발표하던 것을
1937년에 소겐샤(創元社)에서 『설국』이라는 이름을 붙여 초간본으로
발표하게 된다. 이때 서두로 오게 되는 것이 "현 경계의 긴 터널을 빠
져나오자 설국이었다"로 바뀌게 된다. 그리고 1940년부터 47년에 걸
쳐 『설중화재』(雪中火災)를 포함한 4개의 연작이 다시 덧붙여지고 1947
년에 완결편 『설국』이 완성된다. 이러한 상황을 살펴본다면, 처음 작품
발표 당시에는 『설국』이라고 하는 제명을 사용할 생각도 없었고, 작품
에서의 '눈'의 역할에도 크게 무게를 두고 있지 않음을 알 수 있다.

『설국』은 시점인물인 시마무라(島村)가 설국의 온천료칸을 세 번 방문하며 이루어지는 이야기이다. 첫 번째는 신록의 계절이고, 두 번째는 눈이 쌓인 겨울, 그리고 세 번째는 늦가을에서 눈이 내리기 시작하는 계절이다. '설국'이라는 표현이 등장하는 첫 문장은 시마무라가 설국의 온천장을 두 번째 방문하기 위해 기차 안에서 보는 풍경을 그린 것이다.

작품 전체의 구성을 보자면 눈의 계절인 두 번째 방문 시의 이야기가 처음에 오고, 두 번째 방문 중에 첫 번째 방문인 신록의 계절 이야기가 회상으로 삽입이 된다. 그리고 마지막에 늦가을에서 눈의 계절로 이어지는 방문으로 결말을 맺는다. 이렇게 함으로써, 터널을 통과해 '눈의 세계'로 들어가는 두 번째 방문의 서술, 그리고 첫 방문인 신록의 계절에 고마코와의 만남을 회상한다. 마지막으로 세 번째 방문을 두고 말미에 설중화재(雪中火災)로 매듭지으며 작품 전체가 '설국'의 '눈'으로 통괄되고 있는 듯한 인상을 주게 한다. 이렇게 함으로써『설국』의 '눈의 나라'(설국)다운 설정을 부각시키고 있는 것이다.

『설국』은 시마무라의 시점으로 서술되고 있다. 그는 부모에게서 물려받은 재산으로 무위도식하며, 사진과 책을 보며 서양무용에 대한 글을 쓰는 일을 하고 있다. 현실과 자연에 성실감을 잃었다고 생각이 되면 훌쩍 도쿄를 떠나 설국의 온천료칸을 향하는 것이었다. 그가 특별히 이 온천을 찾는 이유는 이곳에서 만난 고마코에 이끌렸기 때문이다. 설국을 처음 방문했을 때, 고마코는 아직 게이샤로 나서지 않았다. 게이샤 대신 술자리에 나온 그녀의 매력에 이끌린 시마무라는 그녀에게 게

이샤의 소개를 당부하지만 거절당한다. 하지만 시마무라와 고마코는 서로 이끌리어 친밀한 관계로 발전하게 되지만, 그녀의 마음이 진심임을 느끼게 된 시마무라는 도쿄로 떠난 것이다.

두 번째 방문, 손가락이 기억하는 그녀를 떠올리며 기차에 몸을 실은 그는, 차장에 비친 아름다운 소녀의 비현실적인 아름다움에 빠지며 설국을 향한다.

> "거울 속에는 저녁 풍경이 흘렀다. 비쳐지는 것과 비추는 거울이 마치 영화의 이중노출처럼 움직이고 있었다. 등장인물과 배경은 아무런 상관도 없었다. 게다가 인물은 투명한 허무로, 풍경은 해질녘 어슴푸레한 흐름으로, 이 두 가지가 서로 어우러지면서 이 세상이 아닌 상징의 세계를 그려내고 있었다. 특히 아가씨의 얼굴 한가운데 야산의 등불이 켜졌을 때, 시마무라는 뭐라 형용할 수 없는 아름다움에 가슴이 떨릴 정도였다."
>
> ─『전집 10권』

차장에 비친 그녀는 요코(葉子)로, 병든 연인 유키오(行男)를 간호하며 고향으로 향하던 길이었다. 시마무라를 마중 온 고마코는 게이샤가 되어 있었다. 두 사람은 더 가까워져 단골손님과 게이샤가 되어, 고마코는 빈번하게 시마무라의 방을 드나들게 되었다. 시마무라는 고마코를 지켜보며 그녀의 삶이 '아름다운 헛수고'임을 알게 되고, 매사에 열정적인 그녀에 감동하게 된다. 그녀가 게이샤가 된 것도 소문에는 약혼자였던 스승의 아들 간병을 위해서라고 하였다. 그녀의 약혼자였던 유키오는 시마무라가 기차에서 바라보았던 투명한 아름다움으로 빛났던 소녀 요코가 간호하던 남자였다.

시마무라는 설국에 머무는 동안 고마코에 빠지지만, 그녀의 사랑이 자신을 향해 온 마음으로 달려오면 어떠한 행동도 하지 않고 설국을 떠나고 만다. 시마무라의 행동하지 않고 수동적인 자세는 이 작품 전체의 특징과도 밀접한 연관성이 있다. 시마무라는 이 작품의 시점인물이다. 시마무라가 보고, 듣고, 느낀 것 중심으로 서술되고 있어, 그가 인지하지 못하는 것은 전혀 기술되어 있지 않다. 그렇기 때문에 독자에게 전지적 시점에서의 독서를 금하고 있어, 가려진 세계가 따로 존재하는 것이다. 그렇기 때문에 고마코가 어떤 과정을 거쳐 변화를 하는지 구체적으로는 그려져 있지 않다. 그리고 신비로운 소녀 요코와 고마코는 대체 어떤 관계인지 정확하게 서술되어 있지도 않다. 또한 고마코의 정혼자였고, 지금은 요코가 보살피고 있는 유키오와의 관계도 알 도리가 없는 것이다. 이 부분은 이 작품의 감추어진 은폐의 세계라고 할 수 있다.

시마무라 자체도 마찬가지이다. 시마무라를 가장 상징적으로 드러내고 있는 것은 그가 종사하고 있는 일이라고 할 수 있다. 부모의 재산으로 무위도식하며 지내는 그는 서양무용에 관한 사진이나 서적을 보며 글을 쓰는 일을 하고 있다.

원래 시마무라는 일본 무용에 관련된 일을 하고 있었다. 일본 무용계에서 드러나는 현실적 문제에 대해 비판과 조언을 하지 않으면 안 되는 입장에 몰렸을 때, 그는 서양무용으로 갈아타고 말았다. 그것도

223

눈 앞에서 움직이는 무용의 실제를 보고 쓰는 글이 아니라 사진이나 그림을 보고 쓰는 비현실적이고 '탁상공론'인 것을 자인하며 하고 있는 것이다.

시마무라에 대해서는 그의 일이 무용 관련 평론을 쓰는 것이라는 것, 도쿄에 집이 있다는 것 정도로만 정보가 제공되고 있다. 그의 가정 생활은 도쿄를 떠나올 때, 아내가 옷에 벌레 스는 것을 걱정하는 부분 정도만 드러나 있다. 시마무라에게 있어서 현실은 도쿄에서의 생활로 볼 수 있는 것인데, 그 도쿄를 떠나서 '터널'을 지나 도착한 것이 설국인 것이다. 이렇게 보면 설국은 현실을 벗어난 비현실의 세계라고 할 수 있고, 그 안에서 추구하는 고마코와 요코를 중심으로 하는 미의 세계이며 그것은 비현실의 세계에서의 상징미라고 할 수 있다.

『설국』에는 다양한 자연의 묘사가 섬세하게 표현되고 있다. 처음 시마무라가 설국을 방문했을 때의 신록, 싹 틔운 나무, 숲으로 춤추며 날아가는 나비 등이 있다. 그 이후 방문 때의 눈의 풍광은 물론, 겨울 풍습 등이 지역의 자연을 사실적으로 그려내고 있다. 마지막 방문에서의 늦가을 산과 단풍, 눈과 뒤섞인 퇴색된 자연, 지치미(縮) 견직물 산지에서의 '정화'를 상징하는 표현 등은 이 지역에서만 볼 수 있는 풍광을 그대로 그려내고 있다.

그러나 『설국』에서의 자연은 묘사에 그치지 않는다는 데에 그 묘미가 있다. 이것의 표현은 등장인물들의 관계, 심리 등과 밀접하게 연관성을 가지며 묘사되고 있음을 놓칠 수 없다. 작품에 등장하는 사물, 자연 등이 인물들의 상황을 대변하고 있는 상징성을 지닌다고 볼 수 있는 것이다. '설국'도 눈이 많은 고장 이외에, 눈으로 모든 것을 덮어버리는 이세계(異世界)로 해석할 수 있는 것이다.

『설국』은 많은 것이 생략된 작품이다. 그리고 현실과의 유리감도 크게 느껴지는 작품이다. 그 유리된 현실감 속에는 시마무라의 생활도 포함되지만, 당시의 시대상황도 포함된다고 할 수 있다. 결국『설국』은 현실을 떠나 완성될 수 있는 세계인 것이다. 이렇게 본다면 '설국'이 실제로 어디이며, 주인공의 모델이 누구라는 것을 밝혀내는 작품읽기는 작품의 진정한 이해와는 거리가 있다고 할 수 있을 것이다. 오히려 '설국'은 세상과 유리된 '비현실의 세계'이어야만 하는 것이다.

28. 지상 최고의 사랑을 꿈꾸다

미사마 유키오의 순애소설

【이지현】

전후 일본에는 몇 년에 한 번씩 주기적으로 '순애'(純愛) 열풍이 불어 왔다. 1950년대 중반부터 10년간, 즉 쇼와(昭和) 30년대에는 전후 최대의 순애 붐이 일었고, 이후 무라카미 하루키의 『노르웨이의 숲』(ノルウェイの森, 1987)과 가타야마 교이치의 『세상의 중심에서 사랑을 외치다』(世界の中心で、愛をさけぶ, 2001), 이치가와 타구지의 『지금 만나러 갑니다』(いま、会いにゆきます, 2003) 등의 작품과, 최근 서점가는 물론 극장가에서도 큰 인기를 얻은 「너의 췌장을 먹고 싶어」(君の膵臓をたべたい, 스미노 요루, 2017)까지, '어떤 이해관계를 수반하지 않는 순수한, 즉 일편단심 한결같은 사랑으로 마음을 얻는' 순애 이야기가 시대를 초월하여 독자의 사랑을 받아 왔다. 일본의 한류 열풍을 이끈 드라마 「겨울 연가」가 큰 인기를 끈 것도 이러한 연장선에 있다고 볼 수 있을 것이다.

한편 무라카미 하루키가 '100퍼센트의 연애소설'(100パーセントの恋愛小説)이라고 했던 『노르웨이의 숲』은 일본은 물론 전세계적으로 열

풍을 일으켰는데, 하루키보다 훨씬 이전
에 순애에 전부를 걸었던 일본의 작가가 있
다. 일찍이 청춘 순애 소설인『파도소리』
(潮騷, 1954)를 비롯하여『흔들리는 미덕』
(美徳のよろめき, 1957),『사랑의 도시』(恋の
都, 1954), 만년의『봄눈』(春の雪, 1967)까지,
많은 작품에서 연애, 나아가 순애를 그려 온
미시마 유키오(三島由紀夫)이다. 한국에서는
그의 우익 사상과 행보로 인해 더 유명한 작

「너의 췌장을 먹고 싶어」
영화 포스터, 2018

가이지만 그는 완전한 사랑의 형태, 즉 완벽한 연애 소설을 구현해 보
고자 했던 연애 지상주의자였다.

　작가 미시마에게 완벽한 연애 소설이란 어떤 것이었을까. 그는 '연
애'를 성립하게 하는 하나의 요소에 대해 이렇게 말한다. "현대에서 연
애 소설이 성립되기 어려운 것은 연애를 방해하는 절대적 장애물이 없
기 때문이다." 즉 연애가 연애로서 성립하기 위한 조건으로서 그는 사
랑을 방해하는 '금기'를 들고 있다. 여기서의 '연애'란 어떤 상황에도 변
하지 않는 마음을 그 특성으로 하는 진정한 사랑, 즉 순애(純愛)로서의
연애를 의미한다고 하겠다. 사전적 의미로도 순애는 자신을 희생하는
것도 두려워 하지 않는 한결같은 사랑을 뜻하고 있다.

　미시마 유키오의 대표적 순애소설 중 하나인『파도소리』는 어떠할
까. 이 작품은 쇼와 30년대의 순애소설 붐이 일어날 때 1954년 6월 신
쵸샤(新潮社)에서 간행되어 제 1회 신쵸문학상을 수상하며 발표와 동시

에 베스트셀러가 되었고, 영어로 번역되어 해외에까지 미시마의 이름을 널리 알린 소설이다. 전후 순결 개념이 지배적이었던 시대적 배경 속에 그려진 『파도소리』는 밝고 건강한 청춘들의 순수한 사랑이 묘사된다. 하지만 미시마 유키오는 자신에게 작가로서의 명성을 안겨준 이 순애 소설을 결코 자신이 생각하는 이상적 순애라고 생각하지 않았다고 한다.

주인공인 신지와 하쓰에 사이에는 장애물, 즉 신분의 차이나 난치병 금기적 요소가 설정되어 있지 않고 심각한 갈등요소도 등장하지 않는다. 이 소설이 그리스 고전 소설을 모방한 만큼 배경이 되는 자연 묘사와 등장인물의 성격 및 용모, 주변인물의 설정 등이 비현실적일 정도로 조화롭게만 그려진다. 이들 사이의 작은 고난-아버지의 반대나 마을의 소문 등-도 주변인들의 도움과 두 사람의 두터운 신뢰와 지혜로 극복되는 결말로 마무리되고 있다.

이에 대해 미시마는 자신의 이상향과 같은 우타지마를 배경으로 소설을 썼지만 이야기 자체가 내적 모순을 포함하고 있으며, 등장인물은 '고독한 자연의 배경 속에 조금도 고독을 모르는 듯 바보로 보이게 하는 결과'를 낳고 '이상향을 그리려고 했으나 완성된 것은 인공적 자연에 지나지 않았다'라고 자평하며 자신의 작품에 불만족하고 있음을 시사하는 말을 한다.

즉 이 소설은 미시마가 말했던 연애 소설이 성립하기 위해 필요한 조건으로서의 장애물이 제거되어, 연애가 연애로서 성립하기 위한 설정이 빠진 근대문학적인 연애의 패러다임을 뛰어 넘은 구조를 지니고 있다고 할 수 있는 것이다.

사랑의 속성은 원래 맹목적이고 무한적이다. 낭만주의 순애의 원형을 보여주는 이야기인 고대 켈트족의 전설에서 유래한 이야기인『트리스탄과 이졸데』에서도 백모(伯母)인 이졸데와 사랑에 빠진 트리스탄이 그려지고, 결국 죽음으로 결말을 맺고 있다. 주목할 수 있는 것은 두 사람 사이에 아무런 장애물이 없는 상태였다면 두 사람의 사랑은 시작되지 않았을 것이라는 것이다. 극복할 수 없는 두 사람의 신분상의 거리, 두 사람에게 설정된 금기가 사랑의 맹목성을 담보할 수 있었던 것이다. 서구 연애담의 원형이 된 이 이야기를 통해 알 수 있듯 연애를 연애로서 성립할 수 있게 해주는 필요 조건은 장애물이라 할 수 있는데, 연애는 장애물이 존재함으로서 맹목성이 가능하게 되고 장애물이 커질수록 애정의 순도는 더 높아지는 것이다.

이와 관련해 오오사와 마사치는 문학에서의 연애의 속성에 대해 다음과 같이 고찰하고 있다.

연애가 최종적인 충족을 스스로 부정하고 있다는 것은 바꿔 말하면 서로 사랑하는 두 사람 사이의 '거리'가 결코 극복될 수 없다는 것을 의미한다. (중략) 연애가 이러한 거리에 의해 지탱되는 것은 중세의 이야기에서 만이 아니라 현대의 문학에서도—거기서 제도로서의 형식을 뽑아낸 다음—반복해서 제시되고 있는 기본적인 주제이다.

—『연애 그 불가능성에 대하여』, 오오사와 마사치, 2005

「봄눈」 2005, 영화 포스터

여기에서도 말하듯 연애는 결국 최종적인 해피 엔딩을 스스로 부정하는데 두 사람의 거리는 절대 극복할 수 없는 거리이기 때문이다. 순애의 맹목성, 일편 단심을 위해서 극복하기 힘든 거리를 필요로 하는 구조는 고전 연애 소설에서 익히 발견되는 구조이다. 중세 유럽의 연애담인 『트리스탄과 이졸데』를 비롯하여 세익스피어의 『로미오와 줄리엣』과 같은 비극 소설의 탄생의 배경이 된다.

또한 『미녀와 야수』, 『인어 공주』, 『노틀담의 곱추』와 같은 금기의 사랑 이야기가 지속적으로 책과 영상 미디어로 향유되고, 극장가에서도 「King Kong」(1933, 1976, 2005)과 같은 괴수 영화가 세월의 차를 두고 반복하여 제작되기도 했다. 연애의 대상으로서 야수와 킹콩, 사람이 아닌 인어, 곱추와 같은 존재가 그려지는 이유를 생각해 보면, 어느 한 쪽이 괴물이 되면 그 연애는 성취되기 어려워지게 되고, 이해관계를 생각하지 않는 순수한 연애를 위한 최고의 설정이 가능하게 되는 것이다. 따라서 일편단심의 '순애'는 극복될 수 없는 방해 요소로 인해서만 성립되며, 스스로 불가능성의 형태로 존재할 수 밖에 없다.

한편 미시미가 민년에 자신이 생각하는 '순애'를 최종적으로 구현한 작품이 있는데 미시마 소설의 집대성이라 불리는 『풍요의 바다』(豊饒の海)의 제1부로 쓰인 『봄눈』(春の雪, 1965)이라는 소설이다. 신분 계급이 존재했던 다이쇼(大正)시대 화족(華族)사회를 배경으로 하여 후작 집

안의 자제인 기요아키(清顕)와 사토코(聡子)의 연애담이 펼쳐진다. 기요아키는 사토코에게 연모의 감정을 느끼지만 왜인지 적극적으로 행동하지 않는데 이는 그가 무의식적으로 비극적 상황, 터부시되는 사랑을 추구하고 있었기 때문이다. 실존적 불안을 느끼고 있었던 그는 자신의 존재에 대한 불안감을 깨끗하게 불식시켜줄 결정적 요소로서 절대 불가능한 것으로서의 금기를 필요로 한다. 이러한 금기는 '소년시대부터 오래동안 우유부단을 반복하면서 남몰래 꿈꾸고, 남몰래 바라고 있었던 것'인 것이다.

그러던 그가 극적으로 사토코에 대한 감정이 발전하여 움직이게 되는 계기는 사토코가 황실과 혼담이 오가면서부터이다. 화족인 기요아키가 이제 사토코를 만나는 것은 황실에 불충하는 대역죄가 되는 사건이다. 기요아키는 사토코와 황실과의 혼담 소식을 듣고 비로소 자신의 막연했던 불안이 걷히고 자신의 정열이 어디로 향해야 할지 알게 된다. 혼인의 칙허가 내렸을 때 사토코는 닿을 수 없는 곳의 존재가 되고 기요아키는 '격렬한 환희'를 느끼게 된다.

미시마 유키오는『봄눈』에서의 설정과 연애 소설에 대한 생각을 다음과 같이 밝히고 있다.

현대에서 연애 소설이 성립하기 어려운 것은 연애를 방해하는 절대적인 장애물이 없기 때문이다. 나는 다이쇼 초년의 시대로 옮겨 그 시대에 있어서의 연애에 생각할 수 있는 한 최대의 금기를 두었다. 그것이 곧 '칙허'의 문제이다. 이미 칙허가 내린 이를 범하는 것은 전하를 범하는 것과도 같은 것이다. 신하로서 그 이상 무서운 불경은 없으나 그 불경을 감히 할 만큼 뜨거운 연애라면 비로소 진실한 사랑이라고 할 수 있을 것이다. 그러나 한편 햄릿형의 우유부단한 주인공인 기요아키는 '진정한 사랑'을 경험하기 위해 금기를 범했을 지도 모른다.

－「『春の雪』について」, 三島由紀夫, 1969

결국 기요아키와 사토코는 트리스탄과 이졸데와 같이 금기를 어기고 파멸적 결말을 맞이하는데 이는 지고의 순애를 원했던 기요아키에게 예견된 길이었을 것이다.

낭만주의적 순애 소설의 관점에서 중요한 것은 결국 보답받지 못하는 사랑이라는 것이다. 그러기에 사랑을 성취해서 행복하게 사는 것은 문학이 되지 못한다. 그들은 그들의 사랑을 위해 좁힐 수 없는 거리를 필요로 한다. 사랑하는 두 사람에게 '절대 불가능'이라는 금기가 황실의 칙허로 완성되었을 때, 기요아키에게 그가 바라는 완벽한 사랑을 할 수 있는 조건이 갖추어졌다고 할 수 있는 것이다.

이처럼 스스로 불가능성의 형태로서 존재하는 순애는 현대에 이르러서는 여러 금기가 변형되어 설정된다. 미시마가 순애에 집착하는 것은 실존의 불안을 도달 불가능한 절대적인 것을 동경함으로 구제를 얻었던 그의 사상적 경향과도 연결된다고 할 수 있을 것이다. 미시마 연애 소설의 집대성이라고 알려져 있는 『봄눈』을 통해 낭만주의자 미시마가 꿈꾸었던 지상 최고의 연애 소설을 만나볼 수 있을 것이다.

29. 우주적 고독과 생명력

타니카와 슌타로오『20억 광년의 고독』

【하야시 요코】

타니카와 슌타로오(谷川俊太郎, 1931~)는 현재 생존하는 일본 시인 가운데 가장 유명하다고 해도 과언이 아니다. 그는 시집『20억 광년의 고독』(二十億光年の孤独, 1952)으로 일본 시단에 당당히 등장했다.

일본 국어 교과서에도 타니카와의 시는 자주 실려 일본인들은 어릴 때부터 그의 시에 대해 배우며 자란다. 그는 「우주 소년 아톰」이나 「하울의 움직이는 성」의 주제가 가사를 쓴 것으로도 유명한데, 활동 범위가 굉장히 넓

『피너츠』일본어판을 번역한 타니카와

다. 유행가 가사부터 학교 교가까지 게다가 영화제작이나 그림책까지 그의 손길이 뻗치고 있다.

캡처 화면 속 시인의 우측에 세계에서 가장 유명한 강아지 스누피

가 보인다. 타니카와는 스누피가 등장하는 『피너츠』 일본어판을 발매 당시부터 번역을 맡고 있다. 『피너츠』는 1960년대 중반쯤 일본 영문신문인 『재팬 타임즈』(Japan Times)를 통해 일본에 처음으로 소개되었는데, 위 모습은 이번 2020년 여름에 첫권부터 마지막까지 전체를 완역해서 출간하게 된 소감을 전달하고 있는 인터뷰 장면이다.

그가 시를 지어 발표하기 시작한 것은 1948년부터이다. 현재 그의 시는 영어, 프랑스어, 독일어, 덴마크어, 중국어 등 다수의 언어로 번역되어 세계인들에게 읽히고 있다. 그가 처녀 시집을 선보일 당시 일본은 패전 후의 황폐한 분위기가 감돌고 시단(詩壇)에서는 절망적인 시들이 넘치는 상황이었는데, 타니카와의 시는 기존의 어둡고 관념적인 시들과는 상당히 거리가 멀었다. 먼저 첫 시집 중 시집 제목과 같은 제재를 가진 수록 시 「20억 광년의 고독」을 소개한다.

인류는 작은 공 위에서
잠자고 일어나고 그리고 일하며
때로는 화성에 친구가 있기를 바라거나 한다

화성인은 작은 공 위에서
무엇을 하고 있는지 나는 모른다
(어쩌면 '네리리' 하고 '키루루' 하고 '하라라' 하고 있을지)
하지만 때로는 지구에 친구가 있기를 바라거나 한다
그것은 참으로 확실한 것이다

만유인력이란

서로 끌어당기는 고독의 힘이다

우주는 일그러져 있다

그런고로 모두는 서로를 원한다

우주는 자꾸자꾸 팽창해 간다

그런고로 모두는 불안하다

이십억 광년의 고독에

나는 무심코 재채기를 했다

—「20억 광년의 고독」 전문

이 시에서 시인의 시선은 '잠자고 일어나고 일하는' 주변적 일상을 넘어 우주적인 차원까지 닿아 있다. 그에게 지구는 '작은 공'에 불과하고 지구 외의 별인 화성도 그렇다. 시인에게 있어 '고독'은 인류만의 소유물이 아니다. '만유인력이 고독의 힘이다'라고 했는데, 만유인력이란 지구뿐만 아니라 온 우주의 물체가 서로 끌어당기는 영향을 미치고 있다는 개념이어서 우주의 온갖 것들이 공통으로 고독의 힘의 영향을 받고 있다는 뜻이 된다.

'이 시의 무대는 우주이기에 시인은 지구가 아닌 다른 별에도 친구가 있기를 원한다. 화성인들의 행위를 표현하는 부분에는 시인의 유머

감각이 만들어 낸 언어유희의 묘미가 돋보인다. '네리리'는 잠자다(ね
る,네루), '키루루'는 일어나다(おきる,오키루), '하라라'는 일하다(はたら
く,하타라쿠)로 지구인들의 일상적 행동을 나타내는 단어의 발음과 비
슷하도록 구성되어 있다. 시인은 화성인들도 지구인 친구를 가지고 싶
어 할 것이고, 또한 그것을 '확실한' 사실이라고 단언했다.

20억 광년이란 1950년대 초 당시에 생각되었던 우주의 크기라고
한다. 그렇다면 시인은 우주의 크기와 고독의 크기가 똑같다고 말하고
있는데, 이 말은 우주 전체가 고독으로 차 있다는 말이기도 하다. 시인
은 고독은 만유인력이라고 했다. 질량을 가진 모든 물체끼리 서로 끌어
당기는 힘을 고독도 가지고 있다는 것이다. 이 말은 즉 고독이 상대를
끌어당긴다는 뜻이 되는데 아이러니한 말이다.

우주는 지금도 끊임없이 팽창하고 있고, 이는 고독의 크기도 지속
적으로 크고 있다는 것을 시사한다. 동물들은 변화를 싫어하는 습성을
가지고 있다. 본능적으로 안정적인 환경을 원하기 때문이다. 그러나
일그러져 있는 우주는 시시각각 변화를 하고 있다. 그래서 모두가 불안
을 느낄 수밖에 없다. 고독 속에서 불안한 상태의 존재들은 두렵기까지
할 것이다.

마지막에 시 속 주인공은 왜 재채기를 한 것일까? 필자가 생각하기
를 그 이유는 두 가지이다. 하나는 누군가가 다른 사람의 이야기를 하
면 재채기를 한다는 속설이 있다. 이것이 위 시 속 주인공이 화성인도
자신을 친구로 삼고 싶어 한다는 것을 확신하는 이유이다. 시인이 화성
친구를 생각하는 것처럼 화성인이 그를 생각하기에 재채기를 한 것이

기 때문이다. 또 하나의 이유는 타니카와의 시 '살다' 속에 그 단서가 있다. '살다'는 1971년 간행된 시집『고개 숙인 청년』에 수록된 시로 내용은 다음과 같다.

살아 있다는 것/지금 살아 있다는 것/

그것은 목이 마르다는 것/

나뭇잎 사이로 햇살이 눈부시다는 것/

문득 어떤 맬로디를 떠올린다는 것/

재채기를 한다는 것/당신과 손잡는 것

살아 있다는 것/지금 살아 있다는 것/

그것은 미니 스커트/그것은 플라네타륨/

그것은 요한 스트라우스/그것은 피카소/

그것은 알프스/모든 아름다운 것들을 만난다는 것/

그리고/숨겨진 악을 주의 깊게 거부하는 것

살아 있다는 것/지금 살아 있다는 것/

울 수 있다는 것/웃을 수 있다는 것/

화낼 수 있다는 것/자유롭다는 것

살아 있다는 것/지금 살아 있다는 것/

지금 멀리서 개가 짖고 있다는 것/

지금 지구가 돌고 있다는 것/

지금 어디선가 갓난아이가 처음으로 운다는 것/

지금 어디선가 군인이 부상을 입는다는 것/

지금 그네가 흔들리고 있다는 것/

지금 이 순간이 지나가는 것

살아 있다는 것/지금 살아 있다는 것/

새는 날갯짓한다는 것/바다는 울려 퍼진다는 것/

달팽이는 긴다는 것/사람은 사랑한다는 것/

당신의 손의 온기/생명이라는 것

－「살다」 전문

이 시의 1연을 보면 시인에게 재채기를 한다는 것은 살아 있는 증
거이다. 타니카와는 시를 통해 사는 것의 의미를 추구한 시인이다. 이
시에서 그의 시점은 '지금 이 순간'을 포착하고 있다. 그래서 관념적이
지 않고 경쾌한 리듬을 느낄 수 있다. 살아 있다는 것은 순간순간 지나
가는 사소한 조각으로 이루어져 있다고 속삭이는 듯하다. 지금 이 순간
은 한 없이 아름다운 조각이다. 그리고 그 바탕에는 사랑이 깔려 있다.

『20억 광년의 고독』이 주목을 받는 것은 우주적 고독과 생에 대한
긍정적 자세로 인해서이다. 일반적으로 고독이라고 하면 슬픔이라든가
절망과 같은 감정을 동반하지만 그가 그려내는 고독은 경쾌함마저 느
끼게 한다. 이는 그가 살아가는 일의 아름다움을 바라보고 있기 때문일

것이다. 그가 말하는 고독은 살아가기 위한 원동력이 아닐까.

만약 고독함을 모른다면 사람과 사람과의 만남의 아주 소중한 가치를 놓치고 지나칠지도 모른다. 고독하기에 더 따뜻하고 사랑스러운 세상과 마주치는 것 같다는 생각이 든다.

30. 외설과 예술 사이, 에로틱 서스펜스로 그리는 노년의 성

다니자키 준이치로 「열쇠」, 「미친 노인의 일기」

【김효순】

우리에게 모럴이나 상식에 얽매인 삶만 있다면 그 삶은 재미가 없을 것이다. 그런 의미에서 남녀의 몸과 마음속 깊은 곳에 있는 비밀을 드러내는 쓰릴 만점의 소설만 50년이나 쓰며 겉으로 드러나지 않는 삶의 의욕과 인생의 쾌락을 다룬 다니자키 준이치(谷崎潤一郎, 1886~1965)의 문학세계는 매력적이라 할 수 있다. 다니자키는 성과 결혼 문제를 다룬 소설을 118편이나 발표, 동양의 D.H.로렌스 혹은 일본의 오스카 와일드로 불리기도 했으며, 이상적 성 심리를 노골적으로 다루어 외설시비에 휘말리기도 했다. 그럼에도 불구하고 우아한 문체와 형식미 등 높은 예술성으로, 가와바타 야스나리(川端康成)보다 일찍 노벨문학상 후보에 올랐으며, 1964년에는 일본인으로서는 처음으로 전미예술원(全米芸術院) 미국문학예술아카데미 명예회원으로 선출되는 등 20세기 일본근대작가를 대표하는 국제적 작가라고 할 수 있다.

이러한 다니자키의 문학은 일찍부터 세계 각국어로 번역되었는데, 최근 한국에서는 민음사에서 『다니자키 준이치로 선집』(전10권,

2018~2020)이 간행되어 주목을 받고 있다. 이 글에서는 그중 고령화 사회가 진행되면서 주목받기 시작한 노년의 성을 다룬 만년의 두 작품 『열쇠』(鍵, 1956)와 『미친 노인의 일기』(瘋癲老人日記, 1961)를 소개한다.

악마주의적 탐미주의와 통속성

다니자키는 최초의 작품 『탄생』(誕生)을 발표한 1910년부터 1965년 79세로 죽을 때까지 반세기 이상 문단에서 왕성하게 활동을 하였다. 그는 자연주의 문학의 전성기에 파격적 페티시즘을 그린 『문신』(刺青)을 발표하여 나가이 가후(永井荷風)의 격찬을 받으며 등장, 악마주의, 탐미주의를 모토로 화려하고 퇴폐적인 작풍의 탐미주의 문학의 주류가 되었다. 이러한 그의 문학세계는 일반적으로 마조히즘, 사디즘과 같은 변태성욕, 낭만주의, 관능주의, 여성·여체 숭배, 모친사모, 전통 회고 취향, 예술지상주의, 악마주의, 탐미주의 등으로 특징지워진다. 동시에 그는 작풍이나 문체, 표현 등에서 평생 변화를 추구하여, 한어나 아어, 속어나 방언을 구사하는 아름다운 문장과 작품마다 변화하는 서술방법을 특징으로 한다.

이와 같은 다니자키 문학세계를 일관하는 것은 악마주의적 탐미주의와 그 통속성에 있다. 그는 '미'를 '유일하게 믿을 수 있는 신'이자 자신을 '구제할 유일한 존재'라고 믿었다. '세상은 아름다운 空이다.······ 이 텅 빈 세상에서 가치가 있는 것은 오직 미뿐이다. 그러나 그 미는 전적으로 실감적, 관능적 세계에 존재한다'라고 생각한다. 그에게는 어머니도, 사랑해서 결혼한 아내도 모두 자신의 예술 창작의 원천이었다.

어머니 세키(関)는 소문난 미인으로 다니자키에게는 '아름다운 어머니', '이상적 어머니'로 창작의 원천이었다. 정식 결혼만 세 번이나 한 그는 두 번째 아내 도미코(丁未子)에게, '나의 예술은 당신의 예술이며, 내가 쓰는 것은 당신의 전부에서 흘러나온 것으로 나는 단순한 필기자에 지나지 않는다'라고 고백하고 있다. 마지막 부인인 마쓰코(松子) 역시 사랑하여 결혼했지만, 아이도 원하지 않았다고 밝히고 있다. 이렇게 모성사모 모티프도 여성 혹은 여체 숭배도 결국 그에게는 '미'의 세계를 추구하는 예술의 한 형태라 할 수 있다.

그리고 이와 같은 '미'의 추구는 '악'과 결부되고 있다는 점에 그의 문학의 매력이 있다. 그가 추구하는 예술은 선악의 판단이나 윤리, 도덕의 세계를 넘어선 '미'의 세계이다. 그의 작품세계에 등장하는 남성들은 병적 이상심리를 지닌 페티시스트인 경우가 대부분으로 여성의 발에 이상할 정도로 집착하고, 여왕 타입의 여성에게 '그 발로 나를 더 짓밟아 달라'고 외치는 매조키스트적 성향을 지니며, 파멸을 원망(願望)한다. 반면 여성들은 모두 '악녀'에 '미모'와 '명기'(名器)의 소유자이며, 자유분방한 성격으로 남성을 파멸의 세계로 이끄는 새디스틱한 성향을 지닌다.

세 번째로 내용상 특징을 말하자면, 그와 같은 악마주의적 탐미주의를 통속적인 모티프로 표현히여 대중성을 확보한다는 점이다. 다니자키는 탐미주의의 일축을 담당하기도 하지만 동시에 미스터리 서스펜스의 선구적 작품, 활극적 역사소설, 구전이나 설화조의 환상담, 그로테스크한 블랙 유모어 등 통속적, 오락적 장르에서도 많은 수작을 남기고 있다. 예를 들어 다이쇼시대(大正時代, 1912~1926) 본격적인 추리소설이 등장하기 전에 과도기적 현상으로서 순문학 작가들이 범죄, 괴기, 환상 문학적 경향의 작품을 창작하는 일이 흔했다. 다니자키 역시 당시 포나 도일을 읽고 괴기, 환상, 신비적 소재를 취해 미스터리의 선구적 작품인 『비밀』(秘密, 1911), 『인면창』(人面疽, 1918), 『야나기탕 사건』(柳湯の事件, 1918), 『살인의 방』(白晝鬼語, 1918), 『길 위에서』(途上, 1920), 『도둑과 나』(私, 1921)등을 발표하였다. 이들 작품은 훗날 추리소설의 대표작가 에도가와 란포(江戸川亂歩), 요코미조 세이시(横溝正史) 등에게 깊은 감명을 주었고, 그들은 다니자키 작품의 모방을 시도했을 만큼 추리소설사에서 중요한 위치를 차지하고 있다. 이들 작품 중 『살인의 방』, 『길 위에서』, 『도둑과 나』는 순문학 작가의 추리소설로 '일본추리소설시리즈' 제3권 『살인의 방』(이상미디어, 2019)에 수록되었다.

이상과 같이 다니자키의 문학세계는 악마주의적 탐미주의를 통속적으로 구현해 내는데 그 특징이 있다고 할 수 있다.

늙음과 병고, 죽음을 초월한 긍정주의

이상과 같은 악마주의적 탐미주의의 세계를 실생활면에서도 실천한 다니자키는 늘 과잉이라고 할 정도로 여성애나 매조키즘 등 스캔더라스한 문맥으로 이야기되어졌다. 그러나 그는 자신의 욕망에 충실한 사람으로 평생 거주지를 40번이나 이동하였으며, 미식가로도 알려져있다. 1960년 협심증 발병 이래 만년에는 노령, 병고, 죽음을 의식하면서도, 그 생명력과 강렬한 관능성은 여전하여 평생 쾌락을 추구하며 집필활동을 이어나가며 삶에 대한 긍정의 자세를 잃지 않는다.

여기에서 삶의 긍정은 곧 '성'의 긍정이라고도 할 수 있으며, 그것은『열쇠』,『미친 노인의 일기』처럼 노년의 성을 정면으로 다루고 있는 작품의 발표로 나타난다. 이 두 작품에서 그는 노인의 이상성욕을 그리며 마지막까지 창작 의욕을 발산하고 있다.

현대사회는 고령화 사회로 노인의 성이 사회적으로 문제가 되기 시작하고 있지만, 아직 그것을 정면에서 다루는 문학은 찾아보기 힘들다. 이런 의미에서 다니자키의 만년작인 이 두 작품은 고령화 사회의 도래를 예견한 듯한 선구적 작품이다.

노인의 성『열쇠』

외설과 예술 사이, 에로틱 서스펜스로 그리는 노년의 성『열쇠』(1956.1~12)는 작자가 70세에 발표한 작품이다. 국회에서 '예술인가 외설인가'로 논란이 되어 중단되었다가 게재가 재개되었을 만큼, 파격적인 내용의 소설로, 노령의 남편이 쓴 가타카나 일기와 음란한 아내가 쓴 히라가나 일기가 번갈아 이어지는 것이 기본구조이다.

대학교수인 남편은 올해부터 지금까지 일기에 기록하기를 주저하고 있던 내용도 쓰기로 했다. 남편은 56세로 45세의 아내 이쿠코의 왕성한 욕망을 만족시킬 수기 없다. 고풍스런 교토(京都)의 구가에서 태어나 봉건적 분위기 속에서 자란 이쿠코는 '부자연스런 유희'를 싫어하고 오쏘독스한 정공법을 요구하며, 남편에게도 벗은 몸을 보여주지 않는다. 부부의 성생활을 만족스럽게 이어나가기 위해 남편은 기무라

(木村)라는 자극제를 이용한다. 기무라는
딸 도시코의 약혼자이자 자신의 문하생인
데, 도시코보다 이쿠코에게 더 끌린다. 어
느 날 밤 이쿠코는 브랜디를 마시고 욕조에
서 잠이 들어 인사불성이 된다. 남편은 기
무라에게 도와달라고 해서 침실로 옮긴다.
그는 그날 밤 처음으로 형광등 불빛 아래에
서 아내의 나체를 본다. 그 육체는 탄식을
할 만큼 아름다웠고 그 육체에 탐닉한다.
관계를 하는 과정에서 취한 척 하는 아내는

'기무라 씨'라는 말을 흘린다. 이런 일은 몇 번이나 되풀이되고, 남편은
아내의 자태를 사진으로 찍어 기무라에게 현상을 부탁한다. 그리고 기
무라와 이쿠코는 남편의 바람대로 '아슬아슬한 순간'까지 가고 밖에서
도 만나게 된다. 결국 남편은 욕망과 질투심으로 격하게 흥분하게 되고
뇌일혈로 쓰러져 죽고 만다.

　　이런 내용의 작품에서 이 부부의 심리는 미스테리하게 그려진다.
이들 부부는 성적 쾌락을 얻기 위해 서로 일기를 훔쳐본다. 아내는 명
기의 소유자로 남편을 위해서 마음에 없이 노력하는 것이라고 스스로
를 속이고 있다. 마치 남편이 하라는 대로 하는 것이 '정녀(貞女)의 귀
감'인 것처럼 믿는 척하지만, 실제로는 남편의 욕망의 범위를 넘어서
더 큰 욕망을 비밀스럽게 키워간다. 남편이 꾸민 놀이에 마지못해 동참
하는 척 하지만 실은 그 놀이를 즐기는 정진정명의 요부다.

245

남편은 쇠퇴해져가는 성욕을 고양시키기 위해 아내가 젊은 애인을 갖도록 부추긴다. 질투의 힘을 빌려 욕망을 고취시키는 것이다. 기절한 척하는 아내를 전라로 만들어 놓고 그녀의 발과 겨드랑이를 핥는 남편. 그는 대학 교수이지만 학문을 하는 장면은 전혀 없고 오로지 밤의 섹스만 생각하며, 비프스테이크를 먹으면 성욕이 증진된다고 믿는다. 아내는 그런 남편의 속마음을 간파하고 고혈압인 남편을 섹스 도중 발작을 일으켜 죽게 만든다. 동시에 이 부부의 딸과 그 약혼자이자 이쿠코의 애인인 기무라도 이 연극에 동참한다. 노년(중년) 부부의 성의 미묘한 심리를 고도로 계산된 구성과 필치로 그려내는 에로틱 서스펜스의 걸작이라 할 수 있다.

마조히즘, 페티시즘으로 그리는 『미친 노인의 일기』

이 작품은 댄서 출신의 며느리 사쓰코(颯子)에게 이끌리는 노인의 일기를 주로 하고, 간호부, 딸 이쓰코(五子)의 일기가 보조하는 구조를 취하여, 노인의 병적 성심리를 그리고 있다.

나 우쓰기 도쿠스케(卯木督助)는 올해 77세의 노인으로 이미 성적으로 무능력자이지만, 여러 가지 변태적이면서 간접적인 방법으로 성의 매력을 느낄 수 있다. 현재 나는 그런 성적 즐거움과 식욕의 즐거움으로 살아가고 있다. 그런 나의 심경을 며느리인 사쓰코만은 알아채고 있는 것 같다. 사쓰코는 댄서출신이지만, 좀 심술궂고 냉소적 성격이다. 그리고 거짓말도 좀 한다. 나는 일종의 기학적(嗜虐的) 경향이 있고, 그런 사쓰코에게 어렴풋이 매력을 느끼며, 그녀에게 괴롭힘을 당

하는 것을 즐긴다. 그는 자신의 아내와 자
식들을 희생해서라도 그녀의 사랑을 얻으
려 한다. 나의 침실 왼편은 욕실이고, 작
년에 개조하여 타일을 깔고 샤워설비를 했
다. 사쓰코는 매일 오후 샤워를 하러 온다.
그 때 나도 욕실에 들어가서 사쓰코의 발이
나 목에 입을 맞추거나 한다. 그때마다 혈
압은 올라가고 공포와 흥분과 쾌감을 느끼
지만, 설사 잘못해서 죽는다 해도 이 모험
은 멈출 수가 없다. 그리고 그 대가로 사쓰

코에게 3백만 엔짜리 묘안석을 사준다. 그 후 나는 손이 마비된 것을
알지만 조금 호전이 되자 사쓰코와 간호부를 대동하고 교토에 묘자리
를 찾으러 간다. 묘지는 호넨인(法然院)으로 정하지만, 묘석은 나라(奈
良)의 야쿠시지(薬師寺)의 불족석(仏足石)을 모방하여 사쓰코의 발로 불
족석을 만들고 그 아래에 자신의 뼈를 묻고 싶다고 한다. 그를 위해 백
당지(白唐紙)로 사쓰코의 발바닥 탁본을 뜨지만, 다음날 사쓰코는 아무
말도 없이 도쿄로 떠난다. 혈압이 올라갔지만, 나도 그 뒤를 따라 귀경
한다.

　　마지막으로 간호부, 의사, 딸 이쓰코의 간호일기와 수기가 이어진
다. 노인의 병은 이상 성욕이라고 할 수 있는 것으로, 정신병은 아니
지만, 귀경한지 3일 후에는 뇌혈관 경련으로 의식불명이 된다. 다행히
병은 가벼워서 지금은 교토에서 보내온 탁본을 질리지도 않고 바라본

다. 정원에서는 사쓰코와 약속한 수영장을 만들기 위한 공사가 시작되고 있다.

『열쇠』의 남편이 성적 능력의 쇠퇴를 초조해 하는데 반해, 도쿠스케는 여러 가지 망상을 하며 자신의 장례식이나 불족석에 밟히는 고통을 그리는 등 죽음조차 쾌락의 대상으로 만든다. 주인공 노인은 친딸에게는 이사 비용 2만 엔을 원조하는 것도 아까워하지만, 사쓰코에게는 목을 핥게 해준 대가로 3백만 엔을 쉽게 던져준다. 종국에는 며느리의 발 탁본을 떠서 그것을 자신의 무덤에 새기고, 죽은 후에도 사쓰코의 발에 계속해서 짓밟히고자 하는 발 페티시즘의 절정을 보여준다.

사쓰코는 다니자키의 마지막 아내 마쓰코의 딸 와타나베 지마코(渡辺千萬子)가 모델로 알려져 있다. 여성숭배, 악의 찬미, 마조히즘, 페티시즘 등의 집대성이자 노년의 성 문제를 정면으로 다루면서도 작가의 지성과 교양을 유감없이 드러낸 걸작이다.

31. 강의실에서 만난 명작의 의미

엔도 슈사쿠 『침묵』

【이평춘】

『침묵』(沈默)은 일본 그리스도교 작가인 엔도 슈사쿠(遠藤周作, 1923~1996)의 대표작이다. 아마도 이 책을 모르는 사람이 드물 정도로 한국에 알려진 작가이며 작품이다. 그런데 필자가 다시 이 작품을 찾게 된 계기가 있었다. 그 계기를 통해 진정한 명작이란 무엇이고, 무엇이어야 하는가라는 물음을 갖게 되었다. 그리고 훌륭한 명작이 한 사람의 삶을 어떤 방향으로 이끌 수 있는지를 조명하고 싶어졌다. 그 계기란 다음과 같다.

다시 읽고 싶은 명작2 / 바오로딸

　여름방학이 끝나고 새학기가 시작되자 학교는 다시 활기를 찾았고 캠퍼스엔 많은 학생들이 복귀했다. 첫 주간의 오리엔테이션 수업이 끝나고 강의실을 나오자 낯익은 남학생 한 명이 기다리고 있었다. 4년 전 수업을 들었던 학생이었고, 군대를 간다는 이야기를 듣고 간단한 송별회를 했던 학생이었다. 그리고 2년 반이 지나 복학생이 되어 학교로 돌아온 것이다. 함께 이야기를 나누며 필자는 자신의 신념과 말이 그 학생에게 어떤 영향을 주었는가를 깨닫게 되는 계기가 되었다. 전공과목이 아니었기에 수업 중 가볍게 엔도 슈사쿠의『침묵』의 줄거리를 소개했을 것이다. 그리고 필자는 기억에서 잊고 있었다.

그런데 그 학생은 군대에서 받았던 군인월급을 꼬박꼬박 모았다가 제대 후 침묵의 현장인 일본 나가사키(長崎)에 다녀왔다고 했다.『침묵』에 대한 나름의 해석과 신앙관으로 작품을 반복해 읽었고, 그 순교와 배교의 장소에 가보고 싶었다고 했다. 제대 후 혼자서 일본을 찾아가고 나가사키의 순교지를 걷다 온 학생을 보며 필자는 생각하게 되었다.

35년 전 엔도의『침묵』을 처음 읽고, 엔도 연구자가 되어 이 자리에 서 있게 된 필자와 다름없이, 그 학생의 삶이 어느 방향으론가 흘러가고 있다는 것을. 그리고 그『침묵』의 역사는 2020년인 현재까지 이어져 오고 있다.

엔도 슈사쿠가『침묵』을 발표한 시기는 그의 나이 43세인 1966년이며 신초샤(新潮社)의 '순문학 특별작품 단행본'으로 간행되었고, 한국에서 최초로 번역서가 나온 시기는 1973년부터이며, 현재까지 네 곳의 출판사에서 출간되었다.

구체적으로 살펴본다면 최초의 번역자는 김윤성으로 1973년 7월 성바오로 출판사외, 동일한 역자와 시기인 1973년 7월 바오로딸에서 동시에 출간되었다. 1970~80년 초에는 이 두 출판사의 번역서가 중심이 되었고, 한국의 독자는 이 버전을 읽었다고 볼 수 있다. 그러다가 1982년 5월 공문혜의 번역으로 세 번째 버전이 홍성사에서 출간되었으며 초판 47쇄라는 판매부수를 올렸고, 2003년 1월에 개정판을 내게 되어 현재까지 이르고 있다. 네 번째 버전은 이용균의 번역으로 1992년 오상출판사에서 출간되었다. 이 모든 『침묵』의 한국어 번역서는 47년 동안에 100쇄를 넘기며 현재까지 읽혀오고 있던 책이다.

그러던 것이 1, 2판 39쇄를 넘긴 바오로딸에서 2009년 3판 1쇄를 간행하며 「다시 읽고 싶은 명작 2」로 이 책을 선정하기에 이른다. 바오로딸에서 『침묵』을 명작으로 선정한 나름의 이유가 있었을 것이고, 그 이유가 일반독자들이 생각하는 명작의 의미와 크게 다르지 않으리라 사료된다. 명작이란 무엇인가. 후세의 독자들은 무엇을 명작이라고 부르고 있는가. 무엇이 엄격한 군생활을 마친 한 청년을 나가사키까지 이끌었는가. 나가사키에는 어떤 함축적인 의미가 내포되어 있는가.

이 소설은 순교와 배교 사이에서 고민하는 인간의 나약함과 동시에 인간의 고통에 침묵(沈黙)하는 신(神)으로 고뇌하던 로드리고 신부가 후미에를 밟게 되는 과정을 그린 소설인데, 후미에를 선택하게 된 배경에는 일본의 기리시탄(キリシタン) 탄압 역사와 유일신(唯一神)이 뿌리내릴 수 없는 일본의 정신풍토가 자리하고 있다.

엔도는 『침묵』을 구상하게 된 동기와 시기에 관해 '후기'에서 다음과 같이 이야기한다.

수년 전, 나가사키에서 본 낡은 하나의 후미에—거기에는 검은 발가락 흔적이 남겨져 있었는데 오랫동안 마음속에서 지워지지 않고, 그것을 밟은 자의 모습이 입원 내 나의 마음을 움직이기 시작했다. 그리고 작년 1월부터

복학생과 필자

이 소설을 쓰기 시작했다.

엔도는 후미에를 밟음으로써 배교자가 되었던 수많은 사람들의 '검은 발가락의 흔적'을 아픔으로 인식하게 되었고, 그 아픔의 뿌리가 입원하고 있는 동안 소설의 소재로 육화되었다고 했다. 그 육화된 음성이 다음과 같은 언어로 표현되었다.

후미에 앞에 서기 직전까지 로드리고는 밟기를 거부하고, 순교를 결심하고 있었지만, 구덩이 매달기 고문을 당하는 일본인 신자 세 사람의 신음소리를 듣고 그리스도를 닮기 위해, '사랑의 행위'를 하기 위해, 형식적으로만 밟으려고 발을 들었다. 이것은 교회를 버리는 것도 배신하는 것도 아니다.

신부는 발을 들었다. 발에 둔하고 묵직한 고통을 느꼈다. 자신은 지금, 자신의 생애 가운데서 가장 아름답다고 생각해 온 것, 가장 성스럽다고 믿었던 것, 가장 인간의 이상과 꿈으로 충만한 것을 밟는다.

밟아도 좋다. 너의 발의 아픔을 내가 가장 잘 알고 있다. 밟아도 좋다. 나는 너희들에게 밟히기 위해 이 세상에 태어났고, 너희들의 아픔을 나누기 위해 십자가를 졌던 것이다.

이 음성을 듣고 로
드리고는 후미에를 밟
았다. 비록 배교자가
되었지만 신은 결코 침
묵하고 있지 않았다.
이제까지 셀 수 없을
정도로 그리워해 온 그
리스도의 얼굴. 이제
까지 사랑해 오고 자신
을 지켜준 이의 얼굴

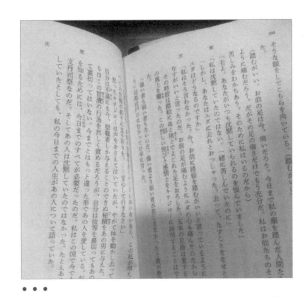

복학생의 번역서로부터 원서 읽기

을 밟았다. 그러나, 사랑을 실천하기 위해 후미에를 밟은 그를 누가 배
교자라고 할 수 있을 것인가라는 질문은 지금까지 계속 이어져 오고 있
다.

복학생이 되어 첫 시간에 찾아온 그 남학생은 『침묵』을 반복해 읽으
며 로드리고 신부가 정말 배교자인지를 알고 싶었을 것이다. 그것을 찾
기 위해 혼자서 나가사키를 방문했을 것이다. 아마도 신앙이라는 이름
으로 살아가는 동안, 이 질문의 답을 찾기 위해 나가사키를 방문하는
이들이 있다면 그것이 바로 명작의 힘일 것이다.

32. 재난에 좌절하지 않는 인생들의 시점

미우라 아야코 문예에 나타난 기독교인의 초상

【최순옥】

　　미우라 아야코의 신앙과 문예의 특징은 한마디로 어떠한 역경 속에서도 견뎌내는 인간의 겸손과 그 역경을 이겨낼 수 있도록 위로하시는 하나님의 은혜를 통해서 삶 그 자체를 헤쳐 나갈 수 있는 인간의 군상을 그려내고, 인간과 하나님과의 관계를 밝히고 그 관계 속에서의 기독교인의 초상을 그린 것이라 할 수 있다.

　　미우라 아야코는 하나님과 인간의 관계라는 구도를 만들어서 작품 세계를 펼쳐 나가는 것을 신앙과 문예라는 기독교 문예의 융합 기조로 삼은 것이다.

　　미우라 아야코의 신앙과 문예의 특징을 뒷받침하는 삶의 궤적을 살펴보면, 미우라 아야코는 1922년 4월에 태어나서 1945년 일본의 패전시에는 23살이었다. 16살에 초등학교 교사가 되어 7년간 제자를 길렀다. 당시의 일본사회에 대한 냉철한 비판적 사고에 눈뜨기 이전의 청년으로서 시류에 휩쓸려 제자들에게 참전을 독려하고 국가를 위해 생명을 바치라고 가르친 것이다. 일본의 패전 후 자신의 교사시절 삶을 전부 부정하고, 자기 자신 또한 부정하게 되어 좌절과 패배의 정신적 고통으로 인하여 결국 결핵, 척추 카리에스라는 육체적 질병과 고통이 동반되었고, 이 투병생활은 13년간이나 계속되었다.

미우라 아야코의 기독교 문예를 이해하기 위해서는 그녀의 극적이라고도 할 수 있는 삶의 궤적을 들여다볼 필요가 있다. 좌절, 굴욕, 병고를 견딘 끝에, 성공과 행복을 얻은 이야기의 주인공으로 비춰질지도 모르지만, 인생의 고난이나 좌절, 병고 등에서 탈출하는 것을 목표로 인생을 펼치는 게 아니다. 오히려 주어진 고난을 운명으로 받아들이고 그 역경으로부터 도망가지 않고 헤쳐 나가는 용기를 삶의 의미로 삼는 게 미우라 아야코의 기독교 문예에 나타난 특징이다. 다시 말해서 고난에 대항하여 고난의 원인을 제공한 대상을 원망하거나 복수심에 불타는 권력의지에서 벗어나서 역경과 고난을 묵묵히 헤쳐 나가는 숙명적 삶을 모형으로 삼는다는 것이 미우라 아야코 문예 정신이다.

당시 미우라의 기독교 문예는 일반 대중의 독자층을 형성하고 붐을 일으키게 되었는데, 미우라 문예의 근저에는 등장인물 각자의 인생에 닥친 고난에 대한 원망이나 불평에 갇혀 있지 않고, 오히려 고난과 역경에 순종하는 정신이 있는데, 간단히 표현하자면 니체 철학의 근본 개념이기도 한 르상티망(Ressentiment)-약자가 강한 자에 대한 증오나 복수심을 품고 우울한 상태로 되는 감정-으로부터의 해방정신이 들어있다는 것이다.

니체가 말하는 르상티망의 권력의지는 힘에 대한 의지이기도 하며, 단순한 생존 경쟁을 뛰어넘는 인간 본질이며, 근본충동이라고도 여겨지고 있다. 니체는 주지하는 바와 같이, 기독교에 대항하고, 죽음에 이르기까지 순종한 예수 그리스도의 수동적 행위에 대해 능동적이고 공격적인 강자로서의 초인을 추구했다. 삶을 살아간다는 것은 싸우는 것이고, 대상을 정복하며, 동화시키고 어디까지나 강대해지려고 하는 남성적 윤리관을 관철시켜 나아가는 것이며, 그 특색이 니이체의 르상티망(ressentiment) 개념에 잘 나타나고 있다.

니체의 르상티망과는 정반대로 미우라 아야코의 기독교 문예에 창조된 인물상의 대다수는 이 세상의 부조리나 사회의 벽, 자연의 위협 등의 외부 상황에 저항하거나 싸우거나 할 수 있는 능력과 권력을 가진 자들이 아니므로 닥쳐오는 고난과 역경, 자연재해 그 자체를 필연적 운명으로 받아들이고 절대 좌절하지 않으면서 자신들이 처한 상황을 그대로 수용하는 수동적 특징을 보여주고 있다.

재난과 역경에 좌절하지 않는 인생들의 시점에서 미우라 아야코의 문예를 들여다보자면, 재난으로 인해서 사회 밑바닥에 살면서도 좌절하지 않는 인생들에 대한 애착과 공감의 시점에서 그녀의 작가정신을 알 수 있다. 미우라 아야코 문예 속에는 등장인물의 삶의 자세가 분명하게 그려져 있는데, 당시 일본사회의 가부장적 사회제도 속에서의 여성의 삶과 홋가이도의 자연재해 속에서 모든 상황을 받아들이는 수용적 자세라는 특징이라고 할 수 있다. 미우라 아야코의 문예에서는 불행의 원인을 제거하려고 발버둥치거나 복수심에 불타는 인간의 군상은 그려져 있지 않으며, 불행은 불행으로 끝나므로 대단한 반전의 해피엔딩으로 끝나는 것은 사실상 거의 볼 수 없다. 반대로 모진 운명이나 상

황이 주인공들에게 주는 고통이
나 괴로움의 리얼리티, 그 리얼
리티를 재현하는 스토리 전개의
특색이 나타나 있다.

　　추체험의 기법으로 리얼리티
티를 재현하는 대표적인 작품으
로는『흑탕물지대』(泥流地帶)로서 미우라 아야코의 문예 중에서 가장 사
실주의적 문예라고 할 수 있다. 1926년 5월에 일어난 홋카이도의 토
카치다케 대분화(十勝岳大噴火)에 의한 대폭발 자연재해를 제재로 한
장편 소설(1976년 발표)은, 그 재해를 만나기 전까지는 가난하지만 아
름다웠던 이시무라(石村) 일가의 파란만장한 인간의 군상을 그린 것이
다. 도카치다케의 대폭발로 인한 흙탕물 대재난에 맞서서 타쿠이치(拓
一)와 코사쿠(耕作) 형제가 온갖 고난에 견디고 원래의 마을로 복구시키
려고 고군분투하는 청춘이 묘사되어 있으며, 인생의 인과응보, 권선징
악이란 도대체 무엇인가를 묻는 작품이다.

　　"이 작품에는 '가미후라노'(上富良野) 마을 촌장 요시다 테이지로(吉田貞次
　　郎)라는 실명의 인물이 등장한다. '테이(貞次郎)'는 초등학교 2학년이고, 야
　　요이(弥生)는 아직 5살이다. 둘 다 똘똘하고 눈망울이 반짝이는 아이'로 묘
　　사되어 있다. 이러한 묘사를 보고 생존해 있는 여든 살의 마을 주민이 폭발
　　재난 당시 5살 어린이였던 분이다."

도카치다케 산중턱의 후라노 농촌

이 증언을 보면 미우라 아야코의 작품세계가 얼마나 현실의 삶에 뿌리를 두고 기독교인의 초상을 그려내기 위해서 탐문조사를 통해서 추체험이라는 문학기법으로 작품을 완성시켰는지를 알 수가 있다.

마음씨 착한 사람이 빈곤을 계속 참고 살아도 보상받기는커녕, 그 생존 자체를 자연재해가 빼앗아 간다는 결말은, 얼마나 허무한 인생의 리얼리티를 전하고 있는지 알 수 있다. 사실, 작품 속에서 동생 코사쿠는 성실하게 사는 것도 어리석은 짓 같다고 투덜댄다. 그러나 형인 타쿠이치는 "다시 태어난다고 해도 나는 역시 성실하게 살아 갈 거야. 엄마를 더 소중하게 여겨야 해"라고 대답한다. 등장인물들의 형제들 간의 대화를 봐도 알 수 있지만, 이 작품은 사실 미우라 아야코가 직접 도카치다케 대분화 지역의 이재민 등 지역 사람들을 탐문조사를 하여 리얼리티를 바탕으로 쓴 작품으로서 그 의의가 있다고 할 수 있다. 재난당한 이재민 생존자가 이 소설을 읽고 당시를 회상하는 기록이 남아 있다.

"정직하게, 친절하게, 성실하게 살아온 사람들이 토사에 휩쓸려 내려가고, 심술 맞은 사람, 교활한 사람들은 유유자적하며 살아남았다. 생전에 남을 배려하며 살아온 것과는 전혀 무관한 결과인 것이 안타깝다."

이처럼 불합리한 현실을 볼 때 분노가 치밀어 오를 만한 상황이지만 등장인물들은 현실도 주변 환경도 원망하는 일 없이 현실을 그대로 받아들이고 긍정적으로 삶을 헤쳐 나가는 모습으로 그려져 있다. 작품 속에서 교회에 성실히 다니고 있는 이치사부로는 늘 '의인에게는 고난이 있다'라는 말씀을 마음속에 새기고 있지만 작품에 입각하여 해석하자면 '의인에게는 고난밖에 없다'라고 받아들이는 것이다.

고통이나 고난을 당하게 되면, 인간은 대체로 고난이나 고통을 피하여, 안전하고 쾌적한 생활을 원하게 된다. 그런데도, 미우라 아야코는 기독교 문예를 통해서 고통이나 고뇌를 계속 수용하는 리얼리티를 고집한다. 왜냐하면 미우라 아야코는 그 리얼리티야 말로 인간에게 있어서 고유한 존재의 근거, 가치가 있다고 생각하기 때문이다. 즉 미우라 아야코는 그러한 고통과 고난을 인간실존의 가치로 보고 있다는 것이다.

미우라 아야코의 기독교 문예의 관점에서 볼 때, 행복이라는 것은 어디까지나 모두 비슷한 것으로, 따분하기도 하지만, 불행은 하나하나 개별적이고 독창적이므로 다른 것과 바꿀 수 없을 정도로 확실한 것으로 실존적 가치가 있는 것이다.

인간에게 있어서 불행의 경험은 때로는 트라우마(심적외상)로 정신장애를 일으키는 요인이 될 수도 있는 것은 잘 알려져 있다. 불행의 경험이 트라우마가 되는 것은, 그 절대성을 자기가 인정하고 받아들이지 못하기 때문으로, 항상 불행으로부터 도망가려고 하는 강박이 작용하고 있기 때문인 것이다.

미우라 아야코는 작품의 등장인물을 통해서 윤리와 도덕, 죄와 용서, 하나님의 사랑에 관한 질문을 계속 던진다. 왜 사는 것일까? 왜 살아가야만 하는가? 왜 살아남은 자가 되어 계속해서 살아가야만 하는 것일까? 이러한 인간의 근원적 의문의 답변에 대한 힌트가 미우라의 작품 속에는 숨겨져 있다.

작가의 인생관, 특히 기독교인의 삶의 자세에 대한 작가정신과 기독교인의 초상은 인생의 고난이나 좌절, 병고 등에서 탈출하여 성공하는 것에 목표를 두지 않고 주어진 고난을 운명으로 받아들이고 그 역경으로부터 도망가지 않고 헤쳐 나가는 용기와 결단의 삶을 일구어내는 인간의 모습이 기독교인의 초상이라고 호소하고 있다. 다시 말해서 고난에 대항하여 고난의 원인을 제공한 대상을 원망하거나 복수심에 불타는 권력의지에서 벗어나서 역경과 고난을 묵묵히 헤쳐 나가는 숙명적 삶을 모형으로 삼는다는 것이 미우라 문예에 나타난 정신이라고 할 수 있다.

미우라 아야코는 등장인물들의 삶의 모습을 기독교인의 초상으로 그리고 있다. 결론적으로 말하자면 미우라 아야코의 기독교 문예의 근저에는 인생에 주어진 고난에 대한 원망이나 불평에 갇혀 있지 않고 고난과 역경에 순종하는 정신이 들어 있다. 이른바 르상티망(Ressentiment : 원망)으로부터의 해방정신이 들어있는 것이나.

33. 불경한 '정치소년' 세상에 나오다

오에 겐자부로 「정치소년 죽다」

【심수경】

　2019년 5월 1일 일본에 새로운 천황이 탄생했다. 연호는 레이와(令和). 아키히토 천황이 생존해 있지만 고령인 관계로 아들인 나루히토에게 천황 자리를 양위했다. 이로써 헤이세이(平成)는 막을 내리고 레이와의 시대가 열렸다. 일본은 지금도 서력보다는 연호를 사용하는 일이 많고, 천황의 연호에 따른 시대적 특징 혹은 분위기라는 것이 있어 새로운 시대의 도래에 대한 축하와 기대감으로 일본 전체가 축제 분위기였다. 퇴위한 헤이세이 천황은 '상황'이, 미치코비는 '상황후'가 되었다.

　1946년, 제2차 세계대전에서 패한 일본은 새로운 헌법을 공포한다. 그 제1조에는 '천황은 일본국의 상징이고, 일본 국민통합의 상징이며, 이 지위는 주권이 존재하는 일본 국민의 총의에 기초한다'는 내용의 '상징천황제'가 명시되었다. 군림하나 통치하지 않는, 어디까지나 일본의 '상징'으로서의 존재이다. 인간신의 자리에서 내려온 천황은 쇼와(昭和)에서 헤이세이, 그리고 레이와로 이어지고 있는 것이다.

퇴위한 헤이세이 천황은 과거 황태자 시절이었던 1959년 4월 일반인 여성과 결혼했다. 상대 여성은 닛신제분(日淸製粉) 사장 딸인 쇼다 미치코(正田美智子). 테니스를 하며 사랑을 키운 것으로 알려진 이 커플의 결혼으로 일본 황실은 일본 국민들에게 이른바 '열린 천황가'로 받아 들여지며 매우 큰 호응을 얻었고, 황태자비가 되는 쇼다 미치코의 패션은 '미치붐'을 일으키며 선풍적인 인기를 끄는 등 국민들로부터 열렬한 환영을 받았다. 결혼식 후 진행된 그들의 마차 퍼레이드 환호하는 국민들로 인해 마치 스타를 방불케 했다. 황족 혹은 화족(華族) 등 귀족 가문에서 결혼상대를 선택하던 그 전까지의 모습과는 전혀 다른 황실의 모습에 일본 국민들은 뜨거운 애정을 보냈던 것이다. 2019년 즉위한 레이와 천황도 1993년 일반인 여성과 결혼했다. 역시 연애결혼이었다. 이렇듯 황실은 이제 일본 국민에게 매우 가깝고 친숙한 존재가 되었다. 하지만 일본의 '천황' 혹은 '천황제'를 둘러싼 감정은 그리 간단하지 않다.

1960년 10월 12일 일본을 발칵 뒤집어놓은 사건이 발생한다. 전(前)대일본애국당 당원 17세 소년이 일본의 아사누마 사회당 위원장을 살해하는 사건을 일으킨 것이다. 도쿄히비야공회당에서 자민, 민사, 사회당이 당수가 모인 언설회 도중 일어난 이 사건은 일본을 매우 큰 충격에 빠뜨렸다. 일본을 대표하는 전후 작가 오에 겐자부로(大江健三郎,1935~) 또한 이것이 전후의 민주주의 교육을 받고 자란 세대가 일으킨 사건이라는 데에 매우 큰 충격을 받았다고 말한다. 오에는 이 사

건을 소재로 1961년『문학계』(文学界) 1월호와 2월호에「세븐틴」(セヴン
ティーン),「정치소년 죽다」(政治少年死す,「세븐틴」2부)를 각각 발표한다.

오늘은 내 생일이었다. 나는 열일곱이 되었다. 세븐틴이다. 가족들은 아
버지, 어머니, 형 모두 내 생일을 모르거나 모른 척하고 있다. 그래서 나도
잠자코 있었다. 저녁이 되어 자위대 병원에서 간호사로 일하는 누나가 돌
아와, 욕실에서 온몸에 비누칠을 하고 있는 나에게 '열일곱이네, 네 살을
한번 꼬집어 보지 그래?'하고 말했다.

위의 인용문은「세븐틴」서두이다. 주인공 '나'는 17세 생일을 맞은
소년이다. 하지만 아버지, 어머니, 형 모두 '나'에게 관심이 없다. 미국
식 자유주의를 표방하는 아버지는 '나'에게 무관심하고 열정적이었던
형도 작년부터 '지쳤다'는 말을 반복하며 모던재즈에 심취해 있다. 자
위대 병원에 근무하는 누나만이 "열일곱이네! 네 살을 한번 꼬집어봐!"
라는 말을 건넸을 뿐이다. 하지만 17세가 된 '나'는 자신이 자위상습자
의 용모로 변했다고 느끼며 절망하고, 타인에게 들키지 않기 위해 모두
죽여버리고 싶다고 생각한다. 또 자신의 육체와 정신이 이 세상에 있
는 것만으로 수치스러워 죽고 싶을 정도이며, 800미터 달리기 시험에
서 오줌을 싸는 등 자의식 과잉에 의한 신체적 결함을 가지고 있다. 게
다가 '나'는 자신이 죽은 후 몇억 년 동안이나 자신이 계속 무의식이고
제로인 상태로 견뎌야 한다는 죽음의 공포에 사로잡혀 있다. 물리 수
업시간에는 이 우주에서 똑바로 로켓을 쏘아올린 무한의 저 끝에는 '무

1961년 문학계에 발표된 「정치소년 죽다」

(無)의 세계'가 있다는 교사의 설명에, 온몸이 오줌과 똥으로 뒤범벅이된 채 큰소리로 울부짖으며 끝내 공포로 기절해 버린다. 이런 이상한 행동으로 주인공은 학교에서도 점차 고립되어 간다. '나'는 어느 날 우연히 우익당 당수인 사카키바라 구니히코 연설의 '사쿠라'(가짜 청중)를 하게 되고, 심정적 좌익이었던 '나'는 이 일을 계기로 우익인 '황도당'에 입당하게 되며, 그 제복 속에 약한 자의식을 숨길 수 있는 것에 안도하며 점차 대담해진다. 5월 어느 날 밤 좌익의 국회 앞 데모를 공격하는 황도당 청년 그룹 속에 있던 '나'는 가장 용감하고 가장 흉폭한 그리고 가장 우익다운 세븐틴이 되어 있었고, 암흑 속에서 황금빛의 찬란한 휘광을 띤 천황을 보는 단 한 사람의 세븐틴이 되는 장면에서 1부는 끝이 난다.

2부인 「정치소년 죽다」에서 주인공은 더욱 대담한 최연소 당원이 되어 있다. 젊은 당원들과 토론을 거듭하는 동안에 사카키바라 구니히코에게 열정이 부족함을 느끼며 방위대학에 들어가 쿠데타의 기초공작을 진행하고 싶다는 생각한다. 8월, 히로시마에서 '나'는 전학련(全学連)과 난투를 벌이고, 유명한 암살자로부터 큰일을 할 인물이라는 칭찬을 받고 기뻐한다. 다음 날 '나'는 TV에서 황도당의 행동을 비난한 작가 난바라 세시로를 찾아가 위협하지만, 난바라가 동성애 성향의 마약

중독자라는 것을 알게 되면서 '나'는 반드시 거물을 죽이고, 매국노를 죽일 것이라고 다짐한다. 히로시마에서 돌아온 '나'는 생일을 맞아 집에 돌아가지만 여전히 자신에게 무관심한 아버지를 원망하며, 극복했다고 생각했던 불안에 다시금 휩싸이게 된다. 하지만 '나'는 다시 천황을 위해 죽을 것을 결의하고 결국 좌익당 당수를 살해한다. 작품에서 암살사건은 옥중에 있는 '나'에게 온 편지와 비디오 재현 등으로 표현된다. 자신의 죽음 이후에 대해 두려워하던 '나'는 만세일계의 천황이라는 거목에 붙은 작은 가지라고 인식하면서 그 두려움이 없어지고, 공범을 묻는 간수의 질문에 '천황의 환영(幻影)이 유일한 공범'이라고 대답한다. 얼마 후 그는 독방에서 자살하고, 그 독방 벽에 치약으로 '칠생보국', '천황폐하만세'라고 쓴 문장이 발견되는 장면에서 작품은 끝난다.

천황폐하만세, 칠생보국, 뜨겁게 타오르는 나의 눈은 이미 (벽에 쓴) 글자를 보는 대신 암흑의 하늘에 떠오른 황금빛 국제연합빌딩처럼 거대한 천황폐하의 요란한 제트추진비행을 보고 있다. 나는 우주처럼 어둡고 거대한 내부에서 바닷물처럼 끓어오르는 양수를 떠다닌다. 나는 바이러스와 같은 모양을 하게 되겠지. 행복한 기쁨의 눈물로 가득찬 눈에 황금의 천황폐하는 찬연하게 백만 가지 반사상을 만든다. 8시 5분. 나는 십 분 동안 진정한 우익의 영혼을 가진 선택받은 소년으로서 완벽했다. 내 우익의 성, 내 우익의 성전, 아아, 오오, 오오, 천황폐하! 아아, 아아, 아아, 천황이여! 천황이여! 천황이여!, 오오, 오오, 아아아…….

실제로 아사누마 사회당 위원장을 살해한 야마구치 오토야(山口二矢)는 같은 해 11월 2일 밤, 수감되어 있던 독방에서 자살했다. 독방 벽에는 치약으로 '칠생보국', '천황폐하만세'라고 쓰여 있었다.

그런데 이 작품이 발표된 후 『문학계』는 우익의 항의를 받게 되고 다음 호인 3월호에 '허구라고는 해도 그 근거가 된 야마구치씨 및 (……) 관련 단체에 폐를 끼친 점을 솔직히 인정하고 깊이 사과'한다는 내용의 사과문을 편집장의 이름으로 게재한다. 이에 작가는 자신에게 항의가 왔다면 결코 사과하지 않았을 것이라고 말하지만 결국 「정치소년 죽다」는 최초 발행된 잡지를 제외하고는 어떤 단행본 속에도 수록되지 못한 채 오랫동안 잠들어 있게 된다.

한편 1960년대 초 또 하나의 사건이 일어난다. 1960년 『중앙공론』(中央公論) 12월호에 후카자와 시치로(深沢七郎)의 「풍류몽담」(風流夢譚)이 발표되는데 이 작품에는 황태자와 황태자비의 목이 잘려 '데굴데굴' 굴러가거나, 천황과 천황비의 목없는 동체만이 놓여있는 장면이 그려져 있다. 이 내용에 불만을 품은 전 애국당 당원 17세 소년이 1961년 2월 1일 이 작품을 게재한 중앙공론사 시마나카 사장 자택에 침입해 가정부를 살해하고, 사장 부인에게 중상을 입힌 사건이 발생한 것이다. 연이어 일어난 17세의 전 애국당 당원들의 테러에 일본은 매우 큰 충격에 빠졌고 테러의 위협에 이 작품 또한 오랫동안 활자화되지 못했다.

오에의 「정치소년 죽다」나 후카자와의 「풍류몽담」 모두 출판사 측에서 사과문을 게재하고 오랫동안 활자화되지 못한 이유에는 이 작품들이 천황과 관련된 내용을 다루고 있다는 공통점이 있다. 일반 국민에게 친숙한 존재가 되었지만, 천황이나 천황제에 관한 표현에는 여전히 조심성을 요하는 '국화의 터부'-국화는 천황가의 문장(紋章)이다-가 여전히 존재하고 있는 현실을 이 작품들은 잘 말해준다.

오에 겐자부로의 작품에는 '천황'이 자주 등장하는데, 「세븐틴」 2부작에서는 굳이 '순수천황'으로 언급한다. 그것은 오에가 이 작품에서 '순수천황'을 일종의 '민족 이데올로기의 신'으로서 등장시키기 위함으로 보인다.

1960년은 일본에서 미일안보조약개정 반대운동과 그 좌절이 있던 해이다. 작품에서 열정적이었던 형이 작년 여름부터 지쳤다고 말하며 정치에 대해 말하지 않게 되고, 오직 모던재즈와 모형비행기 조립에 병적으로 심취해 있는 것은 60년 안보투쟁의 좌절에서 오는 무력감의 표현으로 볼 수 있다. 게다가 주인공의 부친은 이미 미국식 자유주의를 표방하며 부권을 포기한 상태이다. 작가는 전후 일본의 현실을 미국에게 '거세' 당한 상황으로 인식하고 자신의 아이덴티티를 확고히 하기 위한 하나의 방법으로 민족신으로서의 순수천황의 개념을 등장시킨 것으로 볼 수 있다.

한편 오에가 작품에 그리는 천황은 때로는 절대주의적 정치이데올로기로서, 때로는 권력의 정점에 서있는 권위의 상징으로서, 또 때로는 육친의 아버지로서 전위해 간다.

　'정치소년'이 봉인되고 수십 년이 지난 2018년, 오에의 '정치소년'
이 세상에 나오게 되었다. 2018년 7월부터 고단샤(講談社)에서 『오에
겐자부로 전소설』(大江健三郎全小說)이 간행되었는데 제3권에 「정치소
년 죽다」가 수록되게 된 것이다. 그리고 총15권으로 구성된 이 시리즈
중 「정치소년 죽다」가 수록된 제3권이 제1회 배본이 되었다. 거의 60
년 만에 햇빛을 보게 된 '정치소년'. 이로써 오랫동안 잠들어 있던 불경
한 '정치소년'은 드디어 세상 밖으로 나오게 되었다. 그렇다고 천황에
대한 터부에서 자유로워진 것일까? 아마도 그렇진 않은 것 같다.

34. 산간마을 소년에서 노벨문학상까지

행동하는 문학가 오에 겐자부로

【홍진희】

1994년 10월, 일본 시내 대형서점에는 일본인으로서 두 번째 노벨문학상 수상이 확정된 오에 겐자부로(大江健三郎, 1935~)의 서적들이 특별코너로 마련되어 많은 이들의 눈길을 끌었다. 그의 수상은 대다수 일본인들로부터 환영을 받았지만, 일부에서는 평소 천황제에 대한 비판과 일본의 전쟁 책임을 언급해온 그에게 호의적이지 않았다. 이러한 상황에서 오에는 『애매한 일본의 나』(あいまいな日本の私, 1995)라는 노벨상 수상 강연을 통해 일본이 아시아에 속한 나라이지만 근대 서양 문물을 모방하며 부국강병을 추구하였고, 군국주의 깃발 아래 한국과 중국을 비롯한 아시아의 많은 나라에 전쟁의 상흔을 남긴 것에 대한 비판을 주저하지 않았다. 일본인 최초 노벨문학상 수상자였던 가와바타 야스나리(川端康成, 1899~1872)가 『아름다운 일본의 나』(美しい日本の私, 1968)를 통해 일본의 전통과 독자적인 미의식에 자긍심을 아끼지 않았던 것에 반해, 아시아에서의 일본의 책임과 역할에 대해 언급한 오에의 강연은 대조적이었으며 동시에 의미심장했다. 이렇듯 오에 겐자부

로는 전쟁을 비롯한 사회적 이슈에 대해 자신의 뜻을 밝히기를 주저하지 않았던 행동하는 문학가라고 말할 수 있겠다.

　오에 겐자부로는 시코쿠(四国) 에히메현(愛媛県)의 오세(大瀬)라는 산간 마을에서 태어나 유년시절을 보냈다. 그는 또래 아이들과 어울려 놀기보다는 숲 속 자신만의 공간에서 혼자 책 읽기를 즐기던 조용한 소년으로, 고등학교 때는 따돌림에 의해 전학을 가는 경험을 하게 된다. 하지만 전학 간 마쓰야마히가시(松山東) 고등학교에서 훗날 일본 영화계에 한 획을 그은 영화감독 이타미 주조(伊丹十三)와 교우를 맺게 되고 그의 여동생인 이타미 유카리(伊丹ゆかり)를 아내로 맞게 된 것을 생각하면, 고등학교 전학은 오에의 운명을 크게 바꾸는 계기가 된 셈이다.

　동경대 입학 후에는 프랑스 르네상스기 문학 연구자였던 와타나베 가즈오(渡辺一夫, 1901~1975) 교수에게 사사하게 되었고, 그를 통해 휴머니즘에 관한 영향을 받게 된다. 참고로 대학 졸업 후 연구자의 길을 희망했던 오에에게서 창작 재능을 발견하고 작가로의 진로를 추천한 것이 다름 아닌 와타나베 교수였다.

　오에의 행동하는 문학가로서의 출발은 프랑스 실존주의 철학가이자 소설가인 장 폴 사르트르(Jean Paul Sartre, 1905~1980)의 문학과 깊은 연관이 있다고 말할 수 있겠다. 오에는 1955년 동성대학에 입학한 후 사르트르의 문학에 심취하였고, 그 결과 『사르트르의 소설에 나타난 이미지』(サルトルの小説におけるイメージについて)라는 졸업논문을 완성한다. 인간의 자유의지에 의한 결단과 행위를 통해 실존의 의미를 찾으려했던 사르트르의 사상은 오에의 문학세계에 상당한 영향을 끼치게 되었던 것이다. 이후 1957년에 『사자의 오만』(死者の奢り)으로 학생작가로서 정식 데뷔하였고, 이듬해인 1958년에는 『사육』(飼育)으로 아쿠타가와상(芥川賞)을 수상하며 문단의 스포트라이트를 받게 된다. 흑인 전쟁 포로를 가축처럼 기른다는 내용의 『사육』은 일본 산간 마을에 사는 한 소년이 태평양 전쟁의 막바지에 경험하게 되는 전쟁의 잔혹함을 담담하면서도 강렬하게 묘사한 작품이다. 이처럼 제목에서 느껴지는 상징성과 이미지를 형상화시킨 묘사, 번역 투의 독특한 문체로 오에의 작품은 독자들에게 깊은 인상을 남기게 된다.

1960년에는 '젊은 일본의 모임'(若い日本の会)의 멤버로서 훗날 동경도지사(東京都知事) 등을 역임한 정치가이자 작가인 이시하라 신타로(石原慎太郎, 1932~)와 평론가인 에토 준(江藤淳, 1932~1999) 등과 함께 미일안전보장조약(美日安全保証条約)에 반대하며 문학자의 사회 참여에 동참하게 된다. 이듬해인 1961년에는 우익 소년의 야당 간부 피격 사건을 다룬 『세븐틴』(セヴンティーン)과 세븐틴 2부로 불리는 『정치소년 죽다』(政治少年死す)를 발표하였다. 이 두 소설은 1960년 10월 12일, 당시 사회당(社会党) 위원장이었던 아사누마 이네지로(浅沼稲次郎)가 강연 도중 17살의 소년에게 피살당한 사건을 다룬 작품들이었다. 오에는 천황을 상징으로 한 국수주의에 침몰되어가는 주인공을 그려냄으로써 우익단체로부터 거센 항의를 받게 되고, 『정치소년 죽다』는 처음 발표된 문예지외 어떤 단행본으로도 출간되지 못하다가 2018년이 되어서야 『오에 겐자부로 소설집』(大江健三郎全小説) 제3권에 수록된다.

문단 데뷔 후 일본사회의 정치적 현안에 관심을 가지고 적극적으로 활동했던 오에였지만 그의 인생과 문학에 있어 가장 큰 변화를 일으킨 것은 1963년, 장남 히카리(光)의 탄생과 히로시마(広島)에서 개최된 '세계 원수폭 금지대회'(原水爆禁止世界大会) 참여라고 할 수 있다. 뇌의 일부가 두개강 밖으로 튀어나온 뇌헤르니아라는 장애를 가지고 태어난 장남을 가슴에 묻고 히로시마로 향했던 오에가, 원폭 피해자의 실상을 마주하며 느꼈던 충격은 그의 인생에 변환점이 된다. 이러한 체험을 바탕으로 그는 『히로시마 노트』(ヒロシマ・ノート, 1967)를 통해 원폭 피해의 참상과 인간의 존엄성을 기술하였고, 더불어 장애인 아들과의 공생을 결심하게 된다.

　　3년 후에는 『오키나와 노트』(沖縄ノート, 1970)를 통해 일본 내 유일의 지상전이었던 오키나와 전쟁(沖縄戦)의 실상, 즉 '군민일체'(軍民一体)라는 대의명분 아래 수많은 민간인을 방패로 삼았던 전쟁의 처참함을 알렸다. 실제로 전쟁에 의해 12만 명 이상의 오키나와 주민들이 희생되었는데, 이는 당시 오키나와 인구의 4분의 1에 해당하는 숫자였다. 오에는 『히로시마 노트』와 『오키나와 노트』를 통해 국가라는 일체의 조직 아래 희생을 강요당한 사회적 약자들의 모습을 단적으로 보여주었다. 이는 전쟁이 끝나 20여 년의 세월이 흘렀음에도 불구하고, 자신들의 피해를 언급조차 할 수 없었던 전후 일본사회 주변인들의 입장을 대변한 것이라고 볼 수 있겠다.

　　하지만 일본의 전쟁책임과 피해자의 아픔을 언급한 오에의 발언은 우익단체에 의해 지속적인 협박을 받게 되었고, 특히 『오키나와 노트』

에 서술된 군부에 의한 민간인 집단자결 강요를 이유로 전(前) 오키나와전쟁 지휘관의 유족으로부터 소송을 당하기도 한다. 2005년 제소된 이 소송은 원고 측의 판결 불복에 의해 최고재판소까지 상고되기에 이르렀고, 2011년 4월 21일에서야 오에의 승소로 일단락 맺게 된다.

한편 오에의 행동하는 문학가로서의 활동은 국내에만 국한되지 않았다. 1972년, 한국의 시인 김지하(金芝河, 1941~)가 『오적』(五賊, 1970)과 『비어』(蜚語, 1972)로 독재정권하 반공법 위반으로 사형선고를 받았을 때, 오에는 일본의 지식인들과 함께 단식 시위를 통해 한국정부에 항의하였다. 이때의 인연을 계기로 오에는 1990년에 한국을 방문하여 '세계는 히로시마를 기억하는가'(世界は広島を覚えているか, NHK 특집)라는 주제로 김지하와 대담을 하게 된다. 국가 권력에 의한 폭력을 경험한 개인으로서 원폭 피해자들의 입장에 공감해 줄 것을 기대했던 오에는, 피해자가 아닌 전쟁 가해자로서 일본의 책임과 반성이 선행되어야 한다는 김지하의 일침에 충격을 받게 된다. 그러나 오에는 대담을 마친 후, 식민지인이었던 한국인들의 아픔과 상처를 제대로 인식하지 못했던 부분에 대해 반성을 표명하였다. 더불어 노벨문학상 수상 강연문 '애매한 일본의 나'를 통해 한국의 김지하를 비롯한 아시아 문학자들과의 연대를 희망함과 동시에, 원폭 피해자 중에는 많은 재일조선인이 포함되어 있음을 명확히 하였다.

오에의 활약은 21세기에 들어서도 계속되었다. 2004년에는 전후 헌법에 명시된 '전쟁포기'의 이념을 수호하는 모임 '9조회'(9条会)를 만들어 가토 슈이치(加藤周一, 1919~2008), 쓰루미 슌스케(鶴見俊介,

1922~2015) 같은 학자들과 함께 인권존엄을 위한 운동에 연대하였다. 또한 2011년 동일본대지진(東日本大震災) 이후에는 탈원전을 주장하며, 꾸준하게 원전의 위험성을 경각시키는 운동에 참여하였다. 대표적으로 2014년 3월 15일, 탈원전 집회인 '후쿠시마를 잊지 않는다'(フク シマを忘れない)의 연설 등을 통해, 원전 사고 후 황폐해진 지역에 남겨진 주민들에 대한 안타까움과 후세대의 삶에까지 영향을 끼칠 원전의 폐해에 대해 언급하였다.

현대 일본문학을 대표하는 작가 오에 겐자부로는 쉴 틈 없는 다독과 고찰을 통해 창작하는 노력가이자, 새로운 소재와 방법으로 문학세계의 변화와 확장을 모색해 온 개척자라 말할 수 있겠다. 사회적 이슈에 비해 상대적으로 공적인 언급이 많지는 않았지만, 작품을 통해 장애인에 대한 사회적 차별과 공생의 중요성을 꾸준히 피력해 온 헌신적인 아버지이기도 하였다. 물론 오에의 작품에 대한 부정적인 평가나 지적이 없는 것은 아니다. 그럼에도 불구하고 오에 겐자부로라는 작가와 작품을 통해 희망과 감동을 경험하는 이유는 그의 문학세계가 진정성을 근간으로 하고 있기 때문일 것이다. 희생을 각오한 부당한 권력에의 저항, 사회적 주변인인 약자와 소수자에 대한 연민과 공생에의 염원, 더불어 비판을 수용하고 반성하는 자세를 통해 에히메현 산간 마을의 수줍음 많던 소년은 세상에 경종을 울리는 세계적인 문학가로 거듭났다.

35. 난해한 소설의 수수께끼 풀이

무라카미 하루키 『바람의 노래를 들어라』

【오순영】

『바람의 노래를 들어라』(風の歌を聴け)를 논하기 전에 먼저 왜 그렇게 무라카미 하루키(村上春樹)가 인기인가에 대해 얘기해 보자. 결론부터 말하면, 1980년대 말 한국문학의 새로운 패러다임 전환기에 『상실의 시대』(ノルウェイの森)가 번역 출판되었고 대중에게 커다란 반향을 불러일으키며 이후 한국 소설에 하나의 길잡이 역할을 했기 때문이다.

해방 후 한국 현대문학의 흐름을 보면 1950~60년대의 '분단 문학', 70년대의 '산업화 문학'을 거쳐 80년대에는 이념과 정치 사회적 문제를 다룬 '민주화 문학'이 주류를 이루었다. 그러나 대통령 직선제를 골자로 하는 '87년 체제'의 시작과 1990년을 전후한 사회주의 진영의 몰락은 학생운동과 사회변혁의 열기를 급격히 가라앉혔다. 따라서 대중적 관심도 이념과 사회적 갈등보다는 '개인'의 성찰과 모색, 스토리텔링으로 전환되었다.

일본에서 학생운동이 퇴조하던 시기, 탈정치적 탈사회적 일상과 내면세계를 그린 『상실의 시대』는 당시 한국 사회의 욕구와 맞물려 대중의 정서에 깊이 파고들었다. 이후 하루키 문학은 90년대 한국 작가들에게도 큰 영향을 미쳤으며 나아가 한국내 일본 소설의 인기와 정착을 이끌었다.

그럼 구체적으로 하루키의 작품 세계로 들어가 보자.

『바람의 노래를 들어라』(1979)로 데뷔한 하루키는 현재까지 왕성한 작가 활동을 보여 주고 있는데 그의 소설은 『태엽 감는 새』(ねじまき鳥クロニクル, 1994)를 기점으로 크게 방향 전환한다. 이 전환을 이야기할 때 등장하는 단어가 Detachment(관계를 갖지 않는 고립된 상황)와 Commitment(관계를 가짐)이다. 이 단어들은 하루키에 의해 언급되었는데 그의 작품을 논할 때 평론가들 사이에서도 종종 회자되곤 한다.

초기 하루키 소설의 주인공들은 사회 정치 상황에 냉소적이고 애써 타인과 관계를 가지려 하지 않으며 내면적으로 고립된 상태로 그려지는 일이 많다. 이러한 Detachment적 태도가 『태엽 감는 새』를 기점으로 Commitment를 추구하는 방향으로 전환된다. 이 소설에선 목숨을 걸고 잃어버린 아내를 되찾아가는 과정이 그려진다.

『바람의 노래를 들어라』는 '군조 신인 문학상' 수상작이며 하루키의 데뷔작인 동시에 Detachment적 성향이 강하게 드러나 있는 소설이기도 하다. 우선 문체와 이야기 방식 자체가 이러한 성향을 도드라지게 한다. 간결한 문체는 건조하고 문장은 뚝뚝 끊어지며 스토리 파악도 쉽지 않다. 이 때문에 '대체 하고 싶은 얘기가 뭐야?'라는 독자의 소리와 난해하다는 평이 적지 않다.

그러나 관점을 달리해 보면 난해하다는 말은 그 만큼 다양한 해석이 가능할 수 있다는 뜻이기도 하다. 다양한 해석이 생성되는 소설, 이는 좋은 문학 작품을 가르는 기준이 되기도 한다.

소설의 서술자는 독자에게 전달할 이야기의 정보량을 조율하게 되는데 정보량이 너무 많으면 뻔한 이야기가 되고 너무 적으면 난해한 이야기가 된다. 『바람의 노래를 들어라』를 난해하게 느끼는 독자가 많다면 그건 서술자인 '나'가 제공하는 정보량이 매우 적기 때문이다. 의식 또는 무의식적으로 서술자가 정보를 숨기려 하거나 드러내기를 꺼리는 경우도 있다. 이런 경우에는 베일 속에 가려진 이야기의 수수께끼를 풀어야 한다. 독자는 소설 속에서 단서를 찾아 전체적인 스토리를 구축해야 한다.

그럼 이제부터 『바람의 노래를 들어라』에 대한 수수께끼 풀이를 시작해 보자. 할애된 지면이 적은 관계로 완전히 다른 해석 두 가지 정도만 소개해 보겠다.

우선 『바람의 노래를 들어라』의 줄거리는 다음과 같다.

1979년 29세가 된 '나'는 많은 영향을 받아온 작가 '데릭 하트필드'의 문장에 대한 말을 곱씹는다. 그리고 과거로 돌아가 1970년의 이야기를 시작한다. 도쿄에서 대학을 다니던 '나'는 여름방학을 맞이해 귀성하여 수영과 독서, 제이스바에서 친구와 맥주를 마시며 시간을 보낸다. 친구 '쥐'는 대학을 중퇴하고 여자 친구와 헤어진 듯 보이며 뭔가로 번민하고 있다. 어느 날 '나'는 제이스바 화장실에 만취해 쓰러져 있던 '새끼 손가락이 없는 여자 아이'를 발견하고 그녀 가방에서 나온 엽서를 단서로 집까지 데려다 준다. 이를 계기로 '나'와 그녀는 친해진다. 그녀와의 에피소드가 전개되는 사이 사이에 '나'가 '세번 째로 잔 여자 아이'가 소개되는데 그녀가 같은 해 봄 4월 자살했다는 사실이 밝혀진다. 어느 날 '손가락이 없는 여자 아이'가 임신중절을 하고 왔다는 것을 고백하고 흐느끼자 '나'는 그녀를 꼭 안아 주며 위로한다. 이후 그녀와 두 번 다시 재회하지 못한다. 8년이 지난 현재 '나'는 결혼해 있고 '쥐'는 '나'의 생일 때마다 자신이 쓴 소설을 보내 준다. 그리고 '나'는 오래전부터 시도하고 싶었으나 이루지 못했던 글쓰기를 『바람의 노래를 들어라』라는 형태로 완성한다.

일본문학 연구자인 이시하라 지아키(石原千秋, 『謎とき村上春樹』, 光文社, 2007)는 이 소설을 '나'와 '쥐'와 '손가락이 없는 여자 아이'와의 삼각관계, 그리고 '호모 소설'이란 개념을 소개하며 '나'가 '쥐'를 상징적으로 죽이는 이야기로 수수께끼를 풀어낸다. 그렇다면 '새끼 손가락이 없는 여자 아이'는 '쥐'의 아이를 임신하였다가 중절했다는 이야기가 된다. 하지만 소설에는 그녀가 '쥐'의 여자친구였는지, 심지어 서로 아는 사이였는지조차 밝혀져 있지 않다.

이시하라는 여러 퍼즐을 단서로 수수께끼를 풀어간다. 우선, '쥐'가 제이스바에 오면 카운터에 양손을 펼쳐 열 개의 손가락을 점검하는 버릇이 있다는 점과 여자 아이에게 새끼 손가락이 없다는 점에서 두 사람의 관련성을 찾아낸다. 만취했던 여자 아이가 잠에서 깨어 자초지종을 따지자 '나'가 밑도 끝도 없이 '쥐'에게 전화를 건 일화로 이야기를 시작하는 점, 이때 '쥐'에 대한 부연 설명 없이 '그 놈'이라 불렀던 점 등을 근거로 '나'가 '쥐'와 여자 아이의 관계를 이미 눈치챘을 거라고 설명한다. '나'가 여자의 가방에서 꺼낸 엽서의 내용을 읽었을 테고 발송인이 '쥐'였을 거라는 것이다. 또 여자 아이가 만취한 상태에서 '존 에프 케네디'에 대해 말했다는 내용이 나오는데 '쥐'는 케네디 펜던트를 목에 걸고 있으며 케네디에 대해 언급한 적도 있다. 이러한 점들을 근거로 이시하라는 '쥐'와 여자 아이가 연인 관계였으나 관계가 뒤틀어졌고 그것을 '나'가 알게 되었다고 풀이한다. 여자 아이에게 연락을 받고 수영 후 샤워를 했는데도 다시 한 번 샤워를 하고 나가는 점을 근거로 '나'의 그녀에 대한 성적인 이끌림도 환기시킨다.

그리고 '호모 소설'이란 개념을 소개한다. 가부장제 사회의 남성들은 그들만의 리그에서 여성을 배제시키는데 서로의 관계를 공고히 하는 방법으로 일단 배제시킨 여성을 교환하는 방법을 쓴다. 집안 간의 결혼이 그 좋은 예이다. 남자들끼리 경쟁하는 경우에는 일단 리그에서 배제시킨 여성을 쟁취하는 게임을 한다. 제이스바의 바텐더 '제이'가 '나'와 '쥐'의 미묘한 경쟁 관계에 대해 우회적으로 얘기하기도 하는데, 책을 읽지 않던 '쥐'가 독서를 시작하고 8년 동안이나 쓰지 못했던 '나'보다 훨씬 앞서 소설을 쓰기 시작한다. 그리고 이시하라는 '나'가 카운슬링을 받던 어린 시절에 '마음이 내키면 쥐를 죽여요'라고 언급한 구절에 주목한다. 즉 이시하라는 '나'가 '쥐'의 여자였던 '손가락이 없는 여자 아이'와 밀접한 관계를 맺음으로써 미묘한 라이벌 상대인 '쥐'를 상징적

279

『바람의 노래를 들어라』 영화의 스틸컷

으로 죽이는 이야기로 『바람의 노래를 들어라』를 해석한다.

독자가 위 설명에 공감할진 모르겠으나 이시하라의 해석을 직접 읽으면 『바람의 노래를 들어라』의 퍼즐을 기막히게 맞추었다는 생각이 든다. 이야기의 세부를 하나하나 읽어내어 전체적 구조와 스토리 해석으로 연결시킨 좋은 예이다.

그러나 필자는 이시하라와는 전혀 다른 관점에서 퍼즐을 맞추었다. 많은 사람들이 간과하는 점이 있다. 메인 스토리가 서술되는 1970년 여름이 여자친구가 자살한지 겨우 4개월 지난 시점이라는 것을. 소설은 '나'의 감정이 일체 배제된 채 서술되어 있지만 '나'는 매우 고통스러운 시간을 보내고 있었을 것이다. 정말 아픈 고통과 받아들이기 힘든 사실에 대해선 쉬이 말할 수 없는 법이다.

1장에서 '나'는 8년간 쓰지 못했던 글을 쓰려 한다고 선언한다. 글쓰기가 어떤 '문제'를 해결하기 위한 '자기 요양'의 수단이며 이를 통해 언젠가 '구제된 자신'을 발견할지 모른다고도 말한다. 그리고 문장에 대해 많은 가르침을 받은 '데릭 하트필드'에 대해 말하더니 뜬구름 없이 그의 자살, 두 명의 숙부와 조모의 죽음에 대해 이야기한다. 여기서 여러 명의 죽음이 언급되는 것은 우연이 아니다. 죽음과 관련된 '문제'로부터 스스로를 '구제'하기 위해 이 글을 쓰려 한다는 우회적 표현이다.

'나'는 2장에서 "이 이야기는 1970년 8월 8일에 시작되어 18일 후

즉 같은 해 8월 26일에 끝난다"고 말한다. 이 18일은 '나'가 '손가락이 없는 여자 아이'와 만나고 헤어지는 기간이다. 그만큼 '나'에게 그녀와의 만남이 중요했다는 뜻이다. 결론적으로 말하면 그 18일간 '나'는 '손가락이 없는 여자 아이'를 통해 여자친구의 죽음으로 인한 고통에서 얼마간 해방될 수 있었던 것이다.

자살한 여자 친구는 페니스가 '나'의 유일한 존재 이유라고 말하고 육체적 관계만을 남긴 채 저세상으로 떠난다. 하지만 '나'는 '보는 이의 마음 가장 깊은 곳의 가장 섬세한 곳까지 관통해 버릴 듯'이 아름다웠다고 서술할만큼 그녀를 사랑했다. 지인 혹은 가족의 자살 후에 남겨진 사람들은 죄책감에 고통스러워 한다. 이런 죄책감과 함께 육체적 관계의 대상만으로 남겨진 자괴감도 '나'를 괴롭혔을 것이다. 이 소설에는 '나'와 잤던 세 여자 이야기가 등장하는데 '세 번째로 잔 여자 아이'인 전 여자친구에 대한 에피소드는 규칙적으로 '손가락이 없는 여자 아이' 이야기 앞 뒤에 배열된다. 이도 우연은 아니다. 이 소설은 맥락이 없어 보이는 극히 짧은 문장들의 나열로 이루어져 있다. 이럴 때 특히 각 에피소드의 위치 배열은 어떤 의미를 갖는다. 즉 '나'에게 있어 두 여자는 어떤 부분에 있어 연결되어 있다는 말이다.

'나'는 '손가락이 없는 여자 아이'와 섹스를 하지 않고 임신 중절 후 울고 있는 그녀를 위로해 준다. 전 여자 친구와 이루지 못한 것들을 간접적으로나마 이루게 된 셈이다. 이 소설에는 '쥐'의 소설에 섹스와 죽음이 나오지 않는다는 부분이 반복된다. 소설에 의미 없는 말은 없다. 하물며 반복은 매우 의미심장한 메시지를 내포한다.

『바람의 노래를 들어라』는 그녀의 죽음 이후 8년간 글을 쓰지 못했던 '나'가 처음 완성한 문장이다. 수면 밑에 숨어 있어 잘 드러나 있지 않지만 그녀의 죽음이야말로 '나'에게 글을 쓰게 한 동력이 아니었을까? '문제'의 '해결'과 '자기 요양'과 '구제'를 위해 글쓰기를 시작했으나 아직 극복하지 못한 그녀의 죽음에 대한 트라우마는 이렇듯 건조하고 스토리성이 결여된 문체로 표현되었다. 이 소설의 구성과 문체는 그녀의 존재와 죽음을 스토리성 있는 이야기로 재구축하지 못한 '나'의 내면 상태와 맥을 같이 한다. 즉 '나'는 아직 그때의 트라우마를 이야기로 재구축할 만큼 스스로 '구제'되지 못하였다. 작가 레벨에서 그녀와 '나'의 이야기를 플롯이 있는 스토리로 재구축하게 되는 것은 『1973년의 핀볼』(1973年のピンボール, 1980)을 거쳐 『상실의 시대』(1987)에 이르러서이다.

같은 소설에 대한 해석은 이렇게까지 상이할 수 있다. 문학적 해석에 정답이란 없다. 중요한 것은 독자 자신이 어떻게 보고 무엇을 읽어내느냐이다.

36. 특권적 육체론, 역도산

미야모토 데루 『역도산 동생』

【임상민】

　미야모토데루(宮本輝, 1947년~)의 단편소설 「역도산 동생」(力道山の 弟)은 1989년 3월에 잡지 『소설신초』의 임시증간호에 게재되어, 1990 년 4월에 단편집 『한여름의 개』(真夏の犬)에 수록된 작품이다.

　동 소설은 전후세대(베이비붐 세대)인 주인공 '나'의 과거와 전쟁세 대인 아버지의 과거가 현재의 '나'의 시점을 통해 회상·재해석되는 구 도를 취하고 있다. 1988년 현재의 '나'는 아버지의 유품 속에서 발견한 '역도산 분말' 봉투를 계기로 1958년 11월에 있었던 사건, 즉 '나'는 초 등학교 5학년 때 길거리에서 '대못'을 손가락으로 가볍게 휘어버리는 차력을 선보이며 비약을 파는 '역도산을 쏙 빼닮'은 역도산 동생을 사칭 하는 약장수 남자에게서 '역도산 분말'을 구입하게 된다. 하지만 역도산 과 같은 파워를 기대했던 '역도산 분말'은 오히려 '맹렬한 설사'만을 초 래했고, 이러한 '나'의 에피소드는 '역도산'을 매개로 해서 전쟁세대인 아버지의 과거와 링크된다.

나는 그 봉투를 한 권의 시집에 끼워둔 채, 20년간 책장 구석에 보관해 왔다. 그러나 지금 한 사람의 행복한 출발을 눈앞에 두고, 나는 아무 의미없는 과거를 말살하기 위해서, 이 얇디얇은 한 장의 봉투에 불을 붙여 재떨이 속에서 태워버리기로 했다. 그날의 아버지의 거칠었던 마음과 비애에 살며시 손을 얹고, "아버지, 엣짱이 내일 결혼해. 상대는 고베에서 초밥가게를 하는 남자인데, 결혼하기 전부터 벌써 엣짱 엉덩이에 깔려 지내"라고 말하며. 그건 그렇고 어째서 아버지는 이 한 장의 봉투를 버리지 않고, 소중하게 간직하고 있었던 것일까……

전전에 중국과의 무역업을 하고 있었던 아버지에게는 '고만수'라고 하는 고베에서 무역업을 운영하던 중국인 친구가 있었다. 그는 아버지의 중재로 일본인 여성 '이치다 기요'와 결혼하게 된다(혼인신고는 하지 않은 현재의 사실혼). 하지만 중일전쟁의 발발로 고만수는 결국 중국으로 돌아가게 되고, 고만수의 아내는 아버지의 도움으로 마작가게를 개업한다. 그리고 바로 이 마작가게에 '나'에게 '역도산 분말'을 판 역도산 동생을 사칭하는 약장수가 나타나 우연히도 고만수의 아내와 관계를 갖는다. 그 결과, 아버지는 이치다 기요의 행동을 도무지 이해할 수 없다며 화를 내고, 두 번 다시 그녀를 만나는 일 없이 세상을 떠나게 된다.

소설은 '나'가 이치다 기요의 딸 '에츠고'의 결혼식을 앞둔 현재, 아버지의 유품 속에서 발견한 '역도산 분말' 봉투를 계기로, 왜 '아버지는 이 한 장의 봉투를 버리지 않고, 소중하게 간직하고 있었던 것일까'라는 의문을 해독하기 위해서 이야기가 전개된다.

현재, 미야모토 데루의 단편소설은 특정 장소와 소도구, 그리고 특정 인물과 같은 상징성이 강한 '기호'를 작품의 곳곳에 배치시키는, 이른바 소설 속의 '기호'를 통해 단순한 과거의 '회상'이 아닌, 현재 소설을 읽고 있는 독자에게 끊임없이 동시대의 '의미'를 묻게 하는 작가로 평가받고 있다.

그렇게 생각하면, 단편 「역도산 동생」은 '역도산'이라는 전후 일본의 고도경제성장을 강하게 상기시키는 기호성은 물론이고, 동 작품이 잡지에 게재된 시기 역시 중요한 해석의 포인트가 된다. 즉, 소설 속에 등장하는 전쟁세대와 전후세대, 중국과 일본, 아버지의 죽음과 다음 세대의 출발, 과거의 회상과 재해석 등의 키워드는 동시대의 천황을 둘러싼 다음과 같은 단어들과 그 접점을 바로 확인할 수 있다.

예를 들면, '천황사관에는 세대차', '과잉 세대·무관심 세대', '천황 폐하의 붕어', '「헤이세」 내일부터', '「전쟁책임」을 둘러싼 국내외 낙차', '지금, 역사를 재검토할 때' 등과 같은 『아사히신문』의 기사 제목을 나열하는 것만으로도 소설과 동시대의 천황을 둘러싼 문맥이 중층적으로 교차하고 있다는 사실을 충분히 알 수 있다. 즉, 동시대의 독자는 소설 속 '나'의 아버지의 죽음에서 쇼와 천황의 사망을 떠올리고, 세대가 다른 에츠코의 결혼식은 헤이세 천황의 즉위식, 그리고 중일전쟁으로 중국으로 돌아갈 수밖에 없었던 고만수의 이야기는 중국을 비롯한 일본 국외에서 대두되는 일본의 전쟁책임론, 또한 이에 따른 역사의 재검토는 아버지의 과거를 재해석하려는 현재의 '나'의 포지션과 일치한다.

특히, 천황궁 앞에 병문안 기장을 하러 온 많은 사람들이 세대에

관계없이 천황을 자신의 '병든 가족'(아버지·할아버지)이라는 이미지
와 매치시키면서 수용하는 모습과 그들의 언설 속에 공통적으로 보이
는 '천황 수용=일본인'과 '천황 거부=비일본인'이라고 하는 배제의 구조
는, 소설 속에서 끊임없이 일본의 전쟁 책임을 상기시키는 중국인 친구
고만수의 존재를 초점화시킨다.

소설 속에서 전쟁세대인 아버지의 '비정상적인 분노'는 고만수의
아내였던 기요 아주머니가 '정체를 알 수 없는 장사치'에게 마음을 빼앗
겨 '3일간' 그녀의 가게 2층에서 생활을 함께 했고, 심지어 그녀가 역도
산 동생의 아이를 갖게 되었기 때문이다. 그리고 그 사실을 알게 된 아
버지는 기요 아주머니가 운영하는 가게에 쳐들어가 마작 테이블을 때
려 부수고 마작 패를 기요 아주머니에게 집어던지는 등의 난동을 부리
게 되는데, 그전까지 역도산 동생을 파워를 상징하는 영웅으로 인식하
고 있었던 '나'는 다음과 같이 경찰에 연행되어 가는 아버지의 모습을
회상한다.

지나가던 사람의 신고로 경찰이 달려와 아버지를 연행해 갔다. 나는 한신
국도(阪神国道)를 사이에 두고 길 건너편 전봇대에 숨어서, 아버지가 난동
을 부리는 모습과 저항 없이 울고 있는 기요 아줌마를 보고 있었다. 전철과
버스가 끊임없이 지나가고 멀리에는 가스를 저장하는 거대한 원형 탱크가
겨울 햇살에 반사되고 있는 것을 나는 쓸쓸한 풍경으로 느꼈다.

소설 속에서 '나'는 '가스를 저장하는 거대한 원형 탱크'를 보며 '쓸

쓸한 풍경'으로 인식하게 되는데, 이곳에서 말하는 '원형 탱크'는 역도산 동생의 체형이 '텔레비전에서 본 진짜 역도산과 똑같은 '배불뚝이 몸통'이었다는 기술에서 알 수 있듯이, 다름 아닌 역도산 동생을 가리키고 있다는 것은 쉽게 알 수 있다. 또한, 역도산 동생을 전쟁세대인 아버지와 대비되는 전후세대, 특히 일본의 고도경제성장의 상징적인 신체로 읽어내기 위해서는 소설 속의 '원형 탱크'는 단순한 '탱크'가 아니라 '가스'를 저장하는 '탱크'였다는 기술은 시사하는 바가 크다. 왜냐하면, '가스'는 일본의 고도경제성장기에 있어서 기술혁신을 대변하는 대표적인 화학물질이었기 때문이다.

소설이 시대적 배경으로 하고 있는 1958년 전후에는 '수력 · 석탄에서 석유 · 천연가스로'라는 에너지 혁명이 이루어지는 시기였고, 따라서 '가스'는 단순한 화학물질이 아니라 제조법이나 제조설비가 전전에서 전후로의 전환을 의미했고, 또한 세대적으로는 수공업에 의존했던 구세대에서 기계화 신세대로의 세대교체를 의미하는 상징적인 기호로써 작용했다고 할 수 있다.

이와 같은 동시대의 에너지 정책의 전환이라는 측면에서 보면, '가스를 저장하는 거대한 원형 탱크'를 '쓸쓸한 풍경'으로 인식하는 '나'는, 단순히 아버지의 난동이나 저항 없이 울고 있는 기요 아주머니가 불쌍해서가 아니라, 고만수가 상징하는 전전 일본의 전쟁책임을 망각하고 전후를 상징하는 역도산 동생과 관계를 갖은 기요 아주머니의 변심에서 느끼는 '쓸쓸'함이라고 해석할 수 있다. '가스를 저장하는 거대한 원형 탱크'가 동 소설에서는 일본의 고도경제성장을 상징하며, 동시에 전쟁세대와 전후세대의 절단을 비유적으로 나타내는 소도구로 쓰였다는 사실은, '나'와 기요 아주머니의 딸인 에츠코의 대화에서도 확인할 수 있다.

> 에츠코는 광장에 있으면 가스 저장 탱크가 보이지 않아서 기쁘다고 내게 말했다. 어째서 기쁘냐고 물어도 에츠코는 그 이유를 말로는 잘 표현하지 못했다.
> "나도 저 큰 둥그런 탱크가 싫어."
> "왜?"
> "저것을 보고 있으면 쓸쓸해져."
> 에츠코는 잠깐 생각을 하고는,
> "나도 쓸쓸해."
> 라고 말했다.

어린 에츠코가 왜 '가스 저장 탱크가 보이지 않아서 기쁘다'라고 생각하는지에 대해서는, 소설 속에서는 에츠코와 아버지에 해당되는 역도산 동생과의 구체적인 접점이 기술되어 있지 않기 때문에 그 답을 찾기란 쉽지 않다. 하지만 달리 생각하면, 왜 '탱크'를 보면 '쓸쓸'해 하는지를 구체적으로 기술하고 있지 않기 때문에, 독자의 입장에서는 오히려 그 '쓸쓸'함이 어디에서 파생되는지 더욱 더 궁금해진다고도 할 수 있다. 즉, 에츠코의 '쓸쓸'함을 파악할 수 있는 유일한 단서는 어머니인 기요 아주머니가 "아이 아버지는 그 뒤로 모습을 보이지 않았지만, 자기에게는 그게 더 고마워"라고 한 대사이고, 또한 역도산 동생이 나타나지 않는 것이 왜 기요 아주머니에게는 더 고마운 일인지에 대해서는 아버지의 난동 사건에서 알 수 있듯이, 역도산 동생의 존재는 전전에 중국인 고만수와 결혼을 했던 사실과 자기의 변심을 끊임없이 상기시키기 때문이다.

중국인 친구 고만수에 대해서 아버지는 한결같이 "기요는 고만수의 사랑하는 아내였어. 그 순수하고 한결같은 전도양양한 중국인이 목숨을 걸고 좋아했던 여자야. 고문수는 조국을 버리고라도 기요와 결혼할 생각이었어. 하지만 그 전쟁은 조국을 버릴 선택조차 할 수 없었던 전쟁이었어"라는 말하고 있듯이, 기요 아주머니의 변심으로 전경화되는 것은 전쟁세대인 아버지의 중국인 친구 '고만수의 사랑'이며, 달리 말하자면 중국인 '고만수의 사랑'을 파괴한 일본인의 전쟁책임이 초점화된다. 따라서 '나'와 에츠코가 역도산 동생을 연상시키는 '가스 저장 탱크'를 보고 '쓸쓸'함을 느끼는 이유는, 일본의 고도경제성장(=역도산 동생)을 수용하는 대신에 일본의 전쟁책임(=기요 아주머니의 변심)을 망각하는 모습을 아버지의 난동과 같은 '거칠었던 마음과 비애'를 동반하며 상기시켜 주기 때문이다.

소설 속에서 일본의 고도경제성장, 즉 파워를 상징하는 '역도산 분말'을 전후세대인 '나'가 구입하게 되는 결정적인 동기는 역도산 동생이 손가락으로 '대못'을 휘는 초자연적인 파워 때문인데, 이러한 트릭에 대해서 전쟁세대인 아버지는 '대못'은 '쇠'가 아니라 '납'에 의한 트릭이었다는 사실을 알고 있었다. 즉, 소설 「역도산 동생」은 전쟁세대인 아버지 세대는 수신할 수 있었던 시크릿 메시지가 왜 전후세대인 '나'에게는 수신되지 않았는지를 해독하려는 이야기이며, 또한 동시대적인 관점에서 보면 쇼와 천황 사망을 전후해서 부각된 전쟁세대와 전후세대의 전쟁책임 의식의 절단·망각에 대해서, 세대에 따라서 시크릿 메시지가 수신·절단되는 트릭을 절개함으로써 쇼와 천황 내셔널리즘을 내파하여 전후세대의 전쟁책임론을 비판적인 입장에서 사유하려고 했던 작품이었다고 해석할 수 있다.

37. 내가 누구인지 말할 수 있는 자

리비 히데오 『성조기가 들리지 않는 방』

【송민수】

　1987년 「군조」(群像)에 『성조기가 들리지 않는 방』(星条旗の聞こえ
ない部屋)을 발표하고, 일본어를 모어로 하지 않는 서양 출신 최초의
작가로 화제에 오르며, 1992년 노마문예신인상(野間文芸新人賞)을,
2005년 『산산히 부서져』(千々にくだけて)로 오사라기지로상(大仏次郎賞)
을, 2009년 『가리노미즈』(仮の水)로 이토세이문학상(伊藤整文学賞)을,
2017년 『모범적 고향』(模範郷)으로 요미우리문학상(読売文学賞)을 수
상한 리비 히데오(リービ英雄, 미국 캘리포니아 버클리, 1950년생)의 본명
은 '이안·히데오·리비'(Ian Hideo Levy)이며 '히데오'는 2차세계대
전시 미국 내에 설치된 일본인 강제수용소에 수감되었던 일본계 2세인
아버지 친구의 이름에서 취한 것이다.

　리비 히데오의 아버지는 브루클린의 유대계 중산계급 출신으로
1950년 캘리포니아대 버클리에서 당대(唐代) 중국사를 전공하고 박사
논문 준비 중이었고, 어머니는 펜실베니아주 폴란드계 이민 광부의 장
녀로 가족 중 처음으로 대학을 졸업한 인물이었다. 1957년(리비 히데오

7세) 아버지가 대만의 타이츄(台中) 소재 미 국무성 중국어연수소장이 되어 타이츄구 일본인 거리에 있는 집으로 이주한다.

거주하고 있던 대부분의 미국인과 달리 양친 특히 아버지는 현지 중국인과 적극적으로 교류하였고, 집에서는 주로 대륙 출신 중국인 손님이 많아 늘 대륙의 중국어를 들으며 지냈다. 1960년(리비 히데오 10세) 양친이 이혼하고 아버지가 상하이 출신 중국인 여성과 재혼함에 따라 어머니, 동생과 함께 홍콩으로 이주한다. 1967년(리비 히데오 17세) 와세다대학(早稲田大学)에서 일본어를 배운다. 대학의 학원 분쟁이 한창이었던 시기여서 교과서적인 일본어에 염증을 느끼고 대학 선배에 이끌려 신주쿠(新宿)로 가게 되면서 아버지와 불화는 깊어지고 가출을 반복한다. 1968년(리비 히데오 18세) 프린스턴대학에 입학 일본어, 중국어, 한국어를 배운다.

프린스턴대학원에 입학한 후, 『만엽집』(万葉集) 연구자 나카니시 스스무(中西進)를 만나 사사받고 『만엽집』 영역을 시작한다. 1994년(리비 히데오 44세)부터 호세이대학(法政大學) 제1교양학부 교수로 재직 중이며 「천안문」(天安門), 「국민의 노래」(国民のうた) 등외에 다수의 평론과 작품을 발표하였다.

『성조기가 들리지 않는 방』은 17세 유대계 미국인 소년이 요코하마(横浜) 소재 미영사관저의 이비지로부터 '가출'하여 '신주쿠'로 향하는 모습을 그린 자전적 소설로 양친의 불화와 이혼, 재혼과 이복동생의 탄생, 외국인 차별, 사춘기의 일탈, 일본어(외국어) 습득, 아이덴티티의 혼란 등을 그리고 있다.

평범한 16~7세의 미국인 작가는 캘리포니아나 미네소타에서 영어로 경험하는 인생의 대소사를 일본에서 일본어로 경험하였다. 일본에서 일본어로 경험하였기 때문에 영어가 아니라 일본어로 쓸 수밖에 없었던 것이다.

일본어로 경험한 것은 일본어로 형상화해야 한다고 하는 것은 민족의 지표로서의 언어(일본어/영어)가 아닌 문학의 언어(일본어/영어)로서의 동가성(同價性)을 지적한 것이라고 할 수 있다.

일본문학계에서는 리비 히데오의 등장을 당시의 '국제화'라는 사회적 맥락에서 이해하려고 하였다. 리비 히데오는 이러한 문제의식에 대하여 위화감을 표명하면서, "'국제화'란 경제대국으로서 일본의 특수성을 주장하는 내부형(內部型) 혹은 오로지 서구적 가치관을 기준으로 일본을 재단하고자 하는 외부형(外部型) 2가지가 있고, 어떤 입장이더라도 '일본어만이 야기할 수 있는 문화의 침투성'(日本語だけがもたらし得る文化の浸透性)이 전혀 반영되지 않았으며, 일본어라고 하는 문화의 비의(秘義)를 외부인(よそ者)은 이해 불가능한 아이덴티티의 근원으로 성역화한 점에서는 다르지 않다."고 주장하면서 일본인과 언어와 인종이 다른 리비 히데오의 '일본어의 승리'(日本語の勝利)라는 언설은 단일민족 이데올로기라는 일본의 내셔널리즘을 자극했다고 할 수 있다.

리비 히데오의 일본어로의 글쓰기에 대하여는, 2차 세계대전 후 냉전체재하에서 형성된 미국 내 식민지주의적 일본학을 탈구축하고자 한다는 시각이 있다. 리비 히데오의 일본어로의 글쓰기에 대한 질문에 대한 해답은 아직 제출되지 않았으며, 30년 이상의 시간이 흐른 지금도 현재 진행형으로 되풀음되고 있는 상황이나 지금까지의 연구나 본인의 말을 통한다면, ①일본어의 감각적 매력과 일본어에 대한 공감 ②일본과 일본어의 성질에 대한 흥미와 비판 ③일본어의 승리라는 문학적 의의 등을 들 수가 있다.

리비 히데오를 일본문학이 호명한 것은 서양인이 동양의 언어 일본어로 작품을 발표하였다고 하는 현상에 있음을 부정할 수는 없다.

하지만 우리가 주목해야 할 점은 서양인의 일본어 창작이라고 하는 문학적 현상에 보다도 리비 히데오가 발표한 작품에 일관되고 있는 타자로서의 시각, 탈경계적 시좌(視座)이다. 그러나 그 타자는 일본에 대한 중국, 한국, 대만이라고 하는 경계를 뛰어 넘어 미국으로 은유되는 서양이 개입된 타자이다. 즉 동아시아가 상상하고 있는 타자보다 더 확장된 타자라고 하는 점이다.

리비 히데오와 같이 이중언어 글쓰기를 하고 있는 작가로는 미즈무라 미나에(水村美苗), 다와다 요코(多和田葉子), 양이(楊逸), 이시구로 카즈오(Kazuo Ishiguro), 교코 모리(キョウコ モリ) 등이 있다. 물론 이들의 작품에도 타자의 시선, 아이덴티티의 혼란, 탈경계성이 발견되고 있다.

자연지리적 경계를 토대로 형성된 일국적 아이덴티티가 경계를 넘어 이동할 때 형성되는 다국적 아이덴티티와 충돌하면서 발생하는 혼란은 일국 중심의 아이덴티티로는 해소되지 않는 문제이다. 그 혼란을 내파할 수 있는 것은 다국·다양·다중심의 아이덴티티라고 할 수 있다.

그러나 무엇보다도 리비 히데오라고 하는 작가 및 작품의 변별력은 경계의 결핍이 호출한 아이덴티티의 혼란과 붕괴를 극복하기 위한 대안으로 트랜스 내셔널리즘(Trans-Nationalism)과 탈경계성을 박력 있게 제출하였다고 하는 지점에 있다고 할 수 있다.

리비 히데오는 아이덴티티가 경계 내에 있든지 경계 밖에 있든지, 또는 이동 중에 있든지 간에 그 경계와 장소를 불문하고 모두에게 묻고 있는 것이다.

바로 내가 누구인지 말 할 수 있는 자는 누구인가 하고.

38. 오키나와인은 누구인가?
일본인은 누구인가?

『칵테일파티』·『신의 섬』·『거북등 무덤』

【손지연】

전후 오키나와 문학을 대표하는 작가 오시로 다쓰히로(大城立裕, 1925~2020)는 '오키나와인은 누구인가', '일본인은 누구인가'라는 근원적 물음을 던지고, 이에 대한 답을 찾고자 부단히 노력해 온 것으로 잘 알려져 있다. 그의 노력이 시사적인 것은 이것이 단순히 오키나와, 오키나와인 내부만의 문제가 아니라 우리를 포함한 동아시아의 식민지적 상황, 그 안에서도 직접적인 차별과 폭력에 노출된 마이너리티(마이너리티 간) 문제와 직결된 사안임을 분명하게 보여주기 때문이다. 지금부터 소개할 오시로 다쓰히로의 세 편의 소설은 그러한 작가의 문제의식이 그 어떤 작품보다 농밀하게 응축되어 있다.

사실 오키나와 문학은 한국은 물론이거니와 일본 본토에도 잘 알려지지 않았다. 오키나와 출신 작가가 본토 문단의 주목을 받게 되는 것은 1967년 『칵테일파티』(カクテル·パーティー)가 아쿠타가와상을 수상하면서다. 이것은 오랜 기간 본토 중심 중앙 문단의 주변부에 머물렀

던 오키나와 문단이 이룬 일대 쾌거이자 오키나와 사회 전체가 동요할 만큼의 기념비적인 사건으로 기록되고 있다. 작가 오시로는 당시의 분위기를 회고하며, 오키나와 출신 작가가 일본어로 작품을 써서 중앙문단에 인정받는 것은 무리라는 '이하 후

오시로 다쓰히로(大城立裕)

유(伊波普猷)의 예언을 배신하고 언어의 핸디캡을 극복'한 일이자 본토로부터의 '사상적 자립을 예언'한 획기적인 사태로 자리매김한 바 있다. 그래서인지 다른 여러 작품 가운데 유독『칵테일파티』에만 집중 조명되어 온 경향이 강하다. 물론『칵테일파티』가 지금의 오시로 문학을 있게 한 출세작이자 문제작이라는 데에 이견은 없지만, 이 한 작품에만 매몰되어서는 그의 문학세계를 온전히 이해했다고 할 수 없을 것이다.

한편, 일본 본토 문단에서는『칵테일파티』의 아쿠타가와상 선정을 둘러싸고 의견이 양분되었다고 한다. "모든 문제를 정치라는 퍼즐 속에 녹여버렸다"(三島由紀夫)라는 혹평도 있었지만, 그보다는 오키나와의 정치적 상황, 특히 미국에 대한 비판적 시선이 선정에 긍정적 영향을 미친 것으로 보인다. 그로부터 4년 후, 오시로의 뒤를 이어 히가시 미네오(東峰夫)가『오키나와 소년』(オキナワの少年, 1971)으로 같은 상을 수상하게 되는데, 이 작품 역시 '미 점령 하' 오키나와 사회를 비판적으로 다룬 것이었다. 작가가 의도했건 아니건『칵테일파티』의 근간을 이루는 '오키나와 vs. 미국'이라는 구도가 소설 밖 상황에서도 유효하게 작용했던 것은 분명해 보인다.

먼저 『칵테일파티』 안으로 들어가 보자. 소설의 시대적 배경은 1963년으로 페리함대가 오키나와에 내항한 1853년으로부터 110년이 되는 해이다. 이를 기점으로 '미류친선'(米琉親善)을 공고히 하기 위한 각종 행사가 펼쳐진다. 오키나와 출신 주인공 '나'는 중국에 체류한 경험이 있는 엘리트로, 미군을 비롯해 인터내셔널한 인맥과 친분을 자랑한다. '나'는 미군사관 미스터 밀러(ミスター・ミラー)를 비롯해, 중국인 변호사 쑨(孫), 일본 본토 출신 신문기자 오가와(小川) 등과 친목을 도모하는 사이다. 이들은 중국어 서클 멤버이면서, 미군기지 내에 있는 밀러의 자택에서 국제친선을 도모하기 위해 정기적으로 열리는 칵테일파티에도 빠지지 않고 참석하는 친밀한 사이다.

소설의 구성은 크게 전장(前章)과 후장(後章) 두 파트로 나뉘는데, 전장에서 미국과 오키나와, 일본, 중국을 대표하는 인물들의 두터운 친분관계를 통해 미국과 오키나와의 친선을 부각시켰다면, 후장에서는 주인공 딸이 미군 병사에게 강간당하는 사건을 설정하여 지금까지의 친선 분위기를 급반전시킨다. 이 과정에서 오시로는 미국의 폭력적이고 기만적인 점령 시스템에 갇혀있는 오키나와의 현실을 낱낱이 폭로한다. 본토 출신 오가와는 이 '친선'이나 '우정'이라는 가면 속에 숨겨진 미국과 오키나와의 불합리한 관계(권력구조)를 벗겨내는 데에 일정한 역할을 담당한다.

후장의 주요 모티브는 미군에 의한 오키나와 소녀의 강간사건이다. 피해자는 주인공의 고교생 딸이고, 가해자는 미군 병사 로버트 할리스(ロバート・ハリス)다. 그는 주인공 '나'의 집에 하숙을 하던 미군

병사로, 평소 애인도 자주 드나들었고 딸을 비롯한 가족들과도 가깝게 지내던 사이였다. 전혀 예상치 못한 상황인데다, 딸이 명백한 피해자임에도 불구하고 가해자를 쉽게 고소하지 못하고, 딸이 오히려 가해자를 벼랑으로 밀어 부상을 입혔다는 죄명으로 미군범죄수사과 CID(Counter Investigation Division)에 체포된다. 이에 분노한 주인공은 딸의 사건을 고소하기로 마음먹고 시에 있는 경찰서를 찾지만, 패전 이후 도처에서 발생하고 있는 강간사건에서 승소한 사례가 전무하고, 사건을 담당하는 류큐민정부(琉球民政府) 재판소의 경우 미군을 증인으로 소환할 수 있는 권한이 없는데다 재판도 영어로 진행되기 때문에 고소 자체를 만류하는 실정이라는 답변을 듣고 절망한다.

이 작품에서 미군으로 등장하는 인물은 미스터 밀러, 미스터 모건, 로버트 할리스 총 세 명이며, 이들은 모두 힘과 권력을 지닌 점령국 미국을 상징한다. 그리고 이에 대항하는 인물은 주인공 오가와, 쑨씨가 등장한다. 이들은 각각 오키나와, 일본 본토, 중국을 대변한다. 이들의 관계가 개인적 차원에 그치는 것이 아니라 각각의 국가를 상징하는 대표성을 띠게 되는 것에 주목할 필요가 있다.

그렇다고 해서 작가의 관심이 미국과 오키나와 관계, 그 사이에 가로놓인 차별적 권력구도의 폭로에만 있었던 건 아니다. 오히려 이러한 구도를 보다 보편화함으로써 성찰적 자기인식에 이르는 방법을 모색하는 데에 있었다고 할 수 있다. 『칵테일파티』 이듬해에 간행된 『신의 섬』(神島, 1968)은 '미국'이라는 대상을 '본토'로 바꿔 넣으며 오랜 기간 금기시 되어 온 '집단자결' 문제를 다룬 획기적인 작품이다. 곧 다가올 본토 '복귀'의 시대를 예감하며 작가는 우선 '오키나와 전투' 그중에서도 '집단자결'의 비극과 피하지 않고 마주하고자 한다.

『신의 섬』의 무대는 오키나와 중심부에서 멀리 떨어진 섬 '가미시마'(神島)다. 이곳은 1945년 3월, 오키나와 근해로 들어온 미군이 가장 처음 상륙한 곳으로 수비대 일개 중대 3백여 명과 비전투원으로 조직된 방위대 70명, 조선인 군부 약 2천 명의 집결지가 된 곳이다. 이야기는 당시 '가미시마 국민학교' 교사였던 다미나토 신코(田港真行)가 '섬 전몰자 위령제'에 초대 받아 섬을 찾는 장면에서 시작된다. 전쟁이 격화됨에 따라 학생들을 인솔하여 섬 밖으로 소개(疏開)한 이후 23년 만의 방문이다. 몰라보게 변한 섬 모습에 놀라기도 했지만, 그의 관심은 전쟁 말기 섬 안에서 330여 명의 주민이 목숨을 잃은 '집단자결'의 전말을 밝히는 데에 있었다. 이후 그의 행보는 오로지 '집단자결'의 진상을 파헤치기 위한 일에 집중된다. 그가 '집단자결'과 가장 깊숙이 관련된 인물로 꼽은 이는 '가미시마 국민학교' 근무 당시 교장으로 있던 후텐마 젠슈(普天間全秀)다. 그는 '집단자결'에 있어 '가해'의 책임 소재를 오키나와 내부에서 집요하게 추궁해 가는 다미나토와 대결구도를 이루며 '집단자결'이 은폐하고 있는 지점들을 나름의 논리를 들어 대응해 간다. 그 밖의 주요인물로는 오키나와 고유의 전통과 문화를 고수하는 것으로 본토에 대한 강한 반감을 드러내는 히미가와 아에(浜川ヤエ), 본토의 상반된 입장(오키나와 인식)을 보여주는 미야구치 도모코(宮口朋子)와 기무라 요시에(木村芳枝) 등이 있다. 특히 본토 출신의 두 여성은 각각 지난 전쟁에서 본토가 오키나와에 범한 과오를 성찰하게 하거나, 거꾸로 오키나와에 대한 몰이해가 어떤 식으로 표출되는지 잘 보여준다.

무엇보다 이 작품이 문제적인 것은 전쟁의 폭력성을 비판하는 데에 그치지 않는다는 점이다. 소설의 배경이 되고 있는 오키나와 전투는 일본(군)과 오키나와(주민) 내부의 차이와 차별을 노정하는 동시에, 그동안 암묵적으로만 존재해 오던 오키나와 내부의 불가항력적인 불신과 갈등 또한 피하지 않고 마주하게 한다. 아울러 가해와 피해의 구도가 복잡하게 뒤엉킨 역설적 함의를 다양한 각도에서 드러낸다. 이를테면 조선 출신 군부와 '위안부'의 존재라든가, 같은 '일본군' 안에 '야마토인', '오키나와인', '조선인'이 뒤섞여 '3파 갈등'을 이룬 민감한 정황도 놓치지 않고 묘사하고 있는 것이 그 하나다. 이것을 어떻게 해석하고 성찰할 것인가의 문제는 우리에게도 매우 중요해 보인다.

『신의 섬』은 간행 이래 50여 년이 흐르고 있지만, 일본 문단의 주목을 받은 적도 연구대상이 된 적도 없다. 작가 자신은 "본토의 일본인들에게는 이해하기 어려웠던 모양"이라는 완곡한 말로 표현하고 있지만, 그 보다는 전후 일본 사회나 오키나와 사회나 '집단자결'의 가해 책임을 묻고 반성을 촉구할만한 성찰적 인식의 기반이 마련되지 않았다는 표현이 더 적절할 것이다. 그것도 1960년대 후반, '복귀' 이전 시점이라면 더욱 그러했을 것이다.

마지막으로 『거북등 무덤』(亀甲墓)은 오키나와 공동체(방언, 풍습, 제식)의 정통성을 발견하고 이를 계승해 가려는 작가의 의지가 돋보이는 작품이다. 흥미로운 것은 『신의 섬』과 마찬가지로 오키나와 전투를 배경으로 하지만, 그것을 사유하는 결이 전혀 다르다는 점이다. 우선 '집단자결'을 모티브로 하고 있지 않으며, 그런 만큼 비극적이거나 어둡지만은 않다. 오히려 작가 특유의 유머러스한 묘사를 따라가다 보면 전쟁이라는 상황을 잊기도 한다. 두 작품 사이의 커다란 격차는 아마도 작가의 성찰적 시야가 확보되기 이전과 이후, 즉『칵테일파티』집필 이전과 이후에서 찾을 수 있을 듯하다.

소설은 어느 날 갑자기 전쟁으로 내몰린 오키나와 섬 주민들이 비로소 사태의 심각성을 깨닫고 우왕좌왕하는 장면에서 시작된다. 생전 처음 들어 본 함포사격을 피해 주인공 젠토쿠(善德)와 우시(ウシ) 노부부가 피난 장소로 선택한 곳은 조상들의 유골이 안치되어 있는 무덤 안이다. 무덤 안은 여러 사람이 들어갈 수 있을 만큼 넓은 공간으로 이루어져 있으며, 외관은 회반죽으로 탐스럽게 부풀린 것이 마치 거북등을 엎어 놓은 듯한 형상을 하고 있어 '거북등 무덤'이라 불린다. 이 안에서 젠토쿠와 우시 노부부, 딸 부부와 어린 손녀, 장남이 맡겨 놓은 초등학생 손자, 손녀 이렇게 7명의 피난 생활이 시작된다. 죽은 자의 '무덤'이 산 자의 '요새'가 되는 아이러니한 상황. 그리고 그 안에 잠들어 있는 조상의 유골이 '위대한 수호의 권위 있는 인격'으로 부활되는 상황. 무덤 안에 들어선 젠토쿠는 조상들의 생전 이력을 하나하나 호명하며 산 자와의 경계를 무화시키며, 우타는 조상 앞에 끊임없이 산 자들의 무사 안위를 기원한다. 미군과 일본군이 격전을 치루고 있는 '무덤 밖' 상황과 동떨어진 '무덤 안'에서의 젠토쿠 일가의 생활은 훼손되지 않은 온전한 오키나와 공동체를 의미할 것이다. 그러나 오키나와 공동체의 향방은 매우 불투명한 채로 끝난다. 에타로(栄太郎)와 함께 고구마를 캐러

무덤 밖으로 나갔던 젠토쿠는 폭격에 죽임을 당하고, 무덤 안에 남겨진 나머지 가족들도 불길에 휩싸여 생사가 불투명하기 때문이다. 이를 어떻게 해석할지는 독자의 몫이 될 듯하다.

이들 세 작품은 『오시로 다쓰히로 문학선집』이라는 타이틀로 한국에 번역되어 소개된 바 있다(손지연 옮김, 글누림, 2016). 작가가 한국어판 서문에서 밝히고 있듯 이 작품의 모티브는 순수하게 토속(특히 방언)에 대한 애착에서 비롯되었다. 오키나와 전투를 직접 경험한 작가의 친척 일가가 모델이 된 만큼 당시의 주민들의 상황을 살펴보는 데에도 귀중한 논점을 제공한다. 소설 속 인물과 앞서의 『칵테일파티』를 거치며 성찰적 시야를 확보한 『신의 섬』의 인물들과 비교해 보는 것도 흥미로울 듯하다.

안타깝게도 오시로 다쓰히로는 얼마 전 2020년 10월 27일, 96세를 일기로 생을 마감했다. 그가 한국 독자들에게 남긴 마지막 글귀─"몇몇 재일한국인으로부터 "오키나와는 왜 독립하지 않는 겁니까?"라는 질문을 받았습니다만, 그때마다 어떻게 대답해야 할지 몰랐는데 『신의 섬』이 그에 대한 답변이 될 수 있을지 모르겠습니다"─에서 그가 던진 성찰적 물음들이 우리 한국과도 깊이 연동되고 있음을 간파할 수 있을 것이다.

39. 가차시와 시마고토바로 만나는 오키나와, 아시아, 그리고 여성

사키야마 다미 『해변에서 지라바를 춤추면』

【손지연】

사키야마 다미(崎山多美, 1954~)는 오키나와 이리오모테섬(西表島)에서 태어나 어린시절을 보냈으며, 이후 미야코섬(宮古島)에서 생활하다가 현재는 오키나와 본섬 고자시(コザ市)에 거주하고 있다. 오키나와는 수많은 이도(離島)로 이루어져 있고, 각 섬마다 특유의 문화와 언어, 생활감각을 지니고 있다. 사키야마 다미의 작가로서의 출발점 역시 섬 출신이라는 정체성과 깊은 관련이 있다.

사키야마 다미의 작품세계는 일본 본토 독자는 물론이고, 오키나와 내 독자들에게도 쉽게 다가가기 어렵다. 한국 독자들도 마찬가지겠지만, 그것은 단순히 시마고토바(シマコトバ)를 해석하고 못하고의 문제만은 아니다. 평론가나 연구자들은 사키야마 다미가 즐겨 사용하는 낯선 시마고토바를 이른바 '다미 고토바'(多美ことば)라는 표현에 빗대어 그 해독(번역) 불가능성을 이야기해왔다.

이 글에서 소개하고자 하는 『운주가 나사키』(うんじゅが ナサキ) 역시 그러한 작품 중 하나라고 하겠다. 이 작품은 문예지 『스바루』(すば

る)에 발표했던 단편을 모아『운주가 나사키』라는 제목으로 다른 17명 작가의 작품들과 함께『문학2013』(日本文藝家協会編, 2013)에 수록되었던 것을, 2016년에 같은 제목으로 하나쇼인(花書院)에서 단행본으로 간행한 것이다.

『운주가 나사키』라는 제목은 오키나와의 섬 말, 즉 시마고토바이다. 한국어로 번역하면 '당신의 정' 정도의 의미가 될 것

사키야마 다미(崎山多美)

이다. 이 작품은 손지연, 임다함 공역으로 한국어로도 간행되었는데, 두 번째 장「해변에서 지라바를 춤추면」을 제목으로 삼았다.(어문학사, 2019)

소설은 총 7개의 에피소드로 이루어져 있으며, 홀로 사는 직장 여성인 '나'에게 의문의 파일이 배달되어 오면서 시작된다. 그 가운데「기록y」,「기록z」,「기록Q」에 관한 의문을 풀어가는 과정이 차례로 그려진다. 우선, 소설의 첫 번째 장「배달물」에서는, 어른인지 소년인지 판단이 안 서는 시퍼렇게 삭발한 빡빡머리 남자로부터 배달된 파일을 받아든 주인공 '나'가, 집안에 혼자 있을 때면 어김없이 시마고토바로 말을 건네는 (모습은 없고 소리만 있는) 정체 모를 목소리에 떠밀려, 출근도 포기하고 파일에 기록된 '묘지'를 찾아 길을 나서는 장면이 그려진다.

두 번째 장「해변에서 지라바를 춤추면」에서는, 그렇게 길을 나선 '나'가 방파제를 사이에 두고 겪게 되는 현실과 이계를 넘나드는 기묘

한 경험을 묘사하고 있다. 까치발을 하고 방파제 너머를 들여다보니, 그곳에서는 여섯 개의 사람 그림자가 작은 바위 주위에 서 있거나 앉아 있거나, 손발을 올렸다 내렸다 하는 움직임을 반복하고 있다. 머리와 허리를 흔들고, 꼬고, 흔들고, 불규칙한 동작처럼 보이지만 일정한 리듬이 있다. 오키나와에서 집회나 축하연 자리를 마무리할 때 춤추는 '가차시'(カチャ-シ-)와 닮은 듯 다른 듯, 굳이 비교하자면 훌라와 트위스트와 탭에 아와오도리를 섞어 놓은 듯한 리드미컬한 동작인데, 예로부터 전해 내려오는 '지라바부두리'(ジラバブドゥリ)라는 춤이라고 한다. 방파제 너머의 여섯 개의 그림자와 '나'가 춤추는 장면은 그야말로 리듬과 소리의 향연이다. 하에하에하에, 하이하이, 하이하잇, 후쓰후쓰후쓰 하는 리드미컬한 추임새에 취해 있던 '나'는 뒤도 돌아보지 말고 도망치라는 급박한 소리에 떠밀려 얼떨결에 방파제를 넘어 이계에서 다시 현실로 돌아오게 된다. 파일 「기록z」의 내용이다.

세 번째 장 「가주마루 나무 아래에서」는 파일 「기록y」에 해당하는 내용으로, 해변에서 기이한 춤을 추고 현실로 돌아와 대문이 활짝 열린 집에 허락도 없이 들어가 가주마루 나무 아래에 앉아 메모를 하는 장면에서 시작된다. 얼마 안 있어 집주인인 듯한 여성이 등장한다. 처음은 나이든 여성이라 생각했는데, 자세히 보니 젊은 여자다. 그것도 아주 젊은. 여자는 '나'를 전화(戰禍)를 뚫고 살아남은 듯한 유서 깊은 저택으로 인도한다. 그곳에서 여자는 하수구 냄새가 나는 역겨운 물을 대접하며 자신의 이야기를 들려준다. 본명은 '마요'(真夜)지만, 할아버지만은 '지루'(チル-)라고 불렀다는 것, 70년 전에 불타서 마을 전체가 폐허가 되었고 이 집도, 이 집에 살던 사람들도 모두 죽었다는 말을 들려주고는 홀연히 안쪽으로 사라져 버린다. 곧이어 말쑥한 정장 차림의 중년 남자가 나타나더니 '나'를 '지루'라 부르며, '뷰뷰뷰뷰붓. 발이 땅에 닿지 않는' 상태로 바다를 마주 보는 깎아지른 듯한 절벽 앞 널찍한 광장으로 순간 이동시킨다. 이곳에서 '나'는 오키나와 전쟁에서 목숨을 잃은 자들과 '목숨의 축하의식'을 거행하게 된다. 이 의식은 '지루'의 아픔을 짊어진 사람들이 입장의 차이를 넘어 마음껏 위로받고, 위로해주기 위함이며, 더 나아가 우리들 한 사람 한 사람이 '지루'라는 사실을 자각하고 '지루'와의 '아픔 나누기'를 요청한다. 이 장면은 히메유리학도대(ひめゆり学徒隊)를 비롯한 오키나와 전투에서 죽어간 이들을 위무하고, '목숨이야말로 보물'(命どぅ宝)이라는 반전평화의 교훈을 상기시킨다.

네 번째부터 여섯 번째 장 「Q마을 전선a」, 「Q마을 전선b」, 「Q마을 함락」은, 신원을 알 수 없는 사람에게서 불쑥 전달된 세 번째 파일 「기록Q」에 관한 내용을 다루고 있다. 이 안에 기술되어 있는 Q마을의 Q라는 건, 수수께끼 정도의 의미로 특별한 뜻은 없다. '시대의 격류'에 휩쓸려 '갈 곳을 잃은 사람들'이 '비밀 계획'을 실행에 옮기기 위해 '특별한 훈련'을 하고 있는 곳이라는 도무지 알 수 없는 정보만 그득하다. 게다가 A4사이즈 용지 30장 정도는 빈 공백의 페이지로 남겨져 있다. '나'는 초등학교 3학년 정도로 보이는 소년을 만나 이 'Q마을'의 의문투성이의 공백에 다가간다. '공안'(公安)이나 '민병'(民兵)이나 'GHQ'에게 발각되지 않도록, 몇 년이고 몇 년이고 몰래 판 지하 구덩이, 그리고 그 안에서 풍겨오는 담배 냄새, 암모니아 방부제 냄새, 그것과 뒤섞인

썩은 고기 냄새, 똥, 오줌에 썩은 진흙 먼지 냄새를 뒤섞은 것 같은, 코를 찌르는 듯한 죽음의 냄새. 오키나와 전투 당시 적의 공격을 피해 숨어든 가마(ガマ) 속 상황을 묘사한 것인데, 이러한 절망적 상황은 아직 끝나지 않고 지금도 여전히 계속되고 있음을 작가는 다음과 같이 피력한다. "무덤에 절에 신사에 감옥, 곳에 따라서는 악취를 내뿜는 개천이랑 쓰레기더미, 인파와 차도, 방사성 물질에 오염된 잡동사니에, 펜스로 둘러싸인 사람 죽이는 훈련장……"이라고. 흥미로운 것은, 전쟁의 기억이 응축된 역사 속 증인들의 뼈에서 생성된다는 'Qmr세포'의 존재이다. 역사와 시대의 편견에 물들지 않은 온전한 기억의 진실만을 추출한 이 'Qmr세포'를 현재를 살아가는 사람들의 의식에 주입하는 것, 지난 전쟁을 잊지 않고 기억하고 계승해가리라는 작가 사키야마 자신의 결의를 엿볼 수 있는 대목이다.

또 하나 주목하고 싶은 것은, 작품 속에 깊이 녹아들어 있는 표준일본어에 저항하는 오키나와어를 비롯한 동시대 마이너리티 민족의 언어가 갖는 힘이다. 작가는 표준일본어가 아닌 마이너리티 언어 사용자가 차별에 일상적으로 노출되어 왔음을 표준일본어를 상징하는 '질서정연한 N어의 세계'와 오키나와어를 상징하는 '야비하고 케케묵은 옛 Q마을 말'에 빗대어 폭로한다. 이처럼 질서정연한 표준일본어 사용을 거부하고, 오키나와 시마고토바, 그것도 오키나와 안에서도 통용되기 어려운 이도(離島)의 시마고토바를 사용하여 전전-전시-전후를 관통하며 형성되어온 견고한 언어체계에 균열을 낸다. 이 같은 방식은 사키야마 다미 특유의 문학적 색채를 결정짓는 요소라고 할 수 있다. 여기에

고마워(コマオ-), 괜찮아(ケンチャナ), 많이많이(マニマニ), 기쁘다(キ
ップタ) 등의 가타카나로 표기한 한국어까지 틈입하면서 작품 속 언어
체계는 더 한층 어지럽게 흐트러진다. 자신이 구사할 수 있는 몇 안 되
는 한국어 가운데 특히 좋아하는 단어들이라는 작가의 직접적인 언급
도 있었지만, 낯선 시마고토바와 아무런 위화감 없이 작품 속에 자연스
럽게 녹아들고 있는 장면은 그 어떤 말로도 설명이 불가능하다. 실제로
전전-전시에 오키나와에 동원된 일본군 '위안부'나 군부 등 조선인들과
일상에서 마주할 기회가 적지 않았음을 상기할 때, 시마고토바와 조선
어, 그리고 표준일본어가 뒤섞이는 상황은 상상하기 어렵지 않을 것이
다. 사키야마의 대표작 가운데 하나인 『달은 아니다』(月や、あらん) 역시
자신의 어머니에게서 들었던 조선인 일본군 '위안부' 이야기를 테마로
하고 있다.

　마지막 일곱 번째 장 「벼랑 위에서의 재회」에서는 묘지를 찾아 길을
떠난 이후 이계와 현실을 넘나들며 만났던 이들과 재회하여 파일 속 의
문투성이의 공백이 부분적이긴 하나 해소되는 장면이 펼쳐진다. 아미
지마(阿爾ジマ)가 보이는 해안에서 '나'에게 '지라바부두리'를 권했던 촌
장인 듯한 검게 그을린 섬 청년에서부터 말라깽이, 꼬마, 뚱뚱보, 키다
리 여자들, '나'를 '지루'라고 부르며 '아픔 나누기' 의식에 끌어들인 이
들, '마요'라는 이름인데 '지루'라 불리던 다리에 상처를 입었던 여자아
이, Q마을 지하 구덩이에서 '나'를 기다리던 향냄새가 밴 말더듬이 남
자에 이르기까지 모두 이계에서 만난 이들이다. 아니, 더 정확히는 오
키나와 전투로 죽어간 지금은 Q마을 지하호에 묻혀 있던 유골들이다.

장례식에 감도는 향냄새를 환기시키는 장면은 죽은 자를 기리는 살아남은 자의 깊은 마음이자, 이들을 잊지 않고 기록해 가겠다는 작가 자신의 굳은 다짐이기도 하다. 소설의 마지막 장면까지 파일의 공백을 메우기 위해 열심히 메모를 이어가던 '나'의 모습에서 사키야마의 모습을 발견하는 일은 그리 어렵지 않을 것이다.

이 작품도 그러하지만 『달은 아니다』를 비롯한 여타 작품들에서 사키야마 다미는 꾸준히 한국과 오키나와의 관련성을 이야기해 왔고, 여성으로서, 마이너리티로서의 공감을 표해왔다. 이러한 사키야마식 글쓰기 혹은 사유가 우리 한국을 포함한 동아시아 구도 안에서 읽혀야 하는 이유이기도 하다.

40. 폭력을 감지하는 예리한 감수성, 행동하는 문학자

메도루마 슌 『기억의 숲』

【손지연】

　　메도루마 슌(目取真俊, 1960~)의 『기억의 숲』(眼の奧の森)은 2004
년 가을호부터 2007년 여름호까지 계간지 『전야』(前夜)에 총12회에 걸
쳐 연재되었던 것을 수정·가필하여 2009년 가게쇼보(影書房)에서 단
행본으로 간행되었다. 작가가 『전야』라는 잡지를 선택하여 소설을 연
재한 데에는 적지 않은 의미가 있는 것으로 보인다. 왜냐하면 『전야』는
전쟁체제로 기울어가는 일본 사회에 경종을 울리고, 이에 대항하기 위
한 사상적 문화적 거점 구축을 목표로 하여 NPO 전야(前夜)에 창간된
진보적 성향의 잡지로 작가 메도루마 슌이 추구하는 소설 세계와도 맞
닿아 있기 때문이다. 실제로 『전야』의 창간을 전후한 시기는, 미국에
서 9.11 동시다발 자살테러가 발생하고, 곧이어 아프가니스탄 전쟁이
발발하는 등 세계정세가 위태로운 상황이었다. 당시 미국 부시 대통령
은 "국민들을 기아상태로 방치하고, 미사일과 대량파괴 무기로 무장하
고 있다"고 비난하면서 북한을 비롯한 이란, 이라크를 '악의 축'으로 지
목하였다. 일본도 이러한 흐름에 편승하여 헌법을 어기고 자위대의 이

라크 파병을 허용하고, 야스쿠니신사(靖国神社) 참배를 강행하는 등 한국, 중국과의 관계를 악화일로로 치닫게 하였다.

일본 사회의 우경화 분위기는 오키나와에 대한 인식에서도 그대로 드러난다. 2004년 오키나와국제대학(沖縄国際大学)에 미군 헬기가 추락하는 사건이 발생한 가운데 오키나와 주민의 반핵·반기지 운동에 대한 부정적 시선이 확산되고, 오키나와 전투에서의 '집단자결'(集団自決)의 강제성을 부정하는 역사수정주의의 움직임이 가시화되는 것도 이 무렵이다. 소설의 현재 시점이 2005년으로 설정된 것은 바로 이러한 일본 및 오키나와, 그리고 동시대의 세계정세를 반영하는 상징성을 띠고 있다고 하겠다.

전후 오키나와 사유의 출발이 오키나와 전투(沖縄戦)에서 촉발되었듯, 메도루마 슌의 작가적 출발 역시 "부모님과 조부모님이 들려주는 오키나와 전투 체험"에서 비롯되었음을 피력한 바 있다.

소설 속 배경은 1945년 오키나와 전투 당시와 그로부터 60여 년이 흐른 2005년이라는 현재 오키나와라는 두 개의 커다란 시간축을 자유롭게 넘나들며 전개된다. 또한 그 사이사이에 베트남전쟁과 9.11테러를 배치함으로써 끊임없이 되풀이되고 있는 폭력의 연쇄성을 상기시킨다. 특히 전시기 미군 병사에 의한 오키나와 여성의 성폭력 사건에서부터 학교폭력(집단따돌림)으로 대표되는 사회 곳곳에 만연한 일상적 폭력에까지 주의를 환기시킨다.

이렇듯 성폭력에서 학교폭력, 전쟁, 테러에 이르기까지 다양한 층위의 폭력을 아우르고 거기에 더하여 전시에서 전후, 현재로 이어지는 긴 시간축을 작가는 어떻게 한 편의 소설에 다 담아낼 수 있었을까?

작가가 선택한 방법은 미군에 의한 오키나와 여성의 강간이라는 하나의 사건을 둘러싸고 이와 직·간접적으로 관련이 있는 시점인물을 다양하게 배치하는 것이었다. 누가 무엇을 은폐하고, 또 무엇이 은폐되어 왔는지, 겹겹이 쌓인

메도루마 슌(目取真俊)

복잡한 사태가 작가 특유의 날카로운 성찰력으로 낱낱이 파헤쳐진다.

소설의 큰 흐름은, 오키나와 전투 당시 본도 북부의 작은 섬 해변에서 17세 소녀 사요코(小夜子)가 여러 명의 미군 병사들에게 윤간당하는 사건에서 촉발되어, 평소 사요코를 염모하던 소년 세이지(盛治)가 바다 속으로 뛰어 들어가 가해자인 미군 병사들을 작살로 찔러 복수하는 내용으로 요약할 수 있는데, 이 사건을 작가는 여러 명의 시점으로 조명한다.

소설에는 별도의 장 구분은 되어 있지 않지만, 시점인물에 따라 편의상 10개의 장으로 나누어 살펴보기로 한다. 우선, 사요코가 성폭행을 당한 장소에 함께 있었던 후미(フミ)「1장」과 히사코(久子)「3장·4장」, 사요코 등이 살던 마을 구장 가요(嘉陽)「2장」, 세이지「1장·5장」, 오키나와 출신 소설가「6장」, 폭력의 가해 당사자이자 세이지의 작살에 상해를 입은 미군 병사「7장」, 현재 학교폭력의 피해를 입고 있는 여중생「8장」, 사요코의 여동생 다미코(タミコ)「9장」, 2세(二世) 통역병 로

버트 히가(ロバート·比嘉)「10장」등이다.

이 가운데 오키나와 출신 소설가 이야기나 학교폭력(집단따돌림)에 시달리는 여중생 이야기는 오키나와 전투를 경험한 세대도 아니려니와 사요코의 성폭력과도 직접적인 관련은 없지만, 폭력의 연쇄성이라는 측면에서 간접적으로 연결된다.

좀더 부연설명을 하자면, 「6장」은 오키나와 출신 소설가가 도쿄에서 대학을 다니던 시절 동급생 M으로부터 보내온 영상편지 형식을 통해 전개된다. 영상에는 역시 소설가로 성장한 M이 미국에서 알게 된 미국인 친구 J가 할아버지에게서 아버지 그리고 자신에게로 이어져 온 작살 촉으로 만든 펜던트에 얽힌 사연이 담겨져 있다. 그 펜던트는 J의 할아버지가 과거 오키나와 전투에 미군 병사로 참전할 당시 오키나와인에게 찔려 부상을 입게 된 작살 촉으로 만들어진 것이다. 아이러니하게도 그 펜던트를 만들어주며 위로했던 동료들은 전장에서 죽음을 맞게 되고, 부상 탓에 오키나와 전투에서 배제되었던 J의 할아버지만 살아남게 되었던 것이다. 그 후, 늘 어두운 얼굴로 지내던 J의 할아버지는 단순 사고인지 자살인지 확실치 않지만, 교통사고로 50대에 삶을 마감한다. 그 작살 촉으로 만든 펜던트는 J의 아버지에게 대물림되어 그것을 지니고 베트남 전쟁에 참전한 아버지는 무사히 살아 돌아왔지만, J는 9.11테러에서 목숨을 잃게 된다. J의 할아버지는 다름 아닌 사요코를 강간한 옛 미군 병사이고, J는 그 손자라는 것은 어렵지 않게 짐작할 수 있을 것이다.

마찬가지로 집단따돌림을 당하는 여중생의 이야기도 직접적이진 않지만 넓은 의미에서 폭력이라는 문제와 연결될 수 있다. 학교폭력의 당사자인 여중생의 시선에 포착된 70세 전후로 보이는 후미는, 사요코가 강간당한 장소에 함께 있던 소녀로, 지금은 나이가 들어 학교를 돌며 후세대들에게 전쟁의 참상을 알리는 일을 해오고 있는 오키나와 전투 체험세대이다. 후미의 전쟁체험에 가장 귀 기울인 이는 학교폭력의 당사자인 여중생이다. 작가는 이 장에서 학교라는 장에서 벌어지고 있는 일이라고 믿어지지 않을 정도로 가학적이고 충격적인 행위들을 집요하리만큼 세밀하게 묘사한다. 학교폭력의 한가운데에 놓인 여중생을 위로해 준 것은 부모도 교사도 아닌 바로 전쟁이라는 폭력을 온몸으로 체험한 후미다.

여기서는 전시 폭력과 일상의 폭력이라는 사태가 어떻게 마주할 수 있는지 보여주는 동시에 일견 동떨어져 보이는 전시 폭력과 일상의 폭력을 함께 자리하게 함으로써 폭력이 내재한 여러 문제들을 실체적이고 현재적으로 사유하게 한다.

그런데 정작 가장 직접적인 피해 당사자라고 할 수 있는 사요코의 목소리는 배제되어 있다. 유일하게 사요코의 목소리를 들을 수 있는 것은, 과거의 기억을 잃고 병들고 쇠약해진 몸을 의탁하고 있는 요양시설에서 바다를 응시하며 애타게 자신을 부르는 세이지의 목소리에 응답하는 다음과 같은 장면이다.

'내 목소리가 들렴시냐? 사요코······. 바람을 타고, 파도를 타고, 흘러가는 내 목소리가 들렴시냐? 해는 서쪽으로 지고, 바람도 잔잔해져서, 이제 좀

전딜 만한디, 너는 지금 어디에 이신 거니? 너도 바당 건너편에서, 이 바람을 맞으멍, 파도소리를 들고 이신 거니……' 「5장」

'들렴수다, 세이지' 「9장」

세이지와 사요코가 주고받는 독백이 오키나와 섬 말 우치나구치(ウチナーグチ)로 이루어져 있어 한층 더 인상적이려니와(손지연 번역의 한국어판에는 이 장면을 제주어로 번역했다), 오키나와에 가해진 폭력의 상흔을 어루만지고 치유해 주는 듯한, 작가의 섬세한 필치가 돋보이는 장면이 아닐 수 없다.

헨미 요(辺見庸)는 『오키나와와 국가』(沖縄と国家)라는 책에서, 오키나와 문제를 관념과 논리의 문제로 접근하는 것이 아니라, '인간신체'(人間身体)의 문제로 생각하는 것이 곧 메도루마 문학의 본령이라고 말하며, 이를 심부통각(心部痛覚)이라는 용어로 정의한 바 있다. 또한, 최근 메도루마 슌 특집호로 꾸려진 월경광장(越境広場, 4호)에서는 그의 문학을 '야생(野生)의 문학'으로 명명한 바 있다. 두 용어 모두 메도루마 문학의 특징을 잘 꿰뚫고 있는 것으로 보인다. 오키나와 전투로 만신창이가 된 세이지와 사요코의 신체 역시 그러한 메도루마 문학의 '심부통각'을 제대로 반영한 것으로 볼 수 있다.

작가 메도루마 슌은 '오키나와 전후 제로년'(沖縄戦後ゼロ年)이라는 표현을 통해 지금도 여전히 전쟁의 위기에서 자유롭지 않은 오키나와의 상황과 신식민지적 현실을 고발한다. 잘 알려진 것처럼 작가는 최근까지 미군 신기지 건설 반대운동으로 소설에 전념하지 못하는 나날들

이 이어지고 있다. 그러나 작가 자신도 밝히고 있듯 그러한 상황이 없었다면 『기억의 숲』과 같은 소설은 탄생하지 못했을 것이다. 분명한 것은 메도루마 슌 소설의 힘, 더 나아가 오키나와 문학의 세계성은 바로 이러한 폭력을 감지하는 예리한 감수성에서 비롯되었다는 사실이다.

41. 사소설이『사소설』이 될 때

미즈무라 미나에『私小說 from left to right』

【오미정】

질문 하나.

If 내가 사랑하는 작가의 미
완성작을 다른 작가가 완성한
다면 어떤 작품이 탄생할까? 일
본근대문학의 대문호 나쓰메 소
세키의 마지막 소설『명암』(明
暗, 1916)은 미완으로 끝났다.

『속명암』표지(좌), 『명암』표지(우)

100년 후 한 여성 작가가 소세키와 거의 흡사한 문체로『속명암』(續明
暗, 1990)이라는 소설로 완성했다.

질문 둘.

If 소설 제목이 소설 장르명이라면 도대체 어떤 내용일까?『홍길동
전』,『나는 고양이로소이다』,『인간실격』등등. 소설을 읽지 않아도 제
목에서 이미 내용이 상상된다. 문학의 역사에 수많은 독창적인 작품 제

목들이 명멸했지만, 소설 장르명이 소설 제목이 된 것
은『사소설(私小說) from left to right』(1995), 『본격소
설』(2002)이 처음이다.

질문 셋.

If 바이링구얼(bilingual)로 소설을 쓰는 것이 가능
할까? 세로쓰기 일본어와 가로쓰기 영어가 하나의 소설 속에서 공존할
수 있을까? 가능하다면 어떤 표현이 탄생할까?『사소설 from left to
right』는 이중언어를 실험한다.

ふるさとは戻るべき場所に非ず。

Madame Ellmanの言葉を受けて私は答えた。

-Well, I think I'd be quite lonely in Japan.

-But you know, loneliness is the very condition of a writer.

孤独こそものを書く人間の条件なり。

決然とした声であった。

-『私小説』, ちくま文庫, 2009, p.380

해답

상상도 못한 질문을 일본문학사에 던지고, 실제 작품에서 그 답을
모색한 작가가 바로 미즈무라 미나에(水村美苗, 1951~)이다.

미즈무라 미나에는 도대체 왜 이런 질문들과 실험을 해야 했던 것

일까?

　미즈무라 미나에는 일본 도쿄에서 태어나 1963년 12살에 미국 뉴욕으로 이민을 가서 성장한 재미일본인 작가이다. 2차세계대전이 끝나고 아시아에 '아메리칸드림'의 광풍이 불던 시기에 아메리카로 이주했다. 1970, 80년대를 미국에서 보내며 모국어, 모국과 단절된 채 영어와 미국 문화 속에서 성장하여 자연스레 이중언어의 조건에 놓였다.

　그녀가 소설을 쓰기 시작한 것은 1990년대이다. 근대를 넘어 포스트모던이 이야기되는 일본에서 어느 비평가 왈 "일본근대문학은 끝났다."고 했다. 나쓰메 소세키로 대표되는 지식인문학으로서의 근대소설의 우월적 위치는 내리막을 걷고 있었다. 그런 시대에 나쓰메 소세키의 미완성 소설을 완성하며 등단하였다.

　『속명암』은 『명암』의 마지막 188절로 시작한다. 『명암』은 부부 쓰다와 오노부 사이의 그 끝을 알 수 없는 불화와 에고이즘을 보여주는 소설이다. 미즈무라는 마치 일본근대문학은 이것으로 끝났다는 듯이, 혹은 이렇게 재탄생할 수 있다는 듯이, 남성 지식인 쓰다가 아닌 아내 오노부의 시점에서 부부관계를 그리는 여성주의적 관점을 보여준다.

　다음 작품 『사소설 from left to right』에서 미즈무라는 '일본 근대문학'이란 무엇인가라는 질문을 '소설'로 던진다. '사소설'은 사전적 의미로는 작가가 직접 경험한 일을 소재로 하여 거의 그대로 쓴 소설이다. 픽션을 작가의 실체험에 입각해서 표현한다는 것 자체가 다큐도 르포도 아닌 서구 근대소설의 왜곡으로 탄생한 일본적 장르로 여겨졌다. 장르명인 사소설을 소설 제목으로 해서 미즈무라는 작가 자신의 이산

(diaspora)의 경험을 소설화했다.

　작가와 동명인 주인공 미나에가 뉴욕에서 1900년 12월 13일 금요일에 언니 나나에와 하루 동안 전화를 주고받으며 20년 간의 미국 이민 생활을 회상하고, 일본으로 'to return or not to return'을 고민하는 소설이다. 디아스포라로서의 감각은 재일한국인 작가들의 의식과도 일맥상통한다. 고향은 '돌아갈 장소가 아니라, 멀리서 그리워하는 곳'으로 나타난다. 회귀할 장소를 잃고 공중에 붕 뜬 이민자 미나에의 자기정체성은 명확하지 않다. 철저하게 가족사를 중심으로 전개되는 사소설의 형식임에도, 애매모호한 자기정체성은 1인칭의 명확한 자기정체성에 기반한 '사소설'이라는 일본근대문학에 이의를 제기한다.

　『사소설』에서 미즈무라 미나에는 일본어와 영어를 혼용하고, 세로쓰기가 아닌 가로쓰기라는 파격적인 행보를 보여주었다. 일본어 표기는 왼쪽에서 오른쪽으로 세로쓰기가 원칙이다. 나아가 문자뿐 아니라, 22장에 이르는 사진도 삽입하여 다층적인 내러티브를 보여준다. 작가와 사진가의 협업, 문자언어만이 아닌 사진이미지가 보여주는 문학적 표현의 삽입은 일본어로 된 사소설이라는 장르에 균열을 시도한다. 일본어라는 세계에 영어라는 외국어를 삽입함으로써 일본어로 된 일본근대문학의 자명성에 도전하는 것이다.

　'사소설'을 일본인에 의한, 일본인을 위한, 일본어로 된 장르로서, 작가의 실체험을 작품에 투영하여 진실하게 쓰는 문학이라는 통념에 의거한다면, 소설『사소설』은 그러한 통념에 일치하지 않지만, 그럼에도 작가의 실체험을 작품에 충실하게 투영하고 있는 '사소설'이다. 사소설이 일본근대문학의 전유물일 수 없다는 점을 분명히 하였다고 할 수 있다. 비평가 고모리 요이치(小森陽一)가 이 소설을 '일본-일본인-일본어-일본문화의 결합을 자명한 것으로 여기는 일본의 독자에 대한 도발이고 도전'이라고 평가한 것은 타당하다.

미즈무라 미나에는 20세기에서 21세기로 넘어가는 시점에서 일본과 근대와 문학의 의미를 '일본근대문학'의 소설화를 통해 실험한 작가라 할 수 있다. 일본근대문학이 단일어와 단일민족, 영토라는 경계에 자족할 때, 표현형식 그 자체에 의문을 던지며, 근대일본문학에 의문을 던진 의미가 있다. 리비 히데오, 다와다 요코의 작품과 함께 읽어본다면, 보다 흥미로울 것이다.

42. 암호화 되어 있는 수식, 그리고 조화

오가와 요코 『박사가 사랑한 수식』

【김선영】

오가와 요코(小川洋子, 1962~)는 『박사가 사랑한 수식』(博士の愛した 数式, 2003) 안에 수학적 기호와 야구 요소를 녹여내었다. 특히 수학이 라는 세계를 도입한 점에서 참신하다는 평가를 받고 있다.

이 작품은 20대 후반 미혼모인 '나'가 교통사고로 80분밖에 기억을 유지하지 못하는 64세 '박사'의 집에서 가정부로 일하게 되면서 시작된 다. '박사'의 세상은 80분마다 리셋되고 있으며, 이것을 인지하지 못하 는 사람들은 그를 이해할 수 조차 없다. '박사'는 자신의 외모가 매일 조 금씩 변하는 것을 인정함으로 시간의 흐름을 이해하려고 하겠지만, 세 상의 모든 변화에 맞춰 갈 수 없는 그에게 때마다 새롭게 시작하는 80 분은 매우 힘겨운 일이다.

'박사'는 자신만이 할 수 있는 방법을 통해 타인과 소통하려고 했으 며, 그 수단으로써 숫자를 전면에 내세우고 있다. 그가 가장 사랑한 것 은 소수(素数)이다. 소수는 자기 자신과 1을 제외하고는 인수가 없는 (어떤 수로도 나누어지지 않는) 수이다. 소수는 별로 특별할 게 없는 수

영화 『박사가 사랑한 수식』, 2006

처럼 생각되기도 하고, 실질 인수가 없는 결함이 있는 수로 여겨지기도 한다. 하지만 소수는 비교적 대체되기 어렵고, 각각 숫자 고유의 역할을 하는 것을 볼 수 있다.

그런 의미에서 소수는 이 작품 속 각각의 캐릭터, 혹은 세상의 인간 개개인을 나타내는 숫자로 생각해 볼 수 있다. 또한 자기 자신 이외의 인수 1은 이 작품에서는 절대적인 존재인 '신'(神)으로 봐도 좋을 것이다. 특정한 종교의 '신'이라기 보다는 모두의 마음속에 있을 법한 절대자를 떠올리는 게 더 타당할 것이다.

소수가 무한하면서 독립적이며, 완전하면서도 무결한 가치를 갖는 것처럼 사람도 그렇다. 그래서 소수를 사랑하는 '박사'는 작품에 등장하는 인물들을 각각 다른 암호화된 인격체로 존중하며, 자신도 또한 존중받길 원한다는 것을 알 수 있다. 또한 어떠한 절대자에 의해 숨이 부여되고 그 '신'에 의해 세상이 움직이고 있으며 자신의 사고 또한 숙명으로 받아들이게 되는 것이다.

'나'의 아들 '루트'도 역시 암호화되어 있는 인물이다. '루트'는 작품 안에서 명랑하고 배려심이 있는 소년으로 묘사된다. 하지만 '박사'를 만나기 전의 '루트'는 의지할 곳 없는 환경에 처해 있었다. 엄마인 '나'가 일을 하러 다니느라 '루트'는 초등학교에 입학하기 전부터 독립된 생활을 해야 했다. '루트'는 언제나 혼자 있어야 하는 불안과 불만이, 아이를 놓고 다니는 '나'는 안쓰러움과 두려움이 매 순간 존재했을 것이다.

'박사'는 '루트'를 처음 본 순간부터 따뜻한 포옹과 진심 어린 말투로 맞이한다. '박사'는 소년의 평평한 머리꼭지를 보고 수학기호인 루트를 연상하고, 그 머릿속에 현명함이 가득 채워져 있을 것이라고 말한다. '박사'에 의해 '루트'로 명명됨으로써 어떠한 숫자도 품어내는 수학기호 루트처럼 '루트'도 그 역할을 수행하게 되는 것이다.

'박사'에게 숫자란 변하지 않는 사랑의 대상이며, 절대미와 절대 진리를 실현해 줄 완벽한 존재이다. 자신이 어떠한 상황에 놓여 있다 하더라도 숫자와 소통할 수 있으며, 그 숫자는 변질하지 않아 세상의 모든 조건이 사라진다 해도 여전히 존재한다. '박사'는 숫자와 관련된 비밀을 천천히 작품 안에서 풀어가기 시작한다. 보통 우리가 못 보고 지나친 것에도 의미를 부여하여, 다른 사람과는 다른 인생을 살아야 하는 자신의 삶에 나름대로 틀을 갖추며 풍성하고 즐거운 생활을 영위하려는 것이다.

'박사'는 자신의 연구결과가 자신의 노력과 현명함에 의한 것이 아니며 '신(神)의 수첩'에 적혀있는 질서정연한 숫자들의 비밀을 살짝 볼 수 있는 기회가 있었기 때문이라고 말한다. 또한 자신은 절대불변 숫자의 배열을 '발명'하는 것이 아니라 '발견'해 간다고 하는 겸손한 자세도 겸비하고 있다.

소문에 의하면 '박사'가 47세에 교통사고를 당했으며, 이후 약 17년간 그를 거둬준 사람은 친형의 '미망인'인 형수라고 한다. '나'를 별채의 가정부로 고용한 사람도, '박사'의 형이 사망하기 전까지 그의 유학과 뒷바라지를 도운 사람도, 훌륭한 안채 주인인 '미망인'이다. '박사'는 사고 이전의 기억은 가지고 있으므로 '미망인'을 마주할 때면 시간의 흐름에 대한 자각과 자신의 기억이 한정되어 버린 것에 대한 고통이 교차할 것이다. 사고 이후 더욱 한정되어 가는 인간관계 속에서 '박사'는 그 자신과 타인 사이에 주어진 인연을 견고히 하려 한다.

예를 들어 '나'의 생일이 2월 20일이라고 듣고는 자신이 대학교 시절 상으로 받은 시계의 일련번호 284를 바로 떠올린다. 그리곤 "220의 약수의 합은 284. 284의 약수의 합은 220. 우애수(친화수)이지. 거의 존재하지 않는 조합이야. 페르마도 데카르트도 한 쌍씩 밖에 발견하지 못했어. 신의 계획에 따른 인연으로 연결된 숫자이지. 아름답지 않아? 자네의 생일과 나의 손목에 새겨진 숫자가 이렇게 훌륭한 체인으로 연결되어 있다니"라며 기뻐한다.

'박사'가 '나'와의 관계를 '우애'로 정의한다. '박사'는 혈연관계의 가족이 한 사람도 남아있지 않으며, 지금의 상황에서 친구라고 할 수 있는 인간이 주변에 아무도 없다. '나' 또한 현재 부모가 없으며, '루트'를 데리고 매일 일을 해야 하는 상황이므로 우정을 나눌 수 있는 존재가 거의 없다. 우애수 한 쌍이 서로의 존재가 필요하듯 '박사'와 '나'는 서로에게 꼭 필요한 존재가 되어가는 것이다.

처음으로 셋이서 방문한 야구장에서 '박사'는 7-14번 자리에 '루트'는 7-15번에 앉게 된다. '박사'는 '루스-아론 쌍'을 예로 들며 자신과 루트와의 관계를 정의한다. 1935년 베이브 루스는 714번째 홈런을 치면서 야구사에 기록을 남긴다. 39년이 지난 후 행크 아론이 715번째 홈런으로 루스의 기록을 갈아치우는데, 박사는 이전 기록이 깨진 것에 대한 아쉬움보다 새로운 기록을 세운 아론에 주목한다.

루트가 어떠한 숫자도 품어 낼 수 있는 기호이듯이 715번에 앉은 '루트'가 어떠한 사람도 품어낼 수 있는 관대한 인간이 되길 바라는 '박사'의 생각이 재차 드러난다. 소년인 '루트'를 어른으로서 훈계하려는 것이 아닌 지지와 애정으로 바라보며 차세대를 향한 기성세대의 간절한 바람이 품어져 있다고 볼 수 있다.

그러나 밸런스를 유지하던 세 사람의 관계는 야구장을 방문한 날부터 오히려 깨져가기 시작한다. 무리한 외출로 '박사'가 고열을 내게 된 것이다. '나'와 '루트'는 그를 밤새 돌봐주지만, 그들의 헌신은 무시된 채 질투에 눈이 먼 '미망인'에게 해고를 당하게 된다.

그럼에도 불구하고 '루트'가 순수한 마음으로 '박사'를 여러 번 방문하자 '미망인'은 '나'를 불러들여 이들의 관계를 규명하고자 한다. '루트'를 둘러싸고 어른들 사이에 고성이 오가자 '박사'는 처음으로 목소리를 높인다. '박사'가 처음 자기주장을 하는 대목인데 '루트'를 보호하려는 한편 자신과의 소중한 관계의 사람들이 서로 비난하는 것을 막기 위함이다.

여기에서 오일러의 공식 〈 $e^{i\pi} + 1 = 0$ 〉이 제시되는데, 여러 의미로 해석해 볼 수 있다. 특수한 숫자들의 조합 $e^{i\pi}$ 는 작품의 등장인물이라고 볼 수도 있고, 등장인물들이 처한 어려운 환경요소라고도 볼 수 있을 것이다. 공식의 1을 '미망인'의 등장으로 보는 견해가 많은데, 그보다는 $e^{i\pi}$ 에 '미망인'을 포함시킬 수 있을 것이다. 앞장에서도 언급한 바와 같이 1을 '모든 숫자의 출발점이자, 모든 존재의 기원'으로 생각해

본다면, +1은 절대자 '신'의 등장을 말한다고 볼 수 있겠다. 숫자 0은 이들 관계의 새로운 시작이라고도 풀이해 볼 수 있다.

등장인물들의 조합 $e^{i\pi}$에 초월적인 '신'의 역사 +1이 일어나 그들 사이에 신비로운 시작 0이 되는 것을 '박사'는 절실하게 바랐던 것이다. '박사'는 자신이 화려했던 시절에 교통사고로 기억을 잃게 되고 모든 것을 잃은 인물이다. 이를 모두 수용하며 미니멀한 생활을 영위하는 '박사'의 '겸허함'을 이 수식을 이해하는 주변 인물들에게 공명하게 함으로써 서로 조화를 이루게 하려는 것을 볼 수 있다.

'박사'가 모두에게 제시한 공식에 의해 모두가 잠잠해진 것은 수학적 지식으로 박사의 의중을 이해한 것이 아닐 것이다. 뜻하는 바대로 삼삼오오 모여지지 않는 무질서한 인간 세상이지만, 절대적인 존재 아래서 어울림을 바라는 '박사'의 뜻이 오롯이 그 수식 안에 나타나 있는 것을 그와 공유할 수 있었기 때문일 것이다.

43. 판타지에서 현실로

가와카미 히로미 『가미사마 2011』

【최가형】

가와카미 히로미(川上弘美, 1958~)는 판타지와 일상이 교차하는 지점을 묘사하는 데 일가견이 있는 작가라는 평가를 받으며, 현재까지도 왕성한 활동을 하고 있는 일본 현대 문단의 작가 중 한 명이다. 가와카미 히로미는 대학에서 생물학을 전공한 뒤 고등학교 생물 과목 담당 교사로 근무한 이력을 가지고 있는데, 대학 재학 당시에는 SF잡지에 단편소설을 싣거나 편집에 관여하는 형태로 집필 활동을 이어간 것으로 알려져 있다.

1994년, 단편 『가미사마』(神様)로 파스칼단편문학신인상(パスカル短篇文学新人賞), 1996년에는 『뱀을 밟다』(蛇を踏む)로 아쿠타가와상(芥川賞)을 수상했으며, 아쿠타가와상 수상작인 『뱀을 밟다』, 다니자키 준이치로상(谷崎潤一郎賞) 수상작인 『선생님의 가방』(センセイの鞄)등 그녀의 대표작들은 국내에서도 번역되어 출간된 바 있다.

여러 수상 이력들을 비롯해 가와카미 히로미의 작품은 그간 일본 문단 및 미디어의 주목을 꾸준히 받아왔지만, 그의 이력들 중 가장 눈

길을 끄는 부분은 다름 아닌 지난 2011년 3월 11일 발생한 동일본대지진(이하 3.11)과 관련된 행보일 것이다.

3.11은 일본 사회를 뿌리까지 뒤흔든 미증유의 대재해였다. 지진, 쓰나미, 후쿠시마(福島) 원전사고가 동시다발적으로 발생했기에 '트리플 재해'라는 수식어로 설명하기도 하고, 자연재해와 인재(人災)가 뒤섞인 형태의 재해이기에 '복합재해'로 불리기도 한다. 3.11이라는 압도적인 현실은 일본 사회의 각계각층에 적잖은 파급을 불러일으켰으며 문학계도 예외는 아니었다.

'대부분의 일본 문학자들은 이 사건을 어떻게 마주해야 하는지, 그리고 이런 시기에 문학의 역할은 무엇인지, 나아가 문학을 통해 무엇을 할 수 있는지'에 관한 질문들과 마주하게 된다. 물론 3.11 이전에도 일본의 문학가들은 관동대지진(関東大震災), 한신·아와지대지진(阪神·淡路大震災), 도쿄 지하철 사린사건 등 '압도적인 현실을 마주했을 때, 픽션은 무엇을 할 수 있는가'에 관한 물음을 자문해온 바 있다. 그러나 3.11은 이전의 재해들과는 또 다른 형태로 일본 사회의 일상을 덮쳐왔으며 그 중심에는 원전사고가 자리한다.

『가미사마 2011』은 발표 직후부터 현재에 이르기까지 3.11 이후의 문학 작품을 논할 때 빠지지 않고 거론되는 작품 중 하나다. 앞서 언급한 가와카미 히로미(川上弘美)의 『가미사마』(神様)는 1993년 발표된 단편소설로, 줄거리는 매우 간단하다. 주인공이자 화자인 '나'가 쿠마(熊, 곰)와 함께 강변으로 산책을 나갔다가 집으로 돌아오기까지의 과정을 담고 있다. 그리고 2011년 6월, 가와카미 히로미는 같은 줄거리의 소설『가미사마 2011』을 『군상』(群像)에 발표한다. 줄거리는 같으나 그 내용은 3.11 이후의 시점에서 달라진 일상을 묘사하고 있다는 점이 주목을 모았다.

'사상 초유의 경험'과 '압도적인 현실'을 문학이 어떻게 다뤄나가야 할 것인가. "재해 입은 사람들의 보고나 영상은 방대하게 존재하며, 단지 증언으로서의 문학(르포르타주)으로는 더 이상 의미가 없"는 상황에서 등장한 것이 가와카미 히로미의 『가미사마 2011』이었다.

『가미사마 2011』은 3.11 이후의 달라진 일상을 묘사했다. 모든 재해는 일상생활의 흐트러짐이나 무너짐을 동반하지만, 3.11의 경우 원전사고라는 특수한 조건이 이전과는 전혀 다른 형태로 사람들의 일상을 지배해 나갔다. 건물이 무너지고 도로가 파괴되는 등의 가시적 혹은 재생 가능한 재해가 아닌 눈에 보이지 않는 재해, 언제 회복 가능할지 알 수 없는 재해가 일본인들의 일상을 뒤흔들어 놓게 된 것이다. 『가미사마』와 『가미사마 2011』은 짧은 소설임에도 불구하고 원전사고 이전과 이후의 일상이 어떻게 달라지고 있는가를 인상 깊게 그려낸다.

> "좋은 산책이었습니다." 쿠마는 305호실 앞에서, 봉투에서 열쇠를 꺼내며 말했다. "또 이런 기회를 갖고 싶네요." 나도 고개를 끄덕였다. (…) 방으로 돌아와 생선을 굽고, 목욕을 하고, 잠들기 전에 잠깐 일기를 썼다. 곰(熊)의 신(神)이란 어떤 것일까, 상상해봤지만, 짐작가지 않았다. 나쁘지 않은 하루였다.
>
> 川上弘美 『神様 2011』 p.14~16.

"좋은 산책이었습니다." 쿠마는 305호실 앞에서, 봉투에서 방사능 측정 계수 장치(ガイガ-カウンタ-)를 꺼내며 말했다. 먼저 내 전신(全身)을, 다음으로 자신의 전신을, 측정한다. 지, 지, 하는 익숙한 소리가 난다. "또 이런 기회를 갖고 싶네요." 나도 고개를 끄덕였다. (…) 방으로 돌아와 말린 생선을 신발장 위에 장식하고, 샤워를 하며 정성껏 몸과 머리칼을 헹구고, 잠들기 전에 잠깐 일기를 쓰고, 마지막으로 언제나처럼 총피폭선량을 계산했다. 오늘의 추정 외부피폭선량 30u/Sv, 내부피폭선량 19u/Sv. (…) 곰(熊)의 신(神)이란 어떤 것일까, 상상해봤지만, 짐작가지 않았다. 나쁘지 않은 하루였다.

川上弘美『神様 2011』 p.34~36.

쿠마는 봉투에서 열쇠 대신 방사능 측정 계수 장치를 꺼내들고, '나'는 잠들기 전 마지막으로 일기를 쓰는 것이 아니라 총피폭선량을 계산하게 됐다. 이러한 '나'와 쿠마의 모습은 '그 사건' 즉 원전사고 이전과 많이 달라져 있다. 또한 u/Sv, SPEEDI와 같은, 원전사고 이전에는 생소했을 단어들이 작품 속 일상의 모습에 자연스레 녹아들어가 있는 것을 볼 수 있다.

어떤 사건 및 시점을 계기로 하여 특정 언어가 권력을 획득하고 기존의 언어 세계에 균열 및 긴장이 발생하는 것은 새삼스러운 일이라 할 수 없지만, 『가미사마 2011』은 문학작품이기에 가능한 방식을 통해 그런 변화와 역학관계를 극명하게 보여주고 있다는 점에서 3.11과 원전사고 이후 일본 문학계가 짊어진 녹록치 않은 과제 앞에 하나의 대안

(對案)을 제시한다.

또한『가미사마 2011』은 원전사고가 현재뿐 아니라 미래의 모습까지 이미 바꾸어 놓았음을 선언한다.

> 멀리서 들리기 시작한 물소리가 곧 커졌고, 우리들은 냇가에 도착했다. 많은 사람이 헤엄치거나 낚시를 하거나 하고 있다.
>
> 川上弘美『神様 2011』p.9.

> 멀리서 들리기 시작한 물소리가 곧 커졌고, 우리들은 냇가에 도착했다. 아무도 없는 줄 알았는데, 두 명의 남자가 물가를 서성이고 있다. '그 사건' 전에는 냇가에는 언제나 많은 사람이 헤엄치거나 낚시를 하거나 했었고, 가족들도 많았다. 지금은, 이 지역에는, 아이는 한 명도 없다.
>
> 川上弘美『神様 2011』p.28.

위의 인용문에서 '그 사건' 이후 '아이들'은 사라진다. 잠들기 전 방사선량을 측정해야 하는 변화된 일상의 모습을 그리는 데서 그치고 있는 것이 아니라 아이들이 존재하지 않는 삭막하고 어두운 광경을 제시하고 있는 것이다. 그런 의미에서『가미사마 2011』의 이러한 설정이 "공동체의 미래와 관련된 일을 선언하고 있"는 것이라고 한 다카하시 겐이치로(高橋源一郎)의 해석은 충분히 설득력 있게 들린다.『가미사마 2011』의 미래는 어디까지나 소설 속의 이야기로만 받아들일 수 있는 성질의 것이 아니며 어쩌면 곧 닥쳐올지도 모를 현실적인 미래로 그려지고 있는 것이다.

가와카미 히로미는 3.11 이전 판타지적인 소세계(小世界)와 그 세계 안에서 이뤄지는 '나'와 주변 것들의 관계를 주로 다뤘었다. 그렇기 때문에 3.11 이후『가미사마 2011』이 발표됐을 때 그 실험적인 작법은 더욱 큰 화제를 불러일으켰다. 3.11이라는 초유의 사태를 경계로 판타지와 현실의 경계가 너무도 극명하게 갈려버린 가와카미 히로미의 작품을 통해 그가 압도적인 현실을 문학의 형태로 표현해내기 위해 했을 치열한 고민을 엿볼 수 있다.

3.11 발생 이후 십여 년의 시간이 흘렀다. 가와카미 히로미는 2016년 단편연작집『큰 새가 채가지 못하도록』(大きな鳥にさらわれないよう)을 통해 또 다른 디스토피아를 그려낸 바 있다. 눈여겨 볼 것은『가미사마 2011』의 후기를 통해서도 그렇고 최근의 인터뷰 등에 실린 작가의 소회를 보더라도 그렇고, 그가 작품을 통해 선보인 암울한 미래와는 달리 '변함없는 일상', '변함없을 일상'에 관한 언급을 꾸준히 하고 있다는 점이다. 자신이 처한 사회의 현실을 누구보다도 예민한 시선으로 목도하고 날카롭게 묘사해냄과 동시에, 다른 한편 반복되는 일상 속에서 따스함과 희망을 찾아내는 작가 가와카미 히로미의 다음 행보가 궁금해진다.

44. 고통을 바라보다

시바사키 도모카 『내가 없었던 거리에서』

【심정명】

2011년 3월 11일에 일본 도호쿠(東北)를 중심으로 일어난 복합재해 즉 대지진과 쓰나미 그리고 후쿠시마(福島) 제일원전의 사고는 일본 사회에 다양한 논의를 가져왔다. 그것은 그날 이래로 이어지는 시간을 지진 재해 '이후'라는 관점으로 이야기하는 것에서 잘 나타나는데, 그러다 보니 '제2의 전후'(戰後), '포스트 3.11'과 같은 말이 종종 쓰였다. 많은 문학자들은 '미증유의', '유례가 없는' 재난으로 인식된 동일본대지진과 원전사고의 충격을 언어로 어떻게 표현할 수 있을지, 애초에 그것이 가능한지를 고민하기도 했다. 이는 문학 자체의 변화로도 나타났다. 쓰나미로 인한 죽음을 둘러싼 체험에서 직간접적으로 유래하거나 후쿠시마 원전사고의 영향을 받은 작품들이 여럿 등장한 것도 그 예라 할 수 있다.

2014년에 『봄의 정원』으로 제151회 아쿠타가와상을 수상한 시바사키 도모카(柴崎友香, 1973~)의 『내가 없었던 거리에서』(わたしがいなかった街で) 역시 이처럼 동일본대지진 이후의 문학으로 평가받는 작품

도쿄의 거리

중 하나이다. 동일본대지진이 일어나기 전인 2010년에 도쿄에서 혼자 살고 있는 사와라는 36세 여성의 일상을 그린 이 소설이 왜 동일본대지진과 관련된 작품으로 읽히는 것일까?

주인공인 '나', 사와는 얼마 전에 이혼하고 도쿄 세타가야(世田谷)구의 와카바야시(若林)로 이사했다. 소설에서는 이 같은 구체적인 장소가 중요한 의미를 지니는데, 그것은 "거기서 여기로./ 지금은 여기에 있었다"와 같은 표현에서 잘 드러난다. 내가 없는 '거기'와 내가 지금 있는 '여기'를 어떻게 이을 것인가가 사와 그리고 이 소설 전체가 던지는 중요한 질문 중 하나다. 사와는 전쟁을 다룬 다큐멘터리를 반복해서 시청할 뿐만 아니라, 자신이 살았던 오사카나 지금 살고 있는 도쿄 그리고 할아버지가 살았던 히로시마를 덮쳤던 공습과 원폭에 대해 줄곧 생각하는 인물이다. 소설은 이러한 사와를 통해 과거에 일어난 혹은 지금 일어나고 있는 전쟁이나 재난의 고통과 사와처럼 그것을 겪지 않고 바라보는 사람들 사이에 존재하는 간극에 초점을 맞춘다.

"1945년 6월까지 할아버지가 히로시마의 어떤 다리 기슭에 있던 호텔에서 요리사를 하고 있었다는 사실을 내가 알았을 때, 할아버지는 이미 세상을 떠난 뒤였다." 이 소설의 첫 문장이다. 여기서는 고통과 그것을 바라보는 우리 사이의 시간적인 거리가 문제시된다. 소설에서 사와와 먼 과거를 매개해주는 것은 특정한 장소와 밀접하게 연결되어 있는 기억들이다. 히로시마에 살았던 할아버지를 비롯해 사와가 어렸을 때 본 오사카의 항공사진, 오사카성에 남아있는 탄흔, 사와가 조금씩 계속해서 읽어나가는 운노 주자(海野十三)의 공습 일기 같은 것들이 이러한 기억을 환기해준다. 가령 사와는 지금 자신이 살고 있는 와카바야시에 전쟁 중에 살았던 운노가 공습으로 그곳에 폭탄이 떨어진 날의 일기를 썼다는 사실을 우연히 알고 그 일기를 읽기 시작한다. 이 일기는 사와가 지금 생활하고 이동하는 장소 바로 위에 공습이라는 과거의 기억을 포개놓는다. "그렇게 해서 건물을 무너뜨린 길의 지하를 그 뒤에 다시 판 터널을 나는 아까 지하철을 타고 달려왔다." 이러한 문장이 보여주듯, 사와가 밟고 서 있는 장소에는 과거의 기억들이 겹겹이 쌓여 있다. 이렇게 장소들은 어떤 역사성을 띠게 된다.

이와 동시에 소설에는 미디어가 비추는 전쟁과 그것을 화면을 통해 '바라보는' 사람 사이의 거리라는 문제가 등장한다. 사와가 반복해서 보는 영상 중 하나는 1992년 유고슬라비아 내전을 다룬 다큐멘터리이다. 소설은 이 일이 사와와는 상관없는 먼 곳에서 일어났음을 강조한다. 그리고 사와는 자신이 텔레비전을 볼 수 있는 쾌적한 환경에서 다른 사람들의 고통을 그저 바라보고 있을 뿐임을 분명히 의식한다. 그런 그를 사로잡는 것은 자신은 그 사람들이 아님에도 불구하고 그렇게 죽어가는 이들을 '눈앞'에서 보고 있다는, 혼란스러운 거리의 문제이다.

떠올려 보면, 화면 '이쪽'에 앉아서 '저쪽'에서 일어나는 죽음을 속수무책으로 바라보는 것이야말로 대부분의 사람들이 쓰나미를 겪은 방식이었다. 동일본대지진 당시에 거듭 재생되었던 쓰나미의 충격적인 영상은, 재난이 벌어진 그곳 혹은 실제로 죽어간 사람들과 그 장면을 생생히 바라볼 수 있지만, 죽음을 면하고 살아남은 이곳의 나 사이의 거리를 절실히 느끼게 했다. 이 소설은 사와가 전쟁 다큐멘터리를 되풀이해서 본다는 설정을 통해 많은 사람들이 스스로에게 던져보았을 물음을 다시금 제기한다. 바로, 저기서 죽어가는 사람과 여기서 그 광경을 바라보는 나를 가르는 것은 무엇인가라는 물음이다. 그에 대한 대답 중 하나는 우연성이다.

거기에 있었는데 그 날에는 없었던 할아버지와 우연히 그날 거기 있었던 사람들. 뒤에 가서 생각하면 생사를, 그 뒤의 인생을 좌우한 결정적인 우연은 실제로 폭탄이 투하되는 그 순간까지는 생활의 일부로서 특별히 중대한 일이라고는 의식되지 않던 사건이었으리라고 생각한다. / 할아버지가 있던 장소에서 일어난 일, 몇 번이나 나 자신이 승하차를 한 역에서 일어난 일. 거기에 있다가 죽은 사람, 없어서 살아난 사람. 그리고 우연히 나는 살아있다. 존재하지 않았을 수도 있는 내가 교바시(京橋)역 플랫폼에 서 있다.

단지 우연히 여기 있기 때문에 거기에는 없어서 살아있는 사람들. 눈앞에서 죽어가는 '그들'과 그것을 바라보고 있는 '나'를 가르는 것도 그저 우연일 뿐이다. 아마도 이렇게 죽음과 그것을 바라보는 사람의 거리를 이야기함으로써 삶과 죽음의 우연성을 돌아보게 했기 때문에 이 소설은 동일본대지진과 관련된 문학으로 읽혔을 것이다.

하지만 여기에는 한 가지 중요한 부분이 빠져 있다. 1992년에 내전이 일어난 유고슬라비아에 살고 있었던 것이나, 쓰나미가 일어난 2011년 3월 11일에 때마침 산리쿠(三陸) 해안에 있었던 것이 똑같이 우연이라 할지라도, 내전은 단지 나날이 이어가는 시간 속에서 벌어진 우연적인 사건이 아니라는 점이다. 사와의 말처럼 앞으로 무슨 일이 일어날지는 아무도 모르지만, 적어도 병과 안전사고가, 자연재해와 전쟁이, 외계인의 습격과 내란이 똑같은 성격의 사건은 아닐 테니까. 하지만 사와는 이 모두를 똑같이 생각하는 것처럼 보인다. 그러다 보니 여기서는 전쟁조차 사람들이 그저 절망적으로 여기저기서 부딪치기만 할 뿐 어떠한 책임이나 인과관계가 존재하지는 않는 것이 된다.

전쟁 영상에 찍혀 있는 많은 사람들이 결국은 무참히 죽음을 맞이하리라는 것을 알면서도 사와는 똑같은 영상을 반복해서 보았다. 유고슬라비아에서 시체를 정리하는 사람들, 중년 여성의 시체, 무솔리니의 시체, 수용소의 말라빠진 시체, 전쟁터 곳곳을 굴러다니는 시체들을. 이를 통해 소설은 무엇을 위해 남의 고통과 죽음을 이렇게 바라보느냐는 질문을 던진다. 사람들은 이미 시체가 되어 있고, 우리는 그것을 이미 알고 있지 않느냐고. 탄환이 발사되었음을 안 뒤에는, 이미 투하된 폭탄을 나중에 보고 있을 때는, 그 순간에 예정되어 있는 파괴와 죽음을 막을 수가 없다. 그렇기에 사와는 과거의 전쟁 영상을 바라보며 지금 여기서 무엇을 하든 그들의 고통을 막을 수가 없다는 사실에 절망한다. 그리고는 "쏘지 마! 떨어뜨리지 마!"라는 외침이 저쪽에 들리기를 간절히 바라며 손을 뻗는다.

그런데 이미 일어난 누군가의 죽음을 되돌리기 위해 그 일을 계속 생각하며 마음속으로 그만두라고 외치는 것 말고는 이 같은 전쟁과 사와가 관계 맺을 수 있는 일이 정말 없는 걸까? 사와가 생각하는 것처럼 사람이 끔찍하게 죽어가는 사건은 과거의 외국에서나, 작년 도쿄에서나, 오늘 여기서나, 내일 저기서 계속 반복되는데 말이다. 만일 사와가 누군가의 고통을 정말로 막고 싶었다면, 영상을 재생할 때마다 매번 똑같이 죽어가는 사람들을 그저 바라보는 것이 아니라, 아직 그렇게 영상이 되기 전의 현실에 개입하는 조금 더 실질적인 방법이 존재하지 않을까?

이렇게 생각해 보면, 이미 과거가 되어 버렸기 때문에 거기에 닿을 수 없음을 알고 있다는 감각은, 실은 이 소설에서 다루는 거리의 원인이 아니라 결과임을 깨닫는다. 왜냐하면 사와는 지금 현재 일어나고 있는 고통에는 별다른 관심이 없이 이미 과거가 된 사건만을 영상을 통해 바라보는데, 그것이 바로 남의 고통과 마주하는 방식으로서 사와가 선택한 것이기 때문이다. 이 소설의 제목이 '내가 없는 거리에서'가 아니라 '내가 없었던 거리에서'인 이유도 여기서 찾을 수 있을지 모른다. 사건과 그것을 바라보는 우리 사이의 공간적인 거리가 여기서는 도저히 되돌릴 수 없는 과거와의 시간적인 거리로 어느새 바꿔치기 되고 있는 셈이다.

따라서 사와에게 전쟁은 인간의 힘으로는 어떻게도 할 수 없는 자연재해와도 같은 사건이 된다. 사와의 생각에 사람들은 서로 더 많은 적을 죽이기 위해 노력하다 보니 전쟁을 끝낼 수가 없게 됐다. 또 어딘가에서는 지금도 새로운 증오가 날마다 생겨나고 있기 때문에, 여기저기서 일어나는 전쟁은 똑같이 증오와 파괴의 연쇄일 뿐이다. 이 소설에서는 이러한 전쟁들과 사와의 거리는 결정적으로 멀다는 점이 강조된다. 하지만 독자는 어쩌면 그 거리가 달라지는 지점을 찾을 수 있을지도 모른다.

먼저, 사와는 한 방송국의 카이로 지국에 있던 '이리에 씨'가 1994년에 비행기 사고로 사망했다는 사실을 분명히 기억한다. 나중에 이 '이리에 씨'가 취재를 위해 향하던 곳이 르완다임을 알게 되자, 그때부터 사와에게는 르완다라는 장소가 존재하기 시작한다. "지도에 적혀 있는 이름이 아니라 이곳과 연결된 장소로서. 걸어가면 언젠가는 닿을 수 있는, 같은 시간을 살아가는 장소로서." 이 순간, 지도 위의 추상적인 지명이 미세하게나마 구체성을 띠기 시작한다. 똑같이 먼 거리에 있는, 똑같이 그것을 바라보는 사람과는 무관한 남의 고통들도 특정한 인물이나 장소에 대한 기억을 매개로 삶의 한 장면으로 들어올 수 있다. 운노 주자라는 실재했던 인물의 일기가 사와가 지금 발을 딛고 있는 장소의 기억을 선명하게 불러들이듯 말이다. 물론 그렇다고 해도 그 사건이 그것을 기억하고 떠올리는 사와의 인생에서 특별히 중요한 의미를 지닌다고는 할 수 없을 것이다. 하지만 바깥에서 일어나는 고통이 어떤 계기로든 개인의 삶과 연결될 때, 그 사건들과 우리가 관계 맺을 수 있는 가능성은 희미하게나마 있다. 이 소설에서도 그러한 자그마한 가능성을 읽어낼 수는 있다.

또 하나, 이 소설의 특이한 점 중 하나는 거의 마지막 부분에서 '나'

즉 사와가 갑자기 사라진다는 것이다. 그리고 대신 등장하는 것은 사와가 예전에 알던 사람의 동생인 나쓰다. 사와는 지인인 나카이를 통해 가끔 나쓰의 이야기를 듣고, 오사카에 사는 나쓰 역시 나카이에게 사와의 이야기를 듣는다. 그러다가 사와가 일사병으로 쓰러져서 구급차로 병원에 실려 가자, 소설은 나쓰를 초점인물로 하는 3인칭 서술로 바뀐다. 소설에서 사와가 부재하는 동안, '나' 즉 사와가 없는 거리인 오사카에서 나쓰는 친구들과 여행을 다녀오기도 하고 불구경을 하기도 한다. 특히 나쓰가 별 생각 없이 화재 현장에 가서 지난주에 갔던 여행이나 돌아오는 버스 안에서 봤던 저녁 해를 떠올리는 장면은 의미심장하다. 나쓰뿐 아니라 불 탄 집을 구경하는 사람들은 전쟁 다큐멘터리 속의 폭력과 죽음을 화면 바깥에서 바라보는 사와와 자연스럽게 겹쳐진다. 불을 구경하는 사람들에게나 소설을 읽는 사람들에게 화재로 인한 고통은 보이지 않는다. 대신 그 옆에 아랑곳 않고 존재하는 일상, '불 엄청나더라'와 '배고프다!'를 동시에 말할 수 있는 사람들과 고통스러운 사건 사이의 거리가 두드러진다.

그래도 어쨌든 그날 나쓰는 문득 교바시에 있는 공습 위령비로 발걸음을 옮겨 본다. 별다른 이유는 없다. 그저 나카이가 사와에게 들은 위령비 이야기를 전해주었는데, 전날에 문득 그 위령비를 텔레비전에서 보았을 뿐이다. 여기서도 마찬가지로, 그렇다고 해서 과거의 죽음이 나쓰에게 특별히 큰 의미를 지니는 것은 아니다. 하지만 사와나 위령비에서 우연히 만난 할머니를 통해 그것은 나쓰의 삶의 아주 작은 부분에 살짝 연결된다. '지금, 여기'의 삶과 '그때, 거기'의 고통을 이어주는 것은 실은 이렇게 약한 고리일지도 모른다. 그리고 이 고리는 나쓰와 사와 사이에도 존재한다. 사와가 도쿄에서 회사에 다니고 전쟁 다큐멘터리를 보며 이런저런 생각을 하는 동안, 소설에 쓰이지 않을 뿐 나쓰도 오사카에서 분명히 살아가고 있다. 그곳이 어디든 내가 없는 거기에, 누군가가 있다. 동일본대지진이나 세계 곳곳에서 일어나는 재난과 그로 인한 고통에 대해, 우리는 그렇게 조금씩 상상해볼 수 있다.

45. 소중한 사람, 잊으면 안 되는 사람, 잊고 싶지 않았던 사람!

【윤혜영】

신카이마코토(新海誠, 1973~)의 소설 『너의 이름은.』(君の名は。, 角川文庫, 2016)은 140만 부라는 판매고를 올리면서 2016년 문고부문에서 1위를 차지하였다. 애니메이션은 2016년 8월 26일에 개봉되었는데, 이 작품이 종전의 히트를 기록하면서 신카이마코토 감독은 미야자키하야오(宮崎駿, 1941~)의 뒤를 잇는 일본 애니메이션계의 거장으로 발돋움하였다. 그리고 애니메이션의 배경이 되었던 기후현(岐阜県) 히다(飛驒)지방을 방문하는 팬들의 행렬이 이어져 '성지순례'라는 용어가 2016년 유행어 순위에 오르는 등 2016년은 '너의 이름은'의 해였다고 해도 과언이 아닐 것이다.

'빛의 작가'라는 타이틀에 걸맞게 하늘에서 유성이 별똥별처럼 무수히 떨어지는 장면으로 시작되는 애니메이션은 처음부터 끝까지 화려한 영상으로 관객들을 사로잡았다. 한편 "그리운 소리와 냄새, 사랑스러운 빛과 온도"라는 문장으로 시작되는 소설은 전체적으로 후각, 청각 등 감각적인 표현이 매우 뛰어나다. 소설은 「꿈」(夢), 「단서」(端緒),

문고부문 1위를 기록한 소설(상)과 작품의 무대가 된 히다후루카와(飛驒古川)(하)

「일상」(日々), 「탐방」(探訪), 「기억」(記憶), 「재연」(再演), 「아름답게, 애타게」(うつくしく、もがく), 「너의 이름은.」(君の名は。) 등 총 8장으로 구성되어 있는데, 작가도 밝히고 있듯이 애니메이션에서는 자세하게 알 수 없는 인간의 심리가 소설 속에는 매우 섬세하게 그려지고 있다.

　소설 속 주요 등장인물은 다치바나 다키(立花滝)-이하 '다키'-와 미야미즈 미쓰하(宮水三葉)-이하 '미쓰하'-이다. 두 사람이 살고 있는 공간은 많은 사람들이 바쁘게 움직이는 화려한 도쿄(東京)와 변화 없는 일상이 지속되고 조용한 이토모리마치(糸守町)이다. 전혀 다른 공간에서 살던 두 사람은 어느 날 갑자기 몸이 바뀌면서 지금까지의 삶과는 다른 세계를 경험하게 된다. 처음에는 당황하지만, 점점 낯선 곳에서의 생활에 익숙해지고 그곳에서 살아가는 사람들과의 교류를 통해 우호적인 관계를 형성해간다.

　본 소설이 무게를 갖게 되는 것은 서로의 몸이 바뀌는 현상이 사라진 이후부터이다. 다키는 자신이 그린 이토모리마치의 풍경을 가지고 그녀를 찾아 나선다. 도쿄에서 나고야(名古屋)를 거쳐 히다지방으로 가는데, 마을을 찾는 것을 포기하기 직전 한 라면가게 아저씨의 도움으로 미쓰하가 살던 곳을 찾을 수 있었다. 다키의 그림 속 풍경은 3년 전 재해로 인해 물에 잠겨버린 라면가게 아저씨의 고향 풍경이었기 때문이다.

소설 속에는 '하룻밤에 물에 잠긴 마을'이라는 기술을 비롯하여 '향수'(鄕愁)라는 제목의 사진전에 동일본대지진(東日本大震災)의 최대 피해지인 산리쿠(三陸)지역의 사진이 전시되어 있는 등 2011년에 발생한 동일본대지진을 연상하게 하는 장면이 등장한다. 이제 전후(戰後)가 아니라 재후(災後)라고 불릴 만큼 동일본대지진과 후쿠시마(福島)원전사고는 일본사람들의 일상과 심리에 큰 불안과 무력감을 안겨주었다. 재해가 일어난 현장을 목격한 다키가 "화를 내야 좋을지 슬퍼해야 좋을지 무서워해야 좋을지 자신의 무력함을 한탄하면 될지 잘 모르겠다"고 생각하는 부분은 이를 반증하는 것으로, 소설이기에 자세하게 알 수 있는 다키의 심리이기도 하다.

특히 소설에는 '기억'의 중요성이 계속해서 기술되고 있다. 갑작스러운 재해로 인해 사라질 수도 있는 장소이기에 소중하게 만들고 기록하고 기억해야 된다는 메시지가 내재되어 있는 것이다. '향수'라는 사진전이나 '사라진 이토모리마치 · 전체 기록'이라는 제목이 붙은 사진집 등이 그 일례라고 할 수 있다. 그리고 다키가 건설업계에 취직하기를 희망하는 이유에 대해 "도쿄도 언제 사라져 버릴지 모른다고 생각합니다. 그래서 가령 없어져 버린다 해도 아니 없어져 버리기 때문에 기억 속에서 사람들을 따뜻하게 해 줄 마을"을 만들고 싶다는 말하는 장면이 있다.

재해와 인간의 삶이라는 측면에서 볼 때 다키와 미쓰하의 몸이 바뀌는 설정은 매우 중요한 포인트가 된다. 몸이 바뀌면서 두 사람은 서로를 진심으로 이해하게 되고, 서로 연결되어 있는 것을 느끼며, 그러한 과정을 통해 성장하는 것이다. 미쓰하의 몸으로 변했던 다키는 이토모리마치에서 살아가는 사람들을 알게 되고 관계의 소중함을 인식하였다. 내성적이고 약한 청년이었던 다키는 재해로 인해 미쓰하를 포함한 지인들이 모두 죽은 사실을 알고 "누군가 내미는 손에 의지하고 있을 수만은 없다"고 생각하며 시간을 되돌려 이들을 구할 방법을 찾기 위해 필사적으로 노력한다. 그리고 "세상이 이렇게까지 참혹한 곳이라면 나는 이 외로움만을 안고 온 마음과 정신을 다해 계속 살아가는 모습을 보여주겠어. 이 감정만으로 노력할 거야. 헤어져 더 이상 만날 수 없어도 나는 있는 힘을 다해 노력할 거야"라고 생각하면서 힘든 상황을 극복하고 살아남겠다는 강한 의지를 보인다.

물론 변한 것은 다키뿐만이 아니다. 미쓰하 또한 "이런 마을 싫어! 이런 인생 싫어! 다음 생은 도쿄의 잘생긴 남자로 태어나게 해주세요!"라고 외치며 졸업 후 마을을 떠나 멀리 가고 싶다고만 생각했던 소녀였다. 그러나 다키와의 만남을 통해 "이제 아무것도 무섭지 않아. 이제 아무도 무섭지 않아. 이제 나는 외롭지 않아"라고 생각하게 되고, "나는 끝까지 살아남을 거야. 가령 무슨 일이 일어나도, 가령 별이 떨어져도 나는 살 거야"라는 삶에 대한 강한 의지를 보이며, 다키와 함께 재해를 입은 사람들을 구하기 위해 노력하는 모습을 보인다. 서로의 몸이

347

바뀌는 가상의 상황이 재해를 만나면서 리얼리티를 확보하게 되는 것이다.

"혜성의 파편이 하나의 마을을 파괴했다. 인류 역사상 드물게 볼 수 있는 자연재해, 그런데도 마을주민 대부분이 무사한 기적과도 같은 하룻밤. 혜성이 떨어진 그 날, 이토모리마치에서는 우연히도 마을 전체가 피난훈련을 하였고 마을주민 대부분이 피해지역 밖에 있었다고 한다"는 기술에서도 알 수 있듯이, 이들은 천재지변인 재해를 막을 수는 없었지만 마을 사람들을 구하는 데에는 성공하였다. 이것은 재해지의 참상을 그리거나 살아남은 자의 삶에 대해 모색하던 기존 진재문학의 일반적인 경향과는 다르고, 이를 통해 재해와 인간을 인식하고 바라보는 작가의 시선을 알 수 있다.

그리고 본 소설 속에는 젊은 세대를 향한 신카이마코토 감독의 생각이 담겨 있다. 이토모리마치의 정장(町長)인 미쓰하의 아버지는 작품 초반 선거유세를 하는 장면에서 "마을재생산업의 지속과 그를 위한 마을 재정의 건전화"를 통해 안전하고 안심할 수 있는 마을을 만들어 가겠다는 자신의 포부를 밝히고 있다. 기성세대로 대표되는 미쓰하의 아버지는 사회간접자본의 확충만이 살기 좋은 마을을 만드는 조건이라고 생각하고 있는 것이다. 소설 후반부에 미쓰하의 설득으로 협력을 하게 되지만 결국 재해로부터 마을 사람들을 구한 것은 다키, 미쓰하, 그리고 미쓰하의 친구인 뎃시(テッシ-)와 사야친(サヤちん)이었다. 즉 17살의 고등학생들이 재해로부터 사람들을 구하는 데 큰 역할을 하였다.

버블붕괴 이후 사회구조가 급변하고 한신·아와지대지진(阪神·淡

路大震災) 및 동일본대지진 등으로 인해 미래에 대한 꿈과 희망을 잃고 살아가는 젊은이들이 증가하고 있는 추세이다. 이러한 시점에서 신카이마코토는 애니메이션을 만들면서 젊은 세대를 강하게 의식하였는데, 삶과 죽음이 엇갈리는 긴박한 상황과 아무도 믿어주지 않는 절망적인 상황 속에서 다키, 미쓰하, 뎃시, 사야친은 서로를 신뢰하고 협력하여 난관을 극복하였다. 이들은 재해로 인해 삶의 터전을 잃어버렸지만, 도쿄라는 새로운 곳에서 자신들의 삶을 살아가게 된다. 그리고 어느 날 붉은 색상의 끈으로 머리카락을 묶은 미쓰하를 발견한 다키가 "드디어 만났다"고 생각하는 장면으로 이야기는 끝을 맺는다.

"소중한 사람, 잊으면 안 되는 사람, 잊고 싶지 않았던 사람!"이라는 말에서 알 수 있듯이 자신에게 소중한 것을 기억하고 지키려는 강한 의지가 기적을 낳게 된 것이다.

46. 난자는 난세포라 불러야 옳다!

가와카미 미에코 『젖과 알』

【명혜영】

현대일본문단에서 주목받고 있는 가와카미 미에코(川上未映子, 1976~)는 고등학교 시절부터 공장, 편의점, 서점 판매원 등 각종 아르바이트 및 클럽의 호스티스, 무명가수 등 다양한 이력의 소유자로 정평이 나있다. 아웃사이더로서의 이러한 경험은 자연스레 작품에 녹아들어 높은 설득력으로 독자들의 호응을 이끌어내고 있다.

아쿠타 상에 빛나는 소설 『젖과 알』(2007,문학계)은 '여자의 몸과 역할'이라는 주제의 엄마와 딸의 이야기이다. 이혼 후 딸 미도리코를 홀로 키우고 있는 마키코는 주점에서 파트타임으로 일하고 있다. '여자'이고 싶은 엄마의 삶의 방식을 불만스러워하는 딸은 '말을 끊고 필담'으로만 의사표시를 한다는 설정이다.

한편 성적매력을 요구하는 직업 특성상 40을 바라보는 마키코의 몸, 특히 변형된 유방은 성적 매력이 떨어져 일자리마저도 위태롭다. 마키코는 자신의 사회생활을 위축시키는 유방변형의 원인을 '아이를 낳은'것과 '모유' 수유 등으로 보고, '유방확대수술'을 기획한다.

생명체를 얻었을 때의 '창조'에 대한 희열이나 '모유' 수유를 통해 얻게 되는 일체감 등 경험에 의해 축적되었을 감각을 가시화시키지 못하는 걸까? 통상 출산을 경험한 여성들이 유방의 변형을 논할 때 거론되는 동일한 원인, 그리고 그런 원인에 의해 '몸이 휘발'되고 있는 것이다. 마키코가 '유방확

가와카미 미에코

대수술'을 고집하는 이유는, '유방'의 역할이 '모유수유'라는 종래의 역할에 더해 '성적 어필'이라는 요소를 추가해야 한다는 판단에서였을 것이다. 이러한 변화는 남성고객이 주 대상인 지금의 호스티스라는 직업을 유지하고자 하는 의지의 발로이다.

이렇듯 마키코에게 '생활의 붕괴'는 곧 '육체의 붕괴'와 다르지 않다. 마키코는 위태롭게 밸런스를 유지하며 겨우 버티고 있는 붕괴 직전의 생활을 바로 세우기 위해서는 성형으로 육체의 밸런스를 잡는 것이 선결문제인 것이다. 마치 유방확대 수술에 의해 '생활의 붕괴'를 일으켜 세우는 게 가능하기라도 한 것처럼, 성형하면 미래가 바로 서기라도 하는 양 망상에 사로잡혀 있다.

본문에서는 '가슴을 크게 하고 싶다'는 여성의 '욕망'에 대해, '자신의 가치관'의 문제라는 '가슴을 크게 하고 싶은 여자'의 의견과, '남성 중심 사고의 산물'이라고 일반화해 해석하는 '차가운 여자'의 논리가 맞서는 상황을 연출한다. 결국 논점이 '욕망의 출처'가 '개인의 가치관'에서인지, 아니면 '남성 중심주의 문화의 수용'에서인지로 옮아가고 있다.

엘리자베스 그로츠는 "몸은 문화적·성적·인종적으로 특수한 몸

젖과 알

임과 동시에 문화적 산물이라는 점에서 유연하고 변화 가능한 어휘이다. 인간의 몸은 근본적으로 내재된 조건과 그 결과로 인해 문화적인 완성에 유기적으로 열려있을 수밖에 없다. 몸 그 자체가 지닌 본성의 일부는 유기체적이고 존재론적으로 불완전한 것이거나 종결이 없는 것이며 그렇기 때문에 사회적인 완성과 질서와 조직에 따라 수정될 수 있다."고 역설한다.

『젖과 알』에서 하이라이트는 단연 란(卵) 퍼포먼스이다. 이 시점은 딸 미도리코가 다시 '글'에서 '말'을 회복하며 소통하게 되는 지점이어서 더욱 그렇다. 앞서 언급한 바와 같이 미도리코는 반년 전부터 엄마를 비롯한 타인과 필담으로 의사소통을 하고 있다. 말을 하지 않게 된 원인제공자가 어쩌면 '엄마'일 것이라는 것 외에는 이유가 불분명하다.

소설은, "난자는 난세포로 불러야 옳다. 그런데 왜 '자'(子)라는 글자가 붙는가 하면, 정자라는 말에 맞추기 위해서 '자'를 붙인 것뿐"이라는 소녀 미도리코의 몸에 대한 페미니즘적 시각이 제시되면서 시작된다. 이후에도 미도리코의 필담 노트에는 소녀의 2차 성징이 나타나는 '몸', 특히 '초조'(初潮)나 '생리', '난자' 등에 대해 고민하는 내용으로 채워져 있다.

미도리코는 여자로 태어났으니까 '낳아야' 한다는 논리에 대해, 스스로를 '몸속에 나를 가두는' 행위라 비판하며, "싫다"고 밝힌다. 문제의 논점이 여성의 '몸의 특수성'이라 여겨졌던 '낳는 성'을 정면으로 겨냥하고 있어, 독자에게 뜨거운 논쟁거리를 제공한다. 또한 "지금부터 난자에 대해 쓴다. 태어나기 전부터 내 속에 사람을 낳는 근원이 있었다."고 언급하며, 몸의 자연성을 정면에서 문제시한다. 여성의 몸의 기능을 단순히 이어가야 한다는 사고, 즉 문화의 형성은 '책(=지식)'이 그 원인을 제공하고 있다고 일갈한다.

한편 전남편에게 금전적 부탁을 위해 외출했던 마키코의 예정된 귀가시간이 늦어지고 휴대폰마저 연결되지 않자 상황이 급반전한다. 미도리코는 엄마를 걱정해, '불도 켜지 않은 어두운 싱크대 앞에 서서 새하얗고 걸쭉한 드레싱 액체를 배수구로 흘려보내는 행위를 하고 있다. 새벽녘이 되어 엄마가 귀가하자 두 사람의 불협화음은 극에 달한다.

미도리코는 달걀을 바닥에 던지며 "티셔츠 목둘레선, 안면에 흰자가 걸쳐지고 샛노란 덩어리가 무늬가 되어 곳곳에 묻은 채 서서" 대성통곡한다. 엄마와 딸이 격하게 계란을 깨는 장면이 시작되기 직전 '나'가 배수구에 버리는 '새하얗고 걸쭉한' 드레싱은 정자를 의미한다. "난자와 정자, 그 둘을 합치는 일 따위 모두 그만두었으면 좋겠다"고 말한 미도리코의 의도가 실현되는 장면으로, 우선은 정자가 단독으로 폐기된다. 이어서 미도리코는 위화감의 근원인 란(卵)을 자신의 몸에다 '과격하게 깨는 것'(=욕망의 강도)으로 지금까지 수기에만 적고 내부에 침잠시켜 왔던 몸에 대한 의문점이 결론에 도달한다.

소녀 미도리코는 엄마 마키코(巻子)에게 휘둘리고 싶지 않아(巻き込まれたくない) 란(卵), 즉 난자(卵子)를 수정하지 못하게 깨버린 것이다. 소설의 타이틀이 다마고(玉子)가 아니라 란(卵)인 이유이다. 낳는 몸에 대한 거부감은 "쥐어뜯고 싶다", "마구 두들겨 패주고 싶다" 등으

353

로 이미 미도리코의 노트 안에 수두룩하게 서술되어 있지만, 그것이 정작 실행되어 표면화 되었을 때, 글 안에 고립되어 있었던 미도리코의 말도 '엄마'를 초성으로 회복된다.

소설은 빈곤과 불안정한 미래를 살아내야 하는 프레카리아트 계층의 몸이 삶과 연동되어 '푸석'하다. 특히 여성들은 사회·문화·역사로부터 규정된 '여성'을 강요당하고 있어 몸과 마음을 앓고 있다.

소설에 등장하는 프레카리아트 여성들은 각자의 방식으로 삶으로부터 파생되는 불연소를 제거하기 위해 '유방확대', '모계가족' 등 자구책 마련으로 그야말로 치열하다. 결재권과 경제권을 쥔 남성들의 시선(=규정)에 맞춰진 여성들이 프레카리아트 계층으로 전락하는 것은 시간문제다. 따라서 새로이 젠더감수성을 장착하고 시도하게 된 '여성으로-되기'는, 결국 기왕의 여성의 몸(=역사)을 부정하고 견제하며 '휘발'시킬 수밖에 없다는 역설을 낳는다.

47. 현생인류의 존재방식을 묻는 스페이스 오디세이

호시노 도모유키 『인간은행』

【김석희】

　　호시노 도모유키(星野智幸)는 1965년 미국 로스앤젤레스에서 태어나 세 살 때 일본으로 귀국, 대학 졸업 후에는 신문기자로 근무했고, 1990년대 초 멕시코로 유학을 떠났으며, 귀국 후 자막 번역가로 활동한 경력을 가지고 있는 작가다. 1997년 『마지막 한숨』으로 미시마유키오상, 『판타지스타』로 노마문예 신인상, 『오레오레』로 오에겐자부로상, 『밤은 끝나지 않는다』로 요미우리문학상, 『호노오焰』로 다니자키준이치로상을 수상하였다.

　　정치와 사회문제를 기피하는 경향이 있는 일본문단에서 보기 드물게 꾸준히 사회문제를 파헤쳐온 작가이며, 한국작가들과의 교류도 활발하다. 그의 많은 장편이 있지만, 여기서는 최근 한국에서 발표된 그의 단편집을 중심으로 그의 작품세계를 소개한다.

　　호시노 도모유키는 흔히 '국가를 흔들리게 하는 규모'의 소설을 쓰는 작가-오에 겐자부로가 자신의 소설적 후계자로 호시노 도모유키를 지목하며 '국가를 흔들리게 하는 규모'의 소설을 쓴다고 하여 크게 화제가 되었다-로 불리는데, 단편집『인간은행』에 실린 작품들은 그의 세계가 '국가'에 머물지 않고 '지구'를 흔들고 '우주'로 뻗어나가는 규모임을 보여준다.

「지구가 되고 싶었던 남자」의 모리세는 가족과도 동료와도 철저히 분리되어 고독하게 살아간다. 그는 누군가를 질타함으로써 소속집단에 대한 충성을 증명하는 존재들에 대한 반감으로 인해 고독을 선택한 인물이다. 온 마을을 덮었던 홍수가 끝나자 모리세는 반지하 방의 침낭 속에서 매일 혼자 먹고 자고 깬다. 어느 순간 벌레들과 친숙해지고 그 자신이 지구가 되어 간다. 모리세는 흙과 맨틀과 핵을 차례로 삼키며 지구 자체가 된다. 가는 곳마다 강이 범람하여 누군가의 지하방을 침수시키는데 그 물은 이미 모리세 자신의 체액이었다.

말 그대로 '지구를 흔드는 규모'의 소설이며 살아 있는 유기체로서의 지구와 인간의 관계를 다이내믹하게 그려낸 은유의 대서사다.

「스킨 플랜트」에서는 이 규모가 우주로 확대되어 나간다. 「스킨 플랜트」의 화자는 '나'(ぼく)-남성1인칭-다. 타투로부터 시작된 진짜 식물의 피부 이식 기술이 발달하면서 사람의 머리에 꽃을 피울 수 있게 되자, 현생인류는 꽃을 피우는 기쁨을 위해 생식기능을 포기하게 된다. 성범죄가 급격히 줄어들면서, 인간의 일상이 얼마나 성에 관련된 범죄와 폭력, 짓궂은 언행으로 이루어졌는지 명백히 드러난다.

성과 인간의 욕망에 대한 호시노 자신의 문제의식, 인간 존재의 부조리에 대한 물음이 파문을 일으키는 작품이다. 이제 더는 인간의 아이가 태어나지 않을 것 같던 지구에 놀랍게도 '플라워즈'라는 존재들이 태어난다. 인간의 머리에서 자라난 꽃에서 떨어진 씨앗이 다시 싹을 틔우

면 거기에는 사람의 모습을 한 열매가 열렸다. 신인류는 더 이상 섹스에 의해 태어나지 않고 식물의 열매로 열리게 된다. 식물인류라고 해도 좋을 신인류는 계속해서 진화하고, 화자인 '나'(ぼく)는 우주 정거장으로 보내져 달 표면에 씨를 뿌릴 준비를 한다. '나'는 인간이 결국 이동하는 초목의 형태로 진화하여 지구를 채울 것이라고 예견한다.

「스킨 플랜트」는 일종의 SF소설이다. 인류의 소멸과 신인류의 탄생을 소재로 한다는 점에서 알폰소 쿠아론 감독의 영화 「칠드런 오브 맨」(Children of Men)을 연상시킨다. 알폰소 쿠아론 감독의 영화는 멸종한 줄 알았던 인류의 아기가 탄생하는 장면에서 그 울음소리 하나로 전쟁을 종식시키는 메시야적 탄생을 암시한다. 하지만 「스킨 플랜트」의 '플라워즈'들은 평화를 지향하는 다수의 신인류를 의미한다는 점에서 메시야적 영웅 서사를 넘어선다. 인류는 반드시 현생인류여야만 한다는 당위적 패러다임 역시 해체된다. 현실과 상상의 경계가 모호하지만, 남성이 후세를 낳는다는 점, 그리고 그 생산이 섹스에 의하지 않으며 반드시 인류의 번식을 의미하지도 않는다는 점에서 현생인류의 존재방식에 대한 문제 제기를 담은 작품이라 할 수 있다.

호시노는 자주 데칼코마니와 같은 미러링을 통하여 인류의 존재방식을 묻는다. 그 미러링은 때로 공간의 반전, 시간의 반전을 의미하기도 하고 젠더, 빈부, 내셔널리즘의 반전을 가져오기도 하다. 젠더, 빈부, 내셔널리즘에 대한 강력한 문제의식은 호시노의 주요 이슈인 동시에 현생인류의 존재론적 화두이다. '낳는 성'으로서의 남성의 등장도 그 중 하나라고 할 수 있다. 「선배전설」에서는 빈부의 위치가 뒤집힌다. 집 없는 사람, 집 없이 살기를 자처한 사람이 사회의 다수이고 집을 가진 자가 소수인 세상을 그림으로써 가지지 못한 자에 대한 멸시의 시선을 그대로 가진 자에게 돌려주기도 한다.

「무엇이 나를 그렇게 만들었는가?」와 「인간은행」은 무엇이 인간을 비인간화하는지를 궁극적으로 파헤쳐 들어간 작품들이다. 「무엇이 나를 그렇게 만들었는가?」에는 단돈 10만원에 노인을 맡아 준다는 수상하기 짝이 없는 보호시설 광고문에 현혹되어 늙은 아버지를 넘겨준 도라스케가 등장한다. 자유기고가인 도라스케는 특종 취재를 위해 스스로 보호시설로 들어갔다가 그 자신도 시설의 노예로 전락하며 사라진 사람들이 '에코화'되어 가축의 사료 통조림이 된다는 걸 알게 된다. 이런 천인공노할 일이 어떻게 알려지지 않을 수 있는가 하면, 그것은 '사라진 노인이 어떻게 되었는지 알고 싶은 녀석은 하나도 없기 때문'이다. 부조리한 것을 파헤치는 것에 대한 두려움, 실체를 알게 되는 것에 대한 두려움, 그러한 외면이 소외를 만든다는 사실을 적나라하게 보여준다.

표제작 「인간은행」은 노숙자나 삶이 궁지에 몰린 이들을 '주워다' 빚을 안기고, 인간 자신을 화폐화하여 노동으로 빚을 갚게 하는 기묘한 조직의 이야기다. 보통의 살과 영혼을 지닌 인간이 화폐가 된다는 발상은 대단히 충격적이다. 빈곤이 무서운 것은 그 빈곤이 인간의 인간다움을 앗아갈 수도 있기 때문이다.

최근 한국에서 출판된 호시노 도모유키의 소설집 『인간은행』(문학세계사, 2020)의 표제작인 「인간은행」은 자본주의 시스템 속에서 인간이 '인간 아닌 화폐'가 되는 과정을 그린 소설이다. 「무엇이 나를 이렇게 만들었을까」와 함께 돈과 인간성의 상관관계를 깊이 있게 파고든 작품이다.

표제작 「인간은행」은 빈곤의 문제와 인간자유의 문제를 동시에 다루고 있다. 인간은행은 금본위제가 아니라 '인간본위제'로 가동되는 은행이다.

처음에는 무담보로 백만 원을 빌려 준다. 그리고 돈을 다 갚고 잉여재산이 생기게 되면 백만 원을 돈으로 내어주는 것이 아니라 '진카'(人貨)라고 하는 이름의 살아있는 인간을 내어주는데, 그는 결국 노예나 마찬가지다.

처음 빌린 돈을 갚지 못하거나 더 살기 힘들어진 사람들은 자신의 자유를 포기하고 스스로 돈-'진카'가 된다. 그 순간 사람은 교환 가능한 존재가 되어 버린다. 여기에서 가장 무서운 것은 '진카'가 부족하면 밖에서 가져온다는 점이다. 그것은 노숙자일 수도 있고, 아무튼 삶의 나락에 떨어진 누군가일 것이다. 벗어날 수 없는 가난과, 이를 이용하는 자본 시스템을 날카롭게 그려내고 있다. 「인간은행」은 호시노의 치밀함과 궁극의 상상력을 보여주는 수작이다.

호시노의 문학이 가지는 또 하나의 힘은 '유쾌력'이다. 내셔널리티를 거부하는 한 청년이 게릴라가 되기 위해 브라질을 여행하는 이야기 「치노」는 그 유쾌력을 십분 발휘한 작품이다. 작가 자신의 남미 체재 경험을 바탕으로 쓴 이 작품은 '멕시코인이 되어도 좋다'는 자유의지마저도 자신의 선택이 아니라 우연히 가지고 태어난 내셔널리티에서 기인

한다는 점을 성찰한다. 이주를 꿈꾸는 자유의지조차도 사실은 '엔'(¥)으로 대표되는 특권이었던 것이다. 지구 규모에서 빈곤의 문제와 내셔널리티의 문제가 별개일수 없음을 생각하게 하는 작품이다.

호시노는 타고난 이야기꾼이며 사상가다. 새롭고도 친근한 이야기들이 때로는 에로틱하게, 때로는 SF적인 호기심을 자극하며 흥미진진 펼쳐진다. 멜랑콜리에 호소하지 않고, 자극을 연료로 하지 않으면서 때로는 긴 호흡으로, 때로는 긴박한 호흡으로 인간의 내면을 두드리며 성찰을 주는 작가다. 남녀 간의 하이어라키, 내셔널리티에 대한 거부, 인간과 식물, 쾌락과 윤리, 거짓과 진실의 경계, 빈부, 안과 밖……, 끊임없이 전복시키고 역전시키며 반전을 꾀한다.

이미 한국에도 『깨어나라고 인어는 노래한다』, 『론리 하트 킬러』, 『오레오레』 등, 호시노의 장편이 번역되어 있었지만, 나는 그의 단편들이 담고 있는 재치와 스케일에 주목한다. 앞으로 호시노 도모유키가 한국사회에서 새롭게 발굴되고 보다 널리 알려지기를 원한다. 권력을 대하는 그의 자세와 시선, 약자에 대한 태도, 인류사에 대한 통찰 등을 지켜봐 왔다. 그의 작품 속에는 일본뿐 아니라 한국 사회와 동아시아 전체가 귀 기울일만한 메시지가 존재한다고 확신한다. 이 글이 한국어 독자에게 호시노는 누구인가를 가까이 전달할 수 있는 계기가 될 수 있다면 더없이 기쁘겠다.

48. 코로나가 사라지면 나 미쳐버릴지도 몰라

가네하라 히토미 「#코로나우」

【김태경】

　　가네하라 히토미(金原ひとみ, 1983~)는 2003년에 『뱀에게 피어싱』(蛇にピアス)으로 스바루 문학상을 수상하며 혜성처럼 문단에 등장하였다. 이듬해인 2004년에 동갑내기 와타야 리사(綿矢りさ)와 함께 아쿠타가와상을 공동수상하며 세간의 뜨거운 화제를 불러일으켰다.

　　그녀의 소설을 특징짓는 과도한 섹스 장면의 나열은 관계에 대한 탐구라는 선에 위치해 있다. 소설 『뱀에게 피어싱』의 주인공 루이는 세상과 담을 쌓고 어둠이 되길 꿈꾸지만, 실은 피어싱과 문신 등 신체개조라는 창을 통해 세상과 소통하려 했던 것이라고 할 수 있다. 다만 너무 좁고 희미한 창과, 데일 정도로 뜨거운 어둠, 극도의 불안과 긴장 가운데 이루어지는 의사소통이 쉬이 이루어질 수 없음은 물론이다.

　　가네하라 히토미는 주로 동세대의 여성 화자를 1인칭으로 한 소설을 써 왔다. 다른 등장인물들은 물론이고 일인칭 시점이면서도 주인공의 심리를 엿보는 것조차 힘들었던 이전 작품들과는 달리, 이제 가네하라에 의한 '코로나 소설'의 등장인물들은 독자들에게 지금 무엇을 생

「언 소셜 디스턴스」, 「#코로나우」가
실린 문예지 표지

각하는지를 세세히 털어놓고 함께 고민하자고 말을 걸어온다. 마치 이제 코로나19로 인해 사회적 거리두기(Social Distancing)와 언택트(Untact)가 당연시되고 가속화되어 가는 상황 속에서 이를 '언 소셜 디스턴스'(Un-Social Distancing)라는 형태로 뒤집어 보려는 듯이 말이다.

작가 가네하라 히토미의 새로운 실험을 우리는 「언 소셜 디스턴스」(アンソーシャルディスタンス)와 「#코로나우」(#コロナウ)라는 두 편의 이른바 코로나 소설을 통해 확인할 수 있다. 결혼·이혼 혹은 불륜, 직장·가정, 부부·자녀, 친구, 엄마 친구의 딸들 등의 다양한 관계망과 코로나19가 만들어낸 회사, 가족, 애인, 친구와의 새로운 거리감각. 이러한 동일한 시간과 동일한 사건을 쌍방의 관점 또는 여러 인물의 다양한 시점을 통해 보여준 그녀의 새로운 글쓰기 방식은 코로나 시대를 살아가는 사람들의 새로운 관계성을 징후적으로 예시하며, 이를 통해 코로나 시대의 윤리를 묻는다.

소설 「#코로나우」는 코로나(corona)가 만연하는 현재(now)를 살아가는 사람들의 자화상을 그린다. 여기에서 중요한 지점은 코로나가 등장함으로써 전개되는 현재가 시간적 배경이라는 것이다. 그런데 그 앞에는 #표시가 붙어 있다. 흔히 샵(sharp)이라고도 많이 읽는 #(hash)

—봄에는 와카를 가을에는 하이쿠를 기억하다—

와 관련하여 우리가 일상적으로 가장 많이 떠올리는 것은 아마도 해시브라운(Hash Browns)이었을 테다. 적어도 인터넷과 SNS 세상이 도래하고 해시태그가 등장하기 전에는 말이다. 감자채가 '뒤죽박죽' 섞여서 격자모양을 이루고 있는 해시브라운처럼 이 소설은 코로나가 초래한 지금 세상을 살아가는 '뒤죽박죽'인 사람들의 모습을 그리고 있다. 그렇다면 소설 「#코로나우」는 누구의 이야기인가.

유미(ユミ)와 메이코(芽衣子)는 친구 사이이다. 현재 유미는 프랑스 파리에 남편의 일 관계로 체류 중이고, 란(ラン)과 다쿠마(拓馬) 두 남매가 있다. 메이코는 남편과 딸 하루(波瑠)와 함께 일본 도쿄에서 생활하고 있다. 현재 일본에서 중학교를 다니고 있는 하루와 란은 1살 차이로 프랑스에 있을 때는 둘이 같은 학급에 속해 있었다. 라인을 통해 란과 통화하는 하루의 이야기로 끝을 맺는 이 소설은 작가 가네하라 히토미가 동시기에 발표한 또 다른 코로나 소설 「언 소셜 디스턴스」와 마찬가지로 시점의 이동이 눈에 띈다. 유미가 시작한 시점인물의 역할은 친구인 메이코를 거쳐 마지막은 하루에게 옮겨진다.

현재 파리는 록다운 상태이다. 일본으로 돌아가는 비행기표를 확보한 유미는 남편을 파리에 남겨둔 채 두 남매와 함께 서둘러 돌아갈 준비를 하고 있다. 15년 넘게 해외에 체재하다가 '이러이러한 타이밍에 귀국한다고 말하면 누구나 납득해 주리라는 계산'에서 나온 결정이다. 남편은 기혼자인 상대방과 몇 년째 불륜을 이어가고 있다. 신규 오픈하는 뉴욕 지점으로 이동할 가능성과 함께 남편이 이혼 이야기를 꺼낸 것은 작년 말이었다. 나와 아이들과의 생활에 아쉬움이나 정이 하나

363

도 느껴지지 않는 남편의 태도와 이혼 후에도 아이들이 성년이 될 때까지 매달 2천 유로씩 생활비를 보내준다는 제안에 이혼하기로 마음먹었다. 그러던 중에 코로나가 터졌다.

귀국한다는 소식을 듣고 이혼을 묻는 메이코의 질문에 "일단 지금은 안 하기로. 코로나가 끝나 안정될 때까지는 서로 새로운 생활에 힘을 쏟기로 했어"라고 말한다. 계엄령하의 프랑스, 록다운 상태인 파리에서 긴급사태선언 중인 일본의 특정경계지역인 오사카로 떠나고자 결심한 "지금 나는 살고자 한다고 단언할 수 있다. 3년간 죽어 있던 나는, 코로나에 이긴 나는, 좀비처럼 다시 일어나 다시 사는 거다. 코로나는 나에게 죽음을 일깨워 주었다." 남편을 ATM이라고 생각하고, 그저 견뎌온 지난 3년간의 세월이 지금 생각하면 오히려 죽어 있던 게 아닌가. 코로나19에 걸렸다가 회복된 경험을 갖는 유미에게 코로나는 '죽는다고 생각하면 더 살 수 있다'고 깨닫게 해준 생명력과도 같은 존재이다. 유미는 코로나를 계기로 새로운 미래를 꿈꾸고 있다.

메이코는 현재는 가즈미(一麦) 군과 불륜 중이다. 여기에서 '현재는'이라고 하는 것은 메이코가 누군가와의 외도를 계속해서 반복적으로 하고 있기 때문이다. 메이코의 남편은 "상대방과의 관계가 5년 이상 되고나서 이혼이라는 단어를 꺼내라"고 얘기할 만큼 아내의 지속적인 외도에 익숙해져 있다. 아무런 거리낌 없이 밤에 외출하거나 외박을 하고 이튿날 돌아오는 것을 포함해 메이코의 불륜은 남편과 딸 하루에게 이미 '일상'이다. 하지만 이러한 일상에 메이코는 코로나로 인한 변화를 시도한다. 코로나의 확산세 등으로 밖으로 돌아다니면 위험하니, 이제 그만 외도를 그만두고 집에 정착하기로 마음먹은 것일까. 아니다. 메이코와 가즈미는 의논하여 가즈미 군의 거처를 자신의 집 근처에 새로이 마련하기로 한다.

이를 들은 소꿉친구 히나(ヒナ)한테서 "그렇다고 불륜 상대를 집 근처에 살게 해? 당분간은 자숙(自肅)하자고 어른답게 거리를 두는 게 보통 아냐"라는 비난을 듣자, 메이코는 "그가 재택근무 하는 날은 같이 일도 할 수 있어 좋고, 전철 타지 않아도 되고, 외식이나 호텔 안 가니까 가성비도 좋고, 왔다 갔다 하는 데에 시간 절약되니까 회사일도 가사일도 더 잘 할 수 있고"라고 얼버무리고는 '코로나로 볼 때나 남편으로나 남친으로나 윈윈'(コロナ的にも旦那的にも彼的にもウィンウィン)이라는 말이 목구멍 너머로 나오려던 것을 참는다.그도 그럴 것이 사실 히나의 남편 또한 불륜 중이다. 친구지간이지만 한 명은 불륜을 하는 쪽, 한 명은 당하는 쪽으로 두 사람의 입장이 정반대인 셈이다. 여하간 그런 식으로 한 명도 아니고, 복수의 여성을 상대로 동시에 바람을 피우던 히나의 남편은 코로나19 이후 달라진 삶을 살고 있다. 아니 강요당하고 있다고 해야 할까. "거래처도 영업을 안 하니까 재택이야. 가끔 회사에 가기는 하지만 20퍼센트 이내만 출근이라 나가더라도 금방 집에 와. 아이들도 아빠랑 놀 수 있어서 아주 좋아해"라는 말처럼 이로써 히나는 남편이 '호텔에 갈 걱정도 여자 집에 갈 걱정도 차 안에서 섹스할 걱정도 지금은 없어진 셈'이다. 히나는 코로나 덕분에 '마음의 평온'을 손에 넣었다고 할 수 있다. "코로나가 진정되어 남편이 원래대로 출근하게 되면 나 미칠지도 몰라"라는 그녀에게 코로나19는 없어져서는

안 될, 가정의 평화와 마음의 안정을 가져온 그 무엇이다.

　그렇다면 메이코에게 코로나는 어떤 의미일까. "코로나가 확대되고 몇 개월이 지나면서 나 자신 초조해지기 시작했음을 최근에야 알아차렸다. 끝없는 일상이 끝을 맞이했음에도 불구하고 거기에 다시 새로운 일상이 아무 말 없이 모습을 드러낸 것에 화가 난다"고 하는 메이코는 코로나를 계기로 자신에게 '일종의 파멸 충동'이 존재함을 깨닫는다. 남편과의 관계를 지속하는 것도 가즈미와의 관계를 지속하게 만드는 것도 결국은 이 힘이 아니었을까. 인간이라는 생물은 어떠한 재난에도 적응하고 엄청난 생명력으로 생을 이어가지만 파멸은 언젠가 반드시 찾아온다. 그러한 생각이 "즉물적인 쾌락으로 도망치는 자신을 무책임하게 긍정할 수 있도록 해준다. 결국 어떠한 천재지변이나 역병(疫病)이나 인재(人災)로 인한 피해를 입었든 입지 않았든 그렇게 살아갈 수밖에 없게 되어 있는 대로 살아갈 수밖에 없는 것이다." 그녀에게 코로나는 끝없이 견뎌야 할 새로운 일상, 뉴 노멀에 다름 아니다.

　메이코의 딸 하루는 중학교 1학년이다. 4월 개학 예정이던 학교는 현재 온라인으로 수업을 진행한다. 처음 휴교가 결정되었을 때는 너무 기쁜 나머지 친구들과 함께 탄성이 절로 나왔다. 하지만 졸업식도 입학식도 모두 중지되고, 중학교 같은 반 친구들과는 한 번도 얼굴을 마주한 적 없이 '3개월을 맞이하는 지금, 이미 그렇게까지 기쁘지는 않다.' 아침에 일어나 윗도리만 갈아입고는 온라인 수업에 참여, 학교에서 보내오는 과제와 통신교육 교재로 정해진 분량만큼 공부, 오후 3시부터 2시간 정도 친구와 라인(LINE) 통화 및 그룹채팅, 5시부터 남자애들과

슈팅 게임, 저녁을 먹고 나서는 인기 이미지를 찾거나 우타이테(歌い手) 구독영상을 보거나 YouTube 서핑을 하는 일상. 가끔은 시차가 있는 친구와 통화를 하는데, 오늘은 란과 또 다른 엄마 친구의 딸인 유리나(ユリナ)와 좋아하는 밴드의 콘서트와 부모의 이혼에 관한 이야기를 라인 통화와 메시지로 나누고는 잠자리에 든다. 결국 '코로나의 세계에서도 여전히 환경에 관리를 당하고 있다'고 생각하면 화가 섞인 한숨이 나온다.

유미에게, 메이코에게, 히나에게, 하루에게 코로나는 무엇인가. 각각의 인생들에게 코로나는 어떠한 변화를 가져왔고, 어떠한 의미가 될까. 소설 내에는 Zoom HR은 물론이고 Zoom 술자리 등 코로나가 몰고 온 새로운 풍경들이 그려진다. 여기에 코로나19가 초래한 지방 사람들의 도쿄 사람에 대한 기피, 뿌리 깊은 인종주의의 심화 등에 대한 언급이 더해진다. 작가는 3.11 동일본대지진을 배경으로 한 소설 『가지지 못한 자』(持たざる者) 이후 어쩔 수 없이 또 다시 의식하게 된 공동체의 문제를 우회적으로 다시금 우리 앞에 던진다. 코로나 소설은 우리에게 어떠한 사유를 가능하게 하며 어떠한 새로운 가능성을 열어줄 것인가.

소설 「언 소셜 디스턴스」가 가네하라 히토미가 지금까지 반복해 왔던 섹스와 죽음이라는 주제를 코로나19를 통해 더욱 공고히 하고 있다면, 마찬가지로 반복적으로 다루었던 불륜을 등장시키면서도 소설 「#코로나우」는 코로나19가 우리의 일상에 가져온 변화를 보다 다양한 층위에서 차분히 그려내고 있다.

49. 재일 사회파 추리소설 작가의 탄생

고 가쓰히로 『도덕의 시간』

【김계자】

　　재일코리안 작가는 다양한 장르에서 일본의 주요 문학상을 여러 차례 수상하며 일본사회에 재일문학의 인지도를 높여 왔는데, 유독 추리소설 장르에서는 재일 작가의 수상이 드물었다. 그런데 2015년에 추리소설계의 독보적인 문학상인 '에도가와란포상'(江戸川乱歩賞) 수상작에 고 가쓰히로(呉勝浩, 1981~)의 장편 『도덕의 시간』(道徳の時間, 講談社, 2015)이 선정되어 재일 추리소설 작가의 탄생을 알렸다.

　　고 가쓰히로는 일본 아오모리(青森)현에서 태어나 오사카예술대학(大阪芸術大学) 영상학과를 졸업하고 오사카에 거주하고 있는 재일코리안 3세로, 한국명은 오승호이다. 그는 33세의 나이에 문단 데뷔작으로 영예로운 문학상을 수상한 것이다.

　　『도덕의 시간』은 과거의 살인 사건이 현재로 연결되는 이야기를 그리고 있다. 13년 전에 T현 나루카와 시의 한 초등학교에서 교육계의 권위자가 강연 도중에 살해당한 사건이 일어났다. 이로부터 13년이 지나 이와 관련된 듯한 문구를 적은 쪽지와 함께 연속 경범죄 사건이 같은 마을에서 일어난다. 그리고 다른 한편에서는 과거의 살인사건을 검증하는 다큐멘터리를 촬영하면서 관련 인물들의 이야기가 전개된다. 과거의 사건과 이에 대한 검증, 그리고 현재의 사건이 다큐멘터리를 촬영하는 영상 저널리스트 후시미의 주변에서 모아지며 '도덕'의 문제가 클로즈업되는 내용이다.

고 가쓰히로는 2015년에 『도덕의 시간』으로 데뷔한 이래 매년 평균 2편의 추리소설을 발표하여 2020년 9월 현재 총 9편의 작품을 발표할 정도로 왕성한 창작활동을 보여 왔다. 이중에서 7편이 문학상을 수상했거나 후보에 오르는 등의 호평을 받았다. 그의 추리소설의 매력은 어디에서 나오는 것일까?

고 가쓰히로의 작품은 현대 일본사회가 직면한 다양한 문제를 통해 부조리한 삶의 현실을 드러내어 비판하고 문제를 제기하는 '사회파 추리소설'에 속한다. 그는 자신의 작풍에 대하여 『도덕의 시간』의 한국어판 저자 서문(2019.12)에서 "딱히 사회파 미스터리를 쓰려고 한 것은 아니지만, 세상을 지켜보다 보니 쓰고 싶은 게 많아졌다"고 하면서, "삶을 짓밟는 부조리함에 대한 분노, 저항, 아슬아슬한 도덕성, 현실 사회를 기반으로 한 이야기와 대담한 트릭"을 소설에 담아가겠다고 말했다.

사회파 추리소설을 통해 현실의 일상에서 부닥치는 다양한 문제와 삶의 부조리, 도덕성의 문제 등을 담아내겠다는 고 가쓰히로의 각오가 엿보인다. 이러한 취지는 데뷔작 『도덕의 시간』부터 지속되고 있다. 도덕성에 대하여 '도덕성의 문제'나 '도덕성의 위기'라고 하지 않고, '아슬아슬한 도덕성'이라고 한 대목이 흥미롭다. 이는 도덕성에 대한 기준을 세워 징벌(懲罰)적 판단을 내리기보다는 일상에서 늘 도덕문제를 성찰해야 한다는 의미로 생각된다.

어떤 행위가 도덕적인지, 아니면 악한 것인지의 판단은 명확히 경계가 나뉘어 있지 않다. 더욱이 현대사회의 일상은 정치, 경제, 사회의 모든 면에서 폭력적이고 불안한 부조리가 이어지고 있어서 우리는 매 순간 선악의 간극을 가로지르는 삶을 살고 있다. 그렇기 때문에 중요한 것은 도덕의 기준이 아니라, 자신의 행위와 사회의 문제를 늘 돌아보고 성찰하는 자세일 것이다. 성찰이야 말로 도덕이 어떻게 가능한지의 물음에 대한 대답이 될 수 있다. 작품의 제명인 '도덕의 시간'은 바로 이러한 성찰의 시간을 의미하는 것이 아닐까.

고 가쓰히로의 여러 작품에 공통적으로 보이는 형식적 특징이 있다. 『도덕의 시간』은 현재의 문제를 13년 전에 일어난 살인사건을 검증하면서 해결해가는 구조였다. 『도덕의 시간』과 거의 동시에 나온 두 번째 작품 『로스트』(ロスト, 講談社文庫, 2015)는 통신판매 콜센터와 SNS를 이용한 유괴사건을 그리고 있다. 비교적 이른 단계에서 유괴사건은 일단락되지만, 유괴사건이 일어난 원인이 과거의 사건과 연결되면서 범인과 피해자가 모두 돌이킬 수 없는 과거를 안고 현재를 살아가는 모습을 그리고 있다. 피해자 측의 인간이 반드시 선인(善人)인 것은 아니며, 죄를 씻고 속죄한다는 것이 무엇이고 용서가 무엇인지, 과거에서 벗어나지 못하고 감옥 없는 속박 속에서 계속 살아가야 하는 사람들의 현재의 모습을 그려낸 소설이다.

『하얀 충동』(白い衝動, 講談社文庫, 2017)은 과거에 잔학한 연속 강간사건을 일으키고 15년간 복역하고 나온 범죄자 주변에서 일어나는 다양한 현재의 문제를 그리고 있다. 살인 욕망을 강하게 느끼는 고등학생, 범죄자를 받아들여야 하는 친지와 근린 주민들, 범죄피해자 지원단체 등의 다양한 사람들이 얽힌 커뮤니케이션의 문제를 한 카운셀러의 시점에서 그린 작품이다. 범인을 잡았다고 사건이 해결되는 것이 아니라, 사건 이후에도 악에 맞서 살아가야 하는 사람들의 현재의 모습을 세심한 부분까지 잘 담아낸 수작(秀作)이다. 2018년에 '오야부하루히코상'(大藪春彦賞受賞)을 수상하였다.

『라이온 블루』(ライオン ブルー, KADOKAWA, 2017)는 고향 마을의 파출소로 부임한 경찰관의 주변에서 일어난 연속살인사건을 다루고 있다. 과거에 동료가 실종된 사건과 이후의 연속살인사건을 농촌의 공동화(空洞化)라는 현실문제 속에서 그려낸 점이 흥미롭다. 죄에 대한 공포가 새겨진 이후에 시간이 흐르면서 죄악감이 점점 커지고, 언제 폭로될지 모른다는 공포가 계속되면서 또 다른 살인을 저지르고 마는 심리를 농촌 지역사회의 현실적인 문제 속에서 그려낸 경찰소설이다.

최근에 나온 『스완』(スワン, KADOKAWA, 2019)은 고 가쓰히로의 명성을 확고하게 한 화제작으로, 이 작품이 계기가 되어 고 가쓰히로의 다른 작품도 읽게 되었다는 독자가 있을 정도이다. 무장한 3명의 괴한이 쇼핑몰 '스완'에 잠입해서 무차별 살육과 잔혹한 인질극을 벌이고, 학살 장면을 동영상으로 촬영해 인터넷에 올리는 경악할 사건이 발생한다. 범인들이 자살하고, 사건으로부터 반년이 지난 후에 살아남은

재일사회파추리소설작가의 탄생

사람들이 모여 사건에 대한 이야기를 나누는 형식이다. 자신이 다른 사람을 구할 수 있었을지도 모른다는 자책, 자신이 선인인지 악인인지 모르겠다는 내적 갈등, 또 자신이 살아남은 것이 잘못은 아닌지 되묻는 모습을 통해 살아남았지만 고통 받는 사람들의 현재의 이야기를 그리고 있다. 2020년에 '요시카와에이지문학신인상'(吉川英治文学新人賞)과 '일본추리작가협회상'(日本推理作家協会賞)을 동시에 수상하였고, 일본의 대표적인 대중문학상인 '나오키상'(直木賞)의 후보에 오를 정도로 호평을 받았다.

이상에서 고 가쓰히로의 주요 화제작을 살펴보았는데, 과거의 사건과 현재를 관련짓는 구조 속에서 선과 악, 죄의식, 그리고 속죄(贖罪)와 성찰의 시간을 공통적으로 그려내고 있음을 알 수 있다. 인간은 과거에 저지른 범죄로부터 절대로 벗어날 수 없다. 사건이 발생한 이후에도 살아남은 자들의 삶은 계속되기 때문에 범죄자도 희생자도 모두 과거를 짊어지고 살아갈 수밖에 없는 것이다. 그렇다면 돌이킬 수 없는 과거를 어떻게 끌어안고 현재를 살아가야 하는가? 고 가쓰히로의 작품은 이러한 물음에 대한 답을 찾고 있다.

그의 작품은 과거의 악이 초래한 현재의 힘겹고 복잡한 삶을 그리고, 그 속에서 살아가는 사람들에게 희망적인 메시지를 담아내고 있다. 그렇다고 피해자에 초점을 맞춰 그리고 있는 것만은 아니다. 범죄자와 피해자가 과거와 현재의 이중구조 속에서 명확히 구분되지 않거나 섞여 있기도 하고, 때로는 위치가 역전되어 있는 경우도 있다. 왜냐하면, 초점이 범죄자와 피해자를 가르는 데에 있지 않고, 선과 악이 뒤범벅된 세상에서 살아남은 사람들이 느끼는 죄의식과 속죄하는 성찰의 모습을 그리고 있기 때문이다.

　현대의 삶은 재난과 재해가 없는 일상을 생각하기 어려울 정도로 극한의 혼란으로 치닫고 있고, 상대적 빈곤이나 차별 문제도 심각한 상태이다. 미디어에서 접하는 범죄도 다양해지고 가공(可恐)할 만큼 잔혹해졌다. 그래서인지 소설 속의 세계가 판타지로 느껴질 정도이다. 이와 같이 현실사회의 범죄가 문학의 세계를 압도하고 있는 때에 사회파 추리소설의 리얼리티는 어디에서 구할 수 있을까?

　고 가쓰히로 작품의 힘은 현실사회에 대한 이야기의 구성력과 현재를 살아가는 사람들에게 주는 공감과 소통의 시선에서 찾아볼 수 있다. 데뷔작『도덕의 시간』은 사건에 대한 관심을 유발하는 트릭이 참신하다는 평가를 받았다. 미스터리적 요소가 연쇄되는 가운데 과거의 사건이 현재의 문제로 연결되고, 인물들 사이의 갈등이 그려지면서 지금껏 가려지고 감춰져 있던 사회의 여러 문제들이 드러나는 구조이다. 이로써 차별이나 빈곤, 성매매, 폭력, 그리고 도덕의 문제가 가시화되고, 현재를 살아가는 사람들이 무엇을 어떻게 할 것인지 생각하고 성찰하게 하는 것이다.

　그러한 의미에서 제국주의시대 이후에 '외지'에서 일본으로 이주해 왔다고 하는 작중 인물 무카이의 가족 이야기는 매우 중요하다. 무카이가 비(非) 일본인 설정이기 때문에 일본사회에 감춰지고 은폐된 빈곤이나 차별 문제를 이야기하는 호소력이 더욱 강하게 작동한다. 재일 3세의 삶을 살고 있는 작자의 자전적 요소를 대입해서 생각하지 않더라도

일본사회에 근원적으로 있는 차별이나 소통 부족은 현재화(顯在化)되어
있는 문제이다. 고 가쓰히로는 『도덕의 시간』을 통해 현대 일본사회의
문제를 대상화하고 비평하는 새로운 관점을 만들어 냈다. 그의 일본사
회를 바라보는 통찰력이 앞으로 어떻게 전개될지 주목된다.

책임편집위원

김경희(한국외국어대학교 교수) 김정희(경기대학교 교수) 김태경(경희대학교 교수)
문창학(한국외국어대학교 교수) 서동주(서울대학교 교수) 손범기(사이버한국외국어대학교 교수)
윤호숙(사이버한국외국어대학교 교수) 정현혁(사이버한국외국어대학교 교수)
조주희(서울신학대학교 교수)

편집 기획 및 구성

서정화 손범기 정현혁

봄에는 와카를 가을에는 하이쿠를 기억하다

초판 발행일 | 2021년 3월 31일

저 자 | 한국일어일문학회
펴낸이 | 이경희

기 획 | 김진영
디자인 | 김민경
편 집 | 민서영 · 조성준
영업관리 | 권순민
인 쇄 | 예림인쇄

발 행 | 글로세움
출판등록 | 제318-2003-00064호(2003. 7. 2)

주 소 | 서울시 구로구 경인로 445(고척동)
전 화 | 02-323-3694
팩 스 | 070-8620-0740

값 14,000원

ISBN 979-11-86578-88-9 94830
     978-89-91010-00-0 94830(세트)

잘못된 책은 구입하신 서점이나 본사로 연락하시면 바꿔드립니다.